近代文学の橋

風景描写における隠喩的解釈の可能性

ダニエル・ストラック

九州大学出版会

目次

凡例

凡　例

一、括弧（「　」、『　』等）の記載にあたっては、具体的に以下の方針をとった。

（1）研究書及び具体的な単行本は『　』を用いて表記した。ただし、単行本でない著作のタイトルは「　」を用いて表記した。

（2）作品名（長編小説、短編小説、紀行文等を問わず）は原則として「　」に囲んで示した。

（3）引用先の原文のままで表した語や表現は「　」に囲んで示した（引用文の中の括弧は原文のままに表した）。

（4）作中に登場している橋（川、船等）であることを強調している場合は「　」に囲んで示した（具体例：「「泥の河」という小説においては「橋」が六二回も描写されている」）。ただし、括弧が多すぎるために文章が読みづらいと判断した箇所において括弧を部分的に省略した。

（5）実在する橋（川、船等）への言及の場合は括弧を用いていない（具体例：「橋は長らく隅田川の光景に貢献してきた要素である」）。

（6）概念メタファー理論（概念隠喩理論）の説明において、概念は〈　〉に囲んで示し、隠喩は《　》に囲んで示した（具体例：「登場人物が作中において〈生〉と〈死〉の交差点である橋の上で亡くなることにより、その人は目で見える形で〈彼岸〉に到達する。この類のものは《死につつある人は橋を渡る人である》という隠喩に属していると考えられる」）。なお、概念及び隠喩の理論は本書の序章において説明されている。

一、傍点は、その語に対して読者の注意を向けさせるために利用した。

一、年号表記は以下の方針をとった。

（1）本文中の年号表記は省略せずに記載した。

（2）括弧内の出版年等に関して、和暦における時代名（明治、昭和等）と西暦における紀元前か紀元後かは原則として省略したが、必要に応じて記載した場合もある。

一、原文の引用に際しては、原則として旧漢字のままに表記したが、必要に応じて新漢字に改めた。ルビは適宜取捨した。また、引用文の仮名遣いは、いわゆる歴史的仮名遣いとし、「まゝに」等の反復記号は元の表記をそのまま用い、原本の記載内容が忠実に辿れるよう配慮した。

一、引用文中に差別表現とされるものが含まれるが、資料からの引用文であるため、原文のままとした。

近代文学の橋

――風景描写における隠喩的解釈の可能性――

序章　時代と場所を超えて

一　近代文学と風景描写

明治維新後に、日本文学は日本社会と同様に決定的な変革期を迎えた。近世から近代にかけて、日本の作家たちは従来の伝統を根本的に見直し、新たな表現法を築き上げた。例えば、散文においては、言文一致体[1]やリアリズム[2]が登場した。この二つの新手法によって文学作品が表層的に変化したことはいうまでもないが、その変化は形式面のみに留まらなかった。『近代日本文学史』は、「現実を見ることによって小説の内実が変質してきた[3]」と指摘している。にもかかわらず、表層的な変化は読者間においても明白であったものの、内容における変革に関しては、読者の間でも、あるいは批評家の間でも、認識度が決して高くはなかったといえる。

近代文学に見られる内容面での変化は多様で、登場人物のあり方、プロット展開の手法などに見られた。しかし、柄谷行人[4]によると、最も変革が見られた側面は作品舞台における「風景」への態度であった。日本近代文学における「風景」が導入された原点に関して、柄谷は次の通り説明している。

私はまず近代文学の起源を風景（客観）の側から考えたい。それはたんに外的な客観の問題ではない。たとえば、国木田独歩の『武蔵野』や『忘れえぬ人々』（明治三一年）においてはありふれた風景が描かれている。ところが、日本の小説で風景としての風景が自覚的に描かれたのは、これらの作品が始めてであった[5]。

柄谷によると、近代文学の風景描写によって示されるようになったのは、「たんに外にある」ものの物理的状態ではなく、作家や登場人物の「内面的な状態[6]」である。この点に関して、柄谷は夏目漱石の『文学論[7]』に言及している。漱石の考えでは、文学は「認識的要素」と「情緒的な」要素の組み合わせによって成り立つ。柄谷にいわせると、近代以前の日本の文学において、舞台の景色に対する説明が作中に見られるとしても、それは「情緒的な」要素として登場しているのではなく、単に「認識的要素」として登場していた。しかし、近代文学に織り込まれている「風景描写」は、異なる意識の下で執筆されているために、読者はそれを単なる「景色」への配慮として読むのではなく、作品の情緒的な意味内容の一部、つまり「情景」として捉えるようになる。例えば、柄谷は「アルプス」という風景の誕生に関して以下の通り述べている。

『告白録』のなかで、ルソーは、一七二八年アルプスにおける自然との合一の体験を書いている。それまでアルプスはたんに邪悪な障害物でしかなかったのに、人々はルソーが見たものを見るためにスイスに殺到しはじめた。アルピニスト（登山家）は、まさに「文学」から生まれたのである[8]。

結局、近代文学に見られる「風景描写」は、舞台を描写するに当たって偶然に発生するイメージではなく、作者が意図的に「創出しなければならない[9]」技巧である。

柄谷が指摘している通り、「風景描写」はリアリズムという描写手法の添付品として日本文学に導入されてきた。しかし、リアリズムの導入と同時に、舞台の風土によって意味を生成させる伝統的な手法が後退し始めた。その伝統とは「歌枕」のことである。

近代にかけて、舞台の捉え方における変化を要約すれば、それは、「歌枕[10]」に基づく執筆意識から、地域的伝統を重視しない「普遍的風景」への転換ということになる。例外的な作家や作品も当然存在するが、舞台と関連した地域伝統を無視するに至った近代の作家たちは、作品に登場する空間を自由闊達に操作するようになった。

歌枕的な意識が後退してから、表現法上の新たな余裕を得て、近代の作家たちは、如何なる工夫を行なったのだろうか。作者は、プロットの流れを意識しながら舞台の自然や町並みを描写するようになった。必然的に、流れに意識を注いだ風景描写はプロットの展開や登場人物の心境に調和した形で描き出されるようになった。換言すれば、作者は作品の如何なる側面においても完成度を高めたい意欲があったために、彼らは新たに設けられた風景描写の部分を深い意味を織り込むことのできる素材として認識した。柄谷が独歩に関して説明した通り、作者が意味を風景描写に込めようとし成功する度合に比例して、単なる「景色」は「情景」として捉えられるようになり、自然や町並みの登場は次第に記号的な側面を包含するようになっていく。

しかし、「歌枕」から「風景描写」へという変容を検証する際に、一つの重要な問題が生じる。それは、「歌枕」は特定の「土地」（地域的伝統）と関連して意味づけが行なわれているのに対して、風景描写は地域の文化的特色を重要視しない点である。風景描写の中で注目されているのは、その場所の歴史的伝統ではなく、読者が共感できる現在の状態である。つまり、「現状」を重視しない意味生成手法である歌枕と異なって、風景描写は「現状」のみを重視する意味生成手法である。これゆえ、リアリズムや風景描写に重点を置きたい作家は、その描写の「現状」を十二分に生かすために、濃厚な伝統が付随している歌枕を舞台として選択しないことは予測できる。実際に、近代文学においてこのような傾向が多く見られる。

しかし、作家の意識における「歌枕」から「風景描写」への変化を検証するために、必要とされるのは、「歌枕」としても、「現状」としても理解できる項目である。その上、時間と共に変化する「内容」という問題を具体的に検証するために、時代を問わず登場する要素が必要とされる。古典、民俗、近世文学などに見られる「橋」は、近代文学にも頻繁に登場している。その上、古くから、文学、伝説などに見られる橋には象徴的な意味が込められている場合があることは一般的に認められている。この二つの理由ゆえに、自然物でもないにもかかわらず風景の一部として理解される橋は近代文学に見られる新しい内容的側面を追求するために適した研究対象であると考えられる。

従って、本書は、作品に登場する「橋」に焦点を当てることによって、近代文学に見られる風景描写の「情景」的役割を見極めることを企図する。描写の傾向における変化は橋にのみ見られるわけではないが、とりわけ橋の描写において鮮明であるため、橋はこの研究課題における格好の素材であると考えられる。さらに、「橋」の隠喩的側面を特定する作業を通して、近代文学における橋の特徴が明らかになることも期待できよう。

しかし、近代文学における橋の隠喩性の具体例を紹介する前に、古典文学に見られる橋の特徴を概観する必要があると考えられる。日本の古典文学において橋と関連するキーワードは「歌枕」と「境界」であると考えられる。本書においては両者に関して、さらに詳しく検証する予定であるが、とりあえず概要の紹介を兼ねて、近代以前の文学においてこれらの要素が如何なる効果を上げていたか、その事例を見ておきたい。

二　「歌枕」と〈別れの場〉としての橋

日本の古典文学や口承文芸において、「橋」は豊かな連想を喚起する事物と考えられてきた[11]。多くの場合、この連想のあり方は特定の地域と、それに基づく解釈傾向に結びついた「歌枕」として表れてきた。例えば、古典における物語、紀行文、和歌などにおいて数多く言及されてきた「八橋」は地域性と連なっている歌枕の好例であると考えられる。

木戸久二子によると、「八橋」という表現は、恐らく「伊勢物語」や『古今和歌集』において初めて詠まれ、それ以来、「多くの人々に注目され、多くの文学作品に記録される結果となった[12]」。「伊勢物語」の場合、「八橋」という表現は、「東下り」の章段[13]に見られる。この箇所において、「八橋」は「三河国八橋」（現愛知県知立市辺りの逢妻男川辺り[14]）を指している。その地域は沼地地帯であった上、該当する川の流れは八つの支流に分岐していたために、八橋といわれていた。物語の主人公であった道中の「男」は八つの橋を渡らなければならないと読者は想像するだろう。その際に、沢の傍の木陰において、その男性は「旅のこころ」に関する以下の句を詠んだ。

　　から衣きつつなれにしつましあればはるばるきぬるたびをしぞ思ふ[15]

一般的な批評の傾向に沿って解釈すれば、この句によって表現されているのは、「京」に残している妻と別れることを強いられたその「男」の辛さである。従って、「八橋」という歌枕には、人と別れた際に体験するさびしい感情が包含されているといえる。

しかし、「八橋」の場面に認められるさびしい雰囲気は、男が詠んだ句の内容のみに由来しているとはいい難い。さびしい雰囲気が漂っているもう一つの理由は、「八橋」の空間性に由来している。武部健一[16]は、「新古今和歌集」などにおいて、橋は「さびしさのモチーフ」と関連して登場する場合が多いと指摘している。古典における橋に認められる「さびしい」雰囲気が醸し出される要因に関して、武部は次の通り説明している。

古に、「はし」とは、物事の始点でも終点でもあったようです。そして、一つの事の終点から、次に新しく始まる始点へと継ぐもの、此岸と彼岸との間も、また「はし」でした[17]。

すなわち古典において「はし」が残すさびしい余韻は、「はし」という言葉自体に見出される語源的性質に根ざしていると考えられる。

「伊勢物語」九段に見られる「東下り」の一箇所を仔細に検討すると、（在原業平と思われる）男がその地名から八つもの橋を渡っただろうことを読者に想起させる場面で、男が恋人を残した上で旅をしているために、川を越えるたびにその恋人との断絶を感じていることを強調しているだろう。「八度も川を越えなければならない」と想像しただろう昔の読者に対して、普段から感じられていたはずの橋のさびしさは倍増したと想像される。「橋」をさびしさのモチーフとして理解すれば、「伊勢物語」における「八橋」という舞台を「さびしさの極致」が表現される空間として捉えるのが当然だろう。男の相手の恋人の身分に関して激論が未だに続いているとはいえ、それが「二条の后」であったとしても、「八人の女[18]」であったとしても、男性にとって「八橋」のエピソードは旅における感動的な節目である。その結果、「三河国八橋」を「決別の辛さ」を際立たせる空間として解釈する傾向が、批評史の主流となっている。

結局、「伊勢物語」の中に見られる八橋の場面が読者に連想を促す傾向を有しているため、「八橋」は「別れのさびしさ」というニュアンスを含む歌枕として知られてきた。現代人にとって「八橋」の歴史的な原点が不明確であるとしても、批評における長い引用歴を辿れば、「伊勢物語」における在原業平の恋する人を想う句の他にもさびしさのニュアンスを醸し出す地域の地質的特徴も明らかになる。橋はその設定の重要な構成要素である。結局、「八橋」が歌枕として認められるに至ったのは、句の内容と該当箇所が表現している場から読み取れるニュアンスの間に生じた相互関連性の結果であったかもしれない。

近代文学においても、橋が《別れの場の橋》として登場する作品がいくつかある。筆者の調査対象とした作品[19]の中で、登場人物同士の間における決別と「橋」の登場場面が重なる作品を取り上げると、風景描写の一部として登場する橋が圧倒的に多い。橋が〈別れの場〉として登場する近代文学作品の例として挙げられるのは、森鷗外の「青年」（明四四・八）、林芙美子の「放浪記」（昭五・三―五）、そして、永井荷風の「捨て児」（昭三〇・八）である。鷗外の「青年」の終末において、日光にいる小泉純一が恋人の坂井夫人から離別し東京に戻ろうとする際に、上京は「朝日橋[20]」を渡ってから行なわれる。あるいは林芙美子の「放浪記」（第一部）において、「私」が家族と別れて汽車で旅立つ場面においては、彼女が九州北部にある遠賀川鉄橋[21]を渡って出かける。また、荷風の「捨て児」において、東京大空襲の混乱の中で主人公お富が里親から離ればなれになるのは、白髭橋[22]を渡る最中なのである。

付言すると、これらの例は単に親戚や恋人から一時的に離別することのみを描いているのではない。すべての作品において、橋による渡河は主人公の命における新しい出発を意味し、作中における重要なプロット展開の端緒ともなる。「青年」の純一にとって《別れの橋》を渡る行為はナイーブな恋愛観を捨てる決断に相当し、その選択によって彼は「青年」から一人前の大人に成長する。「放浪記」の場合、「私」が橋を渡ると、誰にも縛られない、完全に自由な生活を得ることになる。そして「捨て児」のお富は、親密な家族関係から、一生抜け出せない辛く孤独な状態に陥る。どの主人公にとっても、《別れの橋》は人間関係における「さびしさ」を表現するものであるかもしれないが、その橋は同時に新しい領域への道筋でもある。

これらの作品に描かれているどの橋も、歌枕に相当する、伝統に満ちている橋ではなく、日常生活で散見される、ごく一般的な橋である。そのため、橋を渡る行為が人生における通過儀礼を表象していることを看過する読者も多いだろう。積年の歌枕の場合、橋が言及される際に、誰しもがそこに深い意味が込められている可能性を認識するのに対して、近代文学に見られる「一般的な橋」にはあからさまに連想を引き起こす側面がないため、読者は、その橋が物語上の単なる一要素に過ぎないだろうと考えてしまう。その結果、「歌枕」に込められているものと同一の含みであっても、橋が近代文学の作品に登場する場合、そこに「特別な意味が込められているはずがない」という先入観が働いてしまう。

しかし、日本人にとって、「どこにもある」ような橋においても、その橋を見た人には特定し難い深い感覚が喚起されると力説したのは、戦前の文芸批評家の保田與重郎である。主に「歌枕」を対象にしているとはいえ、「枕草子」、「万葉集」、「源氏物語」など、古典文学に見られる様々な橋を取り上げた保田の『日本の橋』(23)の要旨には、日本文学や歴史に登場する「美しい伝説や名所の橋」が存在したからこそ、日本人は「どこにもある哀つぽい橋」(24)を遠くから僅かに目撃したのみでも、そこに深い意味合いを感じ取ることとなるとまとめられている。

三　民俗や伝説に見られる橋の境界性

古典以外にも、保田は宇治の橋姫伝、大阪の長柄橋に関する口承など、複数の民間伝承や伝説を取り上げた。そのうち、保田が最も注目し、徹底的に分析した物語は「名古屋熱田の町の裁断橋」の話である。「裁断橋[25]」に関連する歴史的エピソードを要約すると、戦国時代に、戦によって若い息子を亡くした母は、彼を追悼するために、「裁断橋」という橋を修復し、架け換えた。『日本の橋』の出版前に、この物語が知れ渡ったのは、濱田青陵の『橋と塔[26]』のためであった。この研究書において、濱田は「併し此の裁断橋は市中のドブ河に架せられた小やかなる木橋に過ぎない[27]」と説明している。すなわち、該当する橋は日常的用途に用いられたもので、形式から見ると「どこにもある哀つぽい橋」であった。

その橋に込められた意味合いに感銘を受けた保田は、「かなしみの余りこの橋を架けた女性は、心情によって橋の象徴と日本の架橋者の悲しみの地盤を誰よりもふかく微妙に知ってゐた[28]」と解説している。とりわけ保田が称賛しているのは、その母の橋に対する姿勢である。彼女は死を「別れ」として理解した上、その想いを橋の形を通して表現したのみならず、「この世」と「次の世」をつなぐその橋の袂にある擬宝珠に銘文を彫ることによって、後世に対してその意図を明確に残した。橋自体は時間の経過とともにやがて消滅したが、彼女が橋に託した意匠は、現時点に至るまで明確に伝わってきた。

二〇世紀に、水上勉は裁断橋の伝統を歴史小説として再現した。彼の「天正の橋」（昭四六・七）においては、伝説の宗教的な側面に関する推測が展開している。作中において、水上は若武者の母を「信仰のあつい」人で、「夫によく此岸彼岸の話をした[29]」人物として描いている。つまり、水上はその母の宗教的な熱心さゆえに、深い意味が橋に込められる結果となったと理解している。

母の行動の動機に関する水上の解説を説明すれば、若武者の母が彼女の母から教えられたのは仏教の一種であった。母はいう。「此岸の闇の世に住む人間の、彼岸にわたるかけ橋は、自分でかけるがよい。それが人の道だと教えました。……彼岸はみ仏の浄土ゆえ、そこへまいるためには、自分で橋かけよ。浄土を拝んで、なむあみだぶつと念仏するがよい……念仏申すことが、橋かけだと申しましてござります」と。いうまでもないが、「念仏」、「浄土」など、母の説明の中の様々な表現は仏教の教訓に多用されるものである。しかし、「此岸から彼岸へ橋を架ける」行為はより仏教的な発想に基づいたものであるにもかかわらず、原話において「裁断橋」の対岸にあったのは寺ではなく、神社である。

厳密にいえば、この伝説から読み取れる宗教観は純粋に「仏教的」でも「神道的」でもなく、両方を含んだ混合的な宗教観である。結局、母の思いを理解するために必要であるのは、特定の宗教に関する知識ではなく、死を「生の国」から「死の国」への旅として理解することなのである。このような「三途ノ河」的発想は、特定の宗教において具体的な表現が見られたとしても、人間の深い深層心理に依拠しているといえるだろう。

これゆえ、近代文学においても、橋を通して〈死〉を〈別れ〉として表現する作品は多い。登場人物が「橋」と関連する形で亡くなる作品には、岡本かの子の「川」（昭一二・五）、高橋和巳の「黄昏の橋」（未完、昭四三・一〇—四五・二）と宮本輝の「泥の河」（昭五二・七）がある。さらに、橋を追悼と関連させる作品には、永井荷風の「吾妻橋」（昭二九・三）や川端康成の「反橋」（昭二二・一二）がある。結局、登場人物が橋の上で亡くなる場合でも、橋が故人を追悼する場として登場する場合でも、橋は「死の匂い」[30]が漂っている事物として受け入れられやすい。

しかし、若武者の母が橋を用いて「死」を「別れ」として表現したことに対して、作家が作中において橋を用いたとしても、その橋によって表現しようとしている意味に関する具体的な解説を残すことが非常に少ない。また、橋のメタファー性が作品に包含されていたとしても、近代文学の読者は必ずしもそれには気づかない。

とはいえ、日本の宗教や神話の歴史を辿れば、橋がこの世と「他界」をつなぐ場所[31]であるという認識は散在している。例えば、「古事記」や「日本書紀」に見られる日本の国づくりの説話の中に「天の浮橋」という「天界への架け橋[32]」が登場している。また、古代末期以降から、橋は宗教的な境界性を有するものとして意識されてきた。斉藤利男によると、平安時代から京の一條戻橋、瀬田の唐橋、宇治橋などは「領域の境」や「交通の結節点[33]」であった上で、悪鬼・怨霊が出没する場所として知られていたために、橋周辺において鎮魂の祭祀が多く行なわれた。異なる二つの地域を隔てるのは境界であり、境界はしばしば川によって形成されていた。浅沼圭司はこの点に関して、以下の通り説明している。

道を中心に考えれば、川はそれをさえぎり、あるいは切断するものだった。川は此岸と彼岸を隔てるものであり、だから境界としての意味をもつこともある。（中略）川はまた越えられないものであり、越えてはならないものでもある。そして川むこうの世界は、ここと は異質の、ある意味では禁じられた世界でもある[34]。

従って、橋は「つなぐ」ものであるのみならず、「隔てる」ものとしても捉えることができる。柳田國男の研究によって明らかになった「橋姫[35]」伝説などにおいては、橋は特定の地域の住民にとって、川を渡る手段であったと同時に、文化的、宗教的意味での「他界」に至る経路でもあった。

橋の境界性の暗示に重点をおく近代文学の作品も、多々ある。調査対象の作品に見られる好例としては、泉鏡花の「化鳥」（明三〇・四）、森鷗外の「ヰタ・セクスアリス」（明四二・七）、藤沢周平の「赤い夕日」（昭三八・一）がある。「化鳥」は橋の袂にある番小屋に住む母子の物語である。橋が主要な舞台であるために、様々な両義性が橋の描写の中に込められているといえる。第一に、橋は都会と田舎の境界点として機能している。しかし、プロットや登場人物の発言などを緻密に分析すれば、この基本的な両義性とは別に、より抽象的かつ境界的な性質が把握できる。「日常」と「非日常」、「俗」と「聖」、そして「生」と「死」という対立項は、境界点として機能している橋によって弁別されているといえる。

鷗外の「ヰタ・セクスアリス」は、金井湛の性的目覚めの各段階を描くエッセーである。性に関する多数のエピソードの中で、社会に「禁じられている」性行為の体験が描写されている際に、必ずといっていいほど、橋が風景描写の一部として登場する。例えば、語り手の少年時代に、彼は家従の指導の元に、吾妻橋を渡らせられた後に、遊郭地域へと連れられる。また、小説の終末において、友人の霽波が、人力車に乗っている語り手を「花魁」（高級売春婦）の店へと連れて行こうとする際、主人公は「三橋」を渡る直前に引き返そうとする。両場面において、禁じられた性の世界は川によって日常的な生活空間から隔てられ、橋を渡る行為はその禁じられた領域に入る決断を意味していると考えられる。

藤沢の短編小説「赤い夕日」は過去の秘密を隠している女性「おもん」の話を描いた作品である。子供のころから親分に育てられたおもんは、やがて深川の永代橋を渡って、商人の嫁になった。次の引用箇所によって、作中の橋が境界として機能していることが明確になる。

> 渡るのを禁じられた橋だった。そしてじっさいおもんは、若狭屋の娘になってから、一度もこの橋を渡っていない、と気づいていた。過去のことは、橋のこちら側に置いて行け、と言った斧次郎の言葉のせいでもあったが、それだけおもんが若狭屋の人間になり切ろうと、懸命だったのだとも言えた。(36)

この作品に見られる境界性は、個人上の境界である。江戸の人々にとって、永代橋を渡ることは日常的な行為であるが、おもんにとってその橋を渡る行為は命の恩人であった斧次郎に対しても、夫である新太郎に対しても「裏切る」ような行動である。結局、物語における橋の意味は、社会における公的な意味よりも、登場人物の個人的な立場によって決定されるものであるといえる。

多数の橋を無意識的に渡った経験が蓄積されてきた結果、人間にとって橋のイメージは〈渡る〉行為に深く結びつくに至ったと説明する浅沼は、それにもかかわらず、日常的な橋の中に非日常性を見出せる可能性が残っているとして、次のように指摘している。

日常の世界でなかば無意識的に繰りかえされる「渡り」から、ある決断をもって一度だけおこなわれる「渡り」にたいするまで、「渡り」のすがたはかぎりなく多様であるに違いない。[37]

すなわち、近代文学において、日常生活に散在する「哀っぽい」橋でも、「別れ」のさびしさを表現しているケースや、「境界」として機能していることがあり、また、人生における唯一無二の決断の表象として登場する場合もある。作中における橋が日常的な「橋」に過ぎないと思われる場合にあっても、その橋を作品のプロット展開などと照合する必要があると考えられる。なぜなら、その橋には作品の深層を解明するためのカギが潜んでいるかもしれないからだ。

四　近代文学における橋の役割を問う

古典の場合と同様に、日本近代文学においても、様々な作品において多数の橋が発見できる。しかし保田が取り上げた古典の数々の例と比較すれば、近代文学における橋には特別な意味が込められていない上に、乏しいものであると主張する学者もいる。例えば、大橋良介は「日本の橋」というエッセーにおいて、『日本の橋』の近代版を執筆するのは不可能であると、次の通り指摘している。

現在では、新たに「日本の橋」について記すことは困難になりつつある。近代の架橋技術がローカルな文化性を越えるようになってきたからだ。近代技術が造る橋は、個性においても集積においても、地域の別を問わない。「橋」について語るなら、このような「近代の橋」を、さらには「近代への橋」ないし「近代以降への橋」を、考えねばならなくなっている。(38)

要するに、大橋によれば、古典文学に見られる橋の意味は地域間で異なる橋の個性によって左右されるが、近代文学に見られる橋は極めて「普遍的」な存在であるため、古典に見られるような特徴が不在で、平板なものとなっている。確かに、「橋」は、過去においては旅の最中に遭遇する珍しい事物であったのに対して、二一世紀に見られる「橋」は都会などにおいては、ほとんど注目されることもない、交通網の一部に過ぎない。しかし、橋がありふれた存在であることを認めたとしても、大橋が指摘しているように、近代の橋は本当に画一的な存在のみに留まるのだろうか。

例えば、技術面において、近代以降の橋々は多様性を伴っており、昔の橋と比較すると、種類や用途が非常に豊富になっていると考えられる。現在において、木橋の数は少なくなったが、鉄筋コンクリートで造られた自動車専用の橋や、道路の上に架かるスチール製の歩道橋や、錆ついて老朽化した鉄道橋や、海の上に渡された巨大な吊り橋などもある。橋の形が多様になるにつれて、橋という存在が人々に喚起する印象も多彩になったはずである。古典において、橋は「さびしい」モチーフとして登場したが、近年架けられた巨大な吊り橋も同じく「さびしい」感情の表象として捉えることができるのだろうか。橋の素材と規模と用途が変化すれば、橋が従来持っていた意味も変化するのは当然であるだろう。しかし古典文学に見られる橋と近代文学に登場する橋とを徹底的に比較し、両方の特徴を見極めない限り、イメージ上の差が分かったとしても、それを明示することはできないだろう。

しかし、大橋の研究の他に、近代化に伴って進行する画一化、均質化という現象に対して疑問を投げかける研究がある。例えば、前田愛によると、戦後の高度成長期において、都市が「確実に画一化され」てきた結果、日本近代文学に描かれる空間は「無重力的な空間ではないか」[39]という意見が流布した。昭和四七年に刊行された『文学における原風景』[40]において奥野健男は次の通り述べている。

戦後の小説、殊に最近の多くは、ぼくに奇妙な違和感――それは作品の文学的評価とは一応別の――何か生理的にいらだたしく不安で落着かない感じにさせる。その原因は自己形成空間ないし生活空間の違い、特に都市に対する感覚と姿勢の違いにあるのではないか（中略）彼らは人工的な団地やニュータウンや高層マンションがいかなる意味でも人間的、恒常的な自己形成空間や原風景になり得ないことを、また人間関係の変化を追求する固定し安定した座標軸になり得ないことを、つまり従来の意味の小説が成立し得ないことを証明している。[41]

奥野が提起しているこの問題は、本章の冒頭において筆者が指摘した近代文学における風景描写の変質と関連していると考えられる。厳密にいえば、戦後文学において、舞台を特定できるような情報を提示しない「地名省略傾向」は、普遍的描写の導入と直接に関連する現象である。「歌枕」など、地域的制約から解放された文学においては、より普遍的な立場から風景が描かれるようになり、その結果、作品全体への理解を促す一要素である文化的背景を損失したといえる。

しかし、この新しい空間のあり方は必ずしも文学におけるマイナス要因になるとは限らない。奥野によると、文学作品において、街中に見られる野原が登場すれば、それは単なる「空き地」として読者に理解されるのではなく、一般的な都市空間とは別の性質を持っている領域として受け止められることになる。大都会の中の「原っぱ」は多くは狭間にあるため、奇妙で謎めいた、「掘れば人骨が出てくる[42]」ような場所として理解されることになる。作中人物がその「野原」に入る場面では、彼らの行動と性格が一段と野原の特異性に調和した形で表現されることが分かる。奥野が通常の都市空間の描写と、野原の原初的なイメージの間に横たわる差異を発見し、緻密に分析した結果、「文学における原風景」は、近代文学に見られる普遍的風景の一つを提供したといえる。都会における野原には、具体的地名や地域的特色が不在でも、読者は「原っぱ」という抽象的な概念を通して、その野原を「内」と「外」、「意識」と「無意識」などの二項対立によって象徴性に満ちた場として解釈することとなる。

前田は、近代文学に見られる都会の普遍的な描写の役割に関して「都市空間論」においてさらに説明している。例えば、昭和五七年に刊行された『都市空間のなかの文学[43]』は記号論の視点から都市空間を眺める研究である。その中で、前田は、テクストを「内空間」として捉え、語り手の「私」の身体にその内空間の「定位の中心[44]」を置く。その上で、文学作品が提供している「特定の場所をめぐる情報や風景のイメージ[45]」によって、作品の内空間の細部が具体的に構成されていることを主張する。

この構図の中で、「橋」は内点と外点の「境界点[46]」として機能している。前田は次の通り説明している。

> 都市の中心とそこからへだてられた周縁という二つの空間の差異は、まさにこの境界点において構造化されているといってもいい。（中略）しかし、文学テクストのなかの境界点は、かならずしも実在する空間の境界に

対応して位置づけられるとはかぎらない。作中人物の行為があらわす不連続性が、逆にテクスト空間の境界を顕在化する場合もあるからだ。[47]

ここで念頭に置かなければならないのは、前田が指摘している「境界点」は、折口信夫や柳田國男の研究によって明らかになっている「民俗的境界」とは異なる点である。両者は機能性において類似しているとはいえ、都市空間論の境界には本来の明白な地域性が欠如している。近代文学における境界は、地域を分節する地図上の点線として理解できるものではなく、登場人物の行為やプロットの詳細と照らし合わせることによって見出さなければならない主観的な断絶である。近代文学において、橋によって隔てられている二つの地域は基本的に異なる互いの風土によって弁別できるだろうが、その差異は現実とは関連性を持たない形で、テクスト内のみに存在するかもしれない。

都市空間論における境界性に関してさらに説明を加える前田は、山口昌男の著書『文化と両義性』[48]からの引用を交え、境界を「内と外、生と死、此岸と彼岸、文化と自然、定着と移動、農耕と荒廃、豊饒と絶望」という、様々な可能性を伴い得る「両義的な[49]」場として、次の通り定義している。

テクスト空間のなかの境界は、あらかじめ与えられた障壁として固定されているものではなく、むしろ登場人物の行動によってさまざまなイメージが顕在化してくる意味論的場として把えるべきなのである。[50]

前田によると、近代文学に見られる境界の両義性は多様に応用できる性質を伴っている上、画一的であるというより「普遍的」存在として捉えられる橋は、境界性を自然に表現できる事物であるといえる。

橋のこのような特色を海外で力説したのはドイツの社会学者ゲオルク・ジンメルである。彼の有名なエッセー「橋と扉」[51]（一九〇九・九）によると、機能性は橋の外見から自明であるため、橋は二項対立関係や新しい思想領域への進出を描く際には最適な事物であるという。ジンメルは次の通り説明している。

橋は（中略）実用的な目的意義を吸収しながら、しかもそれをある直観の形式へと移し入れるのである。（中略）目にとって橋とそれが結合する両岸との関係は、たとえば家屋とその下敷になって見えなくなってしまう土台との関係よりもはるかに緊密であり、偶然性もはるかに少ない[52]。

要するに、橋の実用的意義は外観によって即応に認識され得るため、他の事物以上に、緻密な表現力が伴っている。浅沼の表現を借りれば、橋の「機能美」[53]は外見と表裏一体の関係にあるために、用途を念頭に置くことなく橋を目にすることは不可能なのである。

大橋は、近代における橋の画一性によって文学に登場する橋の表現力が微弱化していると主張しているが、むしろ、近代的な橋の画一性がゆえに、橋の抽象的な「機能美」が一段と際立つことも予測される。従って、近代文学の橋には、古典の歌枕に込められた意味と類似した表象性を伴う例があるとしても、古典には見られない、全く新しい解釈を行なうことが可能な例も見出すことができると考えられる。

奥野によると、戦後文学がイデオロギー、観念、思想を伝えるものとなった結果、本来の「私小説的な日常空間」の存在の余地さえもなくなったという[54]。この傾向を承認すれば、近代文学において通常見られた「日常空間」の代わりに如何なる空間が表現されるようになったのだろうかという問題が生じる。その答えは、「イデオロギー、観念、思想の一表現として解読できる空間」である。

ジンメルが主張している通り、橋は思想性を表現するのに適した事物である。それゆえ、近代の小説家が、自己のイデオロギー、観念などを作品を通して表現する際に、風景描写の一部として橋を導入することによって、目立たない形でその思想を具象化することができたと考えられる。近代文学は古典の描写手法とは部分的に異なる描写手法に従う文芸であるからこそ、橋が作品に登場する場合、少なくとも、橋が登場しているその箇所に焦点を当てつつ橋が導入されている理由を精査する必要があると筆者は考える。

五　風景を巨大なメタファーとして読む

しかし近代文学における橋には強い意図性があるとすれば、この恣意性を十分に解読しなければならない。当然、近代文学に限らず、隠喩が含まれている作品は多いが、風景描写における隠喩を検討する際に、多くの場合その隠喩は「人生は旅だ」のように一つの表現の中に見出せるものではなく、作中の場面または複数の場面にわたって描写されている。これゆえ、分析しなければならない対象の規模は普通の隠喩よりも広大であり、通常よりも特殊性を持つものでもある。作品によって詳細は当然異なるが、場合によって作品全体の風景を巨大なメタファー（隠喩）として分析しなければならないかもしれない。

例えば、風景描写の中の橋が隠喩(55)として認められたならば、その橋が単独の隠喩として機能している可能性もあるが、場合によって橋は風景描写に見られる他の項目（川、崖、町並みなど）と併せて機能している可能性もある。多数の項目が隠喩のシステムとして機能している疑いがある場合、作品の「裏」（深層）に当たる側面において類似するようなシステム性を探さなければならない。もし、「表」と「裏」の多数の項目の間に関連性があると判断されたら、それは単独の隠喩ではなく、隠喩の「体系」[56]である。結局、隠喩の「体系性」とは、作中の広範囲にわたる、複数の項目によって成り立つ隠喩上の総合的効果である。

従って、本書は、明らかな直喩や、言語に遍在している隠喩的性質よりも、小説の描写に潜在する隠喩の体系性を調査の対象とする。英文学批評家W・C・ブースによると、作家たちは、隠喩を小説の風景描写に織り込む際に、読者が気づかないような工夫をしている。ブースは以下の通り説明している。

小説家たちは非常に早い時期から彼らの先行き予告を、具現化された事象の一部として偽装する手段を発展させて来た。語ることより示すことの方が優れているとする様々な考え方が流行するかなり以前に、作者たちの論評を、情景やシンボルとして劇的に表すことで隠蔽していた。例えば『嵐が丘』の背景の自然や、『荒涼館』の霧のように、非常に効果的となることもある。[57]

つまり、風景描写に潜在している隠喩は、語り手に関する叙述や登場人物の言動と協調することにより、読者に作品への理解を促している。ブースの例文を見ると、情景に織り込まれている意味合いは曖昧で、詳細な組織性を欠いている点が分かる。しかし、認知言語学における概念メタファー理論の発展に多大に貢献したレイコフとジョンソンによると、特定の隠喩は体系的組織性[58]を伴っていることになる。従って、場合によっては、隠喩の体系性は作品全体の意味合いを決定的に左右する可能性があるといえる。以降本書においては、複数の近代文学作品における〈橋〉の描写傾向に注目しながら、作品の思想的な隠喩的体系性を調査していく。

六　本書の構成

先行する議論を踏まえた上で、近代文学における橋の特徴と隠喩的役割とを明示するために、複数の近代文学作品を分析する必要があると考えられる。この研究の前提として、筆者は橋が登場する四四九作の近代文学を対象として、次の調査を行なった。すなわち、橋が各作品に登場するおおよその回数を把握した上で、橋が登場する箇所と作品全体のテーマとの関連性を可能な限り把握する作業を行なった。このような基本的調査の対象となった作品は、本書の末尾にある「〈橋〉が登場する主要な近代文学作品一覧」（以降「〈橋〉作品一覧」）に列挙されている。「〈橋〉作品一覧」に記載されている作品の共通点は、本文またはタイトルに「橋」という語が含まれている点である。

基本的に調査の対象とした作品は、作家が「橋」を隠喩的に利用していると考えられる作品が多かったが、場合によっては、その機能が作品全体の解釈に影響を及ぼさず、作品の一部分のみと関連していることもあった。例えば、作品の一箇所のみに「別れのさびしさ」を表現する橋が登場し、その橋の隠喩的役割（《別れの場の橋》）もその箇所に限定されている場合などである。隠喩が該当箇所のみと関連するのは古典文学の特徴の一つである上、近代文学が古典文学から多数の要素を受け継いでいるために、このような隠喩が見られるのは予測できることである。ただし、本書は近代文学に見られる「橋」の比較的新しい側面を特定することを目標としているために、《別れの場の橋》のみを含む作品を取り上げることは非効率的であると考える。

従って、比較的新しい橋の隠喩、または橋と関連した隠喩が複数同じ作品に盛り込まれている作品を優先的に取り上げ、近代文学の橋の描写において新機軸を打ち出している作品に特に注目した。基本的調査の全体的なあり方を踏まえて、本書の目的に沿った作品の選出がこの研究の準備段階における重要な作業であった。
筆者は「〈橋〉作品一覧」の中から作品を選び、さらなる分析を加えた。本書において橋が登場する箇所に対して筆者が徹底的な分析を実施した近代文学作品は次の通りである。

泉鏡花「化鳥」（明三〇・四）
岡本かの子「川」（昭一二・五）
島崎藤村『破戒』（明三九・三）
住井すゑ『橋のない川（第一部）』（昭三六・九）
太宰治『斜陽』（昭二二・七—一〇）
正岡子規「かけはしの記」（明二五・五—六）
三島由紀夫「橋づくし」（昭三一・一二）
宮本輝『泥の河』（昭五二・七）

そして、橋の登場場面は興味深いが、橋のみを分析の対象とする論文の素材として不適合であると判断した作品のうち、以下の作品には一部のみに限定して触れている。

芥川龍之介「大川の水」（大三・四）
泉鏡花「高野聖」（明三三・九）
岡本かの子「河明り」（昭一四・四）

川端康成『浅草紅団』（昭四・一二―五・九）
木下杢太郎「両国」（大八・一二）
芹沢光治良「橋の手前」（昭八）
永井荷風「捨て児」（昭三〇・八）
永井荷風「すみだ川」（明四二・一二）
永井荷風「濹東綺譚」（昭一一・四―六）
永井荷風「牡丹の客」（明四二・七）
林芙美子『放浪記』（昭五・三―五）

これらの作品が分析対象となった個別の理由は以下の各章の説明に述べている。[59]

本書は、序章、一章から八章、終章、〈橋〉作品一覧、参考文献及び索引によって構成されている。序章においては、古典文学や民俗における〈橋〉の特徴を紹介したのち、近代文学において、橋が作中で果たした役割が如何に変化してきたのかを概説してきた。橋と関連する「歌枕」の伝統を紹介するため、「八橋」の文芸的、地域的背景の解説も行なった。民俗や伝説に登場する「境界」の特徴に関して、「裁断橋」を例として取り上げ、数名の批評家の見解を紹介した。最後に、近代文学において、新しい描写手法が導入された上、文学において風景描写が担う役割が一段と重要になってきたという見解の裏づけとして、柄谷の「風景の発見」、前田の「都市空間論」、ジンメルの著作などからの引用を行なった。橋は思想を表現する目的に調和しているため、古典文学に見られる橋の特徴と近代における表象を徹底的に比較する必要があるという暫定的な結論に至った。

近代文学における〈橋〉の特徴を定義するためには、近代文学と古典との差異を考慮する必要があると考えられる。従って、近代文学に見られる「歌枕」意識から離脱する姿勢、そして新機軸として登場する「境界」をさらに考察するために、一章、二章が設けられている。一章においては、松尾芭蕉が執筆した紀行文「おくの細道」(推定元禄二―七執筆)、「更科紀行」(推定元禄元執筆)と正岡子規の「かけはしの記」(明二五・五―六)における〈橋〉の扱い方が比較考察される。紀行文という同一形式にもかかわらず、歌枕の伝統を尊重する芭蕉の手法と、詩人の独創性を重視する子規の手法との間には差異があるため、「かけはし」に託されている意味も基本的に異なる。歌枕である「かけはし」が両作品共に登場するため、近世文学と近代文学における「歌枕」の扱い方を比較する上で最良の組み合わせであると考えられる。

二章においては、泉鏡花の「化鳥」(明三〇・四)における橋及び境界性の表象に関する分析を行なう。鏡花文学は日本の民俗や能から影響を受けていることは周知の通りであるが、橋の描写の分析を通して、その境界性には現代的な側面が包含されていることが分かる。科学と神話、知識層の人々と庶民など、古典文学に見られない差異が橋の描写によって表現されていることは「化鳥」の近代的な要素の一つであるといえる。しかし、作品の境界性をリアリズムという視点から眺めることができたとしても、その傍らで、能や民俗的な要素が同時進行で作中に盛り込まれているために、神話的な解釈の可能性も認められる。この二種類の平行している解釈両方ともが橋と関連するものであるために、「化鳥」における橋の意味を検討する際、一つの視点のみによって説明することは困難であると考えられる。

本書の目標の一つは、橋が文学作品に登場する場合、隠喩的な役割を果たすために登場する可能性がある事実を明確化することである。三章で紹介される島崎藤村の『破戒』(明三九・三)はこの可能性を例証する作品である。「破戒」において、藤村はプロット展開が表現している、人間関係における主人公の困惑を橋の描写によって具象化している。しかし社会に存在する差別を表現するために橋を用いるこの描写手法は、藤村文学のみに見られるものではなく、住井すゑの『橋のない川（第一部）』（昭三六・九）においても効果的に利用されている。

筆者の既発表研究[60]において、数種の橋のメタファーが日本文学にも、西洋文学にも存在することが特定されてきた。橋のメタファー一つのみを伴う作品も当然あるが、アーネスト・ヘミングウェイの「武器よさらば」（一九二九）やアンブローズ・ビアスの「アウル・クリーク鉄橋での出来事」（一八九〇）などにおいては、橋と関連する複数のメタファーが同時に機能していることが確認されている[61]。筆者の見解を述べれば、橋の複数の隠喩が同時に機能する場合、単一の隠喩が機能しているケースと比較して、読者は橋が登場する場面から、より多彩な印象を受けることとなる。同様の現象は日本近代文学においても見られると考えられる。この現象を説明する格好の例として、四章において、岡本かの子の「川」（昭一二・五）を取り上げる。作中には、一つの橋しか登場しないが、その橋の描写が巧みであるために、読者が作品から受ける印象は奥深い。とりわけ「直助の詩」における橋の多義的な意味は読者に神秘感をもたらすと考えられる。この現象は如何なる手法によって起きているのかという問いに対して、概念メタファー理論の視点に基づいた分析を通して答えたい。

奥野の説明によれば、とりわけ戦後文学において、作者のイデオロギーが注目すべき研究対象となった事実を踏まえて、五章と六章は、太宰治と三島由紀夫の作品における思想性に注目する。両作品とも「橋」は登場するが、その描写の詳細が異なるからこそ、日本に対して作品が表明している姿勢も基本的に異なるのである。五章は太宰治の「斜陽」（昭二二・七―一〇）を取り上げる。「斜陽」においては、東京に実在する橋と、登場人物の夢や瞑想のみに存在する橋の両方が登場している。橋と関連する描写の分析を通して、太宰のデカダンス思想の特徴を明らかにしたい。

六章は、三島由紀夫の短編小説「橋づくし」（昭三一・一二）を取り上げることによって、歌枕の伝統に対する三島の敬意を明らかにする。一章に紹介された正岡子規は歌枕における従来通りの橋の解釈を否定したが、作者個人の創造性が保証された時代に執筆している三島は、歌枕の伝統と独創性を両立させて、橋を隠喩的に用いて、近代日本人のモラルの低下を指摘し、大和魂のような日本人の原点に立ち返る必要性を説いていると考えられる。

近代文学においては、橋の隠喩的役割が古典のものとは異なる場合があるといえども、近代文学に古典の影響が全くないということはない。七章は、宮本輝の『泥の河』（昭五二・七）における〈舟〉と〈橋〉の隠喩的対立を論じるものである。〈橋〉は主に日常的世界と異界を結ぶものとして効果的に機能し、その一方で〈舟〉は古典に見られる〈浮世〉の世界観を表現していると考えられる。〈舟〉と〈橋〉の二項対立は、人間関係における〈接続〉と〈断続〉を表現していると考えられる。子供の目から見た環境の描写を通して、〈浮世〉が表現され、その仄めかしによって作者は古風な背景を現代的な作品に付与しているといえる。

八章においては、近代文学に登場する隅田川に架かる橋を検証することにした。とりわけ問題点となるのは、近代文学の作家が「歌枕」の発祥地を舞台として採用する場合において、「橋」の隠喩性がその歌枕的舞台からどのような影響を受けることになるだろうかという点である。この疑問に答えるために、能劇「隅田川」などの舞台ともなっている隅田川における渡しや橋などと関連した文学を概観することにした。数世紀にわたって長らく著名な文学作品を生み出した隅田川の周辺は、「渡しから橋へ、早舟から地下鉄へ」といった形で住環境、交通網などの様々な面において変化を遂げてきた。空間としての東京が近代化されるにつれて、隅田川に関わった文学はその環境上の変化から如何なる影響を受けたかを検討する。具体的にいえば、その変化に気づいた作家たちが、隅田川に架かった橋を登場させた際に、それらを如何なる素材として活用したのかを考察したい。例えば、関東大震災後に新着工ブームのために隅田川の川岸の様子が一変した。作家はこのような傾向に関して、文学を通して自分の見解を如何に表現したのか、つまり隅田川の空間変容と作品によって表現されているテーマが如何に連結的に動いているかを検討していく。

終章においては、日本近代文学における橋の特徴を総括していく。本書において取り上げた多数の作品を顧みながら、主に三つの論点に関して議論を進める予定である。その一点目は、近代文学作家たちの間に見られる描写手法の変化である。それは、歌枕よりも、風景描写に力を注ぐようになった傾向である。柄谷が指摘した通り[62]、登場人物の「内面的状態」を表す風景描写という手法は、古典において見られないために、この変化は古典文学と近代文学との間に見られる重要な出来事であると考えられる。二点目は、橋の描写を分析することを通して見出せる近代文学の潜在的な思想性である。近代文学の作家たちがイデオロギーを作品に盛り込もうとした際に、橋は観念上の差異を表現するために役立ったプロップであったと考えられる。そして、最後に取り上げる点は、橋の描写に見られる近代文学作家の個性である。橋によって表現されている内容が作品ごとで異なるために、橋の描写の分析によって、作家の文学に対する抱負が見出せる場合はあると考えられる。この三つの論点を踏まえた上で、近代文学の橋の特徴は鮮明になると考えられる。

注

（1）「言文一致体」とは、話し言葉に近い口語体を指している。明治時代における、以前に使用されていた文語体から口語体への転換は、書き言葉における重要な出来事であった。
（2）「リアリズム」とは、文芸上の写実主義的傾向を指している。フランス文学などの影響を受けて、二葉亭四迷など、リアリズムを提唱した日本の作家たちは現実世界を「ありのまま」に描写するよう試みた。
（3）清水孝純、助川徳是、高橋昌子『近代日本文学史』（双文社、昭六一・二）二九。
（4）柄谷行人「風景の発見」（『定本　柄谷行人集　第一巻』岩波書店、平一六・九）五―三五。
（5）注（4）に同じ、二〇。

（6）注（4）に同じ、一二三―四。
（7）夏目漱石『文学論』（『漱石全集 第一四巻』岩波書店、平七・八）二七。
（8）注（4）に同じ、一八。
（9）注（4）に同じ、三一。
（10）松村明編『大辞林』（三省堂、昭六三・一一）によると、歌枕は「和歌に詠まれて有名になった各地の名所・旧跡」を意味する。
（11）本書において「事物」という語は橋の物理的な存在を表す用語として利用する。
（12）木戸久二子「『伊勢物語』東下り章段／古注釈の解釈と歌枕「八橋」」（『東海女子短期大学紀要 第二三号』平九・三）二六。
（13）「伊勢物語」（『竹取物語 伊勢物語 大和物語 平中物語／新編日本古典文学全集12』小学館、平六・一二）一二〇―三。
（14）久保田淳、馬場あき子編『歌ことば歌枕大辞典』（角川書店、平一一・五）九〇七。
（15）注（13）に同じ、一二〇。
（16）武部健一「橋のイメージ」（吉田巌編『橋のはなしⅡ』技報堂出版、昭六〇・九）六。
（17）注（16）に同じ、七―八。
（18）注（12）に同じ、二四。
（19）本書の末尾にある「〈橋〉が登場する主要な近代文学作品一覧」を参照。
（20）森鷗外『青年』（『森鷗外全集 第六巻』筑摩書房、昭四七・四）四七一。
（21）林芙美子『放浪記』（『林芙美子全集 第二巻』新潮社、昭二六・一二）一一。
（22）永井荷風「捨て児」（『荷風全集 第一一巻』岩波書店、昭三九・一一）一〇六。
（23）保田與重郎『改版 日本の橋』（『保田與重郎全集 第四巻』講談社、昭六一・一二）。
（24）注（23）に同じ、一六〇。
（25）「裁断橋」は、その付近において名訴訟が行なわれたために名づけられた橋である。大正一五年の精進川の埋め立てによって、裁断橋は取り壊された（注（23）に同じ、一七七）。

(26) 濱田青陵『橋と塔』(岩波書店、大一五・八)。
(27) 注(26)に同じ、三八。
(28) 注(23)に同じ、一九八。
(29) 水上勉「天正の橋」(『水上勉全集 第一三巻』中央公論社、昭五二・五)三八三―四。
(30) 石沢英太郎『橋は死の匂い』(双葉ノベルス、昭五七・六)。
(31) 川田忠樹「橋の語源考(二) 橋とその仲間の言葉」(吉田巌編『橋のはなしⅡ』技報堂出版、昭六〇・九)七二。
(32) 武部健一「歌枕としての橋」(吉田巌編『橋のはなしⅡ』技報堂出版、昭六〇・九)四八―九。
(33) 斉藤利男「古代・中世の交通と国家」(朝尾直弘、網野善彦、山口啓二、吉田孝編『日本の社会史/第二巻 境界領域と交通』岩波書店、昭六二・一一)二三―四。
(34) 浅沼圭司「結び隔てるもの/橋をめぐる断片」(『日本の美学』第二八号、平一〇・一二)一一二。
(35) 柳田國男「橋姫」(『定本柳田國男集 第五巻』筑摩書房、昭四三・一〇)。
(36) 藤沢周平「赤い夕日」(『橋ものがたり』新潮文庫、昭五八・四)一一九―二〇。
(37) 注(34)に同じ、一一一。
(38) 大橋良介「日本の橋」(『日本の美学』第二八号、平一〇・一二)三二。
(39) 奥野健男、前田愛「対談 文学にあらわれた都市空間」(『国文学 解釈と鑑賞』第四五巻六号、昭五五・六)七。
(40) 奥野健男『文学における原風景/原っぱ・洞窟の幻想 増補版』(集英社、平元・二)。
(41) 注(40)に同じ、一三―四。
(42) 注(40)に同じ、八一。
(43) 前田愛『都市空間のなかの文学』(筑摩書房、昭五六・一二)。
(44) 注(43)に同じ、九。
(45) 注(43)に同じ、一六。
(46) 注(43)に同じ、二〇。
(47) 注(43)に同じ、二四―五。
(48) 山口昌男『文化と両義性』(岩波書店、昭四九・五)。

（49）注（43）に同じ、三〇。
（50）注（43）に同じ、三〇。
（51）ジンメル、G（酒田健一他訳）「橋と扉」（初出 “Brücke und Tür.” *Der Tag*, 15. Sept., 1909.）（『ジンメル著作集12』白水社、平六・一〇）。
（52）注（51）に同じ、三八。
（53）注（34）に同じ、一〇七。
（54）注（39）に同じ、八。
（55）本書において、文学における「隠喩」を「作者が予め作品に書き込んだ叙述中の具体的な表現（例えば風景描写）とその叙述の裏に潜んでいる抽象的な含意」と定義したい。例えば、具体的に描写されている「橋」があるとすれば、「橋」の描写によって喚起されている抽象的な意味合い（〈人間関係〉、〈彼岸への移動〉など）はその場面の思想的、イデオロギー的な「深層」に当たる。従って、風景描写の裏に何らかの意味が潜んでいる場合、その作品には「表の意味」と「裏の意味」の組み合わせによって成り立つ「二重構造」があるといえる。
（56）アメリカにおいて認知言語学の代表的学者の一人、ジョージ・レイコフと哲学者マーク・ジョンソンは概念メタファー理論を説明する著書『レトリックと人生』を一九八〇年に発表した。レイコフとジョンソンの見解によると、人間は、生まれてすぐ、日常的な行動に不可欠な概念体系を築きはじめる。言語を習う以前の時点においても、すでに基本的な概念は心理の中に書き込まれているのである。大人の概念体系と比較すれば、子供時分の概念は素朴なものであるといえるが、子供は言語を習う際に、新しく記憶する言葉をその概念体系の土に植えつけていく。言語的な知識は、既存の概念体系との関連を通して、全体の理解が安定してくる。つまり、言語及び隠喩は、独立した形で機能しているのではなく、既存の概念体系に根本的に依存している。詳しくは、レイコフ、G、M・ジョンソン（渡部昇一、楠瀬淳三、下谷和幸訳）『レトリックと人生』（大修館、昭五五・三）を参照。
（57）ブース、W・C（米本弘一、服部典之、渡辺克昭訳）『フィクションの修辞学』（白馬書房、平三・二）二五一。
（58）詳しくは、筆者の学術論文「隠喩とは何か」（『比較社会文化研究』第二四号、九州大学大学院比較社会文化学府、平二〇・九、http://www.dcstrack.com/pdf/inyu.pdf）を参照。
（59）橋と強く関連した作品でありながら、本書で取り上げられなかったものもある点に疑問を持った者もいるだろう。

「〈橋〉作品一覧」に掲載されているにもかかわらず取り上げられなかった理由は作品によって異なるが、数点の作品に関して釈明を行ないたい。宮沢賢治の「銀河鉄道の夜」（昭九・一〇）において橋は限られた箇所において登場しているが、その橋の登場はカンパネルラの死を予兆する重要な役割を果たしているとはいえ、作品全体への貢献度が少ないと考えられるために、橋を起点にして作品の解釈を行なう必要はないと判断した。また、平岩弓枝、澤田ふじ子など、複数作品において橋を登場させている大衆作家の作品を徹底的に研究する意義はあると考えられるが、この研究は主に文学研究者を読者として想定していることを踏まえて、大衆文学は文学研究者の間で十分に知られておらず、先行研究も比較的少ないため、彼らの作品の分析も除外することにした。

しかし、以上のような説明にもかかわらず、本書の掲載基準に疑念を抱く研究者は存在するはずである。その場合は、御寛恕を請いたい。そして本書の不足を補完すべく、本書からは漏れた作品を自ら研究対象として頂ければ幸いである。

（60）Strack, Daniel C. "The Bridge Project: Research on Metaphor, Culture, and Cogntion." *The University of Kitakyushu, Faculty of Humanities Journal*, Vol. 68. Oct., 2004.

（61）Strack, Daniel C. "When the PATH OF LIFE crosses the RIVER OF TIME: Multivalent Bridge Metaphors in Literary Contexts." *The University of Kitakyushu, Faculty of Humanities Journal*, Vol. 72. Oct., 2006.

（62）注（4）に同じ。

一章　「かけはしの記」に見られる子規の理由なき反抗

一　文学作品の解釈は可能なのか

本章は松尾芭蕉や正岡子規の紀行文に登場する橋の意味に関して考察を行なうものであるが、特定の作品における隠喩に関して検討する前に、解釈する作業自体を規定する必要があると考えられる。日本文学作品を解釈する際に、利用できる様々な伝統的解釈法はあるが、近年、デコンストラクションなどのポストモダン的思想の影響で、多数の文学研究者は本来の解釈方法を疑問視するようになってきた。解釈の正当性がこの研究の大前提であるために、本書において、とりわけ関連性理論から基本的な知識を援用し、それに基づいて文学作品に応用できる解釈法を確認していきたい。

フランスの人類学者兼言語学者のダン・スペルベルとイギリスの哲学者兼言語学者ディアドリ・ウィルソンの研究によって普及した「関連性理論」は、複数の言説の間に存在する、相互効果によって生じてくる意味を特定する方法を提供する理論である。例えば、文学は大抵複数の文節によって成り立つ上、作品全体の意味は、その文節相互の複雑な関係によって形成される。つまり、作中において、文と文が如何に関連するのか、如何なるつながり方があるのかを解明するのが「関連性理論」の第一目的である。

一九八八年に発表された『関連性理論』(1)という著書を通して、スペルベルとウィルソンは新理論を考案したといっても過言ではない。出版後、その理論に関して多岐にわたる新展開があったが、本書においては基礎的視点及び文学の解釈に直接的に関わると考えられる領域のみを取り上げる。

しかし、関連性理論は隠喩を如何に取り扱っているのかに関して予め説明する必要がある。スペルベルとウィルソンは隠喩という現象を説明する際に、「特別な解釈の能力と手順は不要で、言語伝達で用いられるごく一般的な能力と手順の自然な結果として出てくる」としている（二九〇）。つまり、概念メタファー理論を提供しているレイコフらと同様に、スペルベルとウィルソンは、隠喩を言語上において例外的な存在ではなく、言語コミュニケーションの基本的な手段の一つと考えている。

しかし、スペルベルとウィルソンの関連性理論全体は、本書の基本的な視点の一つである概念メタファー理論と完全に一致していないのが事実である。概念メタファー理論における隠喩は「概念」によって成り立つが、一方スペルベルとウィルソンは「表象」という用語を用いて説明することが多い。即ち彼らの考えにおいて隠喩の基本的な構成要素は「表象」である。レイコフ派の「概念」とスペルベルとウィルソンの「表象」との差異に関して簡潔に説明すると、レイコフ派の「概念」は五感から得られる心理上の要素も言語の側面も包含しているのに対して、スペルベルとウィルソンの「表象」は言語のみによって成り立っている。スペルベルとウィルソンの見解においては、五感によって得られる心理上の要素は言語能力と完全に隔たった頭脳内現象であると考えられている（八五―八六）。

いうまでもないが、概念に対する見解は概念メタファー理論から簡単に切り離すことは不可能である。その上、心理学や認知言語学においてレイコフ派の見解の裏づけとなる研究は年々増えつつあるといえる。論文の数が多すぎるため、本章に掲載することは困難であるが、多数の研究成果を総合的に評価するR・ギッブス(2)や鍋島弘治朗(3)の著書を参照すれば、レイコフ派を支持する研究者の基盤の堅固性を確認できる。

関連性理論は、ある点において概念メタファー理論と基本的に異なるが、関連性理論の大半はレイコフ派の見解に応用できるといえる。従って、本章においては、関連性理論の中心的側面を概念メタファー理論に追加し、文学作品に見られる隠喩の具体的な解釈法を検討していきたい。

二　文脈効果と共時的文脈

関連性理論の観点から考えると、如何なる発言やテクストを理解しようとしても、解釈するための文脈が必要であるとされている。文学作品を解釈する際に、文脈を注意すべき事項として理解する研究者は多数いるが、関連性理論において、文脈は単に解釈するために「あれば便利なもの」ではなく、解釈を行なうための前提条件である。従って、文学作品において、もし作者が何らかの形で読者に明白な文脈を提供しなければ、読者は自分の経験や知識を活用することによって、およその文脈に見当をつけなければならない。

これゆえ、テクストの意味が明白でない場合、読者は作家の意図を推論しなければならない。推論は必ずしも妥当とは限らないため、解釈作業は、予め準備されている方式によって結果を着実に決定していく数学の作業とは異なる。文学作品において、対象全体の首尾一貫性を見出し、様々な側面から浮上してくる推測を考慮した上で解釈を組み立てていく。現実における如何なるコミュニケーションにおいても、話者の意図を推測しなければ、妥当な解釈には導かれない。

関連性理論がこの論点で終わったとすれば、文学作品への理解は単なる主観的意見に留まるといえる。しかし、関連性理論は「文脈効果」を詳しく説明しているために、信頼できる解釈を見極めることは可能であると考えられる。ただし、前提となる想定が妥当でなければ、その想定に基づく解釈は信憑性を欠くことになる。想定が正しければ正しいほど、解釈が妥当なものになると仮定できる（八〇）。

読者の解釈は文脈の如何なる側面によって左右されているだろうか。スペルベルとウィルソンが提供する文脈カテゴリーの一つは、「共有している認知的な環境」である。この共有である環境を以下の通り説明している。

もし人間が認知環境を共有するとすれば、それは明らかに人間が物理的環境を共有し、同様の認知能力を持っているからである。（中略）さらに、2人の人間が認知環境を共有するといっても、同じ想定を作り出すということを意味するのではない。単にそれが可能だというだけである。（四九）

文学の場合を考えると、共有している主な環境は文化と言語である。言語文化体系に由来する一般的な文化及び言語に関する知識は、作品が創造された時点において、「共時的文脈」[4]であるといえる。当然かもしれないが、日本文学作品を十分に理解するためには、一定の日本語・日本文化に対する知識が前提条件であるといえる。

三　文学に見られる文脈効果

読者にとって、文学作品には特別な意味が込められていると信じる理由は二つある。第一に、もし特別な目的がなければ、作家は最初からその作品を執筆しなかっただろうと読者は判断する。スペルベルとウィルソンによると、「発話を生み出すことで、話し手は聴者の注意を求める。聴者の注意を求めることで、話し手は聴者の注意に値するだけの関連性があることを示唆する」（一八八）。文学に関して、文章の形式で残した上、書きとめるだけの価値があるという推測は「関連性の保証」の一例であり、文学作品における一つの暗黙の了解である。

しかし、作品を執筆する以上、作家は全体的に統一した技巧をテクストに書き込むことを通して、そのテクストは関連性を包含しているものであると、読者に訴える。読者はこの織り込まれている技巧に気づかなければ、関連性を含んでいるということを見逃すだろうと推測する作家は、より明示的な技巧の採用を検討することになる。スペルベルとウィルソンが指摘するには、「意図明示的刺激は、関連性があるというはっきりとした期待、伝達者の情報意図が認識されると関連性が得られるというはっきりとした期待を抱かせる」（一八八）。つまり、特別な意味が作品に込められていると読者が信じる第二の理由はテクストの技巧として捉える特徴の包含である。関連性理論によると、伝達者は、様々な方法を通して意図的なコミュニケーションであることを読者に意識させる。以下において、作家が頻繁に利用する数種の意図明示技巧を説明していく。

他のテクストと同様に、文学作品においても、タイトルや主題は伝達者の意図を明示的に伝達することが多いため、それらは注目すべき項目である。スペルベルとウィルソンは次の通り述べている。

> 話題の語用論的な役割に関して、その機能は、我々の言葉で言えば、理解過程にとって決定的な文脈情報となるものを呼び出せるようにすることであるということで一般に意見が一致している。例えば、古典的な談話話題は、題目（title）や写真の説明文（caption）である。その役割はまさに付随するテキスト〔原文のママ〕や写真の理解に決定的な百科事典的情報を呼び出すことである。同様に、文話題は、発話の前のほうに生起する一般に強勢のない統語的構成素であり、その機能は、我々の枠組みでは、話し手が解釈過程にとって決定的とみなしている百科事典的情報を呼び出せるようにすることである。（二六三―四）

前章において説明した通り、レイコフの場合において、スペルベルとウィルソンが挙げている「百科事典的情報」の代わりに、レイコフは概念（つまり心理学的な要素及び言語的情報）を提案しているが、説明されているタイトルに伴う文脈効果は概念においても、同等な機能性を持つといえる。

題目に次いで、文学作品の「最初の文」（冒頭）に関して、スペルベルとウィルソンは以下の通り説明している。

> 同様に、刺激の中にはそれ自体本質的にはほとんど関連性がなくとも、ふさわしいときに提示することで、その後生じる刺激の関連性を高め、結果としてそれがない場合よりもあるほうが全体として関連性の度合が高くなるというようなものがある。このことは通例小説の出だしの文に当てはまる。というのは、そういう文自体の関連性は限られているけれども、文脈を形成するのに役立ち、その文脈の中でそれに続く文の関連性が高まることになるのである。（一九六）

スペルベルとウィルソンはタイトルや冒頭の文による文脈効果を指摘しているが、これは一般的に見られる共時的文脈を指している。先述の通り、共時的文脈は作者と同時代の読者の間に共有される知識のことである。日本語、日本文化に関する知識及びテクスト内において提供されてきた情報（プロット展開に関する語り手の説明文、登場人物に関する情報など）のすべては共時的文脈に相当する。しかし、ある読者層にとって明白でない文脈形成要素が題目や冒頭の文に盛り込まれている場合、すべての読者はその関連性を解読するための情報は常備していない可能性がある。このような文脈は共時的文脈ではなく、通時的文脈になるが、この説明はとりあえず保留にしておいて、残っている共時的文脈を促す技巧に関して説明していく。

「反復による強調効果」も注目すべき技巧である（二六八）。教員が授業において同じ情報を繰り返す場合、その情報は恐らく試験で問われるだろうと学生は推測すべきである。それと同様に、作家が作品において特定の出来事や事柄を繰り返し書き込んでいる場合、繰り返す理由が不在のはずはない。この点に関して、関連性理論における説明は次の通りである。

我々の枠組みでは、このような発話に出くわした聞き手の課題は、ある表現が繰り返されているという事実と、話し手は最適の関連性を目指しているという想定を調和させることである。（中略）反復表現は聞き手に文脈を拡張し、よってさらに推意を付け加えるように促すことによって文脈効果の増大を生み出すことになると提案したい。（二六九―七〇）

つまり、ある作中の事柄が繰り返し描写されることによって読者がそれに気づく場合、繰り返されている理由に関して読者が検討し始める機会となる。

しかし、読者が気づかなくとも、反復によって無意識的な理解を促すこともあり得る。作品に対する読者の理解は必ずしも鮮明な理解であるとは限らないために、気づかない反復でも、読者における脳内の効果がないとはいえない。気づいていない反復の場合において解釈への理解を徐々に高めていくケースもあり得る。文脈に気づいていなければ、影響を与えていないとは断言できず、むしろ、僅かながら無意識のレベルにおいて文脈形成に貢献しているというべきである。

通常の場合、タイトル、冒頭の文、そして反復がもたらす効果は「共時的な文脈」をなすと考えられる。というのは、読者に執筆言語にまつわる文化体系に関して基本的知識がない場合は、他の文献や歴史的事情を参照することなく作品を理解することはできない。しかし、作品内で読者に提供されている情報の量がその作品を理解する上で不足している場合、その作品は「共時的文脈」に依拠していると同時に、テクスト外の文脈、つまり読者が把握していない背景的知識を作品理解の前提として要求しているといえる。そのようなテクスト外の情報が読者にとって同時代より以前に遡るものであれば、その情報は歴史軸において「過去」に属するために、「通時的文脈」といえよう。

先述の論点に関して、日本文学に散在する「通時的な文脈」の一部に焦点を当てつつ、説明していく。『広辞苑』によると、和歌・俳諧などを詠う場合、詠み人が「意識的に先人の作の用語・語句などを取り入れて作ること」[5]を本歌取という。しかし本歌取によって得られる効果に関しては『広辞苑』は説明していない。本歌取は作品を理解するのに役立つコンテクストとして如何に機能しているのだろうか。

第一に、文学における本歌取の使用は「意図明示的伝達行為」に当たるといえる。詩人や文芸家が本歌取を技巧として採用することによって、文学に関する自分の知識の豊富さを示唆し、自分には文学を創造する「資格」があることを強調していると考えられる。その上、過去の文学への暗黙の言及は読者層を教養ある人々に限定する効果もある。従って、本歌取は、誰しもが理解できる言語文化体系の普遍的な側面にその効果を依存しているのではなく、過去の特定の知識を利用する技巧であるがゆえ、通時的文脈効果であるといえる。和歌などにおいて、もちろん、本歌取を参照することによって捉えられる本歌取の意味合いが、それを引用した作品にそのまま移入されることも可能であるが、それのみに留まるのではない。日本の文化人は「万葉集」[6]を愛読してきた経歴を持つために、例えば柿本人麻呂の長歌の一部を引用することによって、本歌取を行なった歌人は自分の新しい作品に、古風で品位のある要素との関連性を賦与することができる。このように、芸術上の系譜である本歌取や歌枕を利用することを通して、作家は読者に対して新作が過去の名作と同様の品位を有するという意識を喚起することができる。

しかし、「万葉集」に精通していない人が、そのような新作の歌を理解しようとする際に、本歌取が行なわれている事実に気づかない場合もあるだろう。それゆえ、「万葉集」を玩味した経験のある人と比較すれば、同じ作品であっても、読者に応じてその作品を受容する際の文脈効果に差が生じてしまう。読者には、日本文学という、一種の「通時的文脈」であるコンテクストに関する十分な知識がなければ、その歌に潜在している意味を把握できないのみならず、「品位のある作品である」と示唆する詩人の姿勢にも気づかない。つまり、本歌取という方策においては、聞き手が本歌を理解している度合に比例して、直接的に描写されている内容が伝える以上の付加価値を感じ取ることができる。本歌取を利用する作者は自分の作品を好むことになる読者の顔ぶれを限定しようとしている。

作品にもたらす通時的文脈効果が先述のような効果のみに限定されるなら、本歌取は単なる文学的な装飾に過ぎないと断言できる。しかし、本歌取を採用した作品において過去の作品の言及している箇所は作品全体との関連性があるため、表面的な意味のみならず、相互作用によって生成される新たな意味も加わるはずである。つまり、本歌取が用いられた箇所は独立した形で解釈すべきものではなく、描写全体、または、プロット展開中における共時的文脈と照合した後に意味が決定してゆくのである。新しいコンテクストに照らし合わせて、本歌取が配置されている理由を特定しない限り、新作に如何なる意味合いが込められているのかに関して結論に至ることはできない。最後に取り上げたい文脈効果は、作家が必要以上に詳細を書き込んでいると感じる事柄のことである。場合によって、その事柄には、未だに見えてこない関連性が潜んでいる。なぜこれが推測できるのだろうか。不器用な作家であれば、作品に、全く関連性を伴わない、必要以上の描写を入れてしまうケースも考えられるだろう。しかし、真剣に考えている、有能な作家であれば、不必要な文を書き込まないだろうと、読者は仮定できる。読者にとって、作家に対する一種の信頼が必要である。表面上、無意味に見える箇所には、後ほど浮上してくる意味が隠されていると信じなければならない（五五）。

先述の論点をまとめると、作家は、様々な手段を通して、読者に自分の意図を伝えようとしているといえる。その上、作家は、文芸上の技巧を書き込むことによって、読者が読み続ければ、価値ある情報が待っていると、読者に対して保証する。逆にいえば、作家は最初から巧みに文脈効果を生み出さなければ、読者は作品全体を読み続けるための価値がないと判断してしまう。このため、作家は、積極的に技巧を取り入れなければならない。これは作家と読者との間において不可欠な暗黙の了解といえる。

四　「おくの細道」に見られる隠喩的二重構造

いうまでもないが、松尾芭蕉の最高傑作と考えられている紀行文「おくの細道」（推定元禄二─七執筆）[7]においては、通時的文脈に当たる歌枕について頻繁に触れられている。しかし、歌枕の言及される頻度に比例して作品が豊かになるとは限らない。この節では、概念メタファー理論と関連性理論とを併せて応用し、「おくの細道」が傑作として見られてきた理由を検討し、とりわけ作中に見られる隠喩性と文脈効果に関して部分的に調査を行ないたい。

「おくの細道」の歌枕に関して、ドナルド・キーンは以下の通り述べている。

何世紀もの間、日本人の旅行の主要な目的の一つは歌枕を見ることであった。和歌に現れる場所の数々が芭蕉を長い旅にかりたてたようである。それゆえ、彼は時に和歌について無学の輩が見落とすような場所を見るためにも、長い回り道をした(8)。

しかし「おくの細道」は文芸的な知識を持参したツーリストの感想文では決してない。旅によって快感を得られるのは否定できないが、元禄二年（一六八九）に旅に出た芭蕉の目的が単なる娯楽でなかったことは彼の人生や時代背景から分かる(9)。

井本農一によると、芭蕉が旅に出た当時、奥羽旅行は、東海道や伊勢参宮旅行とは異なって、「交通路も、宿泊設備も、輸送機関そのほかも、まだ十分整っていなかった(10)」と考えられる。また、江戸時代において平均寿命が五〇歳を超えていなかったことから考えて(11)、四六歳で年老いた芭蕉にとっては命懸けの旅路であった。出発前に家を売らなければならなかったからこそ、江戸に帰らぬ人となる可能性を認めた上で旅立ったに相違ない。なぜこのような旅に出たのだろうか。

前述の通り、作品題目は作品全体を理解する上でのコンテクストを与えている場合が多いとされている。「おくの細道」(12)というタイトルに関して、注目すべきは、版によって、タイトルの漢字や仮名遣いが異なる点である。芭蕉の自筆本と考えられている中尾本の題目は「おくの細道(13)」であり、曾良本の題目が「おくのほそ道」である。現在読まれている版及び関連研究において用いられているタイトルとしては、芭蕉自筆の仮名遣いよりも、漢字表記を多く用いた『奥の細道』（赤羽など）やひらがな表記を多く用いた『おくのほそ道』（『松尾芭蕉集　第二巻』、渡辺、キーンなど）の二種が主流となってきている。自筆本のタイトルには作者の意図を示唆する含意があると筆者は考えているため、本書においては「おくの細道」の記載を採用している。

周知の通り、奥州という国を表す「奥」は、掛詞の好例である。とりわけ和歌や俳諧において、掛詞の二通りの両義的な解釈を最大限に生かすために、漢字を利用しない傾向が見られるといえる。漢字は同じ発音である二つの言葉を区別する手段の一つである。従って、漢字表記は、その掛詞の両義性を打ち消す機能を持っているといえる。作家は一つの意味に限定したい場合に漢字を利用すればよいが、掛詞の両義性を強調したい場合においては、ひらがな表記にすることができる。この漢字とひらがなとの重要な相違を理解しない批評家もいるだろうが、タイトルにおいて作家が、普段漢字で表記されている言葉をひらがなで表記している場合、それは、掛詞である上の両義性を強調するためであるだろうと、ほぼ確実に判断できる。

しかし、「おくの細道」の場合、漢字のままでも「奥」が掛詞である上、それを漢字で表記しても両義性は完全には消失しない。芭蕉はなぜ自筆本と考えられる本のタイトルにおいて、強いて「おく」をひらがなで表記したのかという疑問が残る。

藤原マリ子[14]によると、芭蕉には「仮名遣いに対する強い規範意識」があったにもかかわらず、彼は「古歌や古詩・古物語」を扱う際に、「縦横に踏まえつつ」あったために「柔軟さ」があった。つまり、仮名遣いに対して敏感であった芭蕉は、複数の意味を同時に生かすために「おく」という表記を用いたことは十分にあり得るが、特別な目的がなければ、芭蕉は普段と異なる仮名遣いを利用することはしない。同音語の場合、漢字によって意味が限定されないように、その同音語をひらがなで表現する和歌や俳句の伝統を考慮した上、芭蕉が「おく」をひらがなで表現したのは、タイトルの両義性を敢えて強調する決然たる意欲を示しているといえよう。芭蕉はその掛詞の使用を通して、作品に如何なる意味や文脈効果を最終的に付加しようとしているのだろうか。

第一に、両義性を踏まえる掛詞を挿入する意志自体が作品の文芸的な性質を仄めかしている。日本文学において掛詞を取り入れる行為は品位のある伝統であるために、芭蕉は読者に、自作は文芸的に高質であると示唆している。

第二に指摘される文脈効果は、掛詞の両義性に沿うような、複数の解釈可能な意図である。「奥」という漢字は「陸奥」という地名を指しているため、テクスト全体は「奥」という国への旅の記録といえる。その上、「奥」の元の意味は「内面的な部分」であるために、陸奥のみならず江戸から離れた日本の内陸に当たる地域も指しているといえる。しかし、「奥」という漢字は地図上の条件以外に、特定の抽象的な対象の本質やエッセンスを表現するために用いられる。「おくの細道」のタイトルには、「おく」という多義的な性質を包含している掛詞が入っているゆえに、〈奥という地域への旅〉という具体的な概念領域に適応できる抽象的な概念領域も存在するだろうと仮定できる。

「おく」という語が表している抽象的な概念領域に関して、様々な説はあるが、主に二種類の解釈に即しているといえる。第一として、奥という発想が日本の文芸の、または日本の美学の内面、その本質であることを意味しているという見解である。この見解を支持する研究者は多数いるが、井本は次の通り述べている。

だからこの『奥の細道』旅行は、たんなる物見遊山の旅ではない。自己の誹風を深め、新たな展開をはかる決意を内に秘めたものと見るべきである。(15)

つまり、旅を通して芭蕉が追求したのは、観光者の娯楽や達成感ではなく、日本美及び俳諧のエッセンスであった。

第二の見解において、「奥」という言葉は、人生における「意味」を表現しているとされている。この点に関して、石田吉貞は、「旅を存在の姿とする存在論的見地に支えられている独特の文学[16]」であると指摘している。しかし、人生において見出す意味といえば、宗教のことが思い浮かぶ。「おくの細道」を通して、仏教的な意味合いに導かれた研究者は多数いる。

赤羽学によると、紀行文というジャンルは「変化を様式化[17]」する文芸である。「変化」が仏教における基本的な概念であるとすれば、紀行文は仏教的な観念を表現する上で最適なジャンルといえる。人生の基本的な状態である「無常」を実感できる場面が「おくの細道」に頻出しているといえる。具体的に指摘できるのは、時間の流れが表現されている最初の一節[18]、「仏」、「濁世塵土」など、仏教の専門用語に溢れている芭蕉の解説[19]及び、芭蕉も曾良も「髪を剃って黒染めの僧衣[20]」を着て僧形して旅に出かけたことである。作品全体の内容を考慮した上の結論は、仏教的な解釈がある程度妥当であると考えられる。

しかし、仏教的な解釈の妥当性に関して、解釈の範囲を限定しなければならない。赤羽によると、芭蕉が活躍していた当時は「職業選択の自由、移動の自由、宗教の自由が厳しく制限された江戸[21]」時代であったために、特別な理由なしに旅に出かけることが許されなかった。しかし「俳諧師が巡礼手形を申請する場合、剃髪することが許可を得易くする最も簡便な方法であった[22]」。つまり、芭蕉が僧侶と同様に黒い服装を着た理由は、彼の深い宗教的な理念が反映されているがゆえというよりも、旅行許可を得るための、必要上の手段であったといえる。

赤羽の指摘が正しいなら、それによって、「おく」という掛詞に関連する仏教的な含みが消えることにつながるだろうか。関連性理論から考えれば、そうではない。不完全で曖昧な伝達がある場合でも、作品全体の意味合いに照らし合わせて判断しなければならない。スペルベルとウィルソンによると、「関連性の原則に合うことの検証を受けねばならないし、もしこの基準を満たしていなければ拒否されねばならない[23]」が、もし仏教的な解釈が作品全体に関連性を与えると判断すれば、より優れている解釈が浮上してきても、元の解釈の観点を完全に捨てることはできない。しかし、不完全であるからこそ、「おくの細道」を仏教の教訓として読む解釈が最も妥当であると解釈するのも、無理があるといえる。

そうであるとすれば、「おく」というひらがな表記の掛詞には、少なくとも〈俳諧の美学的な本質〉と〈仏教の中心思想〉という、二通りの抽象的な含意が込められているといえる。しかし、これは含意が多すぎるため、限定する必要はないだろうか。スペルベルとウィルソンによると、その複数の解釈が生じる状況に文脈効果があるのならば、限定する必要は全くないということである。スペルベルとウィルソンは両義的な述語に関して以下の通り述べている。

　関連性理論の立場からみると、思考の最適な関連性のある解釈的表現は、常に最も字義性の高いものであると考えられる理由はない[24]。

従って、同一文の中に具体的な意味と、抽象的な意味が併存する場合、より具体的な意味（字義通りの意味）の方に力点を置いて解釈することが妥当であるとは限らない。関連性理論を支持する日本の記号学者菅野盾樹の著書『メタファーの記号論』から、具体例を取り上げよう。

フィギュア・スケート選手が競技大会でものの見ごとに転倒して演技をぶちこわしたのをとらえて、「痛い失敗

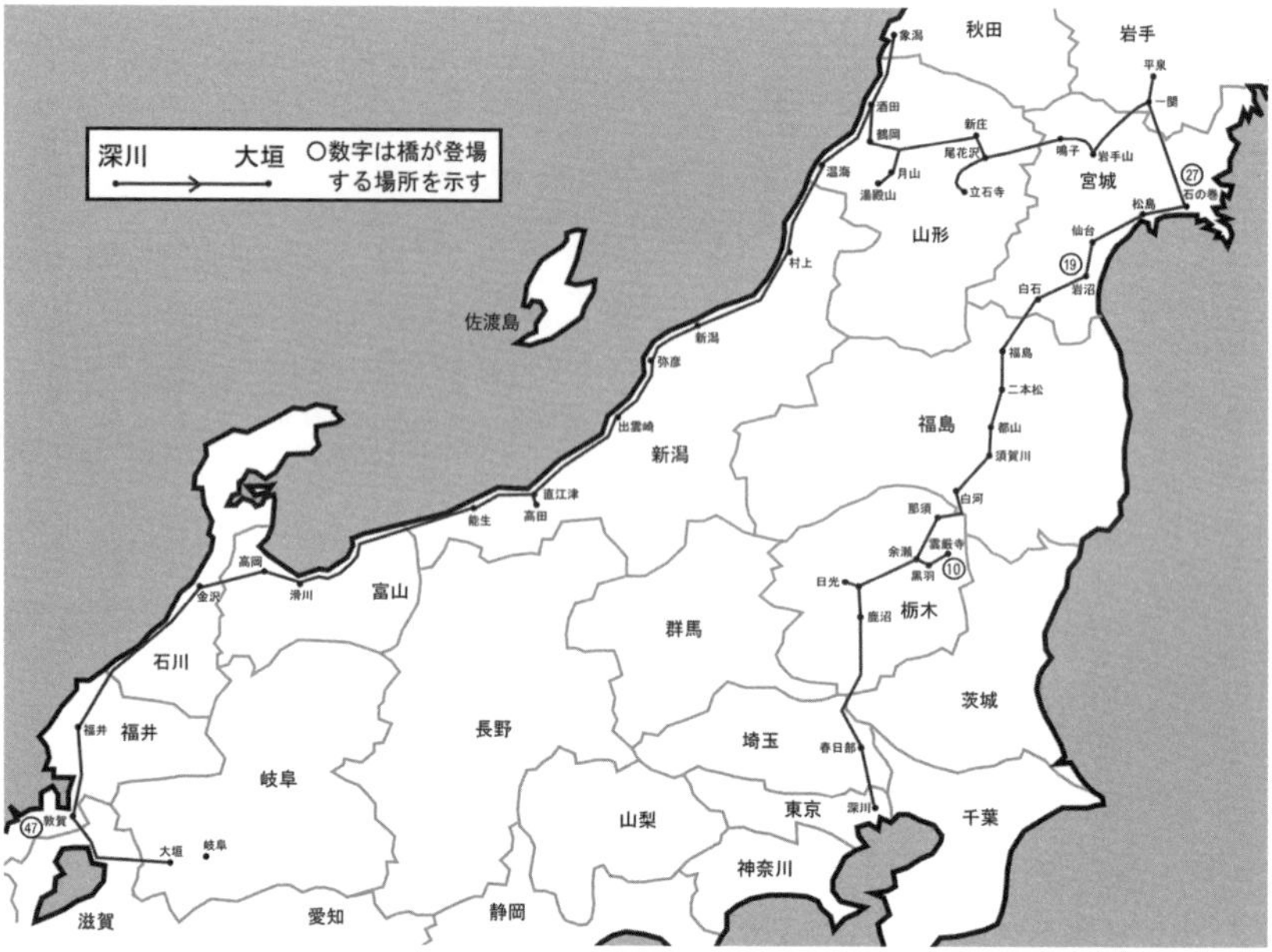

図1　「おくの細道」の道程（一部省略、県境は平成二六年現在のもの）

だったな」といえば、これは洒落である。(25)

字義通りの、氷面に転倒した選手の身体の苦痛も、競技における敗北によって選手が心理的な「痛み」を感じているだろうという隠喩的な次元の内容も表現されているため、字義通りの意味と抽象的な含み両方とも伴う発言といえる。話者が先の発言によって両方の意味を伝えようとしているのは明白であり、聞き手がどちらか一つの意味にのみ目を向けたとすれば、話者が意図している意味合いの一つを見逃すことになる。

奥州への旅が、非常に意欲的な旅路であったことは、図1を見て分かる。旅の総距離を考えた上で、芭蕉が生きていた時代より千年以前から存在すると思われる和歌など日本詩の歴史は長いからこそ、その本質を見つけ出すのも、容易なことではない。芭蕉が通った道は距離的に長かったために忍耐が必要である。

その上に、「細道」という表現は、僅かながら旅のさびしさを表現しているといえる。字義通りに芭蕉が辿った道の大半は「細かった」だろうが、隠喩的に考えると、「細い道」において大人数の旅は不可能である。従って、「細道」を同伴者の数が少ない旅として捉える。つまり、「おくの細道」のタイトルにおいて、具体的な解釈の他に、抽象的に捉える可能性もある。字義通りの意味は「芭蕉は細い道の上に奥という国まで旅した」ということである。しかし、同じタイトルから抽象的な含みを検討すれば、二つの要素が入っていると考えられる。第一、芭蕉の旅はある思想的な対象の「おく」つまり「奥深い本質」を追求するためのものだった。そして第二、「道が細かった」ということは、その「奥深い本質」への追求は、大勢の一般人が行なうものではなく、洗練された少数の人々が行なうものであることを示す。従って、作品全体を「同伴者の少ない、深い思想を追求する長旅」として理解すれば、「おくの細道」というタイトルは隠喩をもってそのような解釈を促すこととなる。

前述の通り、小説の冒頭の文には作品全体のコンテクストを仄めかすニュアンスが込められていることが多い。「おくの細道」の冒頭は次のようになっている。

月日は百代の過客にして、行かふ年も又旅人也。[26]

この箇所において、複数の文脈効果が見られると考えられる。第一に、時間の経過を隠喩によって表現しようとしていることに注目したい。

『論語』において、「子在川上日、逝者如斯夫、不舎昼夜[27]」という、孔子の「川上の嘆」も指摘できるが、とりわけ日本古典文学において、時間の経過を隠喩的に表現する、最も知られている例は、恐らく鴨長明の「方丈記」である。その作品において、川のそばに立つ傍観者の視点から見れば、時間のことを「行く河の流れは絶えずして、しかも、もとの水にあらず[28]」と表現している。芭蕉が隠喩を利用して時間を表現する理由の一つは、少なくとも長明の名作を連想させることにある。この関連性によって、「おくの細道」は「方丈記」と同様に、思想的に深い文芸作品であることを示唆しているといえる。

「おくの細道」における描写は時間の経過を表現しているため、「方丈記」と同様に仏教における「無常」を表現していると考えてしまうのは当然かもしれないが、隠喩を厳密に分析すれば、芭蕉の表現が「無常」とは無縁であることが分かる。「無常」という観念においては、この世の様子が変化しても、変化という本質は変わらない。この世界観において、世に存在するあらゆる行為は、結論として、空しい。意味のある成果を実現することはありえないために、この世の事柄すべてに、儚さを感じる。無常という観念を正当に表現するために、「方丈記」のナレーターは《時間の川》のそばに立ち、その客観的な視点から、変わっても変わらぬ変化を観察することを描いている。しかし、「おくの細道」の冒頭にある隠喩において、語り手は時間の経過を客観的に観察しているのではなく、時間の流れとともに旅をしている。従って、「おくの細道」における時間は、「旅人」という、主観的な視点によって規定されている。

その上、「方丈記」の描写が、時間の流れが何処かに行くことは視野に入れていないのに対して、芭蕉の作品においては、擬人的に捉える「時間」が〈旅〉をしているがゆえに、出発点も到着点も存在すると推測できる。目的地に到着することは主観的な目標達成であるため、無常という観念に逆らって、旅は「現世的な成果を成し遂げるための行為」に当たるといえる。作品全体にコンテクストを与える冒頭の文において芭蕉が利用している隠喩は奥深いものであるとはいえ、それを通して仏教の基本的な観念である無常を表現しているとはいい難いのである。

紀行文であるがゆえに当然であるかもしれないが、作品全体の形態は、旅によって構成されているといえる。旅という構成である上、繰り返される事柄が作中に登場すれば、人生の旅における「通過儀礼」として理解できると考えられる。誕生の出発点から人生の道を辿ると、成人式、結婚、子どもの出産など、多数の通過点がある。これらを経験すれば人生に対する達成感を得ることにつながる。現代において人生のあらゆる事柄に見られる価値は人によって異なるが、如何なる価値観においても、円満な人生を送った仮の証拠として、通過儀礼的な意識がそれに裏づけられているといえる。

〈人生〉は通過儀礼に満ちているため、人生を〈旅〉という概念を通して理解しようとする際に、道と道とのつなぎ目である橋は当然ながら通過点の表現として解釈されてしまう。橋を渡ることが、旅における障害物（川など）を乗り越える行為に当たるため、《人生の困難を乗り越えるのは橋を渡ることである》という隠喩が成り立つといえる。果たして、《人生の困難を乗り越えるのは橋を渡ることである》という〈橋〉の隠喩は「おくの細道」の描写の中に見出せるだろうか。

作品の詳細を見れば、作中において〈橋〉は四度登場するが、その描写を以下において説明していく。

第一〇章（雲巌寺）

「十景尽る所、橋をわたつて山門に入る。(29)」

第一〇章の箇所は、極めて簡素な描写である。ある地方の著名なお寺の門を入る前に橋があり、それを渡った。微妙なニュアンスのレベルにおいて、この渡橋は《断固たる行為は橋を渡ることである》という隠喩が仄めかされ、芭蕉の仏教への関心を伝えているといえる。しかし、描写自体は明確でない上、周りのコンテクストとの絡みで橋の存在が浮き彫りにはならないといえるため、この橋はその箇所に多大なる文脈上の効果を与えているとはいい難いのである。

第一九章（岩沼の宿）

「往昔むつのかみにて下りにし人、此木を伐て名取川の橋杭にせられたる事などあればにや、「松ハ此たび跡もなし」とハよみたり。[30]」

第一九章の箇所は非常に興味深いエピソードであるが、その場面の中心的な存在となっている事物は、橋ではなく、著名な松の木である。架橋の際に、杭を造るために、偉大な松の木を不意に切って犠牲にした藤原孝義は、美意識のない人間であると芭蕉は厳しく評価している。その大樹はもはやないだろうと芭蕉が推測し、自分の目で見ることができないことを予測していたが、松の木が根強いために見ることができたとその後に報告する。根強い木の描写は日本文学の長い伝統を暗示しているため、この箇所において松の木が特別な意義をもって登場している。しかし橋の方はその時点で存在しているか否かに関して、芭蕉は記述していない。このエピソードは「おくの細道」に橋が登場する場面のうち最も印象に残るにもかかわらず、該当箇所において橋自体は抒情的な存在感のないものとして登場しているといえる。

第二七章（石の巻）

「十二日、平和泉と心ざし、あねはの松・緒だえの橋など聞伝へて、人跡稀に雉兎蒭蕘の往かふ道、そこともわかず、終に道ふみたがへて、石の巻といふ湊に出ズ。[31]」

第二七章の「緒だえの橋」の箇所は宮城県古川市の歌枕であり、勅撰和歌集の『後拾遺和歌集』に関連している橋[32]である。しかし、結論としては、芭蕉が目指していた緒だえの橋を見つけることができないままに、一関に移動したということが書かれている。

著名な「緒だえの橋」なら、当然、その周辺の賑わいの一角になっているはずと思われるが、芭蕉はなぜ橋を探し切れなかったのだろうか。その悲しい事実は三陸地方の地震及び津波の歴史に潜んでいるかもしれない。平成二三年三月一一日に起こった東日本大震災の大津波のちょうど四〇〇年前の慶長一六年にマグニチュード八・一の「慶長三陸地震(33)」が発生し、その津波によって「緒だえの橋」が地図から消された可能性が高いと考えられる。この災害が起こったのは芭蕉の「おくの細道」の旅より七八年前のことであるために、「石の巻」の港は復興したとはいえ、津波の影響で「緒だえの橋」の伝統が途切れてしまったかもしれない。

しかし、この事実を認めた上で、芭蕉の説明文を再度吟味しなければならない。芭蕉は津波があったことを把握していたのだろうか。文脈から考えればそうではなかったと判断せざるを得ないが、平成二六年現在から振り返って「人跡」が「稀」という指摘は一層悲しく感じられる。何れにせよ、訪問しようと考えていた歌枕を見ることができなかった芭蕉は、悔いを覚えたかもしれないが、その後間もなく他の歌枕を道端につい見つけたということもあり、「緒だえの橋」を渡ることができなかったことは「おくの細道」の道程において重要な出来事として説明されていることはない。

第四七章（敦賀）

「あさむづの橋を渡りて、玉江の芦は穂に出にけり。(34)」

橋の特徴を具体的には描いていない第四七章の箇所も歌枕である。福井市浅水町麻生津川に架かっていた橋は「枕草子(35)」にも登場しているために、歌枕がゆえに「おくの細道」に通時的余韻を与えているといえる。しかし、具体的にあさむつの橋が「枕草子」に登場している箇所を読むと、それは数点の名橋の羅列の中にある。つまり、「枕草子」においても、「おくの細道」においても、あさむつの橋が登場している描写の中に深い意味が込められているとはいい難い。

結論として、橋は作中に四度登場するが、各箇所において、特別な存在というよりも、旅において通過する予定の歌枕として登場しているに過ぎない。はたして橋は、「おくの細道」全体において重要な役割を担っているのだろうか。

芭蕉が橋を渡るたびに旅程において前進する決意が表明されているとすれば、橋の反復的な描写はさらに奥へと進もうとする旅人の確固たる意思の表現となる。しかし長旅において橋を四つのみしか渡っていないということはあり得ない。もし橋の描写を繰り返す意図が芭蕉にあったならば、歌枕以外の橋の描写を多数採用することが可能であったはずである。そして、図1にある、「おくの細道」のどの章に登場しているかを表している丸数字を参照すると、旅路において、橋は様々な地域に存在していたことが分かる。ある意味、それら四つの橋は旅の通過点として登場しているかもしれないが、「おくの細道」全体において目標達成への進行を確認する通過点の表象として機能しているのは橋よりも、むしろ歴史的な名所や歌枕である。

日本文芸における比喩史の研究家である多門靖容によると、古典における隠喩には、他作品から引用された比喩がその大半をしめ、「ほとんど義務的に」参照しなければならない「ことばのストック」[36]であった。「おくの細道」に登場している橋はまさに「ことばのストック」から採取された例として受け取ることができる。その橋ではなく、他の橋を採用されたとしても、作品全体に影響はない上、その橋の代わりに橋ではない全く別の歌枕に塗り替えても大きな変化はないといえる。

つまり、「おくの細道」において、橋は単なる「歌枕」の一種として登場しているに過ぎない。日本文学の本質を探求する目的で出立した芭蕉にとって、歌枕や歴史的な名所に言及するのに比例して、目標に接近していることが強調されている。歌枕の連続的な描写を通して、日本的な美の真髄に肉迫する道を描いた作品にふさわしい、象徴的な描写を取り入れたといえる。

「おくの細道」は、日本文学の伝統に対して如何なる姿勢を示しているだろうか。全体を眺めると、芭蕉はその伝統の豊富さを全面的に認めている。作者自身が過去の文人の跡を辿っていることを主張し、自身の文学がその伝統の延長線であることを表現している。この意味で、芭蕉の旅の目的は俳諧であったとすれば、日本文芸を重視する紀行文というジャンルにふさわしい内容であるといえる。

渡辺憲司は、主情的方法は紀行文に不可欠な要素であると以下の通り指摘している。

　中古、中世以来の伝統的な紀行文創作の様式を踏襲し、主に歌枕によって古典化された名所・旧蹟を訪れ、和歌・俳諧・漢詩の抒情表現を軸として紀行文を組み立てたものである。(37)

一方、渡辺によると、紀行文と近代の旅行記との間における最も重要な相違は、紀行文において、土佐日記を始めとして、自照性が不可欠な要素である点である。(38)旅行記においては自照性がないということではないが、より希薄なものになっていると渡辺は指摘している。ということは、「おくの細道」は文芸伝統の背景と作者個人の演出を巧みに両立させたといえる。

しかし、典型的な紀行文で、日本の文芸の伝統を尊敬したとはいえ、芭蕉の作品は紀行文というジャンルにおける新たな発展へとはつながらなかった。鳴神によると、芭蕉の時代から、近世に紀行文が多数書かれたにもかかわらず、芭蕉の傑作は紀行文を衰退へと導いた。(39)まだ原因が特定されていないこの事実は、紀行文の歴史のみならず、近世文学全体における重要な問題である。

「深い思想を追求する長旅」という視点から考えて、作品のタイトルと内容全体が合致しているために、一貫性という側面において「おくの細道」は他の紀行文よりも遥かに優れていたといえる。この一貫性は偶然に浮上してきた現象ではなく、芭蕉が意図的に取り入れた技巧である。芭蕉は隠喩に関して繊細なセンスを持っていた上に、「おくの細道」において、その才能を発揮することができ、文学作品の隠喩的可能性を一気に開花させたと、筆者は考えている。

さらにつけ加えると、「おくの細道」を二一世紀から振り返ると、紀行文の最高傑作としてのみならず、日本近代小説に通じる道を示唆する作品とも見える。この点に関して指摘している学者は少なくない。井本は以下の通り述べている。

『奥の細道』は旅行記ではない。文学作品である。だから旅の事実がそのまま書かれてはいない。それどころか全体がフィクショナルだといってよい。旅行を素材にした俳句的小説といってもよいし、あるいは散文詩ともいえよう(40)。

結局、「おくの細道」が長編で複雑な作品であり、橋に対する言及が細部まで描かれていないため、作中に見られる橋は作品全体の解釈に対して強い影響を与えているとはいい難い。しかし、芭蕉の他の作品を見れば、どの橋も特別な意味を持たないとは限らないことが分かる。

五　「更科紀行」における〈橋〉の隠喩

「更科紀行」の舞台である木曽路は、江戸と京都を結ぶ中山道の一部であった。木曽路には「木曽八景」などがあり、谷山の絶景に恵まれている。この公道を多数の旅人や大名行列が通行したため[41]、他の地域への経路として始まったが、芭蕉の時代において木曽路は一般的に知られていた。

元禄元年（一六八八）の八月中旬に、芭蕉は滞在していた美濃国（岐阜県南部）から木曽路を通って信州更科経由で江戸へと出かけた。旅の最中、またはその後に俳諧を執筆し、その文芸的な記録として残したのは、短い紀行文の「更科紀行」（推定元禄元執筆）である。芭蕉の具体的な道順、途中での進行状況、宿泊先の詳細に関しては未だに議論されているが[42]、旅のおよその内容は明らかになっている（図2を参照）。

「更科紀行」の文芸的な位置づけに関して、「おくの細道」の前奏として考えている学者が多数いる。富沢洋子は、両作品の間に複数の類似性が見られるために、「『おくのほそ道』は、この「更科紀行」の延長線上にある[43]」と述べている。ただし、「更科紀行」を独立した作品として「おくの細道」と比較すれば、後者の方が優れているという結論でほぼ一致している。竹内一雄は、「要するに具体的な記述をほとんど省略していて、「夢幻的」はともかく紀行文というよりは「小品」あるいは「随筆」と言った方がふさわしい文体である[44]」と述べている。その上に、竹内は「発句の羅列[45]」によって作品のバランスが崩され、「六十斗の道心の僧」の描写が多すぎるために「構成上の破綻[46]」が発生しているとさえ断言している。このような見解に対して作品の優れている側面を取り上げて反論する余地は確かにあるが、一貫性の面を中心に考えると、この作品は完成した紀行文というよりも、加筆の余地を残した紀行文の手書き原稿である。「更科紀行」と「おくの細道」を比較しさえすれば、後者が二一世紀においても

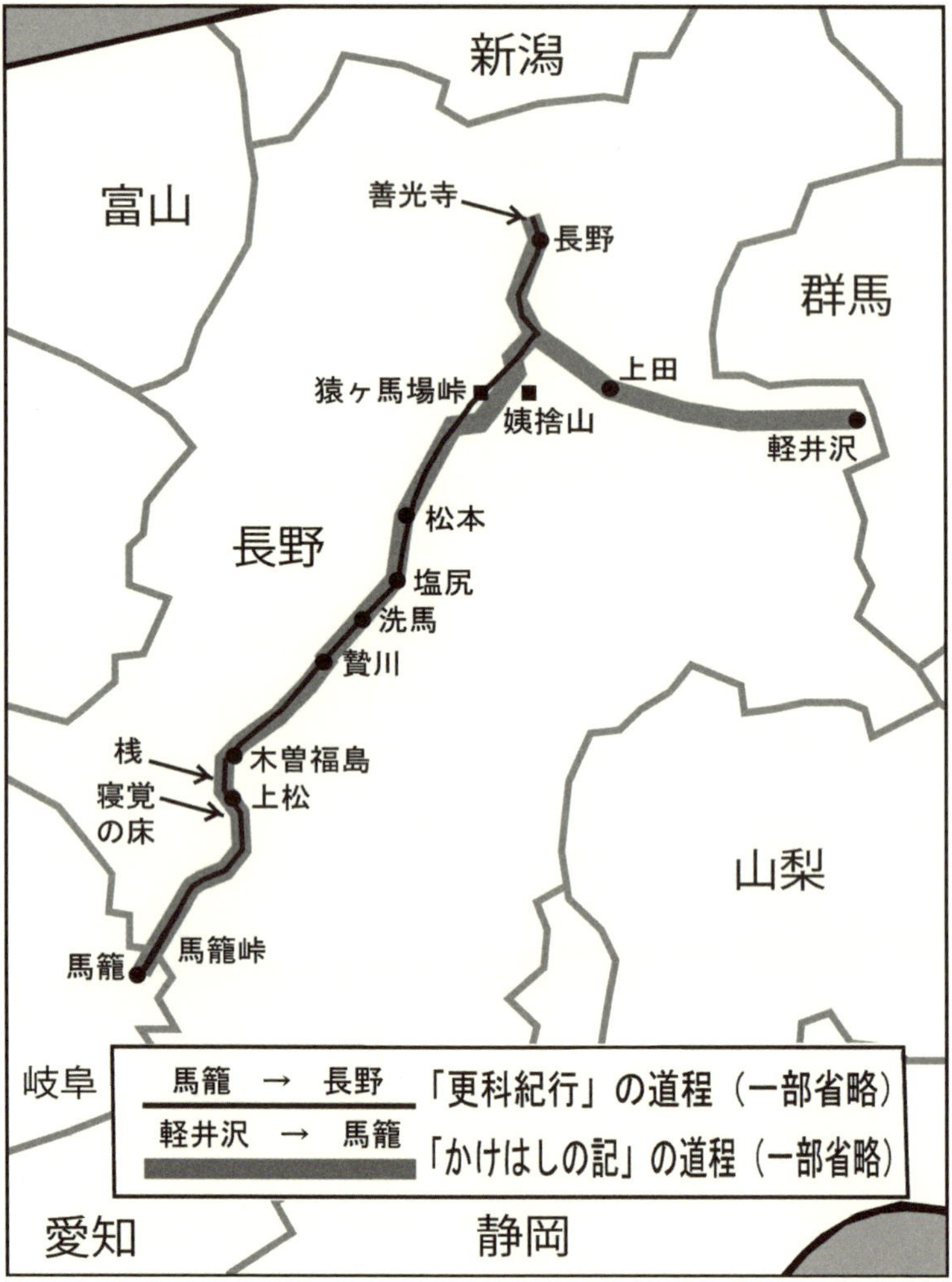

図２　「更科紀行」、「かけはしの記」の道程の比較（県境は平成二六年現在のもの）

芭蕉の最高傑作として認められている理由が明らかになる。「おくの細道」は長い作品であるにもかかわらず、一貫性の側面において「更科紀行」よりも優れていると思われる。

優れた技巧が「更科紀行」に存在することを認めつつ、関連性理論を利用して、この問題に取り組みたい。総合的な解釈を促す数種類の文脈効果の有無を確認しながら、「更科紀行」における一貫性が十分に成立しない、複数の要因を特定していきたい。しかし、飽くまでこの試みは関連性理論における文脈効果を軸にする分析であるため、絶対的な評価とはなり得ない。他の側面において、「更科紀行」の方が優れていると評価することは可能であると、分析する前に了承していただきたい。

前述の通り、「おくの細道」は掛詞を含むタイトルである。その題目が作品全体における複数の可能な解釈を仄めかしている上、作品全体がそれによって規定される。しかし「更科紀行」というタイトルは、「おくの細道」とは異なる方略を取っている。「紀行」という部分は恐らく紀行文であることを主張しているのだろうが、「更科」は著名な歌枕である。すでに説明してきたが、「歌枕」は一種の通時的文脈であり、日本文学に登場する地名を利用して、他の文学作品からのニュアンスを借り、文芸の嗜み深い余韻を引き起こす技巧である。とはいえ、「おくの細道」の題目は「おく」という歌枕を踏まえながら、掛詞である「おく」の隠喩的両義性を巧みに利用しているが、「更科」は掛詞として捉えられない上、隠喩的な側面が入っているとはいい難い。

関連性理論によると、執筆行為には、その文章を読めば価値のある情報が読者に提供されるという暗黙の了解が含まれている。この暗黙の了解を「関連性の保証」という。有能な作者の芭蕉が「更科紀行」というタイトルを利用したことには、文芸的な目的があっただろうと、「関連性の保証」から推測できる。更科は「月の名所[47]」として著名であったために、歌枕に精通している読者はタイトルを読む際に、「月」が登場することを期待するだろう。

実際に、作品全体を通して、月に関する描写は六回も登場している。「更科」地方の歌枕に精通している読者は、作中における月の各描写には、ミステリアスなニュアンスを感じ取るだろう。結局、芭蕉のタイトル「更科紀行」は、隠喩的な側面が包含されていなくとも、「通時的文脈」である歌枕を効果的に利用することによって、作品全体の幻影的な雰囲気を前触れする役割を果たしているといえる。

「おくの細道」の冒頭の文は見事に作品全体の隠喩的な構造に触れているが、「更科紀行」の第一文は同様に総合的な文脈効果に貢献しているだろうか。

さらしなの里、おばすて山の月見ん事、しきりにすゝむる秋風の心に吹さはぎて、ともに風雲の情をくるはすもの又ひとり、越人と云う。(48)

「更科」という歌枕に関連する「月」は確かに登場している。その上、「風雲の情」に心が狂わされるということも書いてあるため、月がもたらし得る不安定な心境を指している。奥田によると、「とてもまぎれたる月影(49)」という表現も同様に「月」に取りつかれている芭蕉の「紛れた」心境を表していると説明している。

「おくの細道」においては、橋、歌枕、歴史的名所などの描写がたたみ掛けられる。芭蕉が遭遇する名所が路上の節目である上に、各名所は旅の通過点としても機能し、長旅という構図がこれらの具体化描写によって強調されることとなる。しかし「更科紀行」の場合、「風雲の情」というイメージは文体によって具現化されているだろうか。具現化していると考えることも可能である。なぜなら、作品全体の構成を考慮すれば様々な作品の面において「風雲」に「狂わせられた」ような不均衡が生じているといえるからである。

ある意味で、「おくの細道」を仏教の教訓を伝える作品として読むことが可能なのであれば、「更科紀行」は仏教的な警告を示唆するものとして読むことができる。次の箇所を例として取り上げよう。

仏の御心に衆往のうき世を見給ふもかゝる事にやと、無常迅速のいそがハしさも我身にかへり見られて、あはの鳴戸は波風もなかりけり。(50)

芭蕉はこの箇所において、彼が進んでいた旅路が、無常迅速の只中にあったことを表現しようとしている。従って、「狂わせた」上で旅に出た芭蕉は自分のことを修行している旅僧として旅立たせたのではなく、逆に「遊びたい情念(51)」に身を任せようとしている流離人として描いているのである。

その直前に路上で出会った、芭蕉より年上の僧侶が、担いでいる荷物が重すぎたためか、木曽路の景色に感動を示さないことが描かれている。竹内も、富沢も、このエピソードによって違和感が浮上すると指摘している。(52)「おくの細道」の描写において、芭蕉は仏教に精通している僧侶のような存在になっているのに対して、「更科紀行」において、この年老いた僧侶に対する批判が混じってしまうため、芭蕉を仏教の代弁者として受け止め難いといえる。

アンバランスが生じている原因と思われる他の側面もある。実際に辿った道順を考えれば、芭蕉は馬籠という町から木曽路に入って、長野市を経て江戸へと進んだにもかかわらず、「桟」を、「寝覚の床」より先に取り上げることによって、実際に辿った道順と逆方向に描いてしまったことが分かる。「桟」を見ることを期待していたと説明しているが、「木曽の桟」へのアプローチにおいて、徐々に読者の期待感を高める描写は一切ない。芸術上の必要性があれば、道順を反対に描くこのような技巧を認めることはできようが、「寝覚の床」という名所の描写が極端に乏しいため、その芸術上の必要性は明白でない。

実際のところ、作品全体を読む際に、読者は木曽路の雰囲気を思い浮かべさせる具体的描写を期待するが、該当する描写はない。その上、優れている芭蕉の発句のほとんどは、散文的な説明が終了した後に登場する。旅の経過を理解するために、その句が「おくの細道」と同様に解説の中に盛り込んであったとすれば、全体の一貫性に貢献した可能性はあっただろうが、芭蕉は句のほとんどを最後に配置することによって、読者にそれを理解する責任を委ねているといえよう。[53] 文脈効果を無視する、最も極端な例を取り上げれば、芭蕉は旅路において善光寺を訪問し、それに関して二つの句も詠んだにもかかわらず、善光寺や長野市の景色に関する記述は一切登場しない。最後に配置されている発句は、単独の発句として優れていると認めることはできるが、作品全体との関連性が微々たるものであるため、善光寺に関して書けば良かったたか、それに関する句を除くべきであったか、作品の描写範囲に関して疑問が残る。

ただし、「更科紀行」には、極めて魅力的な発句が解説の中に盛り込まれている例もある。芭蕉が俳諧師として力を発揮することができたことは、次の句の採用によって証明されている。

桟《かけはし》やいのちをからむつたかづら[54]

紀行文は文化及び文芸的な背景を重視する様式であるがゆえ、この句を解釈する際に、歴史的背景を視野に入れなければならないと考えられる。従って、「木曽の桟」の経歴に関して考察していきたい。

芭蕉が木曽路の旅の際に通行した木曽川の谷間は非常に通りづらい場所であった。齋藤建夫によると、「懸崖に岨橋を渡してわずかに通路が開かれたのは、応永年間（一三九四―一四二八）[55]」であり、その後、木曽の桟は「危うきものの代表として世に知られてきた」。桟は基本的に板橋であったが、橋を安定させるために、つる植物が折り込められてあった[56]とされている。このため、つる植物が岨橋に「からみついて」いる[57]という描写は桟の構造上、当然である。

『万葉集植物物語』によると、「万葉集」に詠まれている「ツタ」[58]は「定家葛《ていかかずら》」を指している。植物名の由来は、藤原定家が「亡くなった皇女を慕って墓石にまつわりついた」[59]という伝説にある。「更科紀行」において、葛という植物の登場を、通時的文脈効果をもたらす本歌取として考えるならば、芭蕉が桟を渡る際に必死に岸にかじりついている様子に微かながら定家のことを仄めかしているといえる。その上、共時的文脈として、不安定な桟の上に進むか、桟が危ないために旅を断念するかという相反する選択に迷っていた話者の葛藤も描かれているといえる。

奥村芳太郎によると、芭蕉が通った際に、「断崖を削り取ったような道を、足下に木曽川を見ながら、心細い気持ちで歩き、ところどころにある桟でまた肝を冷やした」[60]。危険であるという評判を解消するためか、芭蕉が通った前にも後にも工事が行なわれた。岨橋が石垣積みに改められたのは慶安元年（一六四八）と寛保元年（一七四一）の二回の工事後[61]であった。それゆえ、木曽の桟の難所としての評判は相変わらずであるが、「更科紀行」が書かれて間もないころ、危険な桟を渡るという実体験は不可能になったといえる。現代において、石垣積みの「桟」は部分的に残っているとはいえ、それは高速道路の下に埋もれているため[62]、木曽の桟であること自体が疑わしくなってきたといえる。

木曽路における複数の難所のうち、とりわけ不安定であった桟を芭蕉が渡る際の解説が、「更科紀行」において最も印象的な場面であるといえる。しかし、桟の登場は如何に作品全体の文脈形成に貢献しているだろうか。前述の通り、歌枕である「更科紀行」のタイトルは〈月〉との関連があり、冒頭の文を始めとし、月は最も作中で反復されているイメージである。芭蕉は月のイメージを利用して、寂寞感に満ちた神秘的な雰囲気の創造に成功していると考えられるが、それにもかかわらず、作中における最も記憶に残るエピソードは「桟」の場面に関するものである。結局、月が作品に付加しているニュアンス以上に、「桟」のイメージの方が印象的であったため、「更科紀行」は「桟」という歌枕を効果的に活用した作品として注目され続けてきたといえる。

もし桟の描写が隠喩であるとすれば、如何なる意味が込められているのだろうか。命をかけて桟を渡った際の芭蕉が恐怖と快感とを覚えていることを考慮すれば、長編である「おくの細道」に見られる〈長旅〉に基づく隠喩は成り立たない。なぜなら、この場面において中心となるイメージは次第に進歩してゆく〈長旅〉ではなく、短い時間帯において成し遂げるドラマティックな〈渡橋〉である。

しかし、「桟」の場面と「月への道」という作品全体のテーマは十分調和されていないといえる。これゆえ、桟のエピソードは非常に興味深い場面であるとはいえ、作品全体の首尾一貫性の構築に貢献しないのみならず、実際には、月と関連した雰囲気を強調しようとする芭蕉の意図に反する結果を生じている可能性がある。事実上、芭蕉の「桟」に対する描写は作中の主なテーマと照合できないために、その場面に深い意味が込められているとしても、非常に特定し難いものであるといえる。結論としては、「更科紀行」は興味深い設定に加え、優れた発句を提示している作品ではあるが、「おくの細道」という最高傑作に見られるほどのバランスと首尾一貫性は不在といえる。

上記において、「おくの細道」と「更科紀行」に込められている思想的側面及びタイトルと内容との一貫性を検討してきたが、同じ視点から子規の「かけはしの記」を分析すれば、特別な意味が込められていることは明らかになるだろうか。

六　「かけはしの記」における〈橋〉の隠喩

発句を俳諧の連歌から切り離して、独立した「俳句」の意識を発足させて推進した正岡子規は、若いころから芭蕉の影響を多大に受けていたことは周知の通りである。晩年、子規は芭蕉を厳しく評価するに至るが、大学生時代の子規は、「更科紀行」に憧れたために、芭蕉が辿った足跡を追い、木曽路へと旅した。子規の旅は、明治二四年（一八九一）六月に行なわれた。[63]当時、子規は二五歳であった。

金井景子によると、「健康を害して学年試験を放棄し帰省する途上、子規は木曽路に[64]」立ち寄った。鉄道の中央本線が明治一二年に開通したことから、子規が中山道の一部を通った際はすでに旅行しやすい状態であった。[65]「かけはしの記[66]」（明二五・五―六）によると、子規の主な交通手段は汽車であったが、一部歩き、一部馬に乗り、そして馬籠周辺で折り返してから一部川船にも乗った。旅の手段は様々であったが、基本的に篠ノ井線、中央本線など、線路に沿って旅行をしたといえる。

図2に記してある通り、東京から出発した子規は軽井沢と長野市を経て馬籠に到着して引き返したということで、芭蕉の旅の順路に完全に従ったということはない。子規が描写した道順は、江戸に向かっていた芭蕉の旅と正反対の方向であった。しかし、旅の方向性が正反対でも「更科紀行」と「かけはしの記」に登場する地名や発句枕の多くが共通である。

子規が出かけた動機に関して、金井は次の通り述べている。

（前略）子規が芭蕉の存在を相対化し自らも一人の俳人として対峙するにはいますこし時間が必要であり、与謝蕪村の存在の明確な把握を待たねばならずこの時点では旅人としての芭蕉に自分を「見立て」る範囲を出るものではなかったと言えよう。[67]

この見解が妥当であれば、芭蕉が通った木曽路の発句枕を訪問することによって、自分の詩材を確保し、自分の俳人としての人となりを探求しようとする青年時代の子規の姿は鮮明に見えてくる。子規にとって、木曽路への旅は「俳諧修行の旅[68]」であった。しかし、それのみであったのだろうか。該当作品を細部まで分析しない限り、初期文章であるという理由ゆえ研究すべき対象ではないという結論に至ることは不可能であると考えられる。

旅の経験を表現している紀行文「かけはしの記」は、明治二五年五月二七日から六月四日までの間、六回にわたって『日本』という雑誌に掲載された[69]。明治二五年前後において、子規は『読売新聞』に掲載されていた旅日記の影響の下で「紀行文作家としてその個性を発揮し始め[70]」た時期であった。

子規の紀行文に関する先行研究には、金井の「子規の紀行文」と「旅と成熟／子規の紀行文」があるが、「かけはしの記」のみを取り上げる先行研究は、筆者が把握している限り、未だに発表されていない。先行研究が不在である理由は、いくつか挙げることができる。「かけはしの記」は子規の初期作品とみなされているために、作中において研究すべき点があるか否かという疑問があるのも当然かもしれない。しかし、「かけはしの記」が子規の初期作品であったとはいえ、雑誌に掲載されたために、単なる試作品として理解することには無理がある。執筆した当時の子規の文学的な力は未だに完全に成長してはいなかっただろうが、「かけはしの記」が刊行され公に発表されたために、未刊行の他の初期作品に等しいという評価は認め難い。

先行研究が少ないさらなる理由は作品のジャンルと関わる問題である。子規は近代文学の作家として知られているが、紀行文は主に近代以前に流行したジャンルである。また、金井は、「かけはしの記」を、「弥次喜多」臭の滑稽物として考えている[71]。「かけはしの記」には「滑稽」的な要素は確かに見出せる。しかし、その特徴のみに着目して作品を解釈すれば、大学生時代の子規の文学に対する姿勢が軽率であったために、晩年に見られる彼の真剣な態度と無縁であるという結論に至る。初期作品「かけはしの記」において表現されている見解は、本当に晩年の子規の見解と関連しないものだろうか。本節の主な目的は子規の初期作品の「滑稽」的な表面の裏に隠されている進歩的な文学観を明白にすることである。

関連性理論によると、多くの場合、作品の意味を把握するために、対象全体の首尾一貫性を見出す必要がある。前述の通り、首尾一貫性を特定しようとする際に、とりわけ注目すべき項目は作品の「題目」、「冒頭の文」、そして「反復による強調効果」である。以下において、子規が「かけはしの記」を通して表現しようとした意味を把握するために、「題目」、「冒頭の文」、そして「反復による強調効果」を中心に考慮していきたい。

スペルベルとウィルソンによると、「題目」は決定的な文脈情報を伝える場合が多いが、「かけはしの記」の「題目」の意味を検討する際、ただちに問題が生じる。なぜなら、タイトルを文字通り読めば、作品は「木曽の桟」に関する「記述」として理解されなければならない。「桟」が作中に登場したとすればこの解釈に対して疑問視する必要はないかもしれないが、子規の時代においては、芭蕉の紀行文に登場している形態の桟はすでに姿を消している上、作中において「桟」らしき事物は登場しない。

この問題を解決するために、第一に提案できるのは、タイトルの「かけはし」は同名の発句枕のことを指しているという解釈である。芭蕉が通った時代において「桟」はすでに歌枕的な存在となっており、子規が「桟」へと出かけたのは明らかに芭蕉の発句枕を訪問するためであった。従って、「かけはしの記」というタイトルはその発句枕に対する「記述」であろうと推測できる。「桟」自体はその場にないが、子規の旅全体が「桟」という発句枕（つまり文学的伝統が豊富である木曽路の一名所）を訪問するためのものであると解釈すれば、作品名は歌枕の伝統に関連性を借り、通時的文脈として機能していると判断できる。

作品の首尾一貫性を把握するための二つ目の項目は「冒頭の文」である。「かけはしの記」の冒頭は次の通りである。

浮世の病ひ頭に上がりては哲学の研究も惑病同源の理を示さず。行脚雲水の望みに心空になりては俗界の草根木皮、書にかいた白雲青山ほどにきかぬもあさまし。腰を屈めての辛苦艱難も世を逃れての自由気儘も固より同じ煩悩の意馬心猿と知らぬが佛の御力を杖にたのみてよろ〳〵と病の足もと覚束なく草鞋の緒も結びあへでいそぎ都を立ちいでぬ。（二五九）

冒頭において「浮世」、「行脚雲水」、「佛の御力」など、仏教と関連する表現が頻繁に見られるのは、作者の厭世的な気分を伝えると同時に、仏教的な雰囲気を作中にもたらすためと考えられる。金井は、子規の文体を読めば、芭蕉に学んでいることが「一目瞭然」であると評価しているが[72]、子規が採用している特殊な語彙はこの見解を裏づけている。例えば、「つはものども」（二六四）という表現が登場する際に、「おくの細道」に精通している読者はただちに芭蕉の影響を特定するだろう。同様に冒頭に見られる仏教的用語は、子規の仏教に対する熱心さよりも、芭蕉に見習っていることを明らかにするための技巧であるといえよう。

紀行文の場合において、話者の存在は執筆者のアイデンティティと重複する例が多く、大学生であった子規が僧侶また古き俳人芭蕉のように語っていることが、滑稽物という評価に至る原因の一つであると考えられる。しかし、作中の描写において子規が紀行文の伝統を揶揄している傾向が見られるとはいえ、作品全体がユーモアのために執筆されたとはいい難い。読んでいる際に、笑うべきか、真面目に読むべきか、判断できない曖昧性が漂っているといえる。風刺の雰囲気は確かにあるが、完全に風刺として解釈することが困難である。その理由の一つとして、子規が紀行文を通して紹介している俳句や和歌のすべては真剣に執筆されたものであるとしか考えられないからである。紀行文全体には「滑稽」な雰囲気があるとはいえ、その中に盛り込まれている俳句のあり方を考慮すれば、紀行文はその句を生かすためのふさわしい枠として機能していることが分かる。結論として、冒頭の文に見られる「古き俳人」的雰囲気は、最初はユーモアとして理解しても、読者が読めば読むほど次第にそれを意識しなくなり、読後において印象に残るのは「紀行文」の雰囲気のみである。

「かけはしの記」における「反復による強調効果」を考慮すれば、作中において主に繰り返して登場している項目は「かけはし」（または桟、桟橋）であることが分かる。頻繁に取り上げられている「かけはし」などという用語が登場する際に、そのイメージが鮮明に描かれている。作中において「かけはし」や「蔦かつら」など、桟やそれと関連するものが登場する箇所は次の通りである。

ほとゝきすみ山にこもる声きゝて木曽のかけはしうちわたるらん　　伽羅生（二五九）

樵夫の歌、足元に起つて見下せば蔦かづらを伝いて渡るべき谷間に腥き風颯と吹きどよめきて萬山自ら振動す。（二六〇）

兎に角と雨になぶられながら行き〱て桟橋に著きたり。（二六四）

蕉翁の石碑を拜みてさゝやかなる橋の虹の如き上を渡るに我身も空中に浮ぶかと疑はれ足のうらひや〱と覚えて強くも得踏まず通り、こし方を見渡せばこゝぞ桟のあとゝ思しきも今は石を積みかためたれば固より往き来の煩ひもなく只蔦かつらの力がましく這ひ纏はれるばかりぞ古の俤なるべき。（二六五）

かけはしやあぶない処に山つゞじ　（二六五）

桟や水へとゞかず五月雨（二六五）

むかしたれ雲のゆきゝのあとつけてわたしそめけん木曽のかけはし（二六五）

これらの引用文のうち、最初の三つの引用文は子規が「かけはし」に到着する前の段階で登場している箇所であり、最後の三つの引用文は彼が「かけはし」に到着した後の箇所である。「かけはし」という名所への到着が作品の中心点をなしていることはタイトルから分かることだが、このために、桟に関する引用文を「到着する前」と「到着した後」という、二つの範疇に分けて分析していきたい。

「ほとゝきす」から始まる和歌において「伽羅生」という作者は、ホトトギスの鳴き声を聞きながら「木曽のかけはし」を渡っているだろう旅人を想像している。「わたる」という表現が「かけはし」と関連して登場しているために、冒頭から読者は「桟」のイメージを橋と類似するものとして捉える。

作中における次の箇所は和歌ではなく、旅路において子規が眺めた景色に関する説明文である。子規は風の音を聞きながら「谷間」を実際に見ているが、それを眺めている際に、その谷間を渡るための、架空の「桟」を想像している。当然、子規が想像している桟の構造には「蔦かづら」が織り込まれている。つまり、「桟」はその場にないが、谷間は「桟」にふさわしい場所としてみなされている上、子規は彼の念頭にある桟のイメージを具体的に説明している。この箇所において注目すべき項目は、子規は桟のことを「谷間を渡る」ための手段として描いていることである。この描写を読む読者が推測するのは、子規が木曽路を歩き続ければ当然、芭蕉が「渡った」その著名な「かけはし」を彼も渡るだろうということである。

「兎に角と」で始まる句において子規は「桟」という事物を意図的に「桟橋」と表記している。作品全体において「桟」のことを「橋」という字を用いて表記する箇所はこの一箇所のみである。「かけはしの記」において「桟」という語彙は頻繁に利用されている、重要な項目であるために、例外的な表記である「桟橋」は誤字として受け止め難い。恐らく、この箇所に見られる異例の漢字表記をもって、子規は「桟」のことを「渓谷を直角に渡らせるための手段」として表現している。先述の説明と併せて考慮すれば、子規は作品全体において桟を「谷間を越える」機能性によって定義しようとしていることが分かる。

「さゝやかなる橋の虹の如き上を渡るに我身も空中に浮ぶ」という箇所も、上記の解釈に従って執筆されているといえる。厳密にいえば、この箇所において描写されているのは、想像をしている子規の空想である。この架空の描写を通して子規は自分が橋のような「桟」を渡る際の感動を読者に予期させる叙述を提供している。

しかし、「かけはしに到着する前」の箇所が読者に対して「桟」を「渓谷を渡らせるための手段」としての期待感を増加させているにもかかわらず、話者が実際に「桟」が元々あった場所に到着すると、渡ることができないのみならず、そこに桟があるか否かが不明であることが強調されている。再びの引用になるが、該当する箇所は次の通りである。

> 蕉翁の石碑を拝みてさゝやかなる橋の虹の如き上を渡るに我身も空中に浮ぶかと疑はれ足のうらひや〳〵と覚えて強くも得踏まず通り、こし方を見渡せばこゝぞ桟のあとゝ思しきも今は石を積みかためたれば固より往き来の煩ひもなく只蔦かつらの力がましく這ひ纏はれるばかりぞ古の俤なるべき。(二六五)

この箇所を細部まで考慮すれば、「蔦かつら」によって支えられているために、子規は「桟」のことを「さゝやかなる」、危うき橋として理解していることが分かる。また、作者は桟を虹に類型するアーチ形の橋としても表現している。その他に、子規の「足のうら」が「ひや〳〵」していることは、桟を渡る体験をまもなくするだろうその強力な期待感を示していると考えられる。しかし、子規は具体的に自分の期待感と彼が予測した橋の形態に関して説明をしてきたにもかかわらず、該当する場所に到着すると、桟がなかった。あったのは、「石」によって固められている、渓谷の崖に沿っている道路であった。結局、芭蕉が通った「桟」の跡は一切ない。

桟が現存していないと認識する時点から、「蔦かつらの力がましく這ひ纏はれるばかりぞ古の俤なるべき」という箇所に説明されている通り、子規は芭蕉が取り上げた「蔦かつら」のある桟に対して言及することを断念し、それに関して言及することを、過去の旅行者に任せておくことにした。

とはいえ、子規は「桟」が現存しないことを理解しても、「かけはし」という言葉を用いなくなることはない。「かけはし」という発句枕に到着してから、子規は次の俳句二句と和歌一首を書き残している。

かけはしやあぶない処に山つゞじ（二六五）

桟や水へとゞかず五月雨（二六五）

むかしたれ雲のゆきゝのあとつけてわたしそめけん木曾のかけはし（二六五）

「かけはしやあぶない処に山つゞじ」の句に見られる「かけはし」は、「あぶない処」を指しているために、桟という事物ではなく、危険な谷間にあるその発句枕に触れていると考えられる。しかし、「桟や水へとゞかず五月雨」という句に関しては、表現されているイメージが魅力的であるとはいえ、句によって伝えられている意味が理解し難い。この句における「桟」の意味に関して詳しく検討したい。

第一に疑問点として感じるのは、一体何が「水へとゞか」ないのだろうか。「五月雨」は雨のことであるために、五月雨が川の水面に「降って来ない」という説は予期できるが、子規の説明自体はこの解釈を否定するのみである。この句が詠まれた直前の描写において、作者は「下を覗けば五月雨に水嵩ましたる川の勢ひ渦まく波に雲を流して」いる（二六五）と語っている。つまり、雨水が川に届いている上に川水が氾濫している状態である。「水にとどかない」のが五月雨のことでなければ、五月雨とは別に、他に水に届かないものの有無を確認しなければならない。候補として提案できるのは、「桟」のことである。

厳密にいえば、芭蕉時代の桟も水に届いていなかったが、この紀行文の描写においてまさにそうである。「桟」を谷川を直角に渡らせる「橋」として表現してきた子規には、「水へとゞ」くだろうという期待があったに相違ない。しかし「桟」が川の向こう岸へとつなぐ橋ではなく、崖に沿って走っている道路の一部であったために、彼は「桟や水へとゞかず」という句をもって自分の期待が破られたその不満を表現していると考えられる。従って、徐々に期待を高めていくと思われる複数の桟に対する言及は、結局、子規が感じた挫折感を、読者にも共有させるための技巧であったと推測できる。

最も解釈し難い句は最後に登場する「むかしたれ雲のゆきゝのあとつけてわたしそめけん木曾のかけはし」という句である。子規が「更科紀行」において芭蕉が通った木曽路を旅行しているために、「むかしたれ雲のゆきゝのあとつけて」という箇所は明白に子規の「俳諧修行」する動機を具現化している。しかし、後半の「わたしそめけん木曾のかけはし」は如何なる意味になるだろうか。

「わたしそめけん」という表現における「わたしそめ」は恐らく「渡し初め」のことを表している。『広辞苑』において、「渡り初め」は次の通り定義されている。

「橋の開通式、初めてその橋を渡ること。」（三〇三一）

つまり、子規は「桟」に対して橋を初めて渡る開通式を思い起こす表現を利用している。この箇所において念頭に置くべき点の一つは、子規が「桟」のことを「橋」という概念を通して理解していることである。「渡り初め」という表現ゆえに、「桟」を橋の一種として描写している傾向はますます鮮明に見えてきているといえる。

しかし、子規が実際に採用した語彙は「わたりそめ」ではなく、「わたしそめ」である。「わたしそめ」という表現は『広辞苑』に掲載されていないが、「渡す」という語彙は次の通り定義されている。

「橋・梁（はり）などを一端から他端へかける。架す。」（三〇二一）

先述の通り、「桟」は「他の端」へとつなぐ橋ではないのみならず、芭蕉が決してその「桟」を「架した」こともない。子規はなぜこのように、誤解を招く表現を利用しているのだろうか。その理由に関して検討する前に、表現の分析を最後まで行ないたい。

「けん」は助動詞「けむ」の異形である。『広辞苑』によると、「けむ」という助動詞には、次の三つの定義が見られる。

① 過去にあっただろうと推量していう。過去推量。（中略）
② 自分で確かめられない、伝え聞いた過去を表す。（中略）
③（多くの疑問をあらわす語と共に用いて）過去の事実について、原因・理由などを疑い、あるいは想像する意を表す。（八八九）

子規が利用した表現を具体的に分析した結果、この句は「芭蕉が本当にここで初めて向こう岸へと橋を渡したのか」という意味になる。要するに、この句を通して子規が自問しているのは、芭蕉がかけはしを「渡った」か否かではなく、かけはしを「架けた」か否かのことにである。

芭蕉は橋梁家ではなかったことが誰も否定しない事実であるために、「わたしそめけん」という表現に対して文字通りの解釈を行なうのはあり得ないと考えられる。しかし「桟を架す」という表現に対して抽象的な意味を捉えることはできる。『広辞苑』において「橋渡し」という表現に対して抽象的な意味が掲載されている。それは、「なかだちをすること。また、その人。仲介」(二二五〇)である。つまり、「橋渡し」をメタファーとして理解するならば、隔ての両側を結ぶ媒体という意味になる。

しかし、子規は人間と人間との間に和解を促す人のことを考えているわけではないだろう。「俳諧修行の旅」であったからこそ、子規が意識していたのは、芭蕉の伝統、そして自分の今後の俳人としての成長であると考えられる。「芭蕉のあとを辿っている」子規は文字通り「更科紀行」の経路に沿って旅を行なっているが、それと同時に、子規は抽象的な意味でも芭蕉の後を追っているといえる。芭蕉は旅の最中において感銘を受け、その体験に基づいて句を詠み、文章の形で残したために、子規はその発句枕において、芭蕉と同様に、自分の名句の題材を獲得する意図はあったに相違ない。

句の前半に見られる「むかしたれ雲のゆきゝのあと」という表現が「俳諧修行の旅」という側面を強調しているメタファーであるために、句の後半を同じメタファーを通して解釈することは妥当な解釈法に基づいていると考えられる。

子規は紀行文を執筆する際に、その文学的価値を十全なものに高めてくれる場面として「かけはし」のことを予期していたが、新しい文学へと導く橋の接近を期待していたにもかかわらず、期待していたような桟が不在であったため、傑作を生み出す契機となるようなインスピレーションを得られなかった。

恐らく、子規がこの紀行文を執筆した際に、彼は近代日本にふさわしい、斬新な文学的伝統の形成を意図していた。子規の人生を鳥瞰すれば、彼は文芸に生涯をささげた人間であることを誰しもが認めるだろう。青年時代においても同じ熱心さがあったために、木曽路に出かけた際に、彼が文学的な改革を起こそうとする姿勢はすでに見られる。そのため、俳句から小説に至るまで、必死に努力し続けて文芸的な革命に挑んだ姿勢こそが、彼の人となりを如実に物語るのである。しかし、芭蕉の著名な歌枕である「桟」を子規が訪れて気づいたのは、「歌枕」は未来ではなく、「古の俤」にのみつながることである。この事実は最後の和歌において表現されているといえる。


信濃なる木曽の旅路を人問はゞたゞ白雲のたつとこたえよ（二七〇）

『歌ことば歌枕大辞典』によると、「白雲の」という表現は「雲の属性である「立つ」「絶ゆ」「かかる」などに掛かる枕詞としての用法も定着する」(73)。また、滝や桜や雪のように「見紛うものとして詠まれる」傾向が見られる。上記の句に関して、この用法は認められると考えられる。

子規は木曽路において、新しい題材を探求していたが、「白雲の」という表現は彼が体験した空しさを表現していると考えられる。この点を検証するために、作品の冒頭の文の意味を再検討したい。「浮世の病ひ」の原理は「哲学」によっても、「研究」によっても明らかにならなかったために、木曽路に出かけようとした。しかし、結局「木曽路の旅」によって最初に提起された問題は解決されない。作品の結びにおいて「空しさ」を伝えていることは、作品全体の目標は達成せずに終わったことを意味している。近代人が昔ながらの歌枕へと訪問しても、その歌枕は必ずしも新鮮な見方へと結びつくことはない。発句枕において待ち受けていたのは、昔の「俤」のみであった。

このような結論であるために、子規にとって木曽路は「俳諧修行」の終着点ではなく、「近代文学へ」の「出発点」である。「白雲の」という語彙に見られる意味の一つである「立つ」には、「出発」というニュアンスが含まれているが、「かけはしの記」の最後にあるこの句は、歌枕の伝統から出発しなければならない意志を表していると考えられる。芭蕉の「桟」に対する評価を尊重し盲従する姿勢を作家が保つのであれば、文学における新たな展開は登場しない。「歌枕」の伝統が文学の発展を妨げるものと理解するようになった子規は、「歌枕」を乗り越える必要がある障害物として意識し始めた。いうまでもないが、それ以降、子規には日本文学の伝統を本歌取の習慣から解放しようと努力する強い姿勢が鮮明に認められる。「かけはしの記」に注目点があるとすれば、芭蕉は「桟」のことを具体的な事物として、そして歌枕として用いていることに対して、子規は事物と歌枕としての「桟」以上に、「桟」をメタファーとして利用しているからである。

題目の解釈の問題に戻るが、子規がタイトルにおいて「かけはし」という言葉を利用する際に、ひらがな表記を採用していることも芭蕉に見習っている側面として理解できることになった。厳密にいえば、日本の文学伝統において「かけはし」は掛詞ではない。しかし、芭蕉が「おくの細道」のタイトルにおいてひらがなを意図的に用いたと同様に、子規がひらがな表記の「かけはし」を利用したのは、歌枕としての「桟」と同時に、作品全体における抽象的な意味を読者に投げかけるためであったかもしれない。

「はし」というひらがな表記に関して、漢字で表記すれば「橋」、「端」、「箸」など、様々な意味がある。つまり、「かけはしの記」の場合、子規が意味を限定する機能を持っている漢字表記ではなくひらがなを利用したのは、タイトルの意味を「桟」という歌枕に限定せず、作品全体の文脈を、子規自身が生み出そうとしている新しい抽象的な意味合いによって規定する意欲があったと推測できる。

復本一郎は、子規の繊細な言葉のセンスに関して、次の通り述べている。

（前略）「発句」を文学として独立させた上での、「俳句」なるネーミングである。これが、大成功して、俳句革新に拍車をかけたのである。

子規は、ネーミングの天才であった。(74)

子規が本当にネーミングの天才であったならば、「かけはしの記」における「かけはし」がひらがなで表記されていることは偶然の結果であるとはいい難い。芭蕉の原作は漢字表記の「桟」を利用したために、もし子規が題目を「桟の記」にしたとすれば、芭蕉の著名な発句枕へのオマージュとしてしか解釈することができないのである。しかし、芭蕉へのオマージュが彼の主な目的ではなかった。通時的文脈のみに満足できなかった子規は、読者に対して彼自身が創作した新機軸の「かけはし」を提供したかったと見られるのである。

このメタファーによって成り立つ解釈は、従来通りの解釈を促す「歌枕」（通時的文脈）的な意味ではなく、その作品固有の内容から生成される新しい自照的な解釈（共時的文脈）である。このように、「かけはしの記」は歌枕に囚われる意識を乗り越えて、自照性による解釈を促している作品である。

渡辺は、「和歌・歌枕を中心とした平安朝系道の記が魅力を失った(75)」のが紀行文というジャンルの人気が低下した一因であると述べている。「かけはしの記」を執筆していた子規は、その人気低下の理由を把握していたといえる。なぜなら、彼は歌枕から自然に発生する「桟」の意味に満足できない上、自分なりの新しい解釈を生み出そうとしたからである。過去の文学によって表現された発想にのみ満足を見出すのであれば、「歌枕」は非常に優れた文脈形成機能を有しているといえる。しかし、斬新な文学のあり方を希求するのであれば、「歌枕」はさらなる発展を妨げる障害物になってしまう。古風なジャンルに属する紀行文を執筆したにもかかわらず、野心的な子規は青年時代においてもすでに歌枕の確固たる意味を乗り越えようとしていた。

七　伝統の「細道」から離脱する子規

近代以前の文学と、近代文学との相違を見極めようとする批評家の間では、主に言文一致体の有無、写実的な描写の方向性、写生描写の手法など、文体における相違が注目されてきた。しかし、作品形態を問わず、意味解釈の傾向における意識の変革が時代の経過とともに生じたといえる。近代文学に接近する際に、読者は文芸的伝統の観点から捉えず、作品内容を読者個人の知識や経験に照らし合わせつつ読むがゆえに、自照性に満ちた解釈が可能になったといえる。現実に、紀行文は自照性が特徴の一つである。しかし、芭蕉の「更科紀行」と子規の「かけはしの記」とを比較すれば、後者がより自照性に満ちていることはいうまでもない。結局、近世文学と近代文学との間に見られる差異は、自照性の有無ではなく、その度合の差であるかもしれない。何れにせよ、近代文学に多く見られる解釈上の傾向は、通時的視点の後退と共時的視点の充実であるといえよう。

芭蕉の「おくの細道」は〈深い本質の追求〉というテーマに沿った一貫性を伴っているために、紀行文というジャンルを超えて、類のない傑作となった。しかし、「おくの細道」の隠喩的構造が画期的であったにもかかわらず、俳諧家の芭蕉は根本的に日本文学の伝統に依拠していたため、歌枕や本歌取という習慣を疑問視する姿勢が一切見られない。「おくの細道」は日本の伝統に照らし合わせることによって全体の意味が確定される作品である。

これに対して、「かけはしの記」は本歌取を用いていたが、本歌取を従来通りの形で機能させなかったために、個人的見解が介在する余地を重視した、新たなる「紀行文」の形態を示したといえる。芭蕉の作品が傑作であることを理解していた子規は、その作品に登場した名所を訪問したにもかかわらず、創作の自由の余地が狭い日本文芸の伝統的な「細道」から離脱した。そのため、「かけはしの記」を旧来の紀行文として受け止めることは不可能である。

芭蕉崇拝に対する批判及び写生を通して、本歌取を徹底的に排除する子規の姿勢は、時代が下るにつれて鮮明になるが、初期の子規が完全に表現できなかった反抗的姿勢が、「かけはしの記」に暗示的に託されているといえる。子規の活動期において、言文一致と写実主義の傾向は同時に加速しつつ、日本近代小説に本格的に登場しようとしているが、写生という手法に至る前の段階で子規はすでに、紀行文において近代小説が直面していた一つの重要な問題に取り組んでいた。

注

（1）スペルベル、D、D・ウィルソン（内田聖二、中逵俊明、宋南先、田中圭子共訳）『関連性理論／伝達と認知 第二版』（研究社、平一一・三）。
（2）Gibbs, Raymond W., Jr. *Embodiment and Cognitive Science*. Cambridge: Cambridge UP, 2006.
（3）鍋島弘治朗『日本語のメタファー』（くろしお出版、平二三・五）。
（4）本書において利用している用語、「共時的文脈」及び「通時的文脈」は関連性理論の用語ではない。この用語は隠喩を十分に説明するために、用いている造語である。ただし、「共時」、「通時」という二つの発想はソシュール言語学などに利用されている語彙である。
（5）新村出編『広辞苑 第六版』（岩波書店、平二〇・一）二六一一。

（6）小島憲之他校注訳『萬葉集①／新編日本古典文学全集6』（小学館、平六・九）。
（7）藤原マリ子「「おくのほそ道」の仮名遣い（二）」（『解釈』第四三巻第一一号、平九・一一）二一。
（8）キーン、D「序」（松尾芭蕉『おくのほそ道』講談社、平八・一〇）一二。
（9）井本農一『芭蕉 旅ごころ』（読売選書、昭五一・二）五八。
（10）注（9）に同じ、五九。
（11）古川俊之『寿命の数理』（朝倉書店、平八・七）五二―四。
（12）上野洋三「芭蕉自筆本「奥の細道」考」（『国文学 解釈と鑑賞』第六三巻五号、平一〇・五）一四―九。
（13）松尾芭蕉「おくのほそ道」（『松尾芭蕉集 第二巻』小学館、平成九・九）七三―一一三。
（14）注（7）に同じ、三六―七。
（15）注（9）に同じ、二六。
（16）石田吉貞（原典不詳）。渡辺憲司「近世紀行文の再評価」（『国文学 解釈と鑑賞』第五五巻三号、平二・三）に引用掲載、一四七―八。
（17）赤羽学「芭蕉――その俳諧と旅」（『国文学 解釈と鑑賞』第五五巻三号、平二・三）一七。
（18）注（13）に同じ、七五。
（19）注（13）に同じ、六八。
（20）注（13）に同じ、七九。
（21）注（17）に同じ、二一。
（22）注（17）に同じ、二二。
（23）注（1）に同じ、二〇八。
（24）注（1）に同じ、二八四。
（25）菅野盾樹『メタファーの記号論』（勁草書房、昭六〇・四）一一四。
（26）注（13）に同じ、一八。
（27）吉川幸次郎『論語 上』（朝日選書、平八・一〇）三〇三。
（28）鴨長明「方丈記」（簗瀬一雄『方丈記全注釈』角川書店、昭四六・八）一三。

（29）注（13）に同じ、八三。
（30）注（13）に同じ、九〇。
（31）注（13）に同じ、九八。
（32）注（13）に同じ、九八。
（33）宇津徳治『世界の被害地震の表 暫定版』（東京大学地震研究所、平元・一二）四五。
（34）注（13）に同じ、一二〇。
（35）松尾聰校注『枕草子』（小学館、平九・一二）一一九―一二〇。
（36）多門靖容「日本語の比喩史」（『日本語学』第二四巻五月号、平一七・五）五九。
（37）注（16）に同じ、一四七。
（38）注（16）に同じ、一四九。
（39）鳴神克己『日本紀行文学史』（佃書房、昭一八・八）。注（16）に引用掲載、一四八。
（40）注（9）に同じ、五八。
（41）奥村芳太郎編『新版日本の道3／木曽路』（毎日新聞社、昭四八・一一・一）三。
（42）宮川康雄「『更科紀行』の旅程」（『信州大学人文学部人文科学論集』第一六号、昭五七・三）四四―五、または竹内一雄「月への道／「更科紀行」断章」（『墾道』創刊号、昭五一・九）一七。
（43）富沢洋子「『更科紀行』の一考察／姨捨山の月を中心に」（『和光大学人文学部紀要』第一五号、昭五五）二六。
（44）竹内一雄「月への道／「更科紀行」断章」（『墾道』創刊号、昭五一・九）一五。
（45）注（44）に同じ、一四。
（46）注（44）に同じ、一五。
（47）大岡信（監）日本文学地名大辞典刊行会（編）『日本文学地名大辞典―詩歌編 上巻』（遊子館、平一一・八）三四六。
（48）松尾芭蕉「更科紀行」（『松尾芭蕉集 第二巻』小学館、平九・九）六七。
（49）奥田喜八郎「『更科紀行』における「とてもまぎれたる月影」の一考察」（『解釈』第二五巻第九号、昭五四・九）二三―六。

（50）注（48）に同じ、六八。
（51）注（48）に同じ、六七。
（52）竹内一雄「月への道／「更科紀行」断章」（『墾道』創刊号、昭五一・九）一五、または注（43）に同じ。
（53）箕輪利恵の「『更科紀行』の発句について」（『成蹊国文』第九号、昭五〇・一）において、箕輪も多数の俳句が最後に羅列されていることを問題視している。箕輪は、多数の写本・刊本のうち、主流となった「沖森本」よりも、それらの羅列が入っていない「木曽本」の方が「更科紀行」の基本的な形態であると推測している。関連性理論から考えて、この見解は妥当であると考えられるが、本書においてはこの点に関して論じる余地がないために、このような論考は行なわない。
（54）注（48）に同じ、六九。
（55）齋藤建夫編『ふるさとの文化遺産／郷土資料事典⑳ 長野県』（人文社、平九・七）二三五。
（56）吉田巌編『橋のはなしⅡ』（技報堂出版、昭六〇・九）一四―五、一一二。
（57）注（43）に同じ、二五。
（58）「ツタ」が登場する一例は「（前略）延ふつたの　行きの別れのあまた　惜しきものかも」である。「第一三巻　長歌三二九一」（小島憲之他校注訳『萬葉集③／新編日本古典文学全集8』小学館、平七・一二）四二一―三。
（59）広島大学附属福山中・高等学校編著『万葉植物物語』（中国新聞情報文化センター出版部、平一四・一）八三。
（60）注（41）に同じ、四。
（61）注（55）に同じ、二三五。
（62）注（55）に同じ、二三五―六。
（63）キーン、D（角地幸男訳）『正岡子規』（新潮社、平二四・八）八六。
（64）金井景子「子規の紀行文」（『国文学　解釈と鑑賞』第五五巻二号、平二・二）九二。
（65）注（41）に同じ、二一三。
（66）正岡子規「かけはしの記」（『子規全集　第一〇巻』改造社、昭四・一〇）二五九―七〇。
（67）金井景子「旅と成熟／子規の紀行文」（『媒』第三号、昭六一・一二）五。
（68）注（64）に同じ。

（69）正岡子規「かけはしの記」（『子規全集　第一三巻』講談社、昭五一・九）四八三。
（70）注（64）に同じ。
（71）注（64）に同じ。
（72）注（64）に同じ。
（73）久保田淳、馬場あき子編『歌ことば歌枕大辞典』（角川書店、平一一・五）四三八。
（74）復本一郎『俳句から見た俳諧／子規にとって芭蕉とは何か』（御茶ノ水書房、平一九・九）一五。
（75）注（16）に同じ、一四七。

付記　本章における「かけはしの記」からの引用は、『子規全集　第一三巻』（講談社、昭五一・九）に拠った。原文の引用に際しては、ルビは適宜取捨した。

二章　鏡花の境界性と民俗受容

厳密にいえば、泉鏡花は純粋な近代小説家ではなかった。鏡花の作品には「封建的な性格」[1]が見られ、彼の虚構は近代的な虚構性と無縁であり[2]、言葉遣いにおいては、近代的な「ドライさは彼にはない」[3]などと指摘されてきた。また、古来の民俗が彼の作品における幻想的な光景に多大に貢献していることも[4]鏡花文学の非近代的な特徴の一つである。それゆえ、鏡花の作品において近代的な側面が内包されているとしても、単純に「近代小説」として読むことには無理があるといえる。鏡花の近世的な側面及び独創性を十分に理解するためには、近代文学における通常の解釈方法を吟味する必要があるかもしれない。

近代小説の一つの原点は自然主義思潮である。自然主義的な描写手法が採用されている作品においては、プロットは構成要素である様々な出来事から自然に展開し、その構成要素によって作品全体のあらゆる側面を説明しなければならない。ある事情を「神の御業」によって成り立ったと解説すれば、それは自然主義に対するルール違反である。作中における登場人物の言行の真相を見極めるために、超自然的な現象の描写を回避することが自然主義及びリアリズムの基本的なスタンスである。

当然、三人称の視点から書かれている客観小説は語り手の「超越的な視点」から語られているといえるが、飽くまで出来事の問題ではなく、執筆スタイルの問題である。自然主義思潮は客観的な語りを採用しているために、厳密にいえばこのようなスタンスは重大なルール違反ではあるが、技巧上の必要であると判断されてきた。しかし、小説の内容という側面に限定すれば、少なくとも表面上において、近代文学の「意味」は超越的な要素に依存することなく、現実において体験できる通常の出来事を通して作り上げられていく。

この姿勢と異なって、鏡花の文学は超自然的な現象の可能性を示唆する文学である。鏡花の超自然的現象に焦点を当てる傾倒に関して、藤澤秀幸は鏡花文学を「不思議を書いて読者に只の不思議を思はせずに、何となく実らしく、凄く思はせる[5]」ものとして理解している。この見解が妥当であれば、読者に対して「不思議」な感覚を呼び起こすことが鏡花の狙いの一つであるがゆえに、彼の作品は、自然主義的な観点が大前提である近代小説の原型から大きく離脱しているといえる。

「化鳥[6]」には、読者にとって「不思議」と思われる描写が散在している。本章は、とりわけ「化鳥」における〈橋〉に注目し、鏡花文学において境界性が超自然的な役割を果たしていることを確認したい。鏡花が民俗から影響を受けていることは周知の通りであるが、「化鳥」における橋の不思議な描写を民俗や能の視点から考察すれば、より豊富な解釈が見出せる可能性が高いと筆者は考える。

一　「化鳥」の橋に見られる境界性

「化鳥」（明治三〇・四）の主人公である九歳ぐらいの少年は母親と一緒に、橋の袂にある番小屋で暮らしている。二人は木橋を所有しており、その橋銭で生計を立てているため、少年の世界観において、料金をきちんと納めなければならないというルールは絶対的なモラルであり、橋を渡る人が払わない場合、少年は直ちに母親にその旨を知らせ、母親は執拗な対応で払わせることになる。

舞台の詳細は作中に具体的に説明されていないのだが、描写されている地域を特定する研究が行なわれてきた。眞有澄香によると、「化鳥」に登場している橋は「鏡花の生家近くを流れる浅野川に架かる「一文橋」がモデルであり」、登場している「花園」は石川県金沢市付近の「卯辰山《うたつやま》一帯(7)」のことである。作中の描写と慶応三年の写真を比較した小林弘子によると、鏡花が説明した「一文橋」の風景は現在の「中の橋」の状況よりも、「天神橋周辺」のものに合致している(8)と指摘しているが、何れにせよ「卯辰一文橋とその周辺が、「化鳥」の舞台設定に大きく影響した(9)」ことは事実であるだろう。

少年が橋の番小屋に住んでいるために、橋は作品の主たる舞台となっている。杭の上に板を渡してある、この素朴な橋は「通らなければならない」手段として登場している。物語の設定は橋の設置及び役割によって決定されているために、研究者の多くは、〈此岸〉と〈彼岸〉との間に見られる相違が、作品を解釈するための重要な手掛かりであると指摘してきた。

境界によって生起する両義性に関して、山口昌男は、中心と周縁、秩序と無秩序、生と死、意味と無意味などという二項対立関係を指摘している(10)。文学作品において、橋が境界として機能している場合、橋に包含される数種類の境界性を一括して、《分離している二つの状態の接触点は橋である》というメタファーによって表現できる(11)。その上、このような《境界メタファー》が文学作品に機能している際に、複数の境界的な要素が同時に機能しているケースは少なくない。つまり、境界性が見られる場合、多数の境界的側面が包含されている可能性を検討しなければならない。従って、作中において、一つの境界的側面を特定したとしても、分析はその時点で終わるわけではない。

「化鳥」における橋は極めて多義的な境界性を有している上、多数の二項対立関係がすでに指摘されてきた。例えば、山田有策は、鏡花が作り出している仮想の空間を、「俗」の世界と対抗する「聖なる空間」[12]として解釈している。また、石原千秋は、橋の存在を「日常と非日常との境界」[13]と評価している。

さらに、三好行雄は鏡花文学全体において「知識層と庶民層の分離」[14]が描かれていると述べているが、とりわけ「化鳥」においてこの断層は橋によって鮮明に表現されているといえる。「化鳥」に見られる「知識層と庶民層の分離」を分析すれば、ステータスの高い裕福な人々は「目貫の町」から、橋の所在地である「場末の穢い町」に来て、橋を渡って「野原」に出かけることになっていることが分かる。「野原」に赴く理由は「遊山」とされている。当然ながら、「遊山」は山野に遊びに出かけるという娯楽を指している。この意味で、作中の橋は「文化」と「自然」の境界線であると同時に、娯楽を楽しむ裕福な社会層と卑屈な心境で生き続けている母子家庭との間における差異を強調する事物としても捉えることができる。

東郷克美によると、鏡花の作品群全体において「反秩序・反文化」[15]的な傾向が見られる。「化鳥」はこの傾向の良い例であると考えられる。例えば、「化鳥」において、学校教育及び先生の指導を軽視する母子家庭が物語の中核となっている。この二人は街の場末にある橋の向こう側に住んでいるために橋は文化と反文化の境界として機能しているといえる。しかし、三好と東郷との見解の他に、異なる視点から同じ断層を説明しようとすれば、「内」と「外」、または「都会」と「田舎」という対立性によっても表現できるかもしれない。

物語の冒頭から、通行者がその橋を渡る際に、少年はその人々を動物や植物として認識する。少年である語り手が受けている近代教育の内容を考慮すると、「化鳥」のこの特徴はある程度理解できる。学校において、人間が動物よりも優れている存在であるとされ、少年の母はこの「一般論」に対して批判するのみである。ステータスの高い通行者を動植物として見る少年の世界は、社会が定めている上下関係によって規定されていない。

東郷によると、鏡花文学には「汎神論的世界観[16]」が見られる。「化鳥」の語り手が人間を動植物とみなす描写には「汎神論的世界観」の要素が包含されているかもしれない。しかし、「化鳥」の世界観に関して断言すれば、「汎神論的世界観」よりも、「神話的世界観」であるといえる。例えば、語り手が「蝙蝠」が川に落ちて流れたことを知らせると、母は「それはね、雨が晴れるしらせなんだよ」（一三七）と答える。また、猿をからかわないように警告する際に、次の通りの説明がある。「お前またあんまりお猿にからかつてはなりませんよ。さう可い塩梅にうつくしい羽の生えた姉さんが何時でもゐるんぢやあありません」（一四一）。このように、「化鳥」に描かれている自然界は見えない理屈によってつながっている上に、少年の母はその隠されている因果関係を息子に説明しようとしている。

少年と母の世界がこのような神秘性に満ちているために、「化鳥」における橋は、「一般論」と「民俗の知恵」、換言すれば「常識」と「神話」の両世界を隔てる役割を果たしているのである。学校教育の内容を否定する母子は「近代的秩序空間」と無縁な生活を送っているため、最も根本的なレベルにおいて、「化鳥」は「一般論」と「神話的世界観」の間に見られる温度差を描いている作品である。近代的知識を全面的に否定し、古来の民間伝承などを重要視する物語であるからこそ、民俗を起点にする解釈が必要であると考えられる。

二　民間伝承と鏡花の橋姫像

少年の母が橋の袂に住んでいるために、東郷は「化鳥」の設定が橋姫の伝統に影響されていると指摘している。東郷は、「子に対しては無限の優しさを示し、俗界に向っては激しい憎しみの情念を燃やし続けるこの母は、鏡花作品の中でも最も典型的な橋姫的存在といえよう[17]」と述べている。民俗的要素[18]を頻繁に作中に取り入れている鏡花が「橋姫」の民間伝承を承知していた[19]ため、全般として東郷の見解は妥当であろうと推測できる。

しかし、今まで、「橋姫」の民間伝承と「化鳥」との関連性を具体的に照合した研究はない。既存の研究において「橋姫」と関連する文献は言及されていないために、「橋姫」と「化鳥」の関連性を主張する指摘は示唆程度に留まっている。以下において、柳田國男などの研究を紹介しながら「橋姫」の民間伝承と「化鳥」の共通点に関して検証したい。

宇治市歴史資料館編集の『宇治をめぐる人々』に記載されている通り、橋姫という発想の原点はおそらく「古今和歌集」、「平家物語」などに見られる「橋で待つ女[20]」のイメージにある。しかし、「橋姫」の伝統は古典文学のみならず、宗教的儀式、民俗など、広い範囲にわたる民間伝承である。さらに、比較の対象となる、橋姫が登場している言い伝えに限定しても、「橋姫」の民間伝承は一つの地域に限るものではなく、多数の地方に普及してきた伝承の多義的集合体である。

このような複雑な状況の中、柳田は「橋姫」に関する様々な伝統に関して研究した。柳田の要約によると、「橋姫」は主に「嫉妬の神[21]」として伝えられている。典型的な例を挙げれば、橋姫はある地域の橋に住む女性の神であり、その女神は遠い川の涯に住む姉妹に対して敵対心を持っている。多数の民俗において、橋姫は、その二つの地域の間を通う予定の旅人に対して悪意に満ちた手紙などを託したりすることが見られる。

柳田によると、この民間伝承は「前代の地方人の信仰」における「競争心」を反映している。ただし、この民間伝承の詳細は地域によって異なるのである。例えば、京都の宇治橋の橋姫の民間伝承においては、嫁入する際に、橋姫の宮の前を通ってはならないという風習がある。「橋を渡れば橋姫の御嫉みによる夫婦の末とほらず[22]」ために舟で橋の下を渡るように勧められている。

また、山梨県のあるバージョンにおいて、「美しい一人の婦人が乳呑兒を抱いて」歩いてきた後に「鬼女」のような姿になって「食いつきそうな顔」をし、その子を抱けと依頼する。この類の伝承に関して柳田は次の通り説明している。

近年の國玉の橋姫が乳呑兒を抱いて来て、これを通行人に抱かせようとした話にもまた伝統がある。この類の妖怪は日本では古くからウブメと呼んでゐた。ウブメは普通には産女と書いて、今でも小兒の衣類や襁褓などを夜分に外に出しておくと、ウブメが血を掛けてその子供が夜啼をするなどゝいふ地方が多く、大抵は鳥の形をして深夜に空を飛んであるくものといふが、別にまた兒を抱いた婦人の形に昼などにも描き、つい頼まれ抱いてやり、重いと思つたら石地蔵であつたといふやうな話もある。[23]

以上の山梨県の民俗において注目すべき点は、橋姫が飛ぶ能力の持ち主であることである。「化鳥」において橋下の水から救われた少年がその直後に飛行体験をしたために、柳田の研究におけるこの橋姫に関する情報は作中の詳細に合致していると考えられる。

しかし、このような民間伝承が「化鳥」と異なる点も様々である。柳田の研究において、民間伝承に登場している橋姫の橋は大抵、仮橋ではなく、その地域を代表する著名な橋である。[24]「化鳥」における橋は無名の小さな橋である上、橋は町において境界的役割を果たしているとはいえ、地域と遠く離れている別の地域の差異を表現するものではない。

この点を踏まえて考慮すれば、鏡花文学の中で、柳田が紹介している橋姫の民俗と関連する登場人物は「化鳥」の母親のみではない。作品の詳細を考慮すれば、「高野聖」の山家の婦人も「橋姫」的な存在であることが分かる。

山家の婦人の隠れ家に辿り着くために、旅僧はこの土橋を渡らなければならない。さらに、山家の婦人は神々に精通し、「母性」的な性格の持ち主である。「高野聖」は「旅人」（旅僧）が自分の故郷から遠く離れている話である点も視野に入れつつ考慮すれば、山家の婦人を「橋姫」的な人物として理解できると考えられる。

さらなる裏づけとして、鏡花の初期習作に当たる「白鬼女物語」（未完、生前未発表）のことを検討したい。笠原伸夫[25]が指摘している通り、「白鬼女物語」は「高野聖」の下敷きになっている作品であると判断できる。「旅僧」という人物は登場しないが、この初期作品において、「山家の婦人」に当たるであろう人物は「白鬼女」である。従って、「高野聖」において、山家の婦人が美しい母親として登場しても、彼女には「鬼」的な要素が包含されている。具体的な民俗によって異なるが、橋姫も「鬼」として理解される場合がある事実を踏まえると、山家の婦人を「鬼」的橋姫として理解することには無理がない。

「白鬼女物語」における描写のみならず、鏡花の「高野聖」に関する発言から判断しても山家の婦人の橋姫的な性格が明らかになる。「創作苦心談」（明三四・三）において、山家の婦人のことを「通常の田舎娘とか、世話女房とか[26]」として描くつもりはなく、却って彼女を描く際に作者は「何処か気高い所を見せなければ」ならないという認識を持っていた。柳田によると、橋姫も「気高い御姫様[27]」として登場している場合がある。つまり、様々な点において「高野聖」の山家の婦人は柳田が説明している橋姫の典型的なパターンに沿っているといえる。しかし、「化鳥」の母親はどうだろうか。

程度は異なるとはいえ、「化鳥」の母も、「気高い」描写である上、「高野聖」の山家の婦人と同様に、神秘性を伴いつつ、力強い形で描かれているために、どちらも橋姫的な存在[28]であるといえる。しかし、両作品の母親を比較して、どちらの方が柳田の研究に見られる橋姫像に似ているかといえば、「高野聖」の方が酷似していると判断せざるを得ない。言い換えれば、「化鳥」の母は橋姫的性格の持ち主ではあるが、柳田が紹介した橋姫の民俗に完全に照合できる女性とはいい難い。

しかし、橋姫の民間伝承自体が「化鳥」の詳細と完全に合致しなくとも、橋姫と関連する他の「水の女」に関する研究には、共通した内容が見られる。例えば、「行逢橋伝説の解説」において折口信夫は民俗学の視点から橋と境界との関係を取り上げている。里人が異人や異国の神を迎える際に、お互いに差し支えのない「空虚な土地」が必要になる。折口によると、「橋づめが両方の境で橋は境ではない(29)」ために、異国の人間を迎えるとしても、異国の神を迎えるとしても、橋はニュートラルな場所として最適であるといえる。

橋姫の歴史を検証した平林章二によると、「橋姫」の原点はこのような橋の概念及び日本の古き儀式と関連していると考えられる。平林によると、橋姫の伝統は、「水辺の巫女が河川を通い来る神を橋で迎え祀り、その神の妻となる神婚儀、水神祭祀についての伝承が変貌したもの(30)」である。「化鳥」において、「神を迎える」橋の場面は登場していないが、「化鳥」は「水辺で待つ女」を描く作品であるために、この類の研究をさらに検証する必要があると考えられる。

折口の「水の女」研究の中に、「化鳥」と類似する特徴がある。聖水の中の行事において「天の羽衣を奉仕する水の女」に関して、折口は以下の通り述べている。

> その所に水の女が現れて、おのれのみ知る結び目をときほぐして、長い物忌みから解放するのである。即此と同時に神としての自在な資格を得ることになる。後には、健康の為の咒術となった。が、最古くは神の資格を得る為の禁欲生活の間に、外からも侵されぬやう、自らも犯さぬ為に生命の元と考へた部分を結んで置いたのである。此物忌みの後、水に入り、変若《ヲチ》返つて神となりきるのである。だから、天の羽衣は、神其物《カムナガラ》の生活の間には、不要なので、これをとり匿されて地上の人となつたと言ふのは、物忌み衣の後の考え方から見たので

ある。さて神としての生活に入ると、常人以上に欲望を満たした。みづのおひもを解いた女は、神秘に觸れたのだから「神の嫁」となる。(31)

当然、「水の女」が水の周辺に住んでいるのは、橋の番小屋に住んでいる少年の母と重なる。その上、行事において水の女が「天の羽衣」を着ている点も「化鳥」における「大きな五色《ごしき》の翼《はね》」（一四三）の描写に類似している。当然、「水の女」の行事において、水の女に子はいないが、少なくとも「化鳥」の母のアイデンティティには、「水の女」的な要素が入っていると考えられる。

三　「化鳥」における母性と「遊女説」

数人の研究者はすでに「化鳥」における「母性(32)」を取り上げてきたが、母親を美化する鏡花の傾向は「化鳥」に限るものではない。定説では、鏡花が他の作品において「母」を「清純な真情の持ち主(33)」として描いているのは、彼自身の母との関係に起因している。鏡花は一〇歳で二九歳の母と死別したが、村松定孝はこの出来事を作者の生涯において最も重要な事件の一つとして考えている。村松は次の通り説明している。

そのことは、後年鏡花文学が形成されるに当たって、その詩情の源泉となり、生涯美しく優しき母の愛を慕いもとめる悲願となって、彼とその芸術の在り方を支配したのであった。初恋にやぶれた青年が恋人の幻影を永遠の女性として、いつまでも追い求めるような心的作用を彼はすでに幼児期において亡母憧憬のかたちで体得した。[34]

これを事実として受け止めたら、「化鳥」の語りに見られる異例的時制は少年の母の死によって十分説明できる。大野隆之は作中の語りを「回想的な語り」と「実況中継的な語り[35]」に分類しているが、「回想」の方は母がまだ生きていた「過去」に対する語りであり、「実況」は少年の母がすでに亡くなっている「現在」に当たる。この「時制の二重構造」に関して、小林は「少年の大きくなった現在の境遇が、すでに母を亡くしていることを匂わすものに他ならない[36]」と断言している。

鏡花文学における「母性」は興味深い研究対象ではあるが、本章の論点を「化鳥」に見られる神秘的境界性と「母性」が美化されている点との関連性に限定したい。作中に登場している「母性」が神秘的な描写を通して美化されていることは、「化鳥」の母の描写においても、「高野聖[37]」の山家の婦人の描写においても共通であるといえる。両作品の母親は夫がいない状態で一般社会に抵抗しながら暮らしているために、二人とも憐れみないし憧れの対象として登場しているといえる。しかし、この二人の女性は単なる人間として描かれていない。妖精のように「神通自在」の「過剰な能力[38]」の持ち主であるために、必死に自分の家庭を守る際に、家族に対する無限の優しさは歪な力の形で表現されることとなる。言い換えれば、二人の超自然的な力は尊敬すべき「気高い」描写によって登場しているために、その神秘性によって二人は極限たる憧憬の対象となるのである。

さらに、神秘的な能力の持ち主である母は、地上の日常的状況など、何ものにも縛られないはずであるために、我が子に対して注いでしまう愛は、外から強要されているものではなく、母の本心から自然に湧き出る感情として捉えられる。従って、作者には二人の女性を通常の、典型的な母親として描写する意欲を感じない。むしろ、鏡花には、両作品の母親を「女神的母親」として描く予定が執筆前からあったと推測できる。

しかし、「化鳥」に見られる、母親を美化するこの傾向は、描かれている母親の現実的状況の描写と大きく異なるのである。表面下において神秘的な力の持ち主であるかもしれないが、周りの社会から見れば、母子家庭の状況は決して理想とはいい難い。町の「穢い」場末に住んでいるために、親も子も疎外の対象となっていることが描かれている。執筆スタイルに関していえば、社会的ステータスの低い二人の惨めな生活を描写している場面は、よりリアルに描かれているために、「化鳥」の様々な描写の中に最も小説的に描かれているものであると考えられる。母親が不思議な力の持ち主であるならば、二人の疎外されている状況を如何に説明できるだろうか。

「万葉集」などにおいて、「河内の大橋」が取り上げられる際に、「橋を渡り行く華美な衣裳の女」が登場していることは、橋姫の古典的表現の一つである「遊び」を指していると平林は指摘している。橋姫は古来から「遊び」、「遊び女」、「浮かれ女」、そして「遊女」と関連して理解されてきた。古代の儀式において、舞踊をする役割もあったと思われるが、一般的に売春婦の一種として説明されている。小林が提示している「遊女説」では、橋姫と関連する諸行事に潜在している「売春婦」的要素が重要視されている。小林の論文において、「遊女説」の根拠は以下の通り説明される。

化鳥とは、今日あまり聞かれない言葉だが、怪鳥・ばけものの鳥という意味の他に、鏡花の郷里・金沢、加賀一帯の方言で江戸時代に売春婦のことを化鳥と呼んだ事実があったということである。(39)

植木朋子が指摘している通り(40)、浅野川川縁りの主計町には廓《くるわ》、華町《はなまち》を表す「流れ」という通称があったこと(41)もこの「遊女説」の妥当性を裏づけるものである。

小林によると、鳥のように派手な衣裳を着ていた母が少年を川から救助した際に、母は売春婦の姿になっていた。その後、自分の派手な職業上の姿を子供には明かしたくない母は、「翼の生えた美しい姉さん」と説明して、自分であったことを否定しながら、間接的にもう一つの姿の自分であったことを認める。最初に少年はその説明を信じるのだが、やがてその鳥のような「姉さん」が自分の母であることに気づく。

少年の目覚めの場面は曖昧に表現されているために理解し難いが、ある晩、少年は非常に「恐かつた」ものを覗いた。それが母の姿であるにもかかわらず、少年は「鳥のやうに見えたんですもの」と説明している。このように鏡花が母と鳥、両方の要素を重ねて描いていることから、小林の「遊女説」は妥当であると判断できる。母が「翼の生えた美しい姉さん」という嘘の話を語り始めたのは、自分が売春婦であることを息子に明らかにしたくないからである。この説明を通して、少年がその事実を認めたがらない理由も理解できる。

さらに、「遊女説」によって作品のタイトルである「化鳥」における多義性が鮮明になってくる。作品名には二通りの解釈が含まれている。一つ目は、少年が「化け物の鳥」の助けによって川から救助されることが、そのままタイトルとなったという解釈である。あるいは、「鳥」が金沢の方言で「売春婦」を意味している単語であることを考慮するならば、このタイトルは、二つの可能な解釈を同時に表す掛詞であると判断できる。よって、「お母さんが鳥に化ける」ことと、「お母さんが売春婦である」ということの、二通りの文脈を示唆するタイトルとして理解できる。

母親を売春婦として読むと、作品における複数の謎を解くことができる。作中において、描写されている橋が臨時の「仮橋」（一二八）であり、母子が住んでいる場所が「橋の詰の浮世床」（一二七）であることは、僅かながら売春の世界を仄めかしている。結婚という人間関係を橋でたとえれば、丈夫で安定した橋になるだろうが、作中に登場する橋が町の場末にあり、臨時的なものであるからこそ、社会に認められていない不安定な性的関係の表現と理解するのは当然である。売春は社会が見下す職業であるため、母親が売春婦であることによって、少年が学校で差別の対象になっていることは予測できることである。そして売春という職種を考慮するならば、橋を渡る「客」の意味を再解釈しなければならない。橋を渡るための「橋銭」は母の客が払う代金を示唆している婉曲語句として捉えることもできる。また、表面的には立派に見える人間が売春婦の客であることから、社会全体の偽善性が暗示される。少年にとって人間は皆「獣」であるという判断はこのためであると理解できる。

四　「羽衣伝説」と能の影響

「売春婦」という視点から作品を解釈すれば、「化鳥」を小説として読むことができるが、この知識によって物語の解釈におけるすべての問題は解決されない。第一に、リアリズム的な解釈法によって物語の不思議な側面は説明されない。前述の通り、「橋姫」や「水の女」の民間伝承には「化鳥」と完全に一致するものは特定されていないが、それにしても、鏡花が「橋姫」や「水の女」に関する民間伝承を執筆中に念頭に置いていたと推測できる。とはいえ、彼が柳田や折口の研究成果に参考にしたとは考えにくい。なぜなら、折口の『古代研究』は昭和四年、柳田の「橋姫」の研究は昭和九年に刊行されたためである。鏡花は学問的な知識も受容したに相違ないが、「化鳥」は空気と一緒に吸い込んだ文化的な要素の影響下において執筆した作品であるといえよう。何れにせよ、鏡花が民間伝承に精通していたことは確かであり、「化鳥」の描写がこの幾つかの伝統を仄めかしているに相違ない。

ただし、概ね「化鳥」の母を橋姫の一種として感じ取ることができたとしても、作中に見られる少年の飛行体験、「大きな五色《ごしき》の翼《はね》」という描写、そして「化鳥」のタイトル自体を併せて考慮すれば、作中において「鳥」や「翼」などが繰り返し登場していることは十分に説明されていないと考えられる。右において様々な民俗を詳しく検討してきたが、結局、少年の飛行体験及び少年の母の「鳥的」性格描写を説明しなければ、「化鳥」に対する解釈が十分に行なわれたとはいい難い。先に紹介した「水の女」の研究の中に、「天の羽衣を奉仕する水の女」が登場しているが、「天の羽衣」という表現からヒントを得て、「化鳥」への理解を深めるためのさらなる項目に関して検証していきたい。

「天の羽衣」伝説において、乙女が白鳥の姿で天から降りて水辺で水浴している間に羽の衣が盗まれる。伝説に見られる「羽衣」に関して、山本節は次の通り述べている。

天女が身にまとう羽衣とは、「白鳥処女型」の鳥の衣に全く等しい。それは天人の聖資格を保証する呪衣であり、他界と人間界とを往復することを可能とする飛行具でもあった[42]。

いうまでもないが、作中において母が「鳥」に化けることと、川から救われた後の少年が飛行体験をした覚えがあることは「白鳥処女型」物語の一種である「羽衣伝説」を喚起する要素として理解できる。

しかし、この伝説には、橋姫の民間伝承と同様に、数種類のバージョンがある。例えば、乙女は地上の人と結婚し、子供が生まれ、物語の末に天に戻る類のもの[43]もある。結局、鏡花がこの神話を認識していたことは推測できるだろうが、「羽衣伝説」のどのバージョンに影響を受けたかを特定するために、作者の経歴に対してさらなる証拠を求める必要があると考えられる。

浅野川の「中の橋」（通称「一文橋」）は「化鳥」以外に、もう一つの鏡花作品に登場していると考えられる。それは、短編小説の「照葉狂言[44]」（明二九・一一）である。具体的にいえば、その橋は欄干が付いている「長き橋[45]」であると考えられるが、作品の題目から分かるように、「照葉狂言」の主要なテーマは能劇である。

『鏡花全集』の「照葉狂言」に関する「作品解題」によると、鏡花は幼年時代に、金沢市の空地にある「小屋掛の舞台」[46]で狂言を鑑賞した可能性が高い。さらに、鏡花の祖父も、兄も能楽師であったため[47]、鏡花にとって幼いころから、能が身近なものであった。「照葉狂言」が「化鳥」の前年に執筆されたために、少なくとも、「化鳥」を執筆した当時において、鏡花は狂言に関する知識があった上、能に対する趣を有していた。

実際に、その影響が彼の文芸的スタイルまで及んだと主張する研究者もいる。例えば、村松は、「鏡花は小説家というより、むしろ、その本質は劇詩人であった[48]」と断言している。また、三好は、能役者を主人公にした「歌行燈」の「文体が持つ韻律」は「能とつゞみに象徴された世界をながれる[49]」と考えている。

しかし、「化鳥」に見られる能の影響はスタイルに留まることはないだろう。三田は、鏡花文学に関して、「能全体からの影響は、ほとんど肉質化してあった[50]」とまとめている。その影響の形態に関して三田は次の通り説明している。

鏡花のそれは能楽からの影響が濃い。文章表現の自動筆記法的な方法による深層心理の浮上などと言えば、能からは遠いとも見られかねないが、能において四角な小さな舞台で、現在―過去―現在、言い換えれば、あの世、死者の世界が、この世つまりは現在に混在し、存在を強く訴えてくる構造に似ているのだ[51]。

能に関する三田のこの指摘は概ね正しいと思われるが、「化鳥」の二重的時制及び能の舞台との関連性をさらに照合し、検証したい。

山田によると、語り手が物語を述べている現在において、母親はすでに死んでいることが推測される[52]。この説が正しければ、作中における母子家庭は、少年時代に母を失った鏡花自身の境遇と重なる上、「化鳥」の語りが複雑である理由も明らかになる。語り手は、現在の視点から、亡くなった母親の過去を語っているために、橋の存在は現在と過去と、そして〈生〉の世界と〈死〉の世界とを結ぶように機能していると考えられる。従って、橋銭を払わない客に対する母の執拗な態度を思い出している少年は、すぐそばにいる母のことを考えているのではなく、故人の性格に思いをめぐらせているといえる。

山田が指摘している通り、「化鳥」における、過去と現在とが合流する場所はまさに橋である。実際に、過去と現在とを結ぶこの橋に見られる機能性は、能・狂言の舞台の一部である橋懸りの役割に酷似しているといえる。山中玲子は「橋懸り」（橋掛り）に関して次の通り述べている。

橋掛は本舞台と鏡の間をつなぐ廊下であり、能の登場人物は、普通はここを通って登・退場する。が、単なる通路ではなく、舞台の一部として認識・利用されており、本舞台を土地、橋掛を雲上としたり、おのおのが別の家を表したりする。[53]

つまり、能劇において、「橋懸り」は舞台上の境界として機能している上、能に精通している観客はこの記号化された役割を常識として認めている。「照葉狂言」において、「橋がかり」[54]が能の舞台の一部として登場していることから、鏡花は能における橋懸りの役割を理解していたと判断できる。

「羽衣伝説」には橋は登場しないが、「羽衣」（能劇）の終末において、「天女がよろこんで舞をし、天上へ帰ってゆく」[55]場面は能の舞台の一部である橋懸りの上で行なわれていることも示唆的な事実である。この事実を踏まえた上で、鏡花が「天女伝説」から受けた影響は、能劇「羽衣」によって悟ったものである可能性が高いと考えられる。

結局、「化鳥」の橋に見られる不思議な境界性は、能の橋懸りの特殊性に偶然に一致しているというよりも、意図的に取り入れられた技巧であるといえる。(56) 橋が地元の景色の一部として、リアルに描かれているために、読者は自然主義の影響でそれを単なる小説のプロップの一つとして理解してしまうだろうが、それにもかかわらず「化鳥」の橋は能の「橋懸り」のような役割を果たしているために、この橋は作品の神秘的な側面を十分に生かすために配置された特殊な舞台である。つまり、作者が「化鳥」を執筆した際に、能劇が常に念頭にあったため、理解し難い場面があれば、それを小説としてではなく、能劇として解釈すべきかもしれない。

「翼の生えた美しい姉さん」が少年を川から救出する際に、それは能劇において天女が天に戻る直前の場面、つまり「天女の舞」に当たる。従って、橋の上に立っている母親が息子を川から救出したエピソードは、小説としては理解できないが、能の柔軟な時間設定を通して永遠に浮かぶ母と子との神秘的な関係を表現するものであるとして捉えられる。

当然、その事件自体は少年にとって重要な出来事の一つであった。しかし、この場面に登場している要素の象徴性を追求すれば、〈水〉と「母性」の関連性(57)を視野に入れねばならない。具体的に羅列すると、「叫ぼうとする」子が「水を」のみ、「胸が痛」いがやがて「真赤な光線」に導かれて「体が包まれ」保護される。母である女性の手によって少年が川で救助された際においても、子供が出産される際においても、母は我が子を〈無〉の領域から〈生〉の領域へと導こうとする。この共通性を偶然として理解できるだろうが、我が子を〈無〉から救う「母親」のイメージは「母性」の基本であるために、母親の役割を最大限に検討するこの物語において、「出産」が抽象的に描かれているのであれば、物語のテーマに沿っている、如何にも相応しい内容であるといえる。

幼い頃に母親を亡くした大人には、やがて解決しなければならない問題がある。それは、母を亡くしたことによって、具体的に何を失ったのかという問題だ。大人の感覚では、母は単に一人の人間である。しかし、その子供にとっては、母は価値の計り知れない生命の提供者であり保護者である。つまり、客観的な視点から母と子の関係は生物学的知識によって直ちに片づけられる問題であるとしても、子の主観的な視点から同じ関係を望めば、「神話」なしで説明できない関係であるかもしれない。このために、鏡花は母親を描写する際に、神秘的な次元を取り入れようとしている。

「化鳥」の場合、周りの近代的な社会人の視点を取れば、少年の母は、自分の子の知的な成長を妨害する売春婦にしか見えないかもしれない。しかし、「化鳥」の語り手自身の立場からすると、売春婦という物理的な「事実」があるとしても、結局、母は命の恩人である天使、近代の非人間性を暴露させた仙女、そして日常における神秘性を取り壊そうとしなかった優しいお姉さんである。鏡花の母への憧憬は、このような要素を通して具体的に表現されているといえる。

結局、「化鳥」という物語は小説としても、民俗的な要素が取り入れられている能としても理解することができる。しかし、作品をどの視点から眺めても、鏡花の最終的な目標は明らかである。それは、神秘的な描写によって、母親を美化することである。このような目標を達成するために、橋の境界性は重要な役割を果たしているといえる。語り手の世界に横溢している神秘性が橋の描写を通して導入されているために、「不思議」な空間として登場している橋は、読者に対して、日常の世界を超越的な視点から再解釈するように勧めている事物であるといえるだろう。

注

（1）三好行雄『三好行雄著作集　第四巻／近現代の作家たち』（筑摩書房、平五・五）四二一。

(2) 三田英彬『反近代の文学／泉鏡花・川端康成』(おうふう、平一一・五) 二三三。
(3) 三田英彬「泉鏡花の位相／観念小説その他をめぐって」(『近代文学 研究と資料』至文堂、昭三七・九) 一七〇。
(4) 平井修成『研究・泉鏡花』(白帝社、昭六一・五) 一六五―七四。
(5) 藤澤秀幸「『高野聖』／孤家の女をめぐって」(『国文学 解釈と鑑賞』第五四巻一一号、平元・一一) 九八。
(6) 泉鏡花「化鳥」(『鏡花全集 第三巻』岩波書店、昭一六・一二) 一一三―四九。
(7) 眞有澄香『泉鏡花 人と文学』(勉誠出版、平一九・八) 一五四。
(8) 小林弘子『泉鏡花／逝きし人の面影に』(梧桐書院、平二五・一一) 四五―六。
(9) 注 (8) に同じ、四七。
(10) 山口昌男『文化と両義性』(岩波書店、平一二・五) 二〇三、二二一。
(11) ストラック、ダニエル「『日本の橋』と世界の橋／保田與重郎と柳田國男における〈橋〉の異相」(『北九州大学文学部紀要』第六一号) 四―五。
(12) 山田有策「未成年の夢／「化鳥」論」(『文学』第五一号、昭五八・六) 一一三―四。
(13) 石原千秋「作品の世界／『化鳥』」(『国文学 解釈と鑑賞』第五四巻一一号、平元・一一) 九〇。
(14) 注 (1) に同じ、四三。
(15) 東郷克美「泉鏡花・差別と禁忌の空間」(『日本文学』第三三巻一号、昭五九・一) 二三。
(16) 注 (15) に同じ、三四。
(17) 注 (15) に同じ、三五。
(18) 注 (4) に同じ、一六五。
(19) 泉鏡花「隅田の橋姫」(未完の脚本)(『鏡花全集 第二五巻』岩波書店、昭一七・八) では、橋姫が登場しないままで物語が中断して終わるが、題目から分かる通り、橋姫は作中に登場する予定であったと推測される。
(20) 宇治市歴史資料館編『宇治をめぐる人々』(宇治市歴史資料館発行、平七・三) 一六―九。
(21) 柳田國男「橋姫(はしひめ)」(『定本柳田國男集 第二六巻』筑摩書房、昭四五・七) 三四二。
(22) 柳田國男「橋姫」(『定本柳田國男集 第五巻』筑摩書房、昭四三・一〇) 二二七。
(23) 注 (22) に同じ、二一八。

(24) 注(22)に同じ、二一六。
(25) 笠原伸夫「泉鏡花の世界」(『解釈と鑑賞別冊　現代文学講座　明治の文学Ⅱ』第五号、昭五〇・三)一〇二。
(26) 泉鏡花「創作苦心談」(『鏡花全集　第二八巻』岩波書店、明三四・三)六六〇。
(27) 注(22)に同じ、二一六。
(28) 注(15)に同じ、三五、注(4)に同じ、一〇七—一三一を参照。
(29) 折口信夫「枕草紙解説」(『折口信夫全集　第一〇巻』中央公論社、昭四一・八)三。
(30) 平林章二『橋と遊びの文化史』(白水社、平六・七)八六。
(31) 折口信夫「水の女」(『折口信夫全集　第二巻』中央公論社、昭四〇・一二)一〇二。
(32) 注(2)に同じ、九。
(33) 村松定孝「泉鏡花集解説」(『日本近代文学大系第七巻　泉鏡花集』角川書店、昭四五・一一)二〇。
(34) 注(33)に同じ、二〇。
(35) 大野隆之「〈鏡花調〉の成立・Ⅰ／「化鳥」の〈表現〉」(『語文論叢』第一八号、平二・一一)二四。
(36) 小林弘子「『化鳥』小考／運命の凋落みた亡き母への尽きせぬ鎮魂歌」(『鏡花研究』第六号、昭五九・一〇)四〇。
(37) 泉鏡花「高野聖」(『鏡花全集　第五巻』岩波書店、昭一五・三)。
(38) 注(15)に同じ、二二。
(39) 注(36)に同じ、四一。
(40) 植木朋子「泉鏡花『化鳥』詩論／間に舞う囮」(『鶴見学園女子大学国文学科報』第三〇巻、平一四・三)五〇。
(41) 小林輝冶編『泉鏡花／石川近代文学全集1』(石川近代文学館、昭六二・七)七。
(42) 山本節『神話の森／イザナキ・イザナミから羽衣の天女まで』(大修館書店、平元・四)五〇九。
(43) 注(42)に同じ、五〇七。
(44) 泉鏡花「照葉狂言」(『鏡花全集　第二巻』岩波書店、昭一七・九)五三一—六五二。
(45) 注(44)に同じ、六四八。
(46) 村松定孝「作品解題／照葉狂言」(『鏡花全集　別巻』岩波書店、昭五一・三)七六四—六。
(47) 注(33)に同じ、一七。

（48）注（33）に同じ、一三。
（49）注（1）に同じ、五二。
（50）三田英彬「鏡花の世界」（三好行雄、竹盛天雄編『近代文学2／明治の展開』有斐閣、昭五二・九）一七八―九。
（51）注（2）に同じ、二三三。
（52）注（12）に同じ、一二六。
（53）山中玲子「能・狂言用語事典」（『別冊国文学 能・狂言必携』第四八号、平七・五）一六二。
（54）注（44）に同じ、六三六。
（55）戸井田道三『能 神と乞食の芸術』（せりか書房、平元・二）二七。
（56）三宅晶子は鏡花における能劇的な要素を、構想された際に利用された下敷きとしてではなく、能に詳しい読者が当然見抜くだろう「仕掛け」として考えている（「泉鏡花の文体と能／『草迷宮』の場合」（『文学』第五巻第四号、平一六・七―八）、四八）。
（57）注（5）に同じ、一〇一。

付記 本章における「化鳥」からの引用は、『鏡花全集 第三巻』（岩波書店、昭一六・一二）に拠った。また、「高野聖」からの引用は、『鏡花全集 第五巻』（岩波書店、昭一五・三）に拠った。原文の引用に際しては、ルビは適宜取捨した。

三章　「破戒」の風景描写に潜在している隠喩

近代文学では、小説家は具体的な物語を展開することによって、同時に読者へ観念的（思想的）メッセージを伝える場合がある。物語の基本的プロットが小説の主要な構成要素であるが、同じテクストの背後にイデオロギー、道徳的見解など、思想的メッセージが暗号のように潜んでいるかもしれない。

例えば、序章において説明した通り、柄谷行人は国木田独歩の「武蔵野」や「忘れえぬ人々」の風景の中に作家や登場人物の「内面的な状態」[1]が描写されていることに注目している。つまり、作中に記号化された観念上のメッセージは作品全体の詳細や小説家自身の執筆した当時の心境と照合できる可能性があるといえる。リアリズムの立場で執筆されている散文は、隠喩的な性質が少ないと感じられるが、その性質が暗号のように風景描写などに織り込まれている場合、解読するまでは、そのような意味が潜んでいること自体は明らかにならないのである。

いうまでもなく、作中に潜在的なメッセージが包含されているのであれば、作品を十分に理解するために、その表現体の裏に潜んでいる隠喩的な側面を探求する必要がある。しかし、作家が暗号のようなメッセージを導入したとすれば、テクストの如何なる部分においてその暗号を探せばよいだろうか。柄谷が指摘している通り、風景描写は暗号を書き込むために操作しやすい素材である。なぜなら、風景描写はプロットの如何なる段階においても予告せずに挿入できるにもかかわらず、プロットの一部というよりも、補足的な「飾り」とみなされるからである。風景など、自然界を表現媒介の一つとして利用する作家は、リアリズムを徹底しながらも、作品全体における叙情的な効果を高めることができる。現実生活では葬式の日が曇っていれば、偶然だろうと判断できるが、小説は虚構の世界であるからこそ、同様な状況が生じた場合に意味づけを行ないたくなる。島崎藤村の『破戒』(2)においても、意味づけを行ないたくなる描写は多数見られる。例えば、第一九章において、精神的混乱状態に陥っている主人公の瀬川丑松が次の通り描写されている。

（前略）河の水は暗緑の色に濁つて、嘲りつぶやいて、溺れて死ねと言はぬばかりの勢を示し乍ら、川上の方から矢のやうに早く流れて来た。
深く考へれば考へるほど、丑松の心は暗くなるばかりで有つた。（二五一）

当然、引用箇所は二つの段落に跨っているために、上の段と下の段は必ずしも同じ内容であるとは限らない。表面的には上の段は川の様子を説明しているが、下の段は丑松の暗い精神状態を語っている。しかし、川の描写の中の「溺れて死ね」という命令が顕著である。川には言語能力がないために、「溺れて死ね」という発言は川を擬人化した上で理解している丑松が想像した発言であるだろうと推測できる。だとすれば、上の段は、下の段と同様に「暗くなるばかり」の主人公の心の状態を描いているといえる。同様に川の「濁つている」状態は単なる風景描写に留まっているのではなく、川の様子と同時に丑松の悩みの極端な程度を表しているといえる。「濁」りつつあるのは、千曲川のみならず、丑松の心境である。藤村は登場人物の精神的状態を具体的な風景描写の中に書き込んでいるのである。人の内心を川の様子に対比して表現しているために、この一例は描写の中に潜在しているメタファーとして理解できる。

このような描写傾向が多ければ多いほど、「破戒」に接する読者は自然界の描写を通して無意識的に感情を操作されていることになる。本章は、前述のような問題意識に即しつつ、「破戒」における風景描写の両面性（二重構造）及び思想上の展開に関して検討しようとするものである。

一　自然描写と叙情

「破戒」において、自然が綺麗に描写されている場面は複数あるが、すでに部分的に紹介した、丑松が冬の千曲川周辺を眺めて、自分の運命を考える場面（二五〇―三）はその好例であると考えられる。丑松は「下の渡し」という「船橋」の周辺に立ち、橋の方へ移動し、最後にその上に立つが、周りの風景を眺めながら、自分の問題や人生に関して熟考する。この場面においては、丑松の葛藤と、その感情を叙情的に表現する描写があると考えられるため、徹底的に分析していきたい。

最初に話者は、千曲川に向かっている丑松の視点からの眺めを全貌する。


遠くつゞく河原は一面の白い大海を見るやうで、蘆荻も、楊柳も、すべて深く隠れて了つた（中略）對岸にある村落と杜の梢とすら雪に埋没れて、幽に鶏の鳴き声がする。（二五〇）

この箇所で主人公は周囲を眺めているが、雪に埋もれているために、その風景が鮮明に見えないことが強調されている。丑松はこの時点において戸惑っているために、風景の様子が朦朧としていたことは、彼の心理的な状態と重なっているように映る。しかし「一面の白い大海」のような河原の一部が見えてくることも描かれている。

斯ういふ光景は今丑松の眼前に展けた。平素は其程注意を引かないやうな物まで一々の印象が強く審しく眼に映つて見えたり、あるときは又、物の輪郭すら朦朧として何もかも同じやうにぐら〳〵動いて見えたりする。（二五〇）

この描写において具体的に表現されているのは、丑松が見た風景の様相のみであるが、その景色に関する説明の裏には、丑松の心の乱れが発見できる。そこには、人間関係の複雑さが含まれていると考えられる。同僚や社会における様々な知り合いは丑松に対して、表面的には好意を持っているように思われていたが、この時点ではそうではなかったことが明白になる。

しかし、以上の解釈に対して疑問を投げかけることも容易にできる。この自然描写は、単に風景を詩的に描写しているのではないだろうか。その次の箇所を読むと、隠喩的な側面が包含されていることは明確である。彼が眺めている風景と完全に連結するように、丑松の人間関係が原因である戸惑いは直ちに表現されることになる。

『自分は是から将来奈何しよう――何処へ行つて、何を為よう――一体自分は何の為に是世の中へ生れて来たんだらう。』（二五〇）

当然、これは丑松の前途に対する不安を描く箇所である。しかし、今後の計画に対する不安と同時に、人生のる。

「意味」も問われているといえる。この箇所において、丑松がこの世に居場所が無い、つまりアイデンティティの問題に苦悩しているために、読者はそれに気づき、隠されているメッセージを探り始める。この小説を精読すれば、生き甲斐に関して学ぶことができるだろうか。登場人物のこの回想部分を通して、藤村は読者に、風景と丑松の感情との相互効果を仄めかそうとしている。圧迫感に覆われている丑松の心理的状況の原因はプロット展開によってすでに説明されてきたために、この効果は補助的なものといえるが、この箇所において、藤村は自然風景及び丑松の行動を利用して、主人公の心境を抽象的に描くことによって、その圧迫感をよりリアルに描こうとしている。

川の周辺を眺めた後、丑松は橋へと移動し始める。大体において、川に架かっている橋の高度は水面よりも高いために、川への見晴らしは比較的よい。心理的混乱に陥っている丑松は人生に対する理解を希求しているが、一般的に人生における時間の経過は川の流れに喩えられているため、丑松がこの時に橋へと移動したのは、予測できる行動であるといえる。なぜなら、橋は《人生の川》（つまり〈時間の経過〉）を眺めて瞑想する最適の場所であるからである。筆者の先行研究においては、文学作品における登場人物が橋の上に立って川を眺めて考える際に、その橋は人生に対する洞察力を与える場所として機能していると理解できる。この傾向に気づいているフランス文学研究者の小倉孝誠は次の通り指摘している。

機能として渡られるためにある橋は、文学とりわけ小説においては逆説的なことに、むしろそこで立ち止まって、さまざまな思いを巡らすためにあるかのようだ。橋は足早に通過されるのではなく、何かがそこで生起するので、思わず人が歩みを止めてしまう場所であるかのようなのだ。作家たちは橋を通過する行為を語るよりも、むしろ、橋に佇むことをめぐる主題と変奏を好んで響かせてきたように思われる。そして、橋の上での出来事はけっして瑣末的でない[3]。

筆者の研究において、この類の隠喩を《超越的な視点から透視するのは橋から眺めることである[4]》と表現した。この隠喩は「破戒」のこの場面においても機能していると考えられる。

藤村は丑松の橋への接近を意外と詳細に描写している上、その移動によって、視野が広くなって見晴らしがよくなったということも実際に表現している。

河原の砂の上を降り埋めた雪の小山を上つたり下りたりして、軈て船橋の畔へ出ると、白い両岸の光景が一層広濶と見渡される。（二五一）

「破戒」に登場している「船橋」は幾つかの並べた船の上に板が架け渡されている仕組の橋である。従って、船橋は決して極端に水面から高く上げられている橋ではないが、本文に指摘されている通り、「光景が一層広濶と見渡される」ために、橋の上からの視野が妨げられない眺めである。この新しい観点からも、やはり人生の真の姿を観察することが可能になる。

目に入るものは何もかも（中略）いづれ冬期の生活の苦痛を感ぜさせるやうな光景ばかり。河の水は暗緑の色に濁つて、嘲りつぶやいて、溺れて死ねと言はぬばかりの勢を示し乍ら、川上の方から矢のやうに早く流れて来た。（二五一）

丑松がこの新しい眺めによって気づくのは、人生の苦しみを隠喩的に表現している川の様子であり、擬人化を通して、彼は川に自殺を促すような呟きを聞き取る。

橋の上に立っているために、《人生の川》は鮮明に見えるようになるが、それ故に丑松の憂鬱は逆に深刻になる。語り手は「深く考へれば考へるほど、丑松の心は暗くなるばかりで有つた」（二五一）と表現しているが、橋の上からのよい見晴らしの描写を通して丑松の人生に対する悲観的な見解が誤解に基づくのではなく、正当な理解であることを読者に主張するのである。

ちょうど丑松が船橋の上に立っていると、彼は辺りが「日没」を迎えていることに気づく。該当箇所は次の通りである。

もう二度と現世《このよ》で見ることは出来ないかのやうな、非壮な心地に成つて、橋の上から遠く眺めると、西の空すこし南寄りに一帯の冬雲が浮んで、丁度可懐《なつか》しい故郷の丘を望むやうに思はせる。（中略）あゝ、日没だ。蕭條とした両岸の風物はすべて斯の夕暮の照光《ひかり》と空気とに包まれて了つた。奈何に丑松は『死』の恐ろしさを考え乍ら、動揺する船橋の板縁近く歩いて行つたらう。（二五二）

人生は一日に喩えられることがあるが、この設定においては日没が太陽の死の瞬間に当たるのである。日没を見る丑松は、川に身を投げ溺れ死ぬべきか、屈辱的な道を歩き続けるべきかという葛藤に苛まれる。丑松が橋の上でこの困難な選択を迫られ葛藤している事実は、橋の上で考えているからこそ前景化されているといえる。

先の引用の直後、この章の最後の一段に丑松が橋の上で自らの道を決定する際に、蓮華寺の鐘の音が聞え、「丑松の耳に無限の悲しい思を傳へた」（二五二）と表現されている。数十年後、アーネスト・ヘミングウェイはジョン・ダンの著名な詩[5]を引用し、運命という主題を取り上げた小説を「誰が為に鐘は鳴る[6]」と名づけることになるが、藤村のこの描写においても、鐘の音は個人の無力や死の必然性という意味を伴いつつ響く。その直後に丑松は、「最後の別離《おわかれ》」として「先輩だけに自分のことを話さう」と決めるが、その決断も「其橋の上である」（二五三）と作者は説明している。この箇所において、困惑している主人公が「橋の上」にいることが繰り返し強調されていることは、作中において重要と思われる場面をよりドラマティックな形で描くためであると考えられる。

二　橋の描写に託されている思想的裏面

先述の通り、文学作品には、言語表現の基本的伝達レベルの裏に思想レベルのコミュニケーションが存在する。多くの研究者は「破戒」を解釈しようとする際に、作品全体の深層構造を把握しようと試みている。例えば、三好行雄[7]は作品の内的構造を分析した。表面的な出来事を表現すれば、丑松は社会の迫害に打ち勝てないが、自らの恐怖を乗り越えることはできるといえる。しかし、観念レベルにおいては告白を通して、丑松は心理的に宿命の束縛から解放される[8]。従って、物語の設定は同和問題という具体的なものであるが、丑松が抱える独特な状況を通して、藤村はより普遍的な人間のあり方に関する問題を提起しているといえる。三好のこの見解は妥当だが、「破戒」は余韻を残す複雑な作品であるからこそ、他の内的構造の存在も考えられる。

伊狩弘[9]も「破戒」の内的構造に関して検討してきた。陰鬱な天候が描写されている初冬の物語であるにもかかわらず、丑松は急ぎ足で故郷の小諸に帰り、一時的に猪子先生の元に駆けつけ、その後飯山の教室に戻る。そして、最後に大日向と一緒に米国のテキサスへと出発する可能性が示唆されている。伊狩は、この頻繁な移動を通して、

「破戒」においては「時間と空間の不均等な広がり方」[10]が生じていると論じている。筆者はこの見解に同意するが、作品の構想を鮮明にするために伊狩が指摘する移動の構造を更に詳細に検討する必要があると考える。

丑松が頻繁に移動している理由の一つは、作中に描写されている主人公の現在は彼の過去とつながっているからである。千曲川の上流に当たる小諸に生まれた丑松の人生は次第にその川を下ってゆく特徴があるといえる。丑松は小諸より下流にあたる長野市内の「師範校」（一二）を経て、さらに下流にある飯山の学校で教員のポストに就く。しかし、父親の戒めに対して疑問を抱き始める彼は、父の葬儀に参加するために、《人生の川》の上流に遡らなければならなくなる。作品の如何なる動きも《人生の川》という構想によって説明できるわけではないが、丑松が過去のことを整理しようとしているからこそ、人生の上流へと尋ねることは必然的な移動であるといえよう。

しかし、《人生の川》的構想と同様に、作中の橋に注目すれば、さらなる地理的合理性が明らかになると考えられる。序章において具体的に説明した通り、文学作品に登場している橋は注目すべき要素である。なぜなら、作家が文学作品を通して、二項対立関係の特徴を持つ観念を表現しようとする際に、橋はすでにその相違とつながりを表現できる機能性を備えているためである。この特殊性ゆえに、ジンメルが指摘した通り、橋は芸術作品において、柔軟性を持つ事物として多用されている。作中の観念的側面において、作家が思想における二項対立関係を表現しようと試みれば、その対立している二つのグループや地域の間の相違が表現されている場合、作家は「橋」という具体的描写を通してそれら二つの異なる領域を結ぶことができる。「破戒」はこの二項対立関係を表す作品の好例であるために、次の通り詳しく説明していきたい。

「破戒」の観念的側面には、その当時の一般的な日本社会の人々と出身地によって不当な差別を受けている人々との間に存在する断絶関係が描かれているため、橋が作中に登場する場合、それは両者を和解へと導く道具として登場することが予測される。このメタファーは《人間関係の発展は橋を渡ることである》と表現できる。以下では作中に登場する橋の描写を一箇所ずつ詳細に分析していくことによって、この予測の妥当性を立証したい。

「破戒」には橋が頻繁に登場する。しかし、橋の描写が頻繁に登場しても、その描写の分量は均等ではない。橋が描かれる場合、それらは限られた数箇所に集中している。最初の橋の描写は上田の「停車場《ステーション》」（一三六）近辺の叙述に登場する。橋を渡って、丑松は蓮太郎と別れなければならないため、この橋は「別離の橋」（《人間関係の終結は橋を渡ることである》）として登場しているといえる。丑松は蓮太郎に自分も同和地区出身者であることを告白しようと考えていたが、蓮太郎の出発によって、この機会を逃す。この箇所で橋を描きながら、藤村は丑松が告白しなかったことを強調しようとしているのではないかと考えられるのである。

次に橋が登場するのは、丑松が船で上田から千曲川を経由して飯山に帰る場面（一五一）である。これらの橋は「船橋」、または「渡し」と呼ばれている。「渡し」の通常の意味は「渡し舟」であるが、藤村が利用している「渡し」は仮設されている橋を指している（二五二を参考）。その説明は次の通りである。

> 尤も、其間には、ところ〴〵の舟場へも漕ぎ寄せ、洪水のある度に流れるといふ粗造な船橋の下をも潜り抜けなどして、そんなこんなで手間取れた為に、凡そ三時間は船旅に費つた。（一五一）

この箇所の表面的な意味は、ただ洪水のことを語っているが、裏面に思想性が仄めかされているという前提で読めば、「破戒」における差別対象グループの惨めな存在が、橋の描写を通して表現されているといえる。橋が人間関係の隠喩として機能していることが予測できるが、船橋の特徴は、洪水の際に流出が生じることと、「粗造」であること、船旅の際に障害物になることの三点である。作品が二重構造を持つ可能性の高さを考慮すれば、船橋の三つの具体的な特徴は観念レベルにおいて、何らかの形で解釈することが可能なはずである。

「粗造」であり、「洪水で流される」ことは当時の一般人と出身地によって不当な差別を受けている人々との関係が必要最小限に止まっており、非常事態が生じた場合に全く信頼できなくなるものであると解釈できる。川は人生の隠喩としても十分に機能するが、川の旅においてこの船橋が障害となっていることは、両グループ間の緊張した関係が人生という〈旅〉における困難をもたらす要因であると理解できる。「破戒」で描かれる橋の大半はこのような船橋であるため、作品全体における人間関係は不安定で、信頼できないものであると示唆されるのである。

文平が校長に丑松が同和地区出身者である事実を明かす際にも、橋が登場している。小諸の配置図は次の通り説明される。

『未だに校長先生には御話しませんでしたが、小諸の與良といふ町には私の叔父が住んで居ます。其町はづれに蛇堀川といふ沙河が有まして、橋を渡ると向町になる――そこが所謂穢多町です。叔父の話によりますと、彼処は全町同じ苗字を名乗つて居るといふことでしたツけ。其苗字が、確か瀬川でしたツけ。』（一七四）

つまり、丑松の故郷では、被差別者が川によって一般人から隔たれているのである。この一段において、「蛇堀川」という川の名前の汚いニュアンスも、「向町」という文平の町に対する呼び方も、「瀬川」という登場人物の名字も、「川によって隔たれている」というイメージを読者に促している。一貫性のある表現を徹底的に利用しているこの描写は作品全体における両グループ間の関係を集約しているといえる。最後の場面で生徒が丑松の後をつけて川を渡る際に、同和地区出身者の側に歩みよっているニュアンスが暗示されているが、文平のこの箇所における描写はその解釈に貢献していると考えられる。

橋が次に登場する箇所は、丑松が自殺を考えていた橋の場面である（二五三）。本章ではすでに詳細に説明したため省略する。

　次に登場する橋は蓮太郎が亡くなってから登場している。丑松が蓮太郎の生前を回想する場面において、彼は上田駅周辺における橋の場面を想い出す。一村の選挙運動に参加している蓮太郎は、一村のライバルである高柳候補に対して「『どうしても彼様な男に勝たせたく無い』」（二五八）と言ったが、これは「丁度橋を渡った時」（二五八）の発言であった。丑松は、飯山に来たために犠牲となった蓮太郎の断固たる決意に関して考え、同様の決意は自分にはないことを自覚する。しかし、この箇所における橋の描写は二つの効果をもたらしていると考えられる。第一に、橋の上で話したという設定は蓮太郎が発する言葉のインパクトを強くする。第二に、蓮太郎はその橋から降りてから生きている登場人物として登場しなくなるために、橋を渡る行為は彼の小説からの退場を具現化していると考えられる。また、橋は〈生〉と〈死〉とをつなぐ隠喩性を持つために、その場面の後に死を迎える蓮太郎にとって、橋は運命を示唆する役割をも果たしているといえる。

　次に登場する橋は物語の末尾にある。小説の大尾であるからこそ、再び「渡し」（二九二―四）という形式の橋であることは注目すべき点である。川の向こう側にある休茶屋に行く途中、丑松は未亡人、省吾、お志保などと出会い、「上の渡し」を一緒に渡ることになる。実際には一同がこの橋を渡る様子を予測させる複数の描写が、渡る直前に頻出している。また、その橋を渡る事実を強調する描写は、「上の渡しの長い船橋を越えて対岸の休茶屋に着いたは間も無くであつた」（二九四）である。通常、橋を渡ることはそれほど特別なことではないが、藤村は「橋を渡る行為」を繰り返し明確に描写しているために、作中において非常に重要な出来事であるかのように思われてくるのである。藤村はなぜ読者に対してこれほどまでに登場人物が橋を渡る行為を強調しているのだろうか。丑松の秘密を知った上で親友が彼と一緒に川の向こう側に渡る行為が暗示するのは、少なくとも何人かの人物が従来の偏見を放棄するような意識改革を成し遂げたということなのである。

作中に登場する最後の橋は丑松が教えていた生徒が渡って来る「船橋」（二九六）である。その生徒は彼を見送るために正式な許可がないにもかかわらず、好意を持って丑松の後を追うという希望に満ちた結末を迎える。この場面は親友が丑松と一緒に橋を渡った際の描写と同様に、重要な箇所であると考えられる。なぜならば、橋を渡ることは常に道を歩き続ける以上に、断固たる決意を表現する行動であるといえるからである。

「新しい境地へ」行きたいという願望が橋を渡る行為を通して具現化されているために、彼らの丑松に対する支持はより鮮明に描かれているといえる。もしも物語の最後にその橋を渡らなかったとすれば、丑松との関係はより希薄なものに見えると読者は判断せざるを得ないが、渡る行為を通して丑松の告白は無意味な行動に留まるのではなく、次世代を生きる若者の心に確固たる影響を与えたと理解できるのである。

三　テキサスへの「逃避」

「破戒」全体における橋の描写が観念レベルの意味を含有していることはいくつもの描写に見られる一貫性によって判断できる。しかし、物語の思想と関連する構造は橋のみによって特定できるわけではない。橋以外のものを通過するもう一つの「渡る」行為が物語には描かれている。それは、大日向とともにテキサスにある「日本村」へと渡る予定のことである。丑松と大日向の関係は次の通り説明されている。

弁護士が丑松に紹介した斯の大日向といふ人は、見たところ余り価値の無ささうな――丁度田舎の漢方医者とでも言つたやうな、平凡な容貌で、これが亜米利加の『テキサス』あたりへ渡つて新事業を起さうとする人物

とは、いかにしても受取れなかつたのである。（二九四）

多くの批評家は、この結末が丑松の卑屈さを強調しており、しかもテキサスへと行く方向性は日本社会における重要な問題からの逃避であるとして批判している。しかし、当時の社会的背景及び人権運動の状況を考慮すれば、藤村がテキサスを選択した理由は明白になる。

部落解放運動は日本社会に対して僅かな改善を求める運動ではなく、完全に公平な社会の実現を求める運動である。これゆえ、丑松が目指す場所は人権の「理想郷」のような場所でなければならない。リアリスティックに描かねばならないゆえに、主人公の目的地は実存する場所でなければならないが、そのような場所が日本に存在していないことは、日本人のどの読者も承知していたことだろう。当時の通念に基づけば、人権の尊重を実現した最先端の開拓地が地上に存在するのであるならば、それはアメリカのテキサス州であることになる。

その頃実際のテキサス州は差別に満ちた社会であったに相違ない。南北戦争後のアメリカ南西部では少なくとも黒人に対する人種差別は激しかった。しかし、藤村は歴史学者としてではなく、芸術的な思想家として「破戒」を執筆したのである。独立戦争時代からアメリカは人権を重視する国の一つであり、テキサス州はアメリカの開拓地として有名であった。その上で人権確立を標榜する国の開拓地として登場人物がテキサス州を目指せばテキサスが人権の理想郷である印象を瞬時に読者に与える。この直感に訴える効果を狙ってテキサスが選択されたと判断できるのである。

つまり、藤村が目指していた同和問題解決とは不完全な妥協に止まるものではなく、まさに人権尊重の理想的状態を意味していた。東栄蔵[11]によると、藤村は丑松の問題を盛り込んだ際に、大江磯吉の経験に基づいたと指摘している。しかし、大江が丑松のモデルであるにしても、彼の人生は周囲に拒絶され続け、若死に終わる悲惨な物語である。恐らく、実話は読者を同和問題解消の努力へとは向かわせないと藤村は判断したのだろう。読者に対して勇気を与えるために、テキサスの登場が多大に貢献していると考えられる。

従って、作中においてテキサスの「日本村」へと向かう大日向や丑松は具体的なレベルにおいては日本の現実からの逃避であるかもしれないが、読者がこの具体的な描写の裏にある隠喩的な側面を考慮すれば、彼らは完全に公平な未来の日本社会を目指していたのである。現実性を帯びた物語に仕上げるためにテキサスが目的地として選択されたが、思想上においては、その目的地はアメリカではなく、同和問題に関する意識改革後の日本であるといえるのである。

四　タイトルに見られる両義性

表面的には、「破戒」というタイトルは丑松が父の厳命を破った行為を表しているように見える。作品の第三章において丑松は次の戒めを父から受け止めている。

一生の秘訣とは斯の通り簡単なものであつた。『隠せ。』――戒はこの一語で盡きた。（一〇）

作品全体を通して、丑松はこの戒めを守るか否かに関して苦悩するが、彼は教えていた生徒に自分が同和地区出身者である事実を告白し、父の戒めを破ることになる。丑松の告白は父に言わせれば人生そのものを「破壊」する行為なのである。

しかし、他にも「破戒」に当たる状況は発見できる。イエスが指摘した「自分を愛するようにあなたの隣り人を愛せよ」[12]という戒めはキリスト教における最も重要な二つの戒めのうちの一つである。差別に満ちていた日本社会は、この「隣り人を愛せよ」という戒めに従っていなかったためにすでに「破戒」されていたと解釈できる。

川端俊英[13]が指摘しているように、藤村が「破戒」において提起している問題を日本の同和問題に限定することは困難である。この問題は、歴史上、普遍的に存在している人権問題である。明治憲法は自由民権運動の影響下において成立した。従って、「天賦人権」は明治憲法の建前を支える土台であったために、明治精神は人権を表面的には重視する姿勢を取っていたが、その理想は未だに社会に反映されていなかった。人権の理想は明治憲法によって高らかに謳われたが、「破戒」はその実施を促す一つの重要な原動力となったと思われる。しかしながら、完全に平等な社会が出現しない限り、日本であれ海外であれ、「破戒」のような作品は必要とされるのである。

被差別集団の悲惨な状況を国に訴えるとすれば、人間は皆平等であるという思想を通して訴えるしかない。近代以前の日本社会においては偏見や差別、身分制度の温存は国策として採用されたものであったが、近代における人権の発想を通して、藤村は「日本」という国家の枠組みを超えた価値観の存在を指摘している。

最後に丑松が告白した後に、教え子が校長の警告を無視して、丑松の後を追って見送る場面がある。生徒の反抗は、その時咄嗟に生じたものだが、見逃すことはできない。従来の差別を促す制度に盲従すれば、生徒は丑松を認めてはならないはずであるが、丑松の告白によって生徒個人のレベルにおいて意識改革が行なわれたといえるのである。設定されていた作中の時間帯において生徒が取る行為は校長の戒めを無視して丑松を見送ることのみに限定されているが、作品に描写されていない未来の時間においては、その生徒は成人となり、同和問題を解消するために努力するだろうと、読者は推測できる。社会全体が徐々に変化していく予兆は作品の結末に包含されていよう。校長が差別問題に対する姿勢において「新しい人間」に困惑する描写は作中にあるが、新しい人間が次々と増えることによって「差別を認める社会」を維持するという古い制度の「戒め」は「破られて」いくことが予測されている。

従って、「破戒」というタイトルは丑松の告白のみに焦点化された題名ではない。「破戒」という発想は作品全体の軌道を規定する多義的な表現なのである。物語の社会的な背景として存在する隣の人間を愛さない不道徳に根ざす同和問題は人権を「破戒」する行為である。丑松は自分の身分を告白する際に、父の戒めを破戒する。最後に生徒が丑松の告白に感銘を受け、丑松を肯定する行為を選択する場合、当時の日本社会が定めていた偏見に反旗を翻すことになる。出身地区によって人間を差別する行為は暗黙に正当化されているが、無言でその不公平に耐えるべきであるというルールを破ることによってのみ救いの道が開かれるという見解を藤村は主張しているのである。

五 「破戒」と「橋のない川」の関係

いうまでもないが、住井すゑが「橋のない川（第一部）」（昭三六・九）を執筆した際に、少なくとも「破戒」を意識していた。第一の証拠として、「橋のない川」における「破戒」への言及を挙げることができる。「饅頭」の部分の第三話において、誠太郎と秀昭の会話の中に、瀬川丑松という登場人物が「えらい苦労をしやはる話」[14]として紹介されている。しかし、「破戒」からの影響はこの一箇所に留まらないと考えられる。丑松の名前が登場する場面の直前に、少年たちが葛城川に架かっている「大橋」を渡って、彼らの家へと帰る。この際に、少年たちが住んでいる「小森」という町は川の南西側にあり、この場所は「文字通り安全地帯」であると語り手が説明している。つまり、差別対象の人々が住んでいる地域「小森」は、「破戒」の「小諸」と同様に、川沿いにあるのみならず、一般人から見て川の向こう側にあり、その二つの集団は橋によって結ばれているというより、むしろ橋によって隔てられているといえる。

「橋のない川」のタイトルも、恐らく「破戒」からの言及であると考えられる。「破戒」において差別が存在しない理想の世界へと渡る〈懸け橋〉を描こうとしているのであれば、住井の作品はこの〈懸け橋〉の可能性を否定しているといえる。作品冒頭において、ふでが見た「橋のない川」の夢が描写されている。その夢において亡き夫の進吉が川の向こうにいるが、ふでが上流へと走り続けても見つけだすのは、橋ではなく、虹である。

小森という町には、「大橋」という橋があるゆえ、作品のタイトルを説明するために、冒頭における夢の説明は最も重要なヒントであると考えられる。虹は橋の形に似ているために、ふでは橋として捉えるが、実際に渡ることができない。飽くまで、この橋は空想に過ぎない。ふでの夢の描写は、小森の住人皆のジレンマを表現していると考えられる。住んでいる地域ゆえに差別対象となっている人々は、法律上、他の日本国民と平等な立場のはずであるが、事実上彼らの権利は尊重されていなかった。

この見解は、「橋のない川」の最後の場面においても裏づけられている。結末において、複数の町の消防団の競争が描かれている。公平な競い合いであったが、小森の消防団が勝ったため、他の町の町民は優勝旗を「大橋の袂」で燃やすこととなる。優勝旗が橋の袂で燃やされたことは決して偶然ではない。小森の住人にとって、形だけの公平は守られているが、競争に勝つ自由は依然としてなかったことが分かる。「破戒」において、生徒は丑松の味方として登場するが、「橋のない川」において、小森の消防団の勝利を守る味方は一切登場しない。作中における橋の描写を分析すれば、「橋のない川」には、「破戒」に見られた未来に対する希望は仄めかされていない上、法律における平等の約束は、ふでが夢で見た虹のように、実際には渡れない〈橋〉として表現されている。

六　虚構、リアリズム、そして社会における変化

藤村は、川を渡るか否かという選択を最後になぜ生徒にさせているのだろうか。人生には白黒をはっきりさせることができず、灰色の選択を強いられる場合も多くあるはずである。しかし、藤村は各登場人物に強引に選択させようとする。北原泰作[15]は登場人物全員を人権を無視する人々と人権を肯定する人々に分けようとする「破戒」に疑問を投げかける。北原によると、この分類は極めて不自然で、リアリズムを欠いているというのである。しかし、藤村は飽くまでも思想上の理念を打ち立てようとした。現実において部落解放運動という行動に至る以前に、まずは弾圧に抵抗する民衆の意識を究極的な状況までに高めなければならないと考えた藤村は、敢えて問題を単純化させて描くことで読者が実際の行動へ向けて立ち上がる情動を喚起させることに専念したのに相違ない。

加賀谷真澄[16]によると、「橋のない川」も、作品舞台の当時の現実をそのまま描かなかった。加賀谷は次の通り述べている。

『橋のない川』は、大正時代の史実に沿って描かれた作品ではなく（中略）差別に苦しむ人々の連帯が理想化されて描かれた物語である。[17]

リアリズムが最も重要な評価基準であれば、この指摘は大きな欠陥を暴露しているように考えられるが、住井の目的は恐らく文芸上のリアリズムと関係しないものであった。その上、住井は彼女の作品における虚構を認めているといえる。渋谷定輔との対話において、住井は次の通り述べている。

現実を否定しなければものを書く意味はないと思うんです。現実を否定するということは、現実を乗り越えてよりよい社会をうちたてることなんだから、芸術はすべて現実否定の上に立っているわけでしょう。(18)

「芸術すべて」が現実否定に立脚しているという見解に対して議論する余地はあると考えられるが、少なくとも住井にとって、差別の排除という具体的な目的は、リアリズムの法則に従うという芸術上の理想よりも重要であったことが分かる。

歴史上、教養小説（Bildungsroman）は登場人物の個性を表現し、その発展と啓蒙を描写する文学のジャンルである。登場人物が旅によって成長することが作中に描写される際に、読者は小説の詳細を読みながら、脳裡において同じ旅をする。作品を鑑賞するために、読者は自らのアイデンティティを一時的に忘却し、登場人物に自己を同一化し、作家が創造した仮想風景の中に移動することになる。読後に作家の思想を否定することも勿論可能であるが、作品が巧みに描かれている場合、読者が思想的に作品から影響を受けることも予測されるのである。

アメリカの女流作家ハリエット・ビーチャー・ストウの「アンクル・トムの小屋」(19)は黒人奴隷の悲惨な状態を叙情的に描写することによって、米国北部における人々の奴隷制に対する反対意識を高めることに成功し、平等思想を広めた南北戦争を生む契機をもたらした。つまり、観念のみに止まる思想小説ではなく、現実社会に変化を及ぼした成功例であると評価できよう。「破戒」もまた、作品そのものに対しては批判する声もあるとはいえ、飽くまで国民の思想性に変化を及ぼすまでの影響力を持ったという意味では、同種の数少ない成功例として位置づけられよう。

特定の集団に対する差別は世代間で遺伝する不変的必然的な状態ではなく、個人の意識改革によって徐々に解消する類の問題である。二一世紀を迎えた現在、差別のない社会は未だに実現していないが、同和教育が学校教育の中に盛り込まれるようになった現象自体が、藤村の祈念した進歩の体現であるといえる。「破戒」が同和教育の実現に貢献した度合は計り知れない。人生は「大なる戦場」[20]であるからこそ、藤村が「破戒」を執筆しようと決心したことは周知の事実である。次世代を生きる人々の意識を改革する戦場でもある教室が「破戒」の主な舞台であり、成功への道筋もまた具体的に作品に盛り込まれている。教室における丑松の告白は、それが後の社会に与えた影響の大きさを考えてみると、決して無意味な行為ではなかったのである。

注

(1) 柄谷行人「風景の発見」(『定本柄谷行人集 第一巻』岩波書店、平一六・九) 二三―四。
(2) 島崎藤村『破戒』(『藤村全集 第二巻』筑摩書房、昭四一・一二)。
(3) 小倉孝誠『パリとセーヌ川』(中央公論新社、平二〇・五) 二五〇。
(4) ストラック、ダニエル「宮本輝の『道頓堀川』研究/橋から洞察する人生」(『北九州大学文学部紀要』第五四号、平九・七) 九三―一一〇。
(5) Donne, J. "Meditation XVII." *Devotions on Emergent Occasions*. 1624.
(6) Hemingway, E. *For Whom the Bell Tolls*. New York: Simon & Schuster, 1940.
(7) 三好行雄「「破戒」論のための一つの試み/島崎藤村論ノートⅨ」(慶應義塾大学国文学研究会編『近代文学 研究と資料』至文堂、昭三七・九)。
(8) 注(7)に同じ、四三。
(9) 伊狩弘「『破戒』の構造/藤村の現実認識をめぐって」(『日本文学』第三五巻六号)。
(10) 注(9)に同じ、四。
(11) 東栄蔵「『破戒』と部落解放」(『国文学 解釈と教材の研究』第三四巻四号) 五二―四。
(12) マタイによる福音書 二二章三九節『新約聖書 (一九五四年改訳)』(日本聖書協会、平元)。

(13) 川端俊英「『破戒』の社会性／評価の統一をめざして」(『日本文学』第二八号、昭五四・八)八〇—一。
(14) 住井すゑ『橋のない川(第一部)』(新潮文庫、平一一・九)一二〇。
(15) 北原泰作「『破戒』と部落解放の問題」(『部落』第四八号、昭二八・一一)。
(16) 加賀谷真澄「『橋のない川』における内地在住朝鮮半島出身者／戦後的再構築としての被差別部落民との共闘関係」(『文学研究論集』第二七号、平二一・二)。
(17) 注(16)に同じ、一一二—三。
(18) 住井すゑ『橋のない川に橋を／住井すゑ対話集』(労働旬報社、平九・四)一三〇。
(19) **Stowe, H. B.** ***Uncle Tom's Cabin; or, Life Among the Lowly.*** **1852.**
(20) 注(2)に同じ、三〇四。

付記 本章における『破戒』からの引用は、『藤村全集 第二巻』(筑摩書房、昭四一・一二)に拠った。原文の引用に際しては、ルビは適宜取捨した。

四章　「川」に見られる假橋と「神秘感」の一考察

勝又浩[1]が指摘している通り、従来の岡本かの子伝説は「実生活上の華やかなエピソード」、あるいは「いのち、芸術餓鬼、ナルシスト、童女、大母性」などのキーワードによって位置づけられてきた。それゆえ、研究者が彼女の詩や小説を取り扱う場合においては、主に研究対象となるのは作品自体の芸術性よりも、むしろ、かの子の伝記と照合することができるプロットや作品のテーマである。同時に、かの子は「無意識過剰な作家」として評価されるに至った。しかし、小説家としてのかの子は、「無意識」的にのみ作品を創作していたのだろうか。

短編小説「川」（昭一二・五）において、前述のテーマの幾つかが発見できる。さらに、無意識の力によって執筆されたと思われる、非常に理解し難い箇所も見られる。「川」の芸術性を検討する際に、この二つの事実のみによって評価すれば、かの子の「無意識過剰な作家」としての評判はそのまま確定されるだろう。しかし、作中における芸術性がこれらの項目のみに留まっているという判断は表面的な理解に過ぎないと筆者は考えている。本章では、「川」における川、「假橋」、そして登場人物の描写の特徴及びそれらに付随する「神秘感」[2]に焦点を当て、かの子が活用した創作上の技法が如何なるものであるのかを、主に隠喩とアイロニーに着目して分析する。

一　作品構成に見られる「起承転結」

短編小説である「川」[3]は主に散文によって執筆されているが、散文詩とみなされる二つの「超現実」[4]的描写が含まれている。冒頭にある散文詩の箇所に関して、かの子の夫、岡本一平は次の通り述べている。

この短編の散文詩的な冒頭をかの女はある日、ほとんど物に憑かれたやうな情熱で一気に書き流した。それから起承転結をゆつくり構えて行つたことを想ひ出す。冒頭を書いた情熱は何に催されたのであらうか、知るよしもない。[5]

この証言が正しければ、冒頭にある散文詩の箇所は作者が計画したものというよりも、無意識の力を発揮して執筆したと推測されるが、その後の物語の部分は緻密に計画されていると理解できる。

事実上、「起承転結」によって作品を構成する作家は少なくないだろう。さらにいえば、「川」がその手法によって計画されていることも驚くようなことではない。ここで注目すべき点は、「起承転結」という構成法の利用自体ではなく、作家の各部分に対する意図である。本文の内容とその構成法とを照合すれば、その意図は明らかになる。

一平が指摘した「起承転結」は、漢詩（絶句）の伝統的な構成法である。「起承転合」ともいうが、江戸時代から初学の作法として広く活用された。[6]当構成法に従えば、漢詩は四部によって構成される。第一の「起句」で内容を歌い起こし、第二の「承句」で第一句の意を承てそれを敷衍し、第三の「転句」でその詩意を一転させ、そして最後の第四の「合句」で前の三つの句を結びつけて、全体を調和させる。

議論の余地はあるだろうが、物語内容から判断すれば、「川」のプロットは主に四部によって構成されているといえる。冒頭において女主人公と河神の関係が歌い上げられている箇所は「起句」に当たり、次の散文の部分は、直助とかの女との親密な関係が描写される「承句」として捉えられる。「転句」に当たる部分は「若い画家」の登場から始まる。そして最後の散文詩の箇所によって、高まってきたテンションが解消され、作品の様々なイメージが互いに融合し、同質化するために、この部分を「合句」として理解することは妥当であろう。

「起句」においては、ナレーターの思春期及び性欲への覚醒が夢風景として描写されている。「白梅の花」、「笹の葉」、「白水晶や紫水晶」、「筏乗り」といった人物など、複数の詩的イメージが登場すると同時に、川に関する擬人的描写が見られるようになる。読者にとっては、第一行の「嘘をついたことのない白い歯」という表現は、最初は川の状態を説明する、単なる詩的表現と思われるだろう。しかし、川を擬人化する描写が繰り返されるにつれて、読者はこれらは川自体に関する描写というよりも、実在する「河神」の容姿を描写する箇所であると捉えるようになる。例えば、第三段落の「疲れて甘へた波の流れ」という表現によって、川の人間的性格が描かれ、擬人化傾向が次第に強まることになる。

しかし、散文詩によって示唆されている河神の存在は完全に擬人化されているとはいい難い。第四段落において、「瀬々の白波はます〳〵冴えてこまかい荒波を立て、ゐる」と表現されているが、その「冴えて」いく波はやがて「刃物」のようにかの女の「身を裂い」たり、「刺し」たりすることとなる。厳密にいえば、完全な擬人化とは断言できないが、河神の身体的特徴が確かに描かれている。人間の身体を嚙み砕く「歯」、そして身体内部に刺される刃物、この二つの要素の組み合わせによって、河神は人間らしい性格の持ち主ながらも、獣的で力強いことも示唆されている。このイメージの複合体には、暴力的な性行為のニュアンスも含まれており、読者はかの女と河神との遭遇は危険であると理解することになるだろう。かの女が河神の「花嫁」になるのか、それとも、「生贄」として捧げられるのかさえも読者の側では判別できない描写といえる。

「承句」に当たる散文の箇所の主な描写の対象は男性主人公の直助である。表面上は、直助は「土地台帳整理の見習ひ」として、地主であるかの女の父に雇われているが、直助の真のアイデンティティを理解する上で、最も重要な手掛かりは「希臘《ぎりしあ》神話」である。

「希臘神話」という表現は作中に六回も登場し、加えて三箇所でも言及されている。そのうち、作中の語り手の解説の中に、作者の手法を仄めかす箇所があると考えられる。語り手が自身の「河」に対する「神秘感」に関して説明する際に、その「神秘感」は直助と「希臘神話」との関連性によって起因していると表現されている。該当箇所は次の通りである。

　かの女は希臘《ぎりしあ》神話がこんなにも直助の興を呼んで話させたのが不思議でかの女の河に対する神秘感が一そう深まるのであった。（二五八）

語り手にとって、「一そう深まる」「神秘感」は、「希臘神話」という刺激によって喚起されたものである。つまり、神秘感は河の本来の意味に包含されていたといえるが、「直助」と「希臘神話」という両項目を「河」と重ね合わせることによって、かの女が以前から感じていた「神秘感」が従来のものよりも、遙かに深く捉えられるようになったのである。

しかし、かの子は語り手を通してこのような効果を説明しているのみならず、作中の描写においても「希臘神話」と関連するエピソードの挿入を通して、読者に対してかの女と同様に「神秘感」を起こそうとしているといえる。

例えば、ギリシア神話における「河神」の特徴を具体的に叙述する箇所がある。かの女の説明によると、河神は「変相の能力」を備えており、「児童」、「青年」、「老夫」そして怒っている際には「牡牛」に変相するとされている。ギリシア神話においては多数の河神が存在するが、その中でも特に取り上げられているのが「牡牛」または「老夫」に変相する能力を備えている河神である事実から、かの女が指しているのは、最も有名な河神である「アケロオス」(7)と考えられる。ギリシア神話の研究者であるロバート・グレーブス(8)によると、アケロオスが求婚する際に、花嫁候補は当然ながら恐怖を抱くが、これは、冒頭部分において河神の夢を見ているかの女の恐怖に近い期待感と類似する設定である。

作品全体を通して直助の存在は、様々な手法によって河神のイメージと重ね合わせられている。一例として、散文詩の「起句」と散文の「承句」の接点を取り上げたい。該当箇所は次の通りである。

人の世のうつし身の男子に逢ふより先、をとめのかの女は清冽な河神の白刃にもどかしい此の身の性慾を浄く爽やかに斬られてみたいあこがれをいつごろからか持ち始めて居た。

「お嬢さま。」

男の声、直助の声だ。（一二五六）

この箇所を読者が理解することが非常に困難な理由は、直助という登場人物がその時点で未だに紹介されていないにもかかわらず、予告なしに「河神」の描写から「直助」の発言に切り替わるからである。文脈上、「お嬢さま」という発言を読む読者は、当然、その声を「河神」のものと判断する。

この誤解を免れるために、作者による様々な工夫は可能であったはずだが、かの子はなぜ正しい理解を妨げることの箇所をそのまま残したのだろうか。一つの可能性としていえることは、作者が、河神の描写と直助の描写とを融合することを通して、二人の存在を重ね合わせようとしていることである。該当箇所のみを考慮すれば、この技巧は読者の混乱を招くものと考えられるが、作品全体から判断すれば、この箇所は直助と河神のアイデンティティを同一のものとして捉えるための第一歩であるといえる。

直助と河神の間に見られる類似性は後に登場する様々な箇所によっても強調されている。直助は子供時分に「河神」の存在を信じており、河神に対して祈りを捧げたこともある。直助は次の通り説明している。

河は水であつても、河の心は神様か人であつて、何でも人間の心が判つてくれるやうに思ひました。（二五八）

さらに、かの女の健康回復のために、直助が「川上、川下」（二六〇）に行き、珍しい「川魚」を探し出す。自ら調理した川魚をかの女に食べさせることも、直助と河神の人となりを一体化させるための設定であると考えられる。直助自身は自分が河神であると一度も主張することはないが、ギリシア神話における川神が通常変相するということは二人の会話によって強調されているため、読者は当然、直助を人間の外見に変装した河神として捉えるのではないかと思われる。

「転句」に相当する散文の部分では、都会から来た「若い画家」が登場し、直助のライバルになる。かの女の結婚が決定すると、彼女の父は「よし、よし、直助を呼びなさい。川に假橋をかけることにしやう。嫁入りの俥を通す橋を」（二六四）という。実際に直助自身がその「假橋」（仮橋）を架けるという設定は、この作品の最も興味深い側面である。

尾形明子[9]が指摘している通り、語り手の「かの女」のモデルは作家「かの子」であり、青年画家は岡本一平のことを指している。物語の出来事すべてがかの子の実人生に基づいているとはいえないが、少なくとも、作中に見られる登場人物の性格や出来事は部分的にかの子の伝記と照合できる。しかし、作中に登場する「假橋」が、かの子の育てられた東京都世田谷区二子玉川に由来していると判断するか否かは作品を解釈する際において重要な点である。

二子玉川の歴史を眺めると、大正一四年に玉川電気鉄道の線路（現・東急田園都市線）が溝ノ口まで延長される[10]までは常設の橋がなかった。『多摩川誌』によると、その理由は「架橋という大事業は、経済的にも技術的にも小さな地域社会の能力をはるかに越えるものであった」と指摘されている。[11]従って、江戸時代から「大山道」は二子を通っているにもかかわらず、永久橋がないために、川を渡るには「二子の渡し」が必要であった。二子周辺に住んでいた女性によれば、二子橋が開通する以前は、庶民は一般的に「渡船場から船で渡り[12]」、また夏の洪水の際には、二日間を費やして六郷の橋まで歩かねばならなかった。

江戸時代においては、多摩川の上流と中流に、減水期の一〇月頃から三月頃まで、仮の土橋、または、仮の木橋を架ける[13]ことが一般的になされたが、下流に位置する二子玉川に関しては、仮橋に関する具体的な言述は残っていない。とはいえ、その付近においても、特別な理由ゆえに、仮橋を架けることが例外的に行なわれた。例えば、六郷の渡船場付近では、明治元年一〇月一二日に「明治天皇一行の渡御[14]」のために、二三艘の船が並べられ、臨時の船橋が配置されている。

しかし、多摩川の上流に架けられた仮橋[15]が「投げ渡し」型で「構造が弱」いために、牛や馬の重量に耐えないものであったという事実から、作中で描写されている「嫁入りの俥を通す橋」は、通常の仮橋よりも強度が勝っていると推測できる。つまり、「嫁入りの俥」の想定される重量を考慮すれば、「川」に描かれている橋の構造は、普通の「仮橋」に見られるものではなく、永久橋に用いられているものでなければならないと考えられる。何れにせよ、一時的な「仮橋」を架ける伝統は多摩川の歴史に見られるが、その伝統は主として二子よりも上流の地域に見られる。その上、主要な資料を精査しても「仮橋」と「結婚式」との関連性を裏づける記述は認められない。結局、「仮橋」が多摩川に架けられたという歴史的な事実があるとしても、「川」に見られる「嫁入りの俥を通す橋」という発想は、かの子の想像によって生み出された虚構である以上、作中の技巧の一つとして位置づけるのが妥当だろう。

「合句」に当たる末尾において彼女は「川の夢」を再び見るが、その中に「大雪原」が描写されている。この際に、狩人が登場するが、ギリシア神話には、河神が狩人になって女性を追いかける神話がある。それは、狩猟の神アルテミスと河神の一人であるアルペイオスが登場する物語である。その話は次の通りである。[16]

河の神であるアルペイオスが無謀にもアルテミスに恋をし、ギリシアを横断して彼女を追いかけてきた（中略）彼女がエリースのレトリノイまで（中略）きたとき、アルテミスは自分と自分につき添っていたすべてのニンフたちの顔に白い泥を塗って、誰が誰なのか見わけがつかなくしてしまった。そこでアルペイオスは、背後からからからかいの笑い声を浴びせかけられながら、すごすごとひきかえすほかはなかった。[17]

「川」の末尾にある夢風景の箇所において、狩人は「私」（つまり「かの女」自身）であると表現されている。しかし、その直後に、狩人はやはり「私」ではなく「直助」であると説明される。女猟師であるアルテミスが獲物になって逃げなければならない設定は、「川」のこの描写に酷似している。初めにかの女はアルテミスとして登場するが、直助（河神のアルペイオス）の登場によって、女猟師は獲物となり、逃げなければならない。しかし、この共通性が見られるとしても、直助はアルペイオスと異なって、後退せず、永遠にかの女を雪の中に探し続けることになると表現されている。

この箇所において直助とかの女の存在が融合するために、お嬢さまも、直助も、永遠に川の周辺にいるように描かれている。この描写は、最初の夢の箇所と同様に理解し難い。演繹的推論に従えば、《かの女は直助である》という、非論理的結論に至る上、誰が誰を探しているかということさえ分からなくなる。

岡本かの子の息子太郎[18]によると、かの子には「世界全体をも征服し、自己と同質化する」意向があった。矛盾が見られる登場人物の諸描写には、作者の「同質化」への意向が指摘できるのではないだろうか。しかし、同時に、最後の散文詩の箇所において、語り手の存在が他の登場人物及び作品の風景全体と融合して一体化するあり方は、構成法上、「先の三句を統合して結びとする」[19]合句にふさわしい効果を上げているといえよう。

二　川、そして海の描写

かの子の長編小説「河明り」（昭一四・四）において、語り手は川に関して、「河には無限の乳房のやうな水源[20]」があると指摘しているが、「川」においても、川は「命」と関連させられているといえる。様々な描写を詳細に見れば、作中に描かれている川は女主人公の「人生」と徹底的に関連させられた項目であることが分かる。「川」の第一文からこの傾向が見られる。冒頭の箇所は川のことを擬人化して表現しているのみならず、「かの女の命」を川のイメージを通して表現している。例えば、「かの女の耳のほとりに川が一筋流れている」という表現は川とかの女の密接な関係を強調している。

実際に、最初の二段落において、川がかの女の「耳のほとり」に「流れている」という表現は四回も繰り返し登場している。この箇所が冒頭文に登場し、執拗な反復によって強調されているからこそ、女主人公と川の関係の親密さを鮮明にしたいかの子の意図を表しているといえる。最後の「ほとり」の箇所は次の通りである。

川の流れの基調は、さらさらと僻まず、あせらず、凝滞せぬ素直なかの女の命の流れと共に絶えず、かの女の耳のほとりを流れてゐる。（二五五）

この箇所において、「川の流れ（中略）は（中略）かの女の命の流れと共に絶えず」という表現が見られるが、この見解を隠喩の形式で表現すれば、それは《人生は川である》となる。

個人の人生の時間が川のように〈流れる〉という見方は、《人生の川》の原点であると考えられる。例えば、《人生は旅である》という隠喩を目にした際に、読者は一般的に人生を徒歩による旅として想像する。しかし、《人生の川》の場合、その旅は徒歩による移動ではなく、川の水とともに自然に〈流れる〉ものとしてイメージされる。つまり、〈時間の経過〉が川の水と同様に一方通行の移動である以上、《人生の川》を旅する人間は〈生まれ〉という源流から河口に相当する〈死〉に至るまで、時間の経過とともに〈流れて〉しまうことになる。

国内外を問わず、この隠喩は多数の文学作品に登場している。例えば、水の流れと時間とを比較する「方丈記」の「行く河の流れは絶えずして、しかも、もとの水にあらず」[21]において、《人生の川》は基本的な概念構造になっている。また、有吉佐和子の「紀の川」（昭三四・六）も好例である。題目は奈良県、和歌山県を通過する紀ノ川に由来しているが、川沿いに住む紀本家を描くこの小説において、数世代の女性たちが登場しているために、「大河」的な物語である。数世代にわたる物語を「大河」という表現で一括する発想にも《人生の川》の概念構造が機能し[22]

ているといえる。有吉は「大河」の隠喩的な意味を意識してタイトルを決めたと考えられる。

しかし、ここで一つの留意点を明確にしなければならない。「川」において描かれている時間帯は一人の女性の人生によって規定されているために、川の周辺に住む数世代の家族を描く作品と異なって、川の流れには〈歴史の流れ〉というニュアンスは比較的浅薄であるといえる。確かに作中において「筏」など、川と関連するノスタルジーに満ちた項目は登場しているが、川の流れ自体は飽くまで登場人物の個々の人生の時間のイメージとして利用されていると考えられる。「川」という作品には伝記的性質が濃厚であるためかもしれないが、何れにせよ、作中における〈川〉の隠喩には、社会的時間の経過を表現しようとする作者の意欲はほとんど見られないと考えられる。

海外において、ミシシッピ川はアメリカ文学の名舞台の一つである。マーク・トウェインの「ハックルベリー・フィンの冒険」（一八八五・二）において、主要な登場人物の人生における時間の経過は川の流れというイメージによって表現されている。主要な登場人物である少年のハックと逃走奴隷のジムの距離的に長い旅はミシシッピ川の上に行なわれるが、南の方へ行けば行くほど逃走奴隷に対する罰則が過酷になるにもかかわらず、「川を流れて行く」[23]二人の旅は基本的に「川下へ」という方向性によって規定されている。川が登場する文学に見られるこの傾向を考慮すれば、「川」の冒頭においてかの女の「命」が川に例えられていることは、一箇所のみに見られる隠喩ではなく、作品全体における傾向の出発点であると考えられる。

「命」が取り上げられている、もう一つの場面は、かの女が直助に対してなぜ「筏師」にならなかったのかを訊ねる箇所である。江戸時代から「筏」[24]は、多摩川において、木材などを運送する手段であった。しかし、直助は「筏師」という職種を考えた際に、仕事内容よりも、海へと流されて行く筏の方向性に注目していたことが描かれている。直助は、「どうせ筏師は海口へ向つて行く」（二五八）ために、筏師になるのは「嫌でした」と説明する。

彼にとって、海は「あくどい」領域である。

語り手はこの箇所において、直助が海の「生命力」に対して「重圧」を感じていると説明している。作中における海に関する具体的な言及はこの短い箇所に限られる。しかし、直助の詩において、「橋を流すより、身を流せ」という表現の中に〈海〉には川が流されてゆく目的地であるというニュアンスが包含されているといえる。結局、かの女が〈海〉を生命の象徴として取り上げても、〈川〉の視点から〈海〉の存在を考察すれば、その意味は〈生〉ではなく、〈死〉に当たる。

宮内淳子は、かの子が描いている「海」を同時に〈生〉と〈死〉の領域として捉えることができると指摘している。その説明によると、海はかの子の仏教に対する興味を示すものであるという。かの子の長編小説「生々流転」（昭一四・四―一〇）において、海は「墓場のない世界」として表現されているが、この表現に関して宮内は次の通り述べている。

海中では、生物の死骸はすべて海中に溶け込んでいる。ここでは、死は他の生命体に摂取され循環されてゆくのであって、消滅ではない。生も死も水中空間の移動として把握されている。[25]

「川」における海に関する言及をこの説明に照らし合わせて検討すれば、直助が海に対して「生命力」を感じていたのは、それは彼自身が生き残るための力の根源としてではなく、命一般が素早く循環できる環境として感じているためである。

この点に関して、尾形は以下の通り述べている。

海は川の墓場なのか。あるいは海を求めて川は旅をし、海に入って無限の命を得るのか。いずれにしても川は長い時間を経て海に至る。（中略）人間の誕生と死、その間の姿をかの子は川に託する。かの子にとって川は人間の運命そのものと重なる。[26]

つまり、仏教的な視点から見る海は同時に〈命〉と〈死〉にありふれている場所として捉えられるのと同様に、かの子の文学においては、川も〈命〉と〈死〉が両立する場所として描写されている。例えば、「川」において直助は河には「活気」（二五八）があると述べ、子供の時分に「河が生きているように」思っていたと述べる。しかし、直助が川で亡くなるのみならず、彼の詩においては、「川は墓なのか」という表現が見られる。川の存在が〈命〉の領域として表現されていることも、〈死〉の領域として描かれていることもあるといえる。相反する項目の両立は理屈的にあり得ない状態だが、このような矛盾は恐らく作者が意図的に取り入れた技巧として判断した方が良いと考えられる。

作中において、川と河という、二種の漢字表記が見られる。川は四六回、河は三二回各々登場している。完全に使い分けられているとはいい難いが、傾向として、川は川自体や「川魚」など、かの女の実人生や現実世界における川のことを描くために用いられているといえる。川の存在とかの女のアイデンティティが最も重なる箇所は、以下の直助の言述に見られる。

「お嬢さまのお伴してゐると、川とお嬢さまと、感じが入り混ってしまって、とても言い現し切れません。お嬢さまは」

この発言によって、少なくとも直助の立場からは、川とかの女が同一のものであるとして捉えるべきだと理解できる。結局、物語冒頭から末尾まで、川は「かの女」の人生、または命そのものを具現化していると考えられる。

一方、河という漢字で表現されている次の三箇所は注目すべきである。「美しい河の畔でをとめとなった女」、「かの女の河に対する神秘感」、そして「直助が河に落ちて死んだ」という表現は、河の抽象的で、「超現実」的な側面を示唆していると考えられる。夢の中に見られる河は「河神」、「河原」、「大河」など、直助と関連する神秘的なものである。つまり、かの女の存在が川と重なるのと同様に、直助の存在は河神そして河と重なるといえる。厳密にいえば、かの女にとって、最も「神秘」的に感じたのは、具体的な川のことではなく、直助と関連する夢の舞台である河のことである。

三　「假橋」によって生じるアイロニー

「川」において假橋（仮橋）を「嫁入りの俥」が通過する設定には、潜在的な隠喩が認められる。結婚式とは人間関係の変化を伴う儀式であり、その儀式の一環としての〈橋を渡る〉行為は、花嫁が生まれ育った家族環境から離れて、花婿の家族という新しい領域に入ることを意味している。従って、渡河の形式を取る儀式に潜在するイメージは、川に沿って流れることを意味する《人生は川である》ではなく、路上を移動する旅を指す《人生は道である》といえる。従って、作中の儀式に潜在する〈川〉の本質は、《人生の道》を歩く際に遭遇する川、つまり障害物としての川なのである。

若い画家が登場する時点から直助の立場は悲惨なものに変貌するが、かの女の結婚の際に、橋を架けなければならなくなった彼の試練によって、読者が抱く直助に対する同情は一段と高まる。假橋はかの女の〈結婚〉を意味する橋であるが、直助にとっては、その橋は《別れの場の橋》である。読者は、想いを寄せる女性が「橋」によって離れて行くことをアイロニーの極致として読み取るに相違ない。

さらに、直助が假橋を架けたために、彼のアイデンティティが橋と関連するに至るといえる。「あの絵画はピカソだ」と表現できる通り、作品を作者の名によって説明する傾向は頻繁に見られる。なぜなら、ピカソの絵画には、彼の性格が表れているだろうと推測できるからである。橋の構造に関する説明は作中においてほとんど明記されていないために、橋の構造的特徴は明らかになっていないが、直助の場合、かの女の結婚の儀式のために架けた橋であるために、彼の自己を犠牲にする性格は橋の形態によって具現化されているといえる。プロットがこのように展開しているために、作中において《犠牲が払われる場は橋である》というメタファーが機能しているといえる。

彼の詩には、「私も一度お送り申したら／二度とは訪ねて行かない、橋」という箇所が見られる。この箇所において、直助は、彼とかの女との関係を「臨時的」なものとして表現している。暫定的な橋を架けたのは彼自身であるため、かの女の結婚式を可能にするために一時的な役割を果たした直助にとって、臨時的な橋が第二の身体として機能しているといえる。物語の最後において、用が済んだ直助が「河に流された」ことは、さらに彼と彼が架けた橋との関係性を強調する技巧である。

「川」に見られる神話的な要素は、ギリシア神話に留まらない。大阪の淀川の長柄橋伝説(27)においては、その橋が架けられた際に、「川の神様」を鎮静させるために生贄が必要であったとされている。実際に、多摩川においても、「人身御供伝説」の記録がある。三輪修三は以下の通り説明している。

多摩川の河口に近いこの地域は、しばしば氾濫冠水に見舞われた。荒れ狂う川の姿は人の制御を超え、それはやがて義興の御霊と重なる。これを鎮めることは流域の人々の生活上、不可欠のことであった。

同じように多摩川河口に近い右岸の南河原村（現幸区）に、女躰権現社という鎮守がある。口伝によれば、あるとき洪水で村人が難儀し、その際、一人の女が水中に身を投じてこれを鎮めたという。（中略）すなわち、義興伝承は流域民の脅威となる「荒ぶる神」としての川の一面を義興に仮託した、中世的な信仰の表れと解することができるのである。[28]

従って、ギリシア神話と同様、多摩川には河神に関する伝説があり、河神を崇拝する直助の死は、二子玉川周辺の民間伝承における「人身御供伝説」と部分的に共通しているといえる。ただし、多摩川の「荒ぶる神」伝説において河神が変相することはないために、依然として「川」がギリシア神話から影響を受けていることは明確である。

付言すれば、直助は河神を肉体化した存在として描かれており、最後にはかの女の結婚ゆえに、自分の利益を無視して、命をも捧げて犠牲になったといえる。定義上、神を鎮静するために捧げる生き物は生贄である上、直助が我が身を川に捧げたことによって、河神の視点から彼の存在は捧げられた生贄として理解できる。さらに、直助を河神に捧げられた生贄と解釈すれば、彼の死は『新約聖書』に見られるイエスの死を想起させる。なぜなら、新約聖書の解説[29]によると、イエスは肉体を有する神であると同時に、神の怒りを鎮静させるための生贄でもあったからである。「川」に包含されているこの対照性は仄めかし程度に留まるが、もしも直助と河神との存在が意図的に重ね合わせられたものであるならば、構造上、直助とキリストとの相似性が必然的に生じる。

もちろん「川」を明確に理解するのに必要な背景的な知識があるとすれば、それはキリスト教ではなく、ギリシア神話である。それゆえ、直助とキリストとの相似性を否定する研究者はいるだろう。しかし、「川」を解釈するに当たって、作中で言及されているギリシア神話が最も注意すべき要素であるとしても、作品がキリスト教から影響を受けていないとは断定できない。

　直助の死の意味を吟味する際には、かの子の実人生をも視野に入れなければならない。かの子が一時的にキリスト教に興味を示し、その教義を学ぶにまで至った経緯[30]を考慮すれば、ギリシア神話的に登場する河神が、キリストの如く、愛のために生贄となる展開は、かの子の読者に対する神秘感を増幅させるためのさらなる技巧として評価することができる。互いに矛盾する複数の宗教的、神話的な背景が作中に織り込まれている事実は、多義的な余韻を読者に残そうとする作者の意図を明らかにする。

　しかし、ギリシア神話とキリスト教との間に生じる齟齬は作品における唯一の矛盾点ではない。先述の通り、直助とキリストとの間に見られる相似性以外にも、海や川が同時に〈生〉と〈死〉の象徴として描かれていることや、仮橋が《結婚の橋》と《別れの場の橋》として同時に機能していることも、作者が意図的に導入した構図であると考えられる。

　しかし、作中における様々な要素が矛盾していることを認めても、読者はこのような矛盾に実際に気づくのだろうか。恐らく、初めて「川」を鑑賞する読者は、矛盾する項目のほとんどを見逃す可能性が高いと考えられる。とはいえ、矛盾する要素が非常に多いために、読者が違和感を覚えたり、多義的で豊富な描写に対して深い感銘を受けたりすることは予測できる結果である。結局、かの子が複数の矛盾している項目を混在させたのは、直ちに分析できる著作を執筆するためではなく、読者が曖昧に感じ取る「神秘感」を増幅させるためであったと考えられる。

　それに関して次節において検討する。

四　直助の詩の構成と神秘感の喚起

一平によると、作品冒頭にあった散文詩的な部分は「ほとんど物に憑かれたやうな情熱で一気に書き流した」ものであったが、作中における「直助の詩」は、「ゆつくり構えて行つた」部分の一箇所である。実際は、一行ずつ〈川〉や〈橋〉の隠喩における概念構造を念頭に置きつつ検証すれば、意外な事実が分かる。この箇所は、一一行のみの短詩であるにもかかわらず、作品全体に潜在している様々なアイロニーと矛盾する要素が表出している。「直助の詩」は次の通りである。

お嬢さま一度渡れば
二度とは渡り返して来ない橋。
私も一度お送り申したら
二度とは訪ねて行かない、橋
それを、私はいま架けてゐる。
いつそ大水でもと、私はおもふ
橋が流れて呉れゝばいゝに
だが、河の神さまはいふ
橋を流すより、身を流せ。
なんだ、なんだ。

川は墓なのか。（二六五―六）

この詩の中で、最も著しい矛盾点は恐らく「川は墓なのか」という表現に見られる。多くの場合、川は命の根源として考えられているために、川を「墓」として考えるのは逆説的な発想であるといえる。しかし、詩の中の矛盾はこれのみではない。作品に見られる矛盾やアイロニーとして理解する表現を一つずつ解説していきたい。

「お嬢さま一度渡れば／二度とは渡り返して来ない橋」という部分は彼女の結婚を示唆していると考えられる。実際に、儀式の中で橋が利用されているために、《結婚は橋である》というこの隠喩は正しく機能している。新しい家族の領域に入れば、その新しい関係は一生続くはずであるため、かの女の結婚は「二度と」経験しない出来事であるとされている。

三行目からは、結婚の〈橋〉の意味は直助の立場から表現される。「私も一度お送り申したら／二度とは訪ねて行かない、橋」という表現によって《別れの場は橋である》という、アイロニーに満ちた隠喩に切り替わる。かの女が結婚すれば、花婿の家族のメンバーとなり、実家や結婚する前の友人にとっては花嫁との関係が基本的に変わる。新しい家族を優先すべきであるために、元々「距離感のない」関係者でも、「対岸」にいるように思われるようになる。

それのみではない。直助にとってかの女は想いを寄せている人であることを考慮すれば、直助がその「橋」を「訪ねて行かない」という表現から、彼は結婚するのを断念しているという意味にも捉えられる。五行目の「それを、私はいま架けてゐる」という表現はこの矛盾におけるアイロニーを最大限にする箇所である。花嫁であるかの女にとってはその橋は〈新しい関係〉を意味する事物であるのに反して、橋を造り上げなければならない人物である直助にとっては、その橋は〈別れ〉を意味するものである。愛ゆえに、かの女との離別を可能にしなければならないことは、アイロニーとしてしか捉えられない。

五行目までの箇所において「嫁入りの俥を通す」《結婚の橋》が言及されているため、その橋は《人生の道》の延長として機能している。この設定における橋は、花嫁の障害物である川の上に架かり、新しい家族の領域へと送り出す事物である。しかし、六行目の「いつそ大水でも」という表現以降において、両家族の間における境界として機能していた〈川〉の潜在している概念構造は一転してしまう。直助は川によって〈死〉へと流されるために、肝心な隠喩は《人生の道》ではなく、それと相反する隠喩《人生の川》である。つまり、五行目と六行目の間に、詩における川の意味は予告なしに置き換えられている。

「いつそ大水でもと、私はおもふ／橋が流れて呉れゝばいゝに」という表現においては、旅において乗り越えなければならない障害物としての川が描写されておらず、人生の時間が流れ去ってしまう水を起点とする《人生の川》という隠喩が機能している。具体的に説明すれば、この詩によって表現されている《人生の川》は歴史的な時間というよりも、直助の人生の時間である。

いうまでもないが、《人生の道》と《人生の川》と、この二つの隠喩を同時に理解することは理屈的に困難である。隠喩論において、このような調和できない二つの矛盾する隠喩の乱用を「混喩」[31]という。「川」に見られるこのような設定は混喩の一種として捉えることができる。〈人生〉を同時に〈川〉と〈道〉に喩えることが無理であるため、直助の詩を理解しようとする読者は、この混喩を無意識的に捉え、違和感を覚えるだろう。

八行目には「だが、河の神さまはいふ／橋を流すより、身を流せ」という表現が見られる。この箇所において、表現されているのは、直助の「死」に対する意志である。「身を流せ」という表現の中には明らかに「結婚を壊すよりも、自分の死を選べ」という意味が込められている。

その後の、九行目の「身を流せ」まで、《人生の川》という隠喩が見られるが、「なんだ、なんだ。／川は墓なのか」という表現によって、機能している隠喩は《人生は川である》から《墓は川である》という正反対の意味に一転する。この箇所において、〈命〉を意味する川は突然〈死〉の領域として捉えられるようになるために、読者はこの箇所をパラドックスに満ちているものとして判断する。

直助の詩において、読者は複数のアイロニーや矛盾に直面するが、先述の通り、これらの矛盾は詩のみに表現されているのではない。本節に説明した各項目は、その詩が登場する以前の物語中にも見られる。作者は、具体的な描写によって予め築き上げた多数の矛盾を拾い上げ、この一行のみの詩の中に凝縮したのである。とりわけ「神秘性」の点において、直助の詩は作品全体の縮図的な存在である。短詩において多数の矛盾する項目が隣接して登場しているために、読者の側に喚起される「神秘感」は以前のものと比較すれば、より深いものになると考えられる。それゆえ、この詩は作中における最も印象に残る箇所となるであろう。

五　多重性による神秘感

作中に散在している矛盾する項目の多くが直助の詩の中に機能しているために、その詩から得られる効果は予め計画されたものであると考えられる。このような技巧を利用したかの子は、フランスの象徴主義運動からヒントを得た可能性が高いと考えられる。二年余りの間、欧州を旅行した際に、イギリス、ドイツ、イタリアを訪問した以外にも、かの子はパリを三回も訪ねている[32]。初めてパリに着いたのは昭和五年一月一三日であった。昭和五年一一月と翌年一月の間にパリのパッシー区のアパートに住んでいたのが彼女にとって最も長い滞在となった。松平盟子によると、かの子は欧州に滞在した際に、「かなり資料を集めたり勉強[33]」をしたりしている。「芸術至上主義者[34]」であったかの子が、豊かな文学の伝統を有するフランスを訪問し、当地の文芸思潮を調査しなかったとは考えられない。

『集英社世界文学事典』[35]は「象徴」による効果を取り上げる際に、「超自然的な魂の状態」、「人生の深み」、「充実した交感の状態」、「神秘や驚異への感覚」、「深い喜悦」、「感覚の昂揚状態」、「魂の奥深い微妙な動き」など、読者の「感覚」を伝える表現を用いて説明している。イギリスのトマス・カーライルの説明によると、象徴主義文学における「無限なるもの」の一部は「多重[36]」的な意味に起因している。以上の説明を要約すれば、象徴主義には言葉を巧みに組み合わせることによって、相互効果を引き起こす目的が見られるといえる。

矛盾する要素の組み合わせによって喚起されている「川」の神秘感には、フランスの象徴主義思潮に共通している側面があると考えられる。具体的にいえば、「川」における様々な描写は、徹底的に多重性によって描かれているといえる。象徴主義文学は多重性のみによって定義できるものではないが、「川」においてかの子が多重性を巧みに利用した事実は象徴主義文学の手法を想起させるものである。

しかし、象徴主義文学に影響を受けていると考えられるのは、描写手法のみではないかもしれない。象徴主義詩人ステファヌ・マラルメ（一八四二—一八九八）の著名な詩の一つは「半獣神[37]」である。この作品はマラルメのギリシア神話に対する興味[38]を示すものである。作中では「眠りに微睡む」「純潔な」「処女《おとめ》」のニンフたちが「夢」を見るが、夢の中に「半獣神」が登場し、ニンフたちが彼に対して「恐怖」を抱く様子が描写されている。いうまでもなく、この詩は、ギリシア神話を取り扱っている共通性以外でも、「川」の冒頭にある散文詩に酷似している。かの子が「川」の冒頭を執筆していた際に、「半獣神」が頭に思い浮かんでいたことも推測できる。

しかし、冒頭におけるイメージがマラルメの詩に影響を受けているか否かという点に関して決定できなくても、読者が「川」において感じられる「神秘感」が「多重性」によって喚起されていることは明白である。「川」は小説として構想されたが、その作品が読者に与える最も優れた効果は、主に作中に挿入されている直助の詩によって生み出されたものであると考えられる。結局、短編小説である「川」の執筆によって、かの子の詩人としての実力が証明されたのである。

注

（1）勝又浩「書評：『岡本かの子 無常の海へ』」（『日本近代文学 第五二集』平六・一〇）二一〇。
（2）岡本かの子「川」（『岡本かの子全集 第二巻』冬樹社、昭四九・六）二五八。
（3）岡本かの子「川」（『岡本かの子全集 第二巻』冬樹社、昭四九・六）。
（4）冒頭（二五五）において語り手は、その箇所のスタイルを定義するかのように、「超現実」という表現を用いて、「かの女」の河に対する「あこがれ」を表現している。この表現は、かの子の同時代の芸術運動「超現実主義」を指していると考えられる。「超現実主義」（シュールレアリズム）は、第一次世界大戦後のフランスにおいて「一挙に開花」した文学・芸術運動の理想形であった。超現実主義を唱えた詩人、小説家、芸術家は、「無意識」、「夢」などに注目しつつ、「原始的で非理性的な力」を発揮することを通して「新しい美」を創造しようとした。冒頭において「夢」の内容を描写する際のかの子は、そのような超現実主義運動を意識して、「超現実」という表現を利用していると考えられる（河盛好蔵監修「超現実主義」（『ラルース世界文学事典』角川書店、昭五八・六）五〇七。
（5）岡本一平「本冊中の小説に就て」（『岡本かの子全集 別巻二』冬樹社、昭五三・三）一〇二。
（6）大曽根章介他編『日本古典文学大事典』（明治書院、平一〇・六）三〇一。
（7）藤縄謙三『ギリシア神話の世界観』（新潮社、昭四六・五）八八、呉茂一『ギリシア神話 下巻』（新潮社、昭三一・八）七五。
（8）グレーブス、R（高杉一郎訳）『ギリシア神話 下巻』（紀伊國屋書店、昭四八・一二）一五四。
（9）尾形明子『川・文学・風景』（大東出版社、平一四・一一）一一。

(10) 田中博『玉川沿革誌』(渡邊印刷所、昭九・一〇) 一〇九―一〇。
(11) 多摩川誌編集委員会編集『多摩川誌』(山海堂、昭六一・三) 一三九八。
(12) 玉川ライオンズクラブ編集『われらの玉川』(渡辺印刷株式会社、昭四七・八) 六九。
(13) 注 (11) に同じ、八九四―八。
(14) 三輪修三『多摩川/境界の風景』(有隣堂、昭六三・八) 八五。
(15) 注 (11) に同じ、八九八。
(16) グレーブス、R (高杉一郎訳)『ギリシア神話 上巻』(紀伊國屋書店、昭三七・三) 六九―七一。
(17) 注 (16) に同じ、七〇一。
(18) 岡本太郎『一平 かの子/心に生きる凄い父母』(チクマ秀版社、平七・一二) 二〇六。
(19) 注 (6) に同じ。
(20) 岡本かの子『河明り』(『岡本かの子全集 第四巻』冬樹社、昭四九・三) 八六。
(21) 鴨長明『方丈記』(簗瀬一雄『方丈記全注釈』角川書店、昭四六・八) 一三。
(22) 「概念構造」とは、言語を処理する際に、その処理を部分的に可能にする頭脳内の組織性である。例えば、「情報が漏れた」という発言を聞いた際に、聞き手には水など、液体に関する具体的な理解を予備的知識として予め蓄えていなければ、「漏れる」という液体の特性を通して「情報」を理解するのが困難となる。隠喩は既存の組織性に基本的に依拠しているため、その隠喩に関連する予備的知識が欠如している場合、それを直ちに理解することは困難となる。詳しくは「隠喩とは何か」(『比較社会文化研究 第二四号』九州大学大学院比較社会文化学府、平二〇・九、http://www.dcstrack.com/pdf/inyu.pdf) を参照。
(23) トウェイン、M (西田実訳)『ハックルベリー・フィンの冒険 上』(岩波文庫、平五・一〇) 一二六。
(24) 新井勝紘、松本三喜夫『街道の日本史18 多摩と甲州道中』(吉川弘文館、平一五・五) 一二。
(25) 宮内淳子『岡本かの子/無常の海へ』(武蔵野書房、平六・一〇) 二七三―四。
(26) 注 (9) に同じ、二〇。
(27) 松村博「長柄橋」(吉田巌編『橋のはなしⅡ』技報堂出版、昭六〇・九) 一一九―二五。
(28) 注 (14) に同じ、二〇。

（29）ヘブル人への手紙　一〇章一二節、ヨハネの第一の手紙　二章二節、四章一〇節『新約聖書（一九五四年改訳）』（日本聖書協会、平元）。
（30）瀬戸内晴美『かの子撩乱』（講談社、昭四一・四）一一四―五。
（31）「混喩」（松田徳一郎監修『リーダーズ・プラス』研究社、平六・六）。
（32）注（30）に同じ、三一〇。
（33）松平盟子「貪欲な愛に生きた女流作家／岡本この子とコレット　下」（『歌壇』四月号（通巻一四三号）、平一一・三）四二。
（34）注（18）に同じ、一五五。
（35）世界文学事典編集委員会編『集英社世界文学事典』（集英社、平一四・二）七六二―三。
（36）シモンズ、Ａ（山形和美訳）『〔完訳〕象徴主義の文学運動』（平凡社、平一八・三）一五。
（37）マラルメ、Ｓ（松室三郎訳）「半獣神」（『マラルメ　詩と散文』筑摩書房、昭六二・七）六一―八。
（38）マラルメ、Ｓ『マラルメ全集Ⅲ　言語・書物・最新流行』（筑摩書房、平一〇・三）二四四―八〇を参照。

付記　本章における「川」からの引用は、『岡本かの子全集　第二巻』（冬樹社、昭四九・六）に拠った。原文の引用に際しては、ルビは適宜取捨した。

五章　橋の視点から見た「斜陽」の恋と革命

戦後日本において太宰治の小説「斜陽」[1]は注目された作品の一つであった。作中の内容が作者の戦後体験を部分的に反映していることは周知の通りである。登場人物の直治の描写が太宰自身の立場と部分的に重なり、かず子の描写が太田静子に基づいていることなど、「斜陽」には、太宰の実人生と照合できる内容は多い。しかし、歴史的人物に対する知識が作品を理解するために有意義であるとしても、「斜陽」は飽くまでフィクションである。

これゆえ、太宰の伝記によって理解できる内容の他に、作品の物語性を際だたせる虚構的要素が含まれていることも期待できる。橋は作中に繰り返し登場しているモチーフであるために、作品全体を規定するイメージの一つとして考えることができる。とりわけかず子の描写に見られる複数の転換点に、多数の橋の描写が盛り込まれている。これゆえ、少なくともかず子の人生の軌道を全貌する際に、橋は注目すべき項目であると考えられる。

作中に登場している「ニコライ堂の見える橋」は現在の東京都千代田区にある「聖橋《ひじりばし》」を指している。「斜陽」が執筆されていた当時において御茶ノ水駅付近には明治大学があり[2]、日本のインテリとゆかりのある場所である。一方、具体的に特定できる「ニコライ堂の見える橋」と異なって、作中に見られる「沈んでゐた橋」も「炎の橋」も夢や幻想の中で登場する非現実的な橋である。

しかし、作中に登場している橋が実在するか否かにかかわらず、かず子にとってその三つの橋には思いがけない意味が込められている。「ニコライ堂の見える橋」はかず子が学生時代において重要な会話を交わした場である。「沈んでゐた橋」は、上原に出会う前に彼女に多大に影響を及ぼした、うたた寝で見た幻想的な橋である。そして最後に、かず子の上原への手紙の中に描かれている「炎の橋」は未来に対するかず子の断固たる決意を表している。かず子にとってプロット展開中のどの橋も、決断が要求されている場面である上、時間軸で考慮すれば、かず子の過去と現在と未来は「橋」の描写によって結ばれているといえる。これゆえ、少なくともかず子の描写を解釈する際に、橋は重要な手掛かりであると考えられる。

未だにかず子と橋との関連性を徹底的に追求した研究はないために、本章は「斜陽」における複数の橋の描写を検討しながら、作中に潜在している隠喩的重層性を明白にしたい。

一　橋と恋愛関係

古典文学から近代文学にかけて橋は人間関係を意味する事物として理解されてきた。序章で取り上げた「伊勢物語」の八橋の箇所も、四章において解説した岡本かの子の短編小説「川」も、橋のイメージを通して恋愛関係が表現されている物語である。当然、太宰の「斜陽」も恋愛物語として読むことができる。それゆえ、「斜陽」における橋を恋愛の視点から考察すれば、妥当な解釈が明白になる可能性が高いと考えられる。

作中において最初に登場する橋は「虹・炎の橋」である。とはいえ、「斜陽」において「虹・炎の橋」が初めて登場する際に（八一―二）、その「虹」は橋と一切関連しない形で描写されている。

初めて上原に出会ったかず子が体験した感情は「胸に淡い虹がかかつて」いるような心情であった。虹という自然現象は、鮮やかで一時的な現象であるために、色鮮やかな虹であっても、時間が経つと消えるものである。しかし、かず子の説明によれば、時間が経過すると、「その虹はあざやかに色彩の濃を増して来て」、やがて普段の虹と異なってくるのみならず、むしろ消えない「胸にかかつてゐる虹」となる。この詩的イメージは、上原に魅了されてきたかず子の次第に強まる想いを表現している。

これらの複数の描写において、かず子が体験した「虹」は未だに「橋」として現れていないが、次の引用の通り、虹が「炎の橋」に変化してゆく。

さいしょに差し上げた手紙に、私の胸にかかつてゐる虹の事を書きましたが、その虹は螢の光みたいな、またはお星さまの光みたいな、そんなお上品な美しいものではないのです。そんな淡い遠い思いだつたら、私はこんなに苦しまず、次第にあなたを忘れて行く事が出来たでせう。私の胸の虹は、炎の橋です。胸が焼きこげるほどの思ひなのです。（九四）

この箇所ゆえに、かず子の心境には、複数の変化が見られると判断できる。第一に、「虹」が「橋」に変容したことに関して考察したい。「虹」とアーチ形の「橋」の容姿が類似しているために、この二項関係が直ちに見かけの類似による隠喩として認められるが、機能性において虹と橋とが根本的に異なっているという点は注目すべきである。虹と異なって、定義上、橋は、到達可能な土地につながっているはずである。自然現象である虹は、何かと何かをつなぐ役割を果たさない(3)。従って、かず子の想いは、渡ることのできない「虹」から、渡る可能性のある「橋」に化したことが重要な変容である。「虹」によって表現された彼女の上原への想いは単なる「憧れ」であったために、恋愛としては「淡い」、「儚い」ものであったが、変化後において、彼女の恋愛は妊娠ができるほどに具体的な「恋」に変わった。虹が炎の橋に変形したことによって、かず子の上原に対する想いがより熱情的で、実行可能なものになったと読み取れる。

第二の変化として、「炎の橋」は「胸が焼きこげるほどの思ひ」と関連して表現されていることから、かず子は、上原への恋愛ゆえに自分が犠牲になる可能性を認めていることが分かる。物語のこの時点においてかず子は上原が既婚であることを承知しているために、彼と結婚したい希望は見られない。にもかかわらず、かず子は上原の子を産もうと決心してゆくのである。母子家庭で上原の子を育てれば、社会的批判を浴びせられることは予想できる。しかし、かず子の恋愛はやがて彼女の人生を苦しい局面に導くと判断しても、やはりかず子は上原と恋愛関係を持ちたいのである。「胸が焼きこげるほどの」炎の橋の描写によって、かず子の覚悟の度合は鮮明に描かれているといえる。

「炎の橋」が情熱的な関係を意味するイメージであれば、その次に登場する「沈んでゐた橋」は情熱を含まないイメージとして理解できる。夢の中で、かず子が「森の中の湖のほとり」で、青年と一緒に歩いている際に、「湖の底に白いきやしやな橋が沈んでゐた」（一〇五）と説明されている。「ああ、橋が沈んでゐる。けふは、どこへも行けない」という発言からは、橋が不在のままではかず子がそれ以上は進まない状況が読み取れる。かず子にとって、進むべき道は「沈んでゐた橋」の上にあったが、橋が沈んでいるために、その未来へと至る道にはもはや前進することができない。

当然「沈んでゐた橋」はかず子の夢の中に登場しているため、作中において描かれているかず子の経験を通して、その橋の意味を検討しなければならない。上原との関係が「炎の橋」として表現されているからこそ、「沈んでゐた橋」を初めて見かけるかず子が「青年」と一緒に歩いていることは注目すべき点である。この事実を考慮すれば、「沈んでゐた橋」は「炎の橋」と同様に恋愛的人間関係を表す橋である可能性が高いことが分かる。

両描写の詳細を比較すれば、色鮮やかであった「虹・炎の橋」に反して、「沈んでゐた橋」は「白い」。そして上原への手紙の中にかず子は「炎」のことを情熱として説明しているが、湖に沈んでいた橋は、それ以前に燃え上がっていた過去があったとしても、その時点において水に沈没しているために今後は燃え上がる可能性はないと判断できる。さらに、「炎の橋」のイメージにはかず子の力強く生きていく決心が感じられるが、「沈んでゐた橋」の湖畔を歩いている夢の中のかず子は「どこへも行けない」と未来に関して悲観的に考えている。両橋の特徴からは、「炎の橋」と「沈んでゐた橋」が正反対に描写されていることが分かる。

その上、「沈んでゐた橋」が「炎の橋」と同様に恋愛関係を表すものであるならば、沈んでゐた橋であるために、その恋愛関係はかず子の過去にあると推測できる。かず子の過去には、そのような関係はあったのだろうか。物語の最初の場面において、語り手であるかず子によると、上原に出会った以前に、彼女は結婚していたが、その関係が物語の冒頭より六年前に離婚で終わった（一〇―一）。「沈んでゐた橋」を感情が消えた後の関係として捉えれば、その関係は単調で、見込みのないかず子の離婚前の関係を指していると理解できる。

さらにこの橋の意味を追求すれば、「沈んでゐた橋」は「白いきやしやな橋」として描写されていることが小説の他の箇所の描写と部分的に重なっていることが分かる。直治の手紙には、ヴィナスの右手の「石膏像」が登場している。家にあるものを質屋で金銭に変えたい彼にとって、その石膏像は目に付いた、高価と見える品物であった。彼の説明によれば、それは「純白」で「きやしやの右手」の形になっていたが、結局、「非実用のガラクタ」であったために、金銭に変えられない。華族の女のシンボルであるこの石膏像が「純白」と「きやしや」という形容詞によって描かれていることは「沈んでゐた橋」の描写の表現と重複するのである。かず子にとって、沈んでいた（過去のものとなった）結婚はヴィナスの右手の像と同様に、貴族階級にふさわしい関係であったが、やがて彼女はそれを人生における行き詰まりとして感じるようになった。従って、「炎の橋」も、「沈んでゐた橋」も、かず子の恋愛関係を表すものとして容易に理解できる上、太宰は意図的に橋を人間関係の隠喩として採用したことが認められる。しかし、その二つの橋は全く同様の意味を持っているということはない。橋によって表現されている人間関係が根本的に異なるために、橋の描写も必然的に異なってきたといえる。

しかし、「斜陽」に登場している橋はこの二つの橋に留まるのではない。「炎の橋」と「沈んでゐた橋」の他に「ニコライ堂の見える橋」も作中において重要な役割を果たしていると考えられる。しかし、「ニコライ堂の見える橋」（一〇九―一一一）は恋愛関係の表現として理解することが困難であるために、別の視点から考慮しなければならないと考えられる。その理由及びその橋の意味に関しては次節において具体的に説明していきたい。

二　ニコライ堂の見える橋とかず子の決断に関して

「ニコライ堂の見える橋」（聖橋）の場面は次の通りである。


あれは、十二年前の冬だった。

「あなたは、更級日記の少女なのね。もう、何を言つても仕方が無い。」

さう言つて、私から離れて行つたお友達。あのお友達に、あの時、私はレニン［原文のママ］の本を読まないで反したのだ。

「読んだ？」

「ごめんね。読まなかったの。」

ニコライ堂の見える橋の上だった。

「なぜ？　どうして？」

そのお友達は、私よりさらに一寸くらゐ背が高くて、語学がとてもよく出来て、赤いベレ帽がよく似合つて、お顔もジョコンダみたいだといふ評判の、美しいひとだつた。

「表紙の色が、いやだつたの。」

「へんなひと。さうぢやないんでせう？　本当は、私をこはくなつたのでせう？」

「こはかないわ。私、表紙の色が、たまらなかつたの。」

「さう。」

と淋しさうに言ひ、それから、私を更級日記だと言ひ、さうして、何を言つても仕方がない、ときめてしまつた。

私たちは、しばらく黙つて、冬の川を見下してゐた。

「ご無事で。もし、これが永遠の別れなら、永遠に、ご無事で。バイロン。」

と言ひ、それから、そのバイロンの詩句を原文で早口に誦して、私のからだを軽く抱いた。

私は恥づかしく、

「ごめんなさいね。」

と小声でわびて、お茶の水駅のはうに歩いて、振り向いてみると、そのお友達は、やはり橋の上に立つたまま、動かないで、じつと私を見つめていた。（一〇九―一一）

「沈んでゐた橋」も、「炎の橋」も、恋愛を表現するイメージとして容易に理解できるが、一二年前にかず子が橋の上で出会ったのは恋人ではなく友人であったために、この「ニコライ堂の見える橋」の場面はかず子の恋愛関係を描くものとして受け止め難い。しかし、それにもかかわらず、「ニコライ堂の見える橋」は、「沈んでゐた橋」と「炎の橋」と同様に、かず子が進むべき道として描かれている。友人との出会いを振り返るかず子は次の通り説明している。

あれから十二年たつたけれども、私はやつぱり更級日記から一歩も進んでゐなかつた。いつたいまあ、私はあのあひだ、何をしてゐたのだらう。革命を、あこがれた事も無かつたし、恋さへ、知らなかつた。（一一一）

レーニンの本を貸してくれたかず子の友人は、彼女に対して、思想上の変革を期待していたに相違ない。従って、かず子がレーニンの本を読まずに返したことはその友人の思想に対する否定として受け止めなければならない。とはいえ、この出来事を振り返っている語り手は、自分のその後の成長に関して「革命」においても、「恋」においても、「一歩も進んでゐなかつた」と自評している。つまり、かず子が過去の自分に対して批判を投げかけているのは政治思想における優柔不断のみならず、恋愛において成長していかなかったことである。結局、かず子にとって、「ニコライ堂の見える橋」は作中に描写されている他の橋と同様に人生における《決断の橋》の一つであったといえる（この類の隠喩を《断固たる行為は橋を渡ることである》と定義したい）。

「斜陽」全体に描かれているかず子の人生の軌道から判断すれば、「炎の橋」を渡ろうとする際に、かず子の堅い決心は見られるが、この断固たる決断力は部分的に「ニコライ堂の見える橋」で友人の誘いに応じなかった後悔に起因していると考えられる。「炎の橋」を渡るか否かという選択に直面しているかず子は、以前の優柔不断の過ちを二度と起こさないように、「ニコライ堂の見える橋」を思い巡らせているのである。

橋の上の会話の直後の箇所においてかず子が自分の停滞している状態をさらに説明してゆくが、この箇所は作品全体の二つの主なテーマを明らかにしていると考えられる。かず子の自己分析は以下の通りである。

> いままで世間のおとなたちは、この革命と恋の二つを、最も愚かしく、いまはしいものとして私たちに教へ、戦争の前も、戦争中も、私たちはそのとほりに思ひ込んでゐたのだが、敗戦後、私たちは世間のおとなを信頼しなくなつて、何でもあのひとたちの言ふ事の反対のはうに本当の生きる道があるやうな気がして来て、革命も恋も、実はこの世で最もよくて、おいしい事で、あまりいい事だから、おとなのひとたちは意地わるく私たちに青い葡萄だと嘘ついて教へてゐたのに違ひないと思ふやうになつたのだ。私は確信したい。人間は恋と革命のために生れて来たのだ。（一一一）

この引用箇所における傍点は原文のままである。恐らく太宰がこの文に対して傍点を配置したのは、この箇所の意味内容が作中において重要であることを主張するためであると考えられる。この引用文を太宰自身の思想として受け止めることができなくとも、その発言は少なくともかず子の「生きる道」を表す思想であると考えられる。恋と革命が「斜陽」の思想性の一部をなしているために、この項目の何れかが作中に登場し橋との関連がある場合、その関連性を徹底的に調べる必要があると考えられる。次節において、「恋」と「革命」とが作中の橋と如何に関わりがあるのかを明らかにしたい。

三　「炎の橋」、「恋」、そして旧道徳の超越

前節において説明した通り、かず子は〈炎の橋〉というイメージを通して、自分の上原に対する情熱を訴えているのみならず、彼女の決心の堅さもその表現によって強調されているといえる。この傾向は、結末にある次の箇所によって明らかになる。

どうやら、あなたも、私をお捨てになつたやうでございます。いいえ、だんだんお忘れになるらしうございます。

けれども、私は、幸福なんですの。私の望みどほりに、赤ちやんが出来たやうでございますの。私は、いま、いつさいを失つたやうな気がしてゐますけど、でも、おなかの小さい生命が、私の孤独の微笑のたねになつてゐます。

けがらはしい失策などとは、どうしても私には思はれません。この世の中に、戦争だの平和だの貿易だの組合だの政治だのがあるのは、なんのためだか、このごろ私にもわかつて来ました。あなたは、ご存じないでせう。だから、いつまでも不幸なのですわ。それはね、教へてあげますわ、女がよい子を生むためです。

私には、はじめからあなたの人格とか責任とかをあてにする気持ちはありませんでした。私のひとすぢの恋の冒険の成就だけが問題でした。さうして、私のその思ひが完成せられて、もういまでは私の胸のうちは、森の中の沼のやうに静かでございます。

私は、勝つたと思つてゐます。

マリヤが、たとひ夫の子でない子を生んでも、マリヤに輝く誇りがあつたら、それは聖母子になるのでございます。

私には、古い道徳を平気で無視して、よい子を得たといふ満足があるのでございます。（一六三―四）

この箇所において、かず子の選択によって実現された「道徳的革命」（一六五）はより鮮明になっていると考えられる。人格の悪い上原に捨てられても、忘れられても、周囲の人々の目線で見られる際に「けがらはしい失策」と考えられても、「いつさいを失つた」としても、かず子は後悔しない。なぜなら、上原の子を生むことによって、彼女の幸せは確実なものになるためである。『新約聖書』の聖母マリヤと同様に、かず子は「夫の子でない」、「よい子」を生むからこそ、自分の行動が「古い」道徳における過失に見られたとしても、後にすべては「完成」（一六五）された計画として認められる。

子の出産がなぜ後に「完成」として認められるかは、次の箇所において明白になる。

あなたの人格のくだらなさを、私はこなひだも或るひとから、さまざま承りましたが、でも、私にこんな強さを与へて下さつたのは、あなたです。私の胸に、革命の虹をかけて下さつたのはあなたです。生きる目標を与へて下さつたのは、あなたです。

（中略）

私生児と、その母。

けれども私たちは、古い道徳とどこまでも争ひ、太陽のやうに生きるつもりです。

どうかあなたも、あなたの闘ひをたたかひ続けて下さいまし。

> 革命は、まだ、ちつとも、何も、行はれてゐないんです。もつと、もつと、いくつもの惜しい貴い犠牲が必要のやうでございます。（一六五）

母のみならず、新しく生まれてくる子も「古い道徳」に対して「争ひ」つづける上、結局、「旧道徳」に対して抵抗するのがかず子の手段でも、目標でもある。上原の人格は「くだらな」いが、彼も古い道徳に対して闘うために、彼とかず子は「道徳の革命」によって結ばれ、二人の間に生まれた子は道徳革命を更に実現するだろう道徳革命の子孫である。

つまり、かず子の上原への情熱を意味している「炎の橋」は、旧モラルを無視する決意の暗号としても機能している。従って、「斜陽」において問われているのは、登場人物の「道徳」ではなく、登場人物が「古い道徳を無視する」（一六四）意欲である。これゆえ、遅かれ早かれ「旧道徳」を無視する直治、かず子、上原らの主要登場人物三人ともの人生には、共通のテーマがあるといえる。

芸術用語を用いて「古い道徳を無視する意欲」を換言すれば、デカダンスという発想に至るかもしれない。長谷川吉弘[4]の研究によって明らかになっている通り、東京帝国大学仏蘭西文学科に入学した太宰はボードレールに憧れて、強い影響を受けた。象徴主義詩人であったシャルル・ボードレール（一八二一―一八六七）は「デカダンス」という文学の代表で、太宰はデカダンス文学に魅了された作家の一人であった。

「デカダンス」[5]とは、一九世紀フランス文学の作家や詩人が提唱した生き方及びそれに基づく執筆姿勢である。ボードレールの他に、ポール・ヴェルレーヌ（一八四四―一八九六）やアルチュール・ランボー（一八五四―一八九一）は一九世紀末において「ヨーロッパ全体に波及した」この「精神現象」[6]を代表する作家である。フランスのその当時の道徳的背景はカトリック教によって決定されていたが、「デカダンス」詩人と小説家は「伝統的ブルジョワ社会の衰退」を期待し、実人生において旧道徳を無視したのみならず、作中における登場人物の言行によって、それに対して抵抗する決意を示した。『ラルース　世界文学事典』によると、デカダンス作家における一つの特徴は「放蕩生活」[7]であった。基本的に、デカダンス文学の系譜に重なる小説家や詩人は「官能的体験におぼれながら」社会的秩序に対して反抗し続けた。

ボードレールからの影響は、太宰の「普通の人」を見下す「ダンディズム」[8]にもつながると考えられるが、社会的秩序を無視し、作中において「無頼派《リベルタン》」[9]や「アナルキズム」[10]を宣言した彼にとって、実人生においても、その人生をある程度反映した作品においても、「デカダンス」的な見解は基底になっていたといえる。鳥居那朗によると、芥川龍之介の自殺は高校生であった太宰の「放蕩者の劣等高校生への転落の契機」[11]になっていたと説明している。しかし「放蕩生活」へと導いた原因が何れであれ、「心中未遂事件」[12]を重ねて、「深酒」[13]ゆえに健康を害して、「薬物による精神的荒廃」[14]を患った太宰は、最後までデカダンスを体現するような人生[15]を送り続けた。「斜陽」を執筆していた際において、太宰はデカダンスを意識していただろうか。次の直治の手紙からの引用はその正体を明らかにしている。

デカダン？　しかし、かうでもしなけりや生きてをられないんだよ。（六六）

この箇所から、登場人物である直治の「デカダン」は、文芸的なスタンスというよりも、心的悩みゆえの生き方であると解釈することができる。しかし何れにせよ、この箇所によって、「斜陽」執筆中の太宰はデカダンスを意識していたことが十分確認できる。

デカダンスは「放蕩」に類似する思想であるが、厳密にいえば、デカダンスには、上流階級と関連する側面がある。中村によると、「頽廃（décadence）とは、繁栄を極めたものが爛熟の挙句に衰退する現象である[16]」。「斜陽」の詳細を考慮すれば、このような描写は極めて多い。かず子も、直治も華族出身であるために、彼らが道徳を無視しながら「惜しい貴い犠牲」を払っている際に、二人ともは個人レベルにおいて「デカダンス」を実践していると考えられる。

当然、「炎の橋」はかず子の恋の具象化的表現として理解できるが、デカダンスの表現として捉えられるのは次の箇所から分かる。

犠牲者。道徳の過渡期の犠牲者。あなたも、私も、きつとそれなのでございませう。

革命は、いつたい、どこで行はれているでせう。（中略）こひしいひとの子を生み育てる事が、私の道徳革命の完成なのでございます。（中略）私の胸に、革命の虹をかけて下さつたのはあなたです。（一六四—五）

つまり、かず子にとって、「虹・炎の橋」というイメージは「道徳の過渡期」の一表現であり、革命の虹（「炎の橋」）を渡ることを通して子が生まれ、「道徳革命」が完成されるのである。従って、「斜陽」における革命も、恋も、「旧道徳」を無視する行為に深く結びついている語彙である。

しかし、デカダンスを念頭に入れた太宰の「革命」には政治的な含みが一切排除されているだろうか。次節において、作中に見られる「革命」の政治的なニュアンスに関して検証していきたい。

四　橋の視点から見た「革命」の政治的思想性

前節に説明した通り、「ニコライ堂の見える橋」の上の場面は直接的に恋愛と関連しない箇所である。しかし、この場面の前後において恋愛と関連する要素を探求すれば、この箇所の直前に、ドイツの社会主義者であった「ローザ・ルクセンブルグ」と恋に関する言及がある。その箇所においてルクセンブルグは「マルキシズムに、悲しくひたむきに恋をしている」と書いてある。従って、橋の箇所の直前に見られる「恋愛」的な要素は、人間関係上の「恋」ではなく、特定の思想に対する「熱心な固執」を表している比喩表現である。

橋の上の会話の描写の直後にも、社会主義的な内容は登場している。かず子が夜遅く本を読んでいる際に、「お母さま」はその行動に関して「まだ起きていらつしやる。眠くないの?」と尋ねる。この質問に対してかず子は「社会主義のご本を読んでゐたら、興奮しちやひましたわ」（一一二）と説明している。太宰はなぜ橋の描写の前後においてこれほど社会主義的内容を取り入れているのだろうか。

その理由は恐らく、ルクセンブルグの思想に対する確信を通して、橋の上のかず子の優柔不断的心境との対照性をより鮮明に際立たせるためであると判断できる。ルクセンブルグと橋の上のかず子との相違点を要約すれば、ルクセンブルグはマルキシズムに対して恋愛の如く情熱的な念を抱いているが、橋の上で話していたその当時のかず子はレーニンの本を読まずに返している。この箇所全体を考慮すれば、その時点における彼女の問題は政治思想における無関心ではなく、行動に移す勇気の欠如であると考えられる。

あれから十二年たつたけれども、私はやつぱり更級日記から一歩も進んでゐなかつた。いつたいまあ、私はあ

のあひだ、何をしてゐたのだらう。革命を、あこがれた事も無かつたし、恋さへ、知らなかつた。(一一一)

前述の通り、この箇所によって、かず子の橋の上の優柔不断が疑問視されているが、この橋の場面を通して同時に注目されているのは、彼女の政治思想における停滞である。

「更級日記の少女」と呼ばれてから、政治的な意識が高い友達に「永遠の別れ」と思われる別れをする。その友人は赤い「ベレ帽」を被っていたと描写されているが、「ベレ帽」は一般的に軍服として知られているため、「赤い」ベレ帽は「革命家」にふさわしい帽子である。この会話が「お茶の水駅」近くの「ニコライ堂の見える」聖橋の上で行なわれたことは重要な設定であることに疑いの余地はない。ロシアとの関連性を持っているニコライ堂の付近にある橋の上で、かず子が赤い「ベレ帽」を被っている友達とレーニンの本に関する会話をしている設定は、紛れもなく「共産主義的革命」を連想させるための技巧である。太宰はなぜ、このような会話を語り手の現在ではなく、過去に設定したのだろうか。

太宰がかず子の経験を描いた際、自分自身が共産主義と関わった経歴を思い出していたと推測できる。大学時代において、高校の先輩で、日本共産党委員長となった田中清玄のもとで、太宰は「学内組織に加入しマルクス主義の学習」などをしたことが島田昭男の研究など[18]によって明らかになっている。相馬正一によると、その非合法運動体験は「物のはずみで[19]」一時的なものに留まったが、「純粋な政治家[20]」として活躍した太宰にとっては、その四ヵ月の経験は彼の思想に決定的な影響を与えたといえる。しかし、その後、太宰は共産主義的運動に参加しなかった。この経緯から、かず子と同様に、太宰が一時的に共産主義思想に寄り添ったことがあったことは分かる。

しかし「斜陽」を、共産主義ないし社会主義を提唱する小説として読めるだろうか。表面的には、肯定的に判断するための証拠は作中にありふれている。以前に説明した通り、「革命」が作品全体のキーワードの一つである上、かず子は共産主義と関連する多くの本を読んでいることが描写されている。橋の上の会話の時点までかず子はレーニンの本を読まなかったが、その後に読んでいく本にはルクセンブルグの『経済学入門』やレーニン選集の他に、ロシアの社会主義者・マルクス主義者カウツキイの『社会革命』がある。

その本を「無断で拝借」した際に、かず子の母はその行為を見て溜息をついたと書いてある。この点からかず子の母は政治上の「革命」に対して抵抗を覚えていることが読み取れる。母が読んでいた本、「ユーゴー、デウマ父子、ミュッセ、ドオデエ」というフランス小説に対してかず子は「私はそのような甘美な物語の本にだって、革命のにおいがあると知っている」と説明している。換言すれば、かず子は政治的「革命」というテーマになっている本に関して興味を持ちながら、かず子の母が読んでいた本を政治的「革命」の必要性を訴えるような本として理解している。この箇所において、かず子は明らかに革命を共産主義という政治思想を通して理解している。

マルクス主義において「革命」の必要性はクラス意識と深く結びついているといえるが、「斜陽」は階級に関するコメントに横溢している作品である。例えば、冒頭においてかず子の母の「貴婦人」らしい「スウプ」の「いただき方」が強調されている。また、庭の描写においてかず子の母がしゃがんでひそかに「おしっこ」をしていることが、ルイ王朝の貴婦人たちが「宮殿の庭」や「廊下の隅」でおしっこをしたことと比較される。

その後に、上原が知り合いと酒を飲んでいる場面において、彼らは数回にわたって「ギロチン、ギロチン」を唱えていると描写されている（一三一、一三四、一三六、一三八、一三九）。数回の繰り返しによって強調されている表現であるからこそ、ギロチンは注目すべき項目であると考えられる。「ギロチン、ギロチン」とは、フランス革命において大衆が貴族たちに対して叫んで要求した死刑の方法であった。結局、ルイ王朝の人々はギロチンで首が落とされたために、この描写は「ほんもの」の貴婦人として描写されているかず子の母を「ギロチン」に相応しい人間として描写する目的があると考えられる。つまり、太宰がかず子の母を「ほんものの貴族」として描写した際に、その目的は日本社会を「貴族」と「庶民」というグループをもって二分化し、「革命」を起こすための前提条件を読者に訴えることであると考えられる。

直治が自殺する際に彼が残した遺書は、「姉さん。僕は、貴族です」という一言で終わる。作中において直治は自分の階級に関して悩み続けているために、多くの研究者は直治が貴族出身であることに苦悩していることに着目している。例えば、中村三春は、この点に関して「なぜ、このテクストは貴族なるコミュニティを設定しなければならなかったのか[21]」と問いかけている。この問題に取り組む郡継夫は、貴族と庶民の対立関係はプロット全体における主要テーマであると結論づけている。郡の見解によると、庶民に同化したい直治の希望は挫折するが、「かず子は、上原の子をみごもることによって、ある意味では転生の願いを果たす[22]」。

郡がこの見解の第一の裏づけとして挙げているのは、直治の「庶民」に対する憧憬である。とりわけ直治の場合、この特徴は作中で首尾一貫しているために、彼の描写傾向に限っては疑問の余地はないだろう。この社会的背景を考慮すれば、直治の自殺は社会階級間に横たわる格差を補うための犠牲と解釈できる。これゆえ、彼の描写によって表現されているのは、庶民に同化したい希望のみならず、「貴族の尊き自滅」である。「貴族の貴き自滅」を作品のテーマの一つとして理解すれば、「斜陽」のタイトルにおける一つの解釈は鮮明になると考えられる。かず子が蛇を燃やした事件が終わった後、彼女は次の通り語っている。

　夕陽がお母さまのお顔に当たつて、お母さまのお眼が青いくらゐに光つて見えて、その幽かに怒りを帯びたやうなお顔は、飛びつきたいほど美しかつた。(一七)

中村は「斜陽」というタイトルが日本の貴族の「没落[23]」を表現していると指摘しているが、太宰はこの箇所において貴族の代表であるかず子の母の顔に「夕陽」を照らすことによって、日本における貴族時代の終焉を告げているのだろう。

さらに付言すれば、作中における「死」の意義に関する差異を指摘できる。「斜陽」における「死」は貴族に対する「罰」として解釈することができるだろう。結核で亡くなる「お母さま」の死は、後悔しない貴族に対する「天罰」として理解できる。また、生まれた社会階級に関して悩み続けた直治の自殺も貴族の後継者にふさわしい「自滅」として捉えられる。しかし、貴族生まれのかず子は生き残る。かず子が「死」の罰を逃れることを許されているのはなぜだろうか。「死」を選ぶ直治、そして「生」を選択するかず子であるが、この貴族出身の二人がともに庶民に転生したいという願望を持っていたとすれば、なぜ二人の運命はこのように異なったのだろうか。

筆者の考えでは、「斜陽」の思想上の展開には、二通りの平行する軌道がある。直治の描写の傾向に注目すれば、「庶民への転生」という彼の意向が確認できるが、直治は自分の階級を変えることができなかったために、自殺を選んだ。しかし、かず子の問題は階級の問題ではなく、思想上の問題であるために、彼女が思想を変えることに成功したからこそ、新時代は待っていた。二人の描写が大きく異なったのは、かず子と異なって直治が、彼に要求された変化を成し遂げることができなかった点である。

共産主義革命は、貴族の後退を前提にする政治的転換であるために[24]、共産主義とつながる橋の上に導こうとする日本の貴族は、ステータスも、裕福さも失う可能性が高い。革命において彼らは不利益を被る覚悟でその〈橋〉を渡らなければならない。「炎の橋」において、かず子に「渡るか否か」という選択が強いられた際に、彼女の上原に対する想いの裏には、政治思想上の選択が隠されていたといえる。

「橋」が政治的決断の場として登場している文学作品は、「斜陽」が初めてではない。共産主義運動への参加者たちに対する弾圧を描いていた芹沢光治良の短編小説「橋の手前」[25]（昭八・四）はこの好例である。短編小説の「橋の手前」において、主人公の杉野は共産党に共感していたが、共産主義が弾圧されている時代において、彼は運動家と関わるか否かに関して悩んでいる。「橋の手前」には、人間が渡ることが可能な物理的な意味での橋は一切登場しないが、タイトルが含意するものは次の引用を通して理解できる。

> 学理上マルクシズムがｘｘｘｘ〔原文のママ〕、それは疑問はないとしても、それだからとて直に橋を渡つて実践に行けるかは、銘々の過去や性格や役割で異ふであらうに、空見の説明には、さう出来ない二人に向けた非難がかくされてゐるやうに、少なくとも二人の胸には響いた[26]。

最後に再び、杉野の夫人は、運動家の空見と関わらない方がよいと判断し、「危ない橋を渡りさうになる貴方を掴まへてゐなくてはならないなんて[27]」といい出す。この物語においても、「斜陽」と同様に、思想的見解ゆえに政治運動への参加が「危ない橋を渡る」と同等な行為として描写されている。

しかし、共産主義的な解釈が作品において存在しているとしても、それはかならずしも太宰が共産主義的賛同者であることを意味してはいない。鳥居は、「太宰の場合、彼がマルクス主義者であったと判定するには、あまりに疑問が多すぎるのである。（中略）マルクス主義に揺さぶられながらその周辺を彷徨していたと見た方がよさそうである[28]」と述べている。その上、共産主義的要素が作中に見られるとはいえ、もっとも鮮明に描写されているのはデカダンス及び登場人物の旧道徳を無視する行為である。例えば、直治は共産主義に関する本を持っている（一〇八）ことが描かれているにもかかわらず、彼が最も基本的に悩んだのは、政治思想ではなく、「金と女」（六四）のことである。結局、太宰は直治と同様に「共産主義」よりも、「デカダンス」を選んだといえる。元来の彼の政治的傾倒は意識の下に残ったが、太宰にとって「斜陽」は青春時代に遭遇した思想に回帰する契機となっただけであると考えられる。
しかし、それにしても、太宰がデカダンスの新時代を期待していたからこそ、「斜陽」は「旧来の思想を破戒していく」（一〇九）作品として読むことが可能である。さらに、太宰は橋を一つの思想から新しい思想への転換を表現するために利用したといえる。〈橋〉は思想上の変容を表現するために適している事物であるからこそ、太宰は橋を登場させたと考えられる。一見、作中に見られる橋は詩的なイメージや舞台性のリアリズムを生かすためのプロップと思われても、繰り返し登場している「斜陽」の橋は、ロゼッタ石と同様に、異なる思想的な次元を読み合わせるための重要な手掛かりであると考えられる。

注

（1）太宰治『斜陽』（『太宰治全集 第九巻』筑摩書房、平一・一〇）。
（2）日本地図株式会社編『最新日本分縣地図』（日本地図、昭二四・一〇）一四。
（3）形の類似性ゆえに、世界中に虹を空の橋と表現する文化が多くある。川田忠樹（「虹の橋―天国への通い路」（吉田巌編『橋のはなしⅡ』技報堂出版、昭六〇・九）二）によると、アジア、北欧諸国など、様々な文化において、橋は「天国への通い路」として理解されてきた。この点に関して、川田は「もし神さまが住みたもう天国というものがあるとするならば、それは大空に架かる七色のアーチ、虹よりもふさわしい通い道は考えられません」と断定している。断絶していると見える地上と天空をつなぐ容姿のために、《虹は橋である》という隠喩が成り立つ。
（4）長谷川吉弘「太宰とボードレール／その邂逅と受容」（『解釈』第一七巻八号、昭四六・八）。
（5）世界文学事典編集委員会編『集英社世界文学事典』（集英社、平一四・二）一〇二五。
（6）注（5）に同じ。
（7）河盛好蔵監修『ラルース 世界文学事典』（角川書店、昭五八・六）五〇三―四。

（8）渡部芳紀「太宰治におけるダンディズム」（『国文学 解釈と鑑賞』第四二巻四号、昭五二・一二）。
（9）鳥居那朗「昭和文学の中の太宰治」（東郷克美編『太宰治事典』学燈社、平七・五）二七四。
（10）相馬正一『太宰治の生涯と文学』（洋々社、平二・一一）一八。
（11）鳥居那朗「太宰とその時代」（『解釈と鑑賞別冊 現代文学講座 昭和の文学Ⅱ』昭五〇・六）、九〇。
（12）赤木孝之「太宰と自殺・心中」（『国文学 解釈と鑑賞』第六一巻六号、平八・六）。
（13）中村三春「『斜陽』のデカダンスと〝革命〟／属領化するレトリック」（『国文学 解釈と教材の研究』第四四巻七号、平一一・六）九六。
（14）注（13）に同じ、二〇。
（15）注（13）に同じ、二〇。
（16）注（13）に同じ、四七。
（17）"Beret"（Simpson, J. A. & E. S. C. Weiner, eds. *The Oxford English Dictionary*, 2nd ed. Oxford: Clarendon Press, 1989, 123.）
（18）島田昭男「太宰治と左翼運動」（『国文学 解釈と鑑賞』第六一巻六号、平八・六）二九。
（19）注（10）に同じ。
（20）注（18）に同じ、三四。
（21）注（13）に同じ、九四。
（22）郡継夫『太宰治／戦中と戦後』（笠間書院、平一七・一〇）一九二―三。
（23）注（13）に同じ、九六。
（24）現代思想研究会編『現代共産主義事典』（国書刊行会、昭五二・七）三〇五―六。
（25）芹沢光治良「橋の手前」（『日本現代文学全集 第六二巻』講談社、昭四一・一一）三七三―八三。
（26）注（25）に同じ、三七四。
（27）注（25）に同じ、三八二。
（28）注（11）に同じ、九五。

付記 本章における『斜陽』からの引用は、『太宰治全集 第九巻』（筑摩書房、平二・一〇）に拠った。原文の引用に際しては、ルビは適宜取捨した。

六章　三島の「橋づくし」と近代

三島由紀夫の短編小説「橋づくし」(1)に登場する四人の女性は、全員が七つの橋を渡ることを目標とする。ある有名な料亭の箱入り娘である満佐子、花柳界の小弓とかな子、そして満佐子の付添人である女中のみなは祈禱をしながら、月に対して願をかける。小弓は金銭、かな子は旦那、満佐子は映画俳優の恋人といった、それぞれの夢を持ち、出発する。しかし、みなの願が何であるのかは誰にも分からない。祈禱の内容が実現するためには、三つの条件が満たされなければならない。それは、同じ道を二度と後戻りしないこと、人と言葉を交わさないこと、七つの橋すべての両袂で祈禱をすることである。

みな以外の三人は、先の条件を満たすことができず、願望を実現できない。最初にかな子は腹痛が原因で帰らざるを得なくなる。次に小弓は昔の知人と偶然出会い、つい会話をしてしまったがために脱落する。そして終盤に、ようやく満佐子とみなが最後の橋を渡ろうとする際に、満佐子は橋の上で自殺を図っていると誤解され、警官に腕をつかまれ、つい叫んでしまう。結局、みなが七つの橋すべてを渡ることに成功する。

一　着想の研究史、そして新説

「橋づくし」は比較的読後の印象が希薄な作品といえる。批評家の平野謙は「花柳界などでいまも信じられている願かけを描いただけの作品にすぎない」(2)と評価した。しかし、三島が花柳界の迷信を、ありのままに描写したという平野の見解は疑問視されてきた。なぜなら、花柳界に、「橋づくし」の願かけと類似した風習が常時あったという証拠は特にないからである。それでは、作中に描かれている迷信は一体どこから由来しているのかという問題が生じる。三島が独自に創造した風習だろうか。それとも花柳界ではなく、日本のある地域の民間伝承が根源であるのだろうか。行の謎を説明しようとする仮説は多数あるが、それらの概要だけに議論を限定したい。

昭和三四年に、「橋づくし」が西川会によって上演された際のプログラムにおいて、三島は「この台本は数学的特色を持つてゐる」(3)と指摘している。加えて、前田愛は「橋づくし」の着想が「有名な数学パズルを下敷きにしている可能性が高い」(4)と論じている。「ケーニヒスベルクの七つの橋」は、北ヨーロッパにあるケーニヒスベルク市（現在はロシアのカリニングラド市）のプレゲル川に架かった橋をモデルにした数学のパズルである。その町の住民は、散歩の際に、同じ橋を二度渡らない限り、周辺にある七つの橋すべてを渡って元の場所に戻ることができないことに気づいた。その後、スイスの著名な数学者のオイラーは、この数学のパズルの条件に従って同じ橋を一度のみ渡って、七つの橋すべてを渡ることは数学的に不可能であることを証明した。前田の仮説は三島自身の解説に基づいているため、興味深いものであると考えられる。

「橋づくし」の着想に関する他の主な仮説には、竹田日出夫の七つの大罪説と生老病死説と、中野のイザイホウ説がある。七つの大罪説はカトリックの教義を基盤としている。それは、「橋づくし」の登場人物は七つの大罪を無意識のうちに犯しながら、「海へ流れる川としての人生を生き、海（死）へと確実に流れ出る[5]」という発想である。作品全体を眺めれば、七つの大罪の予兆が見られるが、作品の具体的な内容とは合致していない。例えば、七つの大罪の一つに当たる小弓の飽食は、作中において明確に問題視されているが、腹痛で帰るのは小弓ではなく、かな子である。「橋づくし」における罪は、それと各人物の脱落との直接的な因果関係がないため、三島が七つの大罪説から作品の着想を得たとは考えにくい。

竹田は登場人物が歩いた道程を実際にたどり、そこに登場する築地の病院、保険会社、寺などに注目して、生老病死説を提案した。その説によると、人生の象徴である川に臨接する形で、出生届を提出する場所である役場や、死に関連性を持つ寺が描写されているという。その上、三島自身の葬儀が築地本願寺の本堂で行なわれた[6]ことは興味深い事実である。しかし、死のニュアンスが作品に取り入れられているものの、他の生や、老いと病のニュアンスはプロットにほとんど関連していない。三島がその道程を歩いた際に、様々な建物に注目し、作品に取り入れたのは明白であるが、生老病死説を下敷きにすることを前提として、道程を決めたという指摘に筆者は同意できない。

中野裕子は、三島の着想が折口信夫の研究に紹介されている沖縄の久高島のイザイホウの祭[7]に根ざしていると考えている。しかし、日本各地において、橋に関連した多数の行事が確認されているため、数多くある行事の中から、作品との類似性が少ないイザイホウの祭に注目することは望ましくないと考えられる。橋は象徴性に富んだイメージを伴っているため、多数の文学作品において、重要な意義を担う形で登場している。沖縄の伝統的儀式においても、「橋づくし」においても、同類の神秘性が橋に託されていることは確かだが、それらが関連性を示すことはない。

作品の着想の出所に関しては、様々な仮説が提案されてきたが、複数の説が同時に正しいということは有り得るであろう。とはいえ、今までに「橋づくし」の詳細な内容と完全に一致した仮説はなかった。しかし、北陸地方の「橋めぐり」は作品の内容と完全に合致しているため、本章において紹介したい。『北陸の河川』では、「橋めぐり」は次の通り定義されている。

橋めぐり：浅野川の天神橋から中島大橋の間には、浅野川大橋・中の橋・梅の橋など7つの橋がある。春と秋のお彼岸の夜に、同じ橋を2度渡らないですべてを巡ると、無病息災に過ごせるという風習がある。知り合いにあっても口をきかない無言の行で、巡り終えた後、下着を洗い、タンスの奥にしまっておく。今でも多くの女性が実践している。(8)

いうまでもなく、「お彼岸の夜」に行なわれる行と、その条件の詳細な規定までもが、「橋づくし」で描写されている行と酷似している。また、金沢市尾張町で店を経営していた女性は金沢市に一般的に伝わっている風習に関して、以下の通り述べている。

「浅野川に架かる七つの橋を回ると願い事が叶う」とはいうても、ちょっとした決まりがあるんや。
・必ず一筆書きのようにして回ること、同じ橋は通らない
・人と出会っても口をきいてはいけない、話しをしたら願い事は叶わなくなるって、伝えられている訳。
（中略）一番困るのは、誰か知っている人に会って、挨拶されることや。口をきいてはいけないことになっているから、そん時は身振り手振りで願掛けをしていることを現し、口に指を立てて話せないことを知ってもらうだけ。けど、この辺の人は皆んな『七つの橋めぐり』のことを知っているから、多少身振り手振りが下手で

も、ああ成る程と納得して、笑顔でうなずいて別れてくれるからほっとする。(9)

日本中に多く散在する橋にまつわる行事や伝統において、作品内容と合致するのは恐らく「橋めぐり」のみである。それゆえ、これを、三島の創作意欲を刺激したものであると考えることも可能だろう。

いうまでもなく、「橋づくし」の舞台は北陸地方ではなく、築地であり、四人の登場人物は銀座に住んでいる。(10)三島は築地を作品の舞台として選んだ理由に関して、『決定版・三島由紀夫全集』において、次の通り述べている。

作者は、「七つの橋」の話を赤坂の料亭で聞き、小説のヒントを得たが、赤坂近辺には橋が少なく、背景を築地に移した。(11)

この発言が正しければ、三島は赤坂で北陸地方の「橋めぐり」について伝聞し、そこから興味を持つに至り作品を書いたと推定できる。

二　「橋づくし」に見られる橋のメタファー

橋は直感的なイメージが豊富であるため、古来より多数の芸術作品に登場している。三島もまた橋を意識的に利用していたことは、以下の発言から明らかである。

しかし詩趣は橋そのものにあるので、古へからわれらの橋は、現世の橋ではなくて、彼岸へ渡す橋であつた。その限りにおいては、いかに無細工なコンクリートの橋であつても、今日なほ寸分も変らぬ詩句を近松は書いてゐる。「短かき物はわれわれが此の世の住居秋の日よ(12)」

三島は橋の隠喩的な特質を把握していたに違いない。加えて、彼が川や橋の隠喩を利用する場合、そこには深い意味が込められていることが多い。特に、抽象的な、異種の概念を表現する際に、彼は前述の引用の場合と同じ用法で、此岸と彼岸の隠喩を利用している。例えば、「禁色」において、登場人物が美に関して次の通り発言する。

美とは到達できない此岸《しがん》なのだ。さうではないか？　宗教はいつも彼岸《ひがん》を、来世を距離の彼方に置く。（中略）美はこれに反して、いつも此岸《しがん》にある。(13)

また、文学における理性と反理性の問題に関して、三島は以下の通り主張している。

そして文学に於いては、静かな知的確信が何ものをも生まず、もつとも反理性的な陶酔ともつとも知的なものとを繋ぐ橋だけが、何ものかを生むのだと私は考へた。(14)

前述の三つの引用箇所をまとめれば、三島は橋の具体的な形態よりも、その抽象的な「彼岸へと渡す」機能性に着目している。その上、橋によって結ばれているものは「美」、「反理性的な陶酔」、「知的なもの」など抽象的観念である。つまり、三島は対立関係にある二つの観念を抽象的に結ぶために橋の隠喩を利用したのである。

本書において、筆者は概念メタファー理論[15]を活用して、橋が登場する文学作品の分析を行なってきた。序章、一章から五章にかけて、多数の日本文学作品の分析を行ない、その中で〈橋〉と関連する様々な隠喩を紹介してきた。この章では、以前に特定した橋の隠喩を取り上げて、「橋づくし」に登場している「橋」の隠喩的傾向を分析するために活用したい。これらの隠喩のみによって作品を完全に説明することはできないとしても、他作品において確認された隠喩を「橋づくし」に照らし合わせることによって、三島の作品における橋の意味がより鮮明になる可能性があると考えられる。

「破戒」に登場する「橋」の意味が検討された三章において、《人間関係の発展は橋を渡ることである》という隠喩を紹介した。島崎藤村はこの隠喩をもって、日本の一般社会と差別の対象になっている人々との断絶と、和解への祈りを描いた。しかし、「破戒」においては、この隠喩が作品全体を規定するものであったにもかかわらず、「橋づくし」において、このメタファーに類似する描写は見られない。橋を渡れば渡るほど、四人の人間関係が発展するどころか、逆に悪化していく。よって、《人間関係の発展は橋を渡ることである》という隠喩性は作中で機能している隠喩ではない。

序章において、裁断橋における母は、愛する息子の戦死の際に、「死」を「別れ」として理解した上で、「此岸から彼岸へ橋を架ける」行為を行なったことが説明されている。概念メタファー理論の形式によって表現すれば、《死につつある人は橋を渡る人である》となる。日本文学において古来からこの隠喩は頻繁に指摘されてきたが、「橋づくし」の中にも同様にこの隠喩を発見することができるだろうか。「橋づくし」に死のイメージの横溢を見出す学者が多数いるが、橋を渡ることによって人間の死を予測する場面はない。先述の通り、竹田は、女性たちの橋めぐりの到着点がお寺の周辺であるために、作品全体に「彼岸」へという方向性を見出している。従って、《死につつある人は橋を渡る人である》という隠喩性が作中にないとはいえないが、〈死〉を具体的に想起させる出来事は作中に登場しないために、〈死〉を作品の主要なテーマとして捉えることには無理があると考えられる。

岡本かの子の「川」を検討している五章においては、《犠牲が払われる場は橋である》という隠喩性を紹介した。しかし「橋づくし」には、どの登場人物も犠牲者として描かれることはない。却って、橋めぐりを行なっている四人の女性全員が自分の個人的な利益のために必死に参加しているといえる。従って、《犠牲が払われる場は橋である》という隠喩は三島の作品と無縁であると考えられる。

泉鏡花の「化鳥」と「高野聖」とが取り上げられた二章において、「橋姫伝説」に見られる境界性は《分離している二つの状態の接触点は橋である》というメタファーによって表現できると説明した。高橋広満は橋姫伝説[16]が「橋づくし」に影響を及ぼしていると述べている。確かにみなの不気味な神秘性には「古風」で「民俗」的な側面があると考えられるが、橋姫の民間伝承と「橋づくし」との間の具体的な類似性は少ない。橋姫の諸伝説において、橋姫は「橋で待つ女」のことを指しているのに対して、みなは「橋を渡る女性」である。橋姫伝説からの影響はないと断言することはできないが、三島の作品と該当する諸民間伝承の間に類似性が少ないためにニュアンス程度の色彩しか持っていないレベルである。

これらの隠喩が「橋づくし」の詳細な内容とほとんど関連していなくとも、先述のものの他に幾つかの〈橋〉メタファーが作中に機能していることを確認したい。例えば、一章において、子規の「かけはしの記」に対する分析を行なった。子規が、芭蕉が渡ったという「木曽の桟」が木曽路に不在であったために、自分の文芸的目的を達成できなかったことを描いている「かけはしの記」において、「桟」に対して子規が抱いた期待感を、《人生の困難を乗り越えるのは橋を渡ることである》という隠喩によって表現することができる。野口武彦は橋が「人間の願望の工学的造型[17]」であると指摘しているが、《人生の困難を乗り越えるのは橋を渡ることである》というあり方は、「橋づくし」に大いに貢献しているに違いない。願望が叶って欲しいと考える登場人物は、人生の困難を乗り越えるために複数の橋を渡る。この隠喩はプロットの基盤をなすものであって、作品の題材である行の出発点でもあると考えられる。

三　運命を逆転させる橋

本書において未だに取り上げていない隠喩の一つは《運命の逆転に遭遇するのは橋を渡ることである》というものである。文学作品においてこの隠喩が機能していることは比較的に少ないのだが、幾つかの例を取り上げることができる。例えば、日本文学においては、近松門左衛門の浄瑠璃「国性爺合戦」[18]（正徳五初上演）における「雲の懸橋」という場面が指摘できる。場面の粗筋は以下の通りである。

「この山めぐれば六千里、谷は深うて底しれず、いかにせん」と進退窮した呉三桂は、「いま奇端を示し給うた御先祖高祖皇帝、青田の劉伯温、神仙不思議の力を合わせ、非常の危険を救い給え」と一心不乱に祈誓をこめれば、姫宮や小むつも、「南無日本住吉大明神」と祈った。その志が天に通じてか、洞口から一筋の雲がたなびいて向こうの峰に向かって一本の懸橋がかかった。「これこそ天の懸橋かかささぎの渡せる橋」と五人はその橋を渡って逃れることができた。程なく賊兵が雲霞のように押し寄せた。眼前の懸橋を見た梅勒王の指図で、五百余騎が押し合いへし合いその橋を渡り出すと、山風谷風が吹きはじめ、雲の懸橋は真っ二つとなって吹きちぎれた。賊兵は、落ち重なって、眉間を割るやら頭を砕くやら、阿鼻叫喚の地獄が出現した。[19]

橋梁工学の技術が次第に向上していった結果、現在では、橋が「危うきもの」であるという認識は徐々に薄れてきつつあるのだが、昔の橋には全く安定性が保証されていなかった。よって、昔の人が橋を渡ろうとする際には、その橋の安全性を考慮しなければならなかった。従って、「石橋を叩く」ということは用心深い人のことを指す。引用文に説明されている近松の「雲の懸橋」という場面は、昔の橋のこの特性を表現している。安全な地へと導くため架けられたと推測される、安定しているはずの橋にも、不意に渡る人の運命を幸運から悪運に「逆転」させる可能性が秘められているといえる。この可能性を隠喩として表現すれば、《運命の逆転に遭遇するのは橋を渡ることである》となる[20]。

前田も、この隠喩の存在に気づいていることは以下の引用によって分かる。

柳田国男は宇治の橋姫伝説に触れて、災厄と福禄をともどもにもたらすその両義性を指摘しているが、こうした橋の意味するものを運命の急転と結びつけるかたちでもっとも美しく描き出している作品の一つは、『心中天網島』の道行「名残の橋づくし」であろう。（中略）何よりもひとつひとつの橋を渡る行為のくりかえしが、やがて彼岸の世界を横断しなければならない小春・治兵衛の運命を予示する移動の儀式であることが納得されるのだ[21]。

前田が指摘している「運命の急転」を主題とする作品は、「橋づくし」の冒頭において引用されている近松門左衛門の「心中天網島」である。近松への言及を通して、三島が自作に登場している橋には特別な意味が込められていることを示唆していることは明らかだろう。

《運命の逆転に遭遇するのは橋を渡ることである》という隠喩に関して、近代文学においては、特に川端康成の短編小説「反橋」がその好例として挙げられる。三島が「反橋」連作を「深く中世的なもの」として賞賛し、川端の「ベスト・スリー」[22]に入っていると主張したことは注目すべきだろう。「反橋」において、主人公は、子供時分に住吉大社の大きく反っている太鼓橋を、母であると信じ込んでいる女性と一緒に渡った際に、彼女が「実の母ではない」という話を耳にする。語り手の解説によると、その時、反橋の上で彼の人生は幸運に満ちたものから不運なものへと暗転している。

三島は「反橋」の影響を受けた上で、「橋づくし」の場合は、特に《運命の逆転に遭遇するのは橋を渡ることである》という隠喩性を取り入れたと考えられる。その証拠として、満佐子が行から脱落した場所である、作品最後の備前橋が「軽い勾配の太鼓橋になつてゐる」（三三〇）と描写されている事実を指摘することができる。満佐子とみなの運命が備前橋で逆転する場面において、備前橋の向こう側にあるのは築地本願寺である。「本願」であるがゆえに渡る、運命を決定する橋が太鼓橋であることは、「反橋」のパターンと酷似しているため、単なる偶然とはいい難い。

さらに、《分離している二つの状態の接触点は橋である》というメタファーは「橋づくし」においても緻密に機能している。しかし、作中における橋は単なる接点ではなく、道の分岐点と同様に選択を行なう場所でもある。序章で紹介した引用を再度利用することになるが、橋におけることの機能性に関して、浅沼圭司は次の通り述べている。

> 日常の世界でなかば無意識的に繰りかえされる「渡り」から、ある決断をもって一度だけおこなわれる「渡り」にたいするまで、「渡り」のすがたはかぎりなく多様であるに違いない。[23]

つまり、二つの異なる領域は〈橋〉によって結ばれているために、「橋を渡る」行為は新しい領域へ入ろうとする移動者の「願望」または「決断」の行動上の表現として捉えることができる。日常生活において、「橋を渡る」選択は重要ではないが、作品の構想の中では、作中人物が「橋を渡る」という選択を迫られた際には、注意して読むことが肝心である。

例えば、ロシア作家フョードル・ドストエフスキーの「悪霊」（一八七二）において、主人公であるスタヴローギンはある橋を渡る際に[24]、殺し屋のフェドカに会い、彼の協力を堅く断る。ところが、後に反対方向に行く彼が同じ橋を渡ろうとすると、橋上でもう一度フェドカと対面し、今度は彼を雇うかもしれないと示唆する。二人の会話の内容は橋と一切関連しないが、橋を渡る方向によって起こるスタヴローギンの決意における変化は、橋が〈決断の場〉としての機能を鮮明にしていると考えられる（このメタファーは《断固たる行為は橋を渡ることである》、略称《決断の橋》である）。三島は、ドストエフスキーの「悪霊」に見られる橋上の決断の場面と同様に、登場人物が橋を渡るか否かという選択をさせることによって、此岸と彼岸の対照性を際立たせて、両岸の違いは何であるのかという疑問を投げかける。

竹田は「みなの存在が中途半端に投げ出されている[25]」と述べている。確かに、みなの日常の言動や願望の内容は、ほとんど描かれておらず、明らかではない。しかし、結局、他の三人の「透明な願望[26]」が鮮明に描かれているにもかかわらず、その事実が橋めぐりへの成功につながらないことは次の引用において示唆されている。

三人の願ひは簡明で、正直に顔に出てゐて、實に人間らしい願望だから、月下の道を歩く三人を見れば、月はいやでもそれを見ぬいて、叶へてやらうといふ氣になるに違ひない。（三二五）

作品の結末を読めば、この箇所にはアイロニーが込められていることが分かる。三島にとって、目標が達成されるか否かということは、目標の素晴らしさによって左右されない。

四人全員の願望が叶わないわけではないが、「何か見当のつかない願事を抱いた岩乗な女」であるみなの明らかではない願望は「侮辱のやうに感じ」られる。作者がみなの願望の内容を明示しなかった理由の一つは、彼女を神秘的な存在にするためであると考えられる。三人の軽蔑の対象であったみなの願望の本質が分からないため、満佐子は次第に、みなを驚異的な競争相手と考えるようになる。

みな以外の三人は、行が人生における運命を左右すると考えるに至り、必死で各々の橋を渡ってゆく。ゲームで負けるはずがない相手から三人が次第に逆転される場面においては、《運命の逆転に遭遇するのは橋を渡ることである》という橋の隠喩が大いに機能していることが分かる。

四　行動こそ、精神の表現

作品は「各人物の内面を探る[27]」ことを目指しているが、それにもかかわらず作者は登場人物がほとんど発言を行なわない設定を用いたといえる。この矛盾を説明するために、三島の次の発言に注目したい。

> 行動はことばで表現できないからこそ行動なのであり、論じても論じても、論じ盡くせないからこそ行動なのである[28]。

「ことば」よりも「行動」を重要視した三島がみなの発言よりも彼女の行動に描写の中心を置くのは当然である。彼女の空白であるはずの言説的空間は、作者が行動と同時に行なう解説によって埋められている。濱崎望は「話者による裁断が濃厚に反映された部分を数多く見いだす[29]」と述べ、この戦略に気づいている。三島は、このような解説的な叙述を利用して、如何なるテーマを強調しようとしていたのだろうか。次の引用には、作者の意向が暗示されている。

小説「橋づくし」は私のほとんど唯一の花柳界小説であるが、もとより私共の年代は永井荷風の年代とはちがつてをり、何らのアイロニーなしに花柳界を扱ふことはむづかしい[30]。

同様に、作者は「橋づくし」に関して「芸者の世界の、スノビズムと人情と一面の冷酷[31]」を描いたものであると説明している。明らかに、三島は花柳界の代表である三人を、凡人の行動の描写を通して揶揄している。しかし、スノビズムの描写は、特に満佐子とみなとの対照的なあり方に焦点をあてている。三島は「箱入り娘」と「用心棒」、令嬢と女中、都会人と地方出身者、流行と古風、高学歴の人間と無教養な人物、尊敬と軽蔑、内と外、饒舌と無口、「鋭い爪先」と弾力的な「丸い肩[32]」など、様々なコントラストを設けている。それぞれの対照性を考慮すれば、三島はみなを悪意をもって描写していると捉えがちになるが、それは表面的な解釈にすぎない。

満佐子たちにとって、みなは歯がゆい人物であるが、その理由は、みなが口を利かなくとも、行動によって三人の弱点を露呈させているからである。そのため、「橋づくし」は上流階級を批判する「イデオロギー小説[33]」であると丸谷才一は述べている。確かに「橋づくし」は社会階級を踏まえて執筆されているが、そのように単純化してすむものではない。

主人公であるはずの満佐子は早大生であり、東京のファッションや流行の映画に憧れる、近代を象徴する女性である。このような描写から考えて、悪役がいるとすれば、それはむっつりした顔を持つ、近代以前の精神を反映するみなということになるだろう。作者は、読者が主人公の満佐子に感情移入することを予想して、満佐子の苛立ちを描写することによって、みなに対する反感を読者に喚起しようとしている。読者に対する、三島のこのような挑発的態度に関して、佐藤秀明は鋭い指摘を行なっている。

三島は満佐子の側にではなく、みなの側にいて、満佐子や読者に指先におぞましい感触を感じさせ、満佐子や読者に向かって、そしてかつての痩せた三島に向かっても、自信に満ちた高笑いを投げかけていたのであった。[34]

つまり、真のヒロインはみなである。

「橋づくし」には、一見、弱いと思われる主人公が弱点を乗り越えて、優勢と思われる敵に打ち勝つ場面が登場するため、紀元前のギリシアのイソップ寓話の「兎と亀」の物語と非常に類似した印象を与える。作中において、「本当に兎のゐさうな月よ」と、小弓が呟いて、自分たちの願を兎と関連させる場面もあり、寓話の兎と同様に満佐子たちの願望が叶うのは当然であるという視点を、三島は暗示している。寓話の視点に立った解釈をすれば、満佐子が兎であるのとは対照的に、みなは亀である。競争で勝つ見込みのない亀は不断の努力と不屈の精神によって、勝利を信じて疑わない兎を下したが、作品はこの寓話と根本的に類似している。

「亀は兎に追ひつくか?」という随筆において、三島はこの寓話に触れているが、エッセーの主題はアジア諸国の「急激な近代化の危険な歪み[35]」についてである。随筆の初出は昭和三一年九月であり、「橋づくし」は昭和三一年一二月に発表されている。作者が作品と随筆を書いたと推定される時期は、ほぼ一致している。従って、「橋づくし」を書いた時点において、三島は近代に疑問を投げかけたい心境であったと考えられる。三島が近代化に対して感じた違和感に関しては後に詳述したいが、少なくとも、「橋づくし」を書いている際の三島には、この寓話のイメージが浮かんでいたに違いない。

イソップ寓話において、兎は走行速度的に亀よりも優位であったが、亀は精神面において勝っていたため、競走に勝つ。三島文学にも精神力を重視する傾向が見られ、彼の作品の多くに精神と肉体との緊張関係が描かれている。三島にとっては「肝心なところは肉体ではなく精神」であり、みなは「鈍感で、気が利かず、ユーモラスではあるが、どこかしら芯の強いところがあり、忠実[36]」であると佐藤は述べている。つまり、みなの性格描写すべてが三島の理想を反映しているとはいえないが、とりわけ精神面において、三島の理想もみなの性格も亀に通じるといえる。作者がイソップ寓話のパターンを無意識のうちに作品に取り入れた可能性もあるが、そのパターンは作品を理解する上での重要な手掛かりを提供すると考えることができる。

「橋づくし」の行を成就させるのは、自分の念願に反することなく歩けるだけの意志の強さである。橋を七つすべて渡り終えなければ、その行には意味がない。このため、「橋づくし」の作品名において注目すべきは、「橋」ではなく、「つくし」の方であるといえる。肉体の弱さを克服して、精神力を活用して生きることは、三島が憧れていた生き方であって、作中にそれが強く反映している。

五　「橋づくし」に隠されている反近代的思想

日本の歴史において「明治維新」は欠かせない用語であるが、「明治維新」を起点として西洋の歴史を考えることには無理がある。また、プロテスタント改革の影響は日本まで及んだといえるが、日本人にとって、プロテスタント改革の視点から江戸を考察することは困難な作業であるだろう。歴史を理解しようとする人のアイデンティティによって、どの出来事が重要なのかという判断は異なる。従って、歴史的な時間を「時代」によって区分することは相対的な方法であるといえる。しかし、時代を区分する発想が人為的なものであるにしても、時代の特徴や傾向を通して時間を把握する人は多い。例えば、川端康成の短編「反橋」を「中世的」な作品として賞賛した三島が、中世という抽象的な概念を利用したにしても、多くの人は、三島が伝えようとした意味を理解することができるだろう。

中世の場合と同様に、近代の定義も曖昧なものであり、絶対的なものとはいえないが、近代作家と呼ばれた三島は近代のおおよその意味を把握していたに違いない。随筆「亀は兎に追ひつくか?」においては、日本が近代国家であるのとは対照的に、アジア諸国は非近代国家であると認識されている。この二つの対立概念が三島の思想における枠組みであったからこそ、近代の概念が三島文学に登場するのも不思議なことではない。従って、三島の小説には反近代的な傾向が見られると判断することは、近代という相対的な概念を絶対視するものではなく、三島の思想と文学とにおける主潮を指摘することを意味するのである。

近代文学の代表的作家として知られる三島に関して、山田有策は、「日本〈近代〉に定立した口語散文を最も明晰に駆使し得た数少ない作家の一人[37]」と評価している。しかし、三島は「橋づくし」の中の時間設定や舞台背景、登場人物の性格などの描写を通して反近代の理念を表現するのみである。

山田によると、「反近代の理念」とは、文学などにおいて表現されている近代思想や近代化に対する「異和や反発[38]」である。英語圏において、近代的文化のあり方に対して抵抗する"anti-modernism"という思潮も見られるが、日本の近代化には、西洋化という要素が包含されているために、日本における「反近代」は、アメリカなどに見られるものとは異なると考えられる。山田の言葉を借りて日本文学に見られる「反近代」の理念を要約すれば、それは「〈西洋近代〉という幻想を追い求めて、自らを変身させていった」明治以降の日本に対して、作家が「日本の原理のはげしい自己主張」を行なった現象である。

しかし、一般的に見られる「反近代」と比較して、三島の「反近代」には、一つの特色があったといえる。それは、日本人を「武士道精神」に戻そうとする意向であると考えられる。佐藤秀明[39]によると、三島の武士道を知る最良テキストは、「太陽と鉄」（昭四三・六）と「葉隠入門」（昭四二・九）である。三島の文学作品において、「葉隠」に見られる様々な要素が発見できる。例えば、「憂国」（昭三六・一）という短編小説において、二・二六事件後の近衛歩兵における腹切りの描写を通して「葉隠」によって重視されている「死の覚悟」が美化されているといえる。

「橋づくし」の主要な登場人物が女性のみであるために、「橋づくし」を武士道の視点から解釈することは困難であるだろう。しかし、武士道精神が具体的に描かれていなくとも、作品の時間設定が、明治維新以前に利用されていた「旧暦」によって規定されていることは、三島の古来の伝統への傾倒を示唆する点であるといえる。

作品の時間設定に関して、佐藤は「精妙な構成は、伝統的時間と戦後の時間という隔たった時間の配《あしら》いの上に成り立っている[40]」と指摘している。作中で季節が「旧暦」によって表現されていることも、この複雑な時間設定を作り出すことに寄与していると思われる。明治維新後に、暦を太陰暦から太陽暦に変える動きが始まり、第二次世界大戦後には太陽暦が主流となった。明治維新から第二次世界大戦後にかけて日本が近代国家に成長したとすれば、「旧暦」を背景としたプロットの展開は、三島が近代と近代以前の日本とを対比させるために行なったものと考えられる。「潮騒」(41)における、近代的な都会人と旧来型の地方出身者との対立関係を考慮に入れるならば、旧暦という状況設定を取り入れたのは、近代人と非近代人との意識の差異を、より鮮明に描き出すためであったとも考えられる。

「橋づくし」における登場人物の描写においても、作者は意図的に昔と今とを対比させている。かな子と小弓は花柳界の代表として登場するが、二人の人間性の描写の透徹性を通して、神秘性とは無縁である近代の花柳界が描写されている。満佐子はプルーストを読む近代的な女性として描かれている。この三人が近代を代表する人物として描写されているのとは対照的に、みなは近代的ではない。三島が説明しているみなの風貌は「源氏物語」の絵巻や日本の昔話の絵本から復活したような古風な女性として描かれており、容姿も精神も、ともに古典の世界を想起させるものである。三島は様々な描写を通して、特に満佐子とみなの対照性に焦点をあて、近代と古典との間に見られる精神性の相違を描き出している。

「亀は兎に追ひつくか?」において、兎は近代精神の象徴であり、亀はより古いイメージを伝えると主張されているゆえに、三島は、近代は自信過剰と精神的貧困とに関連しているが、精神的な力強さは近代以前に属すると捉えている。彼の作品群全体を通して、三島は、精神的な弱さを伴う近代的な思想は精神が不在な思想であることを表現したといえる。作中の性格描写と競争の結果から判断すれば、何に対しても妥協できる近代人は橋づくしの行を極め尽くせなかったが、みなの性格が従順であったため、行の条件に従う形で橋めぐりを完遂《つく》した。つまり、精神面において、みなは近代人でなかったからこそ、橋づくしに成功したといえる。

「「盾の会」のこと」において、三島は「戦後日本が一度も実現しなかった（中略）優雅と武士の伝統の幸福な一致が（中略）永年心に求めて来たのだった」[42]と述べている。つまり、三島が憧憬の念をいだいていた永久不滅の精神は、近代以前には見出せるが、近代には存在しないのである。

三島は二・二六事件に興味を惹かれ、それゆえに「憂国」の主人公の切腹が、武士道や忠誠などを体現し、それが作中において賛美されていることには疑いの余地がない。彼はたとえ自滅への道を歩んだとしても、己が心の内で覚悟し、固い決心をすることができれば、それは不屈の精神を作り上げる良い機会であると考えていた。「橋づくし」を通して伝えられるメッセージも、「『葉隠』流の断死をめざ[43]」した三島事件のメッセージも、本質は同じである。確固たる決意をなすことこそが永遠という瞬間なのである。

六　謎のエピグラフに関して

「橋づくし」は反近代のモチーフを表現したものであると同時に、古典の世界へと回帰する作品でもある。作品のエピグラフとして、近松門左衛門の「心中天網島」が以下の通り引用されている。

……………元はと問へば分別の
あのいたいけな貝殻に一杯もなき蜆橋、
短かき物はわれわれが此の世の住居秋の日よ。

「橋づくし」のタイトルは「天網島」からとられ、冒頭にも引用されている点から判断して、重大な影響を作品に及ぼしているはずである。作者自身が引用の理由について「アイロニィ《〔原文のママ〕》を活かすためであつた[44]」と明言している。つまり、「心中天網島」の引用は、冒頭において語り手が近代的な三人の願望は当然叶えられるという発言や、人物描写において満佐子とみなが対照的に描かれていることと同様に、近代と伝統的な空間との間において差異を強調した上で、前者に対して疑問を投げかけるためである。

確かに近松が描写した道行と「橋づくし」の行とを比較すると、後者の方が諧謔的に見える。「橋づくし」と「天網島」の両作品において、重要なのは道行の目的地に辿り着くことではなく、道行によって得られるものである。諏訪春雄は近松の作品に関して次の通り述べている。

> この場面の治兵衛も、また、橋を渡りながら背丈が伸びている。（中略）道行の道程をたどることによって（中略）より完全な男、または女に転身したといってもよい[45]。

「天網島」の主人公たちの場合と同様に、「橋づくし」の登場人物による、橋を渡るか否かの判断を通して、彼らの真の性格が見えてくる。みなの精神力が強まるのとは対照的に、他の三人は願望も自信も失って、背丈が縮んでしまう。登場人物に見られる対照性は、複数の橋の描写を通しても描き出されている。この対照性に関して、三島は以下の通り説明している。

> 近松の詩句はこのやうに美しい。しかしわれわれの生きてゐるのは、コンクリートの橋の自動車の時代である。もともと近松の名残の橋づくしのパロディを作るつもりで、築地近辺の多くの橋を踏査に行つた私だが、豫想以上にそれらの橋が、没趣味、無味乾燥、醜悪でさへあるのにおどろいた。日本人はこれほど公共建造物

に何らの趣を求めないのか、と今更ながら呆れ返った[46]。

つまり、三島が、近松の引用を冒頭で行なったのは、夢風景と殺風景とを対照的に提示するためであった。従って、近松の作品自体がパロディ化されたのではなく、「天網島」の非近代的なニュアンスを利用して、三島が執筆を行なっていた当時の戦後日本の近代化をパロディの形で描いたのである。

「天網島」から引用されたエピグラフに蜆橋という橋が登場する。鳥越文蔵は、蜆橋は「蜆貝で海をはかる」といった諺をふまえた修辞[47]であり、「成し遂げることのできない」という意味の表現であると指摘している。「橋づくし」における近代を代表する三人は願望の実現に努めるものの、精神力の弱さが祟り、それを成就することは「蜆貝で海をはかる」のと同じ程度に、極めて実現が困難であると作者は主張しているのである。

注

（1）三島由紀夫「橋づくし」（『三島由紀夫全集　第一〇巻』新潮社、昭四八・四）。
（2）平野謙「今月の小説ベスト3」（『毎日新聞』昭三一・一一・二二）三。
（3）三島由紀夫「「橋づくし」について」（西川会プログラム）（『三島由紀夫全集　第二九巻』新潮社、昭五〇・九）三三六。
（4）前田愛「連載／幻景の町⑧：『橋づくし』」（『本の窓』第一七号、昭五七・一）六九―七〇。
（5）竹田日出夫「三島由紀夫「橋づくし」論」（『武蔵野女子大学紀要』第一四号、昭五四・三）六四。
（6）山本容郎「築地いいとこ橋づくし」（『潮』二六〇号、昭五六・一）三〇九。
（7）中野裕子「『橋づくし』論／〈様式〉の意味」（熊坂敦子編『迷羊のゆくえ／礎石と近代』翰林書房、平八・六）。

（8）橋本確文堂企画出版室編『北陸再発見シリーズ4／北陸の河川』（北陸電力株式会社・橋本確文堂、平八・三）六九。
（9）石野琇一「尾張町を支えた女たち、その拾参／筋に生きれば良いことも」（『老舗の街／尾張町シリーズ24』金沢市尾張町商店街振興組合、平一一・二）八―一一。
（10）奥野健男「三島由紀夫「橋づくし」」（『小説のなかの銀座』砂子屋書房、昭五八・六）四六―八。
（11）三島由紀夫『決定版・三島由紀夫全集　第一九巻』（新潮社、平一四・六）七九七。
（12）三島由紀夫「「橋づくし」について」（新派プログラム）（『三島由紀夫全集　第三〇巻』新潮社、昭五〇・一〇）一三一。
（13）三島由紀夫『禁色』（『三島由紀夫全集　第五巻』新潮社、昭四九・四）五六六。
（14）三島由紀夫「陶酔について」（『三島由紀夫全集　第二七巻』新潮社、昭五〇・七）三三四。
（15）レイコフ、G、M・ターナー（大堀俊夫訳）『詩と認知』（紀伊國屋書店、平六・一〇）。
（16）高橋広満「〈模倣〉のゆくえ／三島由紀夫「橋づくし」の場合」（『日本文学』第四七号、平一〇・一）五三。
（17）野口武彦「橋づくし／短編小説の鑑賞」（『国文学 解釈と教材の研究』第一四巻八号、昭四四・六）一〇五。
（18）近松門左衛門「国性爺合戦」（鳥越文蔵他校訳『近松門左衛門集 三／新編日本古典文学全集76』小学館、平一二・一〇）五〇二。
（19）諏訪春雄『図説日本の古典16／近松門左衛門』（集英社、昭五四・一）九六―七。
（20）西洋文学においても〈運命の逆転〉を表現する橋は見られる。具体例として、イギリスの「王子ガウェインと緑の騎士」（作者不明、推定一四〇〇頃執筆）におけるガウェインが城に待ち伏せている敵に向かって吊り上げ橋を渡る場面（宮田武志訳『王子ガウェインと緑の騎士』大手門女子学園アングロサクソン研究所、昭五四・一、八二）や、米作家アーネスト・ヘミングウェイの小説「武器よさらば」（一九二九）において主人公が橋を渡って捕虜となった直後に脱出に成功する場面（アーネスト・ヘミングウェイ（竹内道之助訳）『武器よさらば』（『ヘミングウェイ全集3』三笠書房、昭四〇・五）一八三―九五）や、プラハ生まれのドイツ語による作家フランツ・カフカの散文詩的物語「橋」（一九四六）において人が「深淵の上にかかっている」橋を渡ろうとしている際に、擬人的に描写されている橋が「よじって」渡る人の身分を「確かめようと」し、彼を転落させる場面（カフカ、F（江野専次郎訳）「橋」

『カフカ全集 第三巻』新潮社、昭二八・七）三三九）などが挙げられる。

（21）前田愛『都市空間のなかの文学』（筑摩書房、昭五六・一二）二四。

（22）三島由紀夫「川端康成 ベスト・スリー「山の音」「反橋連作」「禽獣」」（『三島由紀夫全集 第二六巻』新潮社、昭五〇・六）五五四。

（23）浅沼圭司「結び隔てるもの／橋をめぐる断片」（『日本の美学』第二八号、平一〇・一二）一一一。

（24）ドストエフスキー、フョードル『悪霊 上』（河出書房、昭四五・三）二四九―七三。

（25）注（5）に同じ、六四。

（26）永坂田津子「川と橋／夢に澱む塵」（『昭和文学60場面集《トポス》②都市編』中教出版、平三・九）二四八。

（27）注（12）に同じ、一三〇。

（28）三島由紀夫「行動学入門」（『三島由紀夫全集 第三四巻』新潮社、昭五一・二）二四八。

（29）濱崎望「三島由紀夫の方法／『橋づくし』『女方』『月』」（『国語国文学薩摩路』第四一号、平九・三）八三。

（30）注（12）に同じ、一三〇。

（31）三島由紀夫「『花ざかりの森・憂国』解説」（『三島由紀夫全集 第三三巻』新潮社、昭五一・一）四三七。

（32）野寄勉「三島由紀夫「橋づくし」を読む／贅なる他愛なさ」（『芸術至上主義文芸』第二四号、平一〇・一一）八〇。

（33）丸谷才一・野口富士男「対談解説」（『花柳小説名作選』集英社文庫、昭五五・三）四二二。

（34）佐藤秀明「外面の思想／三島由紀夫「橋づくし」論」（『立教大学日本文学』第五一号、昭五七・七）七七。

（35）三島由紀夫「亀は兎に追ひつくか？／いはゆる後進国の諸問題」（『三島由紀夫全集 第二七巻』新潮社、昭五〇・七）三〇九。

（36）注（34）に同じ、七七。

（37）山田有策「三島由紀夫における近代と反近代」（『国文学 解釈と教材の研究』第三五巻四号、平二・四）七六。

（38）注（37）に同じ、七五。

（39）佐藤秀明「三島由紀夫と葉隠（武士道）」（『国文学 解釈と教材の研究』第三五巻四号、平二・四）八九。

（40）注（34）に同じ、七三。

（41）三島由紀夫『潮騒』（『三島由紀夫全集 第九巻』新潮社、昭四八・六）。
（42）三島由紀夫「「盾の会」のこと」（『三島由紀夫全集 第三四巻』新潮社、昭五一・二）二八九。
（43）「三島由紀夫の死（特集）」（『週刊朝日』昭四五・一二）一八。
（44）注（12）に同じ。
（45）注（19）に同じ、六五。
（46）注（12）に同じ、一三一。
（47）近松門左衛門『心中天の網島』（鳥越文蔵他校訳『近松門左衛門集 二／日本古典文学全集44』小学館、昭五〇・八）五〇二。

付記　本章における「橋づくし」からの引用は、『三島由紀夫全集 第一〇巻』（新潮社、昭四八・四）に拠った。原文の引用に際しては、ルビは適宜取捨した。

七章　「泥の河」における〈橋〉と〈舟〉の対立

一　作品の舞台と社会的背景

宮本輝の「泥の河」[1]は昭和三〇年の大阪市に舞台が設定されている。舞台となる場所は、現在の大阪市福島区野田にある大阪市中央卸売市場の近隣地域である。上流から流れてきた大川が中之島において土佐堀川と常島川に分かれ、それが再び合流し、西流する安治川と南流する木津川に分かれる一帯である。また、この一帯は、中之島のある北区、安治川の北側にある福島区、土佐堀川や安治川の南側になる西区が隣接し合う区域の境界[2]でもある。西流する安治川は天保山で大阪港に注ぎ、南流する木津川は、道頓堀川と合流し、そのまま南流して南港へと注ぐ。道頓堀川は、土佐堀川から南流した東横堀川が下大和橋から西流する部分の名で、木津川との合流部分からそのまま西流する尻無川は大正港に注ぐ。川三部作[3]と呼ばれる作品のうち、第一作の「泥の河」の舞台と第三作の「道頓堀川」（昭五三・四）の舞台とは、実際にも木津川によって結ばれている。それは河川や堀が縦横に流れる大阪の街の風土と呼応している。

舞台となっている地域に関しては、昭和二〇年代後半から大阪の卸売業は「急速な発展」[4]の最中であったために、問屋街の住民は急成長及び生活水準の上昇を経験していた。しかし、それと同時に大阪市において敗戦の爪痕は未だに深かったのである。[5]『大阪市史』によると、昭和二一年八月において外地からの引揚者の世帯数は七、八二八世帯にも上った。[6]そのうち、一戸住まいの世帯は二五%に過ぎなかった。さらに、敗戦直後から戦争の被害を被った人々が市内に急増し、とりわけ駅の周辺における浮浪者問題が深刻となっていた。[7]戦後大阪を舞台とする「泥の河」はまさにこのような、貧困層の諸問題に注目する作品である。

作中において、描写されている社会的問題は「橋」とも深く関わるわけであるが、「泥の河」には主に四つの「橋」が描かれている。中之島と中央市場の前に架かる船津橋、中之島と中央市場の対岸（河口）に架かる端建蔵橋、端建蔵橋南詰から木津川の対岸側に架かる昭和橋、中之島から土佐堀川の対岸側に架かる湊橋の四つの橋である（現在、舞台の周辺に五つの橋が見られるが、昭和五七年に完成された上船津橋[8]は舞台の当時は架けられていなかったために当然作中に登場していない）。作中の記述に従って四つの橋が登場している舞台をさらに紹介すれば端建蔵橋の北（中之島側）袂に、作中に登場する「やなぎ食堂」が位置している。男が橋の上で馬車に轢かれて亡くなった橋は船津橋である。「舟の家」の渡しが川端と接触する所は湊橋の南[9]（土佐堀側）の付近である。その当時、大阪市電が船津橋と端建蔵橋の上を走っていた。

「泥の河」の舞台となる地域は「道頓堀川」において登場する幸橋から北方向に、およそ一・五キロ離れたところにある。作者は物語の僅か数週間の出来事を、しかも家から遠く離れることのできない子供たちの視点から描いたからこそ、登場する舞台は少なく、比較的狭い川沿いの土地が描かれているのである。祭りの場面と最後に信雄が「舟の家」を追うシーン以外では、四つの橋と四つの川がある狭い付近のみが作品の舞台となっている。

「泥の河」では川の近くに住む二人の少年、板倉信雄と松本喜一の友情の成り行きが描かれている。八歳の信雄は「やなぎ食堂」を経営する板倉晋平と板倉貞子の間に生まれた一人っ子であり、同年齢の喜一は、姉の銀子と売春婦の母とともに、湊橋の袂に停泊している「舟の家」に暮らしている。

作品の冒頭では、信雄が「やなぎ食堂」で中年の男と一緒に話しているが、その直後に橋の上の馬が上れないほどの急な坂を、男が馬に無理して登るようにとたづなを引いた際に、誤って馬車に轢かれて亡くなるという極めて暗い場面で始まっている。その後すぐに「舟の家」が登場し、作品の大半を占めるのは信雄と喜一の友情と、お互いの家族の関係に関する描写である。

子供たちの間に生まれた友情を大人たちは疑問視するが、途中から少年たちの無邪気な態度は大人の世界に影響を与える。しかし、結局、信雄は喜一の驚くべき本質を見抜くにつれて、彼の友情を一時的に拒むこととなる。最後の場面では、信雄が喜一の「舟の家」が去って行く様子を見て、別れをいうために舟を追うが、舟からの返事は来ない。ただし、泥の河の中には信雄と喜一のみが知っている巨大な「お化け鯉」が「舟の家」の後を泳いで行くのである。

この作品はいわゆる川三部作の第一作目であるが、その三作品の舞台及び設定されている時期を、作者自身の少年、青年時代の経験と比較すると、ほとんど共通していることが分かる。二瓶浩明はこの点に関して以下の通り述べている。

> こうした年譜との一致と食い違いが何を語るのかは、作品のなかに作者の実人生の反映を見るという私小説的な読解を許し、同時にそれをまったくの虚構とするはぐらかしを準備している売文家の、不逞な顔を見ることもできようが、それ以上には今は詳論する必要もあるまい(10)。

「泥の河」の場面と登場人物が宮本輝自身の経験から直接描き出されたとまではいえないが、彼の経験が作品執筆に大いに貢献していることは作者のインタビューによって分かる。信雄と同様に安治川近隣の家に住み、部屋から川が見えるといった作者の叙述に基づいて、「泥の河」の舞台及び場面は、ある程度事実を反映しているという二瓶の見解に筆者は同意を示したい。(11)

二 「泥の河」における〈橋〉と〈川〉のイメージ

「泥の河」の場合、とりわけ作者が動物を隠喩的に利用するシーンは重苦しい場面が多い。この傾向に関して二瓶はこう述べている。

少年の目から眺められた世界、現実認識のあり方が、馬や鯉や沙蚕、蟹、鳩の雛などの記号に仮託され、言葉によっては語り得ない幼さ、もどかしさをうまく伝えていた。生き物たちはこうした少年の心象風景を映し出しているが、このことを逆に言えば、禁欲的に主情を押え込もうとする作品の叙法が、多くのわざとらしい記号の背後に有り余る饒舌を隠していたと言うこともできようか。(12)

重苦しい場面があるといっても、作中の隠喩化された動物は作品の裏面の緊密な動きを示すために取り入れられているのみならず、プロットが展開してゆく場面にビジュアル的な、具体的な刺激を与えることもあるだろう。動物の隠喩的使用に関しては、とりわけ〈橋〉との関連があるので、後で再び触れるが、この比較的短い作品では、動物が大いに利用されていることは事実である。

いうまでもないが、川三部作全体において最も隠喩性に溢れているものは「川」である。川のイメージ性に関して二瓶は次の通り述べている。

> 〈川〉とは、主人公たちがそのほとりに住む舞台の設定という意味だけでなく、その流れと時の流れとが対比的に捉えられていると言って構うまいが、もう少し事情は手が込んでいる。[13]

〈川〉の隠喩性に関しては、確かにその通りである。川三部作では「川」が単なる舞台の設定に過ぎないということはありえない。二瓶は次の通り指摘している。

> 三つの〈川〉、安治川、いたち川、道頓堀川は、すべて泥の川である。汚濁に満ちた悪臭漂う、殆ど流れのない澱んだ川であるが、なおかつそれは流れている。固着し、わだかまった時の記憶も、実はゆっくりとほぐれているのだ。[14]

しかし、川三部作の登場人物の多くは水上に住んでいるのではなく、川辺で生活を送っている。ただし、「泥の河」においては、喜一の家族は舟上に住んでいるという例外もあるが、川三部作全体を見ると、プロットのほとんどが川の上ではなく、その近隣で展開している。つまり、この作品群では、人間が如何に川と関わりを持つのかが、主に課題となっている。人間が川の水に直接触れる場面は非常に少ないために、「泥の河」において登場する〈橋〉と〈舟〉は重要な役割を果たしていると考えられる。本章においては、まず〈橋〉と〈舟〉の文学的意義やニュアンスの相違を考慮した上で、その二つの登場事物がどのように関連しているのかという問題に焦点を当て、「泥の河」の人間関係を分析することにしたい。

川という環境を前提にして、〈橋〉と〈舟〉の関係を検討する際に、第一に思い浮かぶのは、橋も、舟もその周辺を移動するための手段であることだろう。このような認識ゆえ、〈橋〉と〈舟〉は対立している項目というよりも、〈水〉の存在を前提にして平行している仕組みとして理解できる。しかし、「泥の河」が二人の子供の友情を描く作品であるために、この二つの関係はこの限りではない。まず作中の橋に潜在している意味に関して検証したい。

四つの川が交錯する周辺の土地に住んでいる人々にとって、当然四つの橋は対岸に居住している人々との関わりを維持するための拠点となり、まさにその陸上に住んでいる子供たちにとっては、たむろする場所として利用されている。「泥の河」においてはこのことがとりわけ信雄に関する描写から分かる。本章においてまず議論すべき点は〈橋〉が人間同士の関係、つながり、つまり〈接続〉を表現する建築物のシンボルとして機能していることである。三章で触れた「破戒」においても、異なる領域に住んでいる人々の交流が橋によって表現されているが、「破戒」にも、「泥の河」にも機能しているメタファーは《人間関係の発展は橋を渡ることである》といえる。

無論、川の上に設定されている舟に住んでいる人々にとっては陸上を結ぶ〈橋〉のようなものが存在する。「渡し」という仮の歩み板が川岸まで届くが、それは極めて臨時的なものである。本格的な橋と比較して、渡し板に込められた隠喩性を考えるとすれば、舟に住んでいる人々は一時的に他人との交流を保つことさえ困難であるが、同時に自ら関係を絶って移動できる自由も確保されている点も指摘できる。何れにせよ、陸上の「普通の家」（五二）に住んでいる人々と比較すれば、「舟」に属する人々は友情などを強く要求しようとしても、結論として表面的な関係しか得られないはずである。

「泥の河」という物語は一貫して作者のこの解釈に基づいている。〈川〉の領域に属する喜一は一時的に〈陸上〉に属する信雄と比較的に安定した、通常の関係を体験するが、舟の家には固定した常時的な橋がないため、その関係を破綻へと導く要素は最初から常備されているといえる。松本一家が舟に住んでいて「渡し」という〈橋〉のようなものを利用しているのは否定できないが、橋を利用する人々の安定している人間関係と違って〈舟〉は「漂流物」(二二)の感覚である上、〈接続〉というよりも〈一時的接続〉と〈断続〉の循環が仄めかされていることを改めて確認したい。

三　異界同士をつなぐ〈橋〉

「泥の河」に登場する安治川流域の住人の日常生活に対して、橋は必要不可欠な貢献をしている。ある場所から目的地まで移動する際に橋を渡ったり、特定の場所に到達するための道の説明が、橋を中心になされたりしているからだ。川を舞台とする場面では、登場人物が日常生活において、橋や川を無視するか否かにかかわらず、作者がその「川」と「橋」を物語の中心に配置していることは明確である。この〈橋〉が意味する強固な人間関係の設定に、突然「舟の家」が登場してくる。対照的に描き分けるために、作者が作中で舟と橋との間におけるその対照性を明確に描くのは当然と考えられる。

「泥の河」においては「橋」が六二回も描写されている。[15] そのうち、主に四つの「橋」が注目されている。それらは、橋名が取り上げられている回数の多い橋から、即ち湊橋(一五回)、昭和橋(一二回)、船津橋(九回)と端建蔵橋(八回)である。舞台の選択によって橋が頻繁に登場することは予測できることだが、それと同時に橋が言及される際に、橋のイメージは読者に対して隠喩的な余韻を残すといえる。
〈橋〉の隠喩的役割を具体的に説明するために、主に次の通り、三つの主要と思われる項目に分けて議論したい。

《死につつある人は橋を渡る人である》

「〈自由〉と〈宿命〉のパラドックス」

《分離している二つの状態の接触点は橋である》

序章において説明した通り、伝説や民俗において川は「此岸」（生）と「彼岸」（死）とを隔てる境界として機能している場合が多い。従って、この設定において〈橋〉を通って川を渡ることは、渡る人が「死んでゆく」ことを示唆している。「すかみたいに死んだ」男が〈生〉と〈死〉の交差点である〈橋〉の上で亡くなることにより、彼は目で見える形で〈彼岸〉に到達する。

喜一が壊された馬車の鉄屑を取ろうとする際に（一六）、少年たちの初対面の描写が最後に登場する関係の破綻の前触れとなっていると考えられる。これは喜一の行為に対する信雄の怒りを示す場面であるが、喜一の盗難行為によって、馬車曳きの男と松本一家の関係が明らかになる。

馬車曳きの男が亡くなった後に、喜一が馬車の鉄屑を確保しようとすることも、彼の世界における人間関係の浅薄さを表している。馬車曳きの男が死んだために、彼との縁が切れたと理解する喜一の現実的態度に対して、自分と男との親密な関係を思い出す信雄は彼の盗難を決して許さない。しかし、実際は、馬車曳きの男が「舟の家」にも「来よったわ」（一七）という喜一の発言によって喜一にもその男に関する思い出があることが分かる。ただし、その男が舟の家を訪ねたのは、恐らく売春婦である喜一の母の「客」としてであっただろう。子供たちは、二人とも、馬車曳きの男と関係があったが、そのつながりの程度が異なったのは、子供同士が住んでいる環境が異なっていたからである。

やました丸の老人は「橋の上に並んだ釣り人」（二九）のため、川底の泥にいる沙蚕を採ることにより、生計をたてている。老人はある日、消息を絶つ。恐らく誤って川に落ちて亡くなったというのが世間の推測であるが、この描写によって、川は〈死〉の領域として捉えられるようになる。信雄が偶然、姿を消す直前の老人を見ていたため、巡査に質問された際に、老人が「お化けみたいなでっかい鯉に、食べられてしもたわ」（三二）といってしまう。川に飲まれたのか、あるいは「お化け鯉」に食べられたのか、という二つの可能性が考えられるが、老人が落ちた所を見た人がいないため、結論は出ない。しかし、作者は意図的に信雄に曖昧な証言をさせることによって、読者に対して両方の仮説がともに事実であるような印象を与えるだろう。やました丸の老人の「すかみたいな死に方」に焦点をあてると、〈死の川〉と〈お化け鯉〉の領域が少なくとも重なっているといえる。

「お化け鯉」の初登場は、馬車曳きの男が亡くなったシーンの直後であるのみならず、舟の家が初めて登場する場面と同時であることは興味深い関連性を示している。次に、その「お化け鯉」は一体何の意味を持っているのかということに関して解釈を進めたい。

一つの可能性としては、「お化け鯉」は物語に登場しない、戦争で亡くなった喜一の父の代理として登場しているということである。「お化け鯉」が舟の家と一緒に登場し、最後に舟の家と一緒に退場することは、この仮説を裏づける証拠であると考えられる。

実際に、作中には他にも戦争で戦った登場人物がいる。例えば、信雄の父晋平以外では、馬車曳きの男にも戦争経験がある。二瓶は、馬車曳きの男と喜一の父の死に方における共通点に気づいている。

戦争で受けた傷がもとで死んでしまった喜一たちの父親が、生き残ってはまるですかみたいに死んでしまった一人であることは間違いのないことだ。彼の父は馬車曳きの男や晋平の戦友たちと重ねあわせている。[16]

馬車に轢かれて死んだ男のような「すかみたいな死に方」を少し言い換えて、喜一の父も、無意味な形で戦争に轢かれて死んだといえば理解しやすいであろう。戦争は、兵士たちにとって、馬車のような凄まじい力を持っている。日露戦争、日清戦争などにおいて多数の勝利を収めてきた日本軍は、太平洋戦争においてやがて敗北した。その結果、多数の兵士が日本の未来を切り開くはずの戦争に巻き込まれてしまい、無意味な形ですかみたいな死に方をしてこの世を去っていった。馬車曳きの男が馬の代わりにトラックを買おうと考えていたことは、他の兵士たちが戦争から身を引いて、安定した生活を送ることと、似たような夢でもあったかもしれない。

「すかみたいな死に方」という共通性は「お化け鯉」の解釈へと導く手掛かりである。実際に、信雄と喜一が初めて会ったのは、喜一が馬車から落ちた鉄屑を集めていたためである。信雄は彼がその鉄屑を盗んでいると考えて、その後子供たちがお互いに「睨み合った」（一六）と描写されている。その後すぐ「お化け鯉」が初めて登場しているために、物語の展開上、馬車曳きの男の死は「お化け鯉」の登場に結びついているといえる。

馬車曳きの男が、生と死の接点として記号的に理解できる〈橋〉の境界を渡る際に亡くなるが、彼が戦争の体験者であり、喜一の母と性交を伴う関係を持ったために、馬車曳きの男の存在が喜一の父の存在と部分的に重なっているといえる。従って、馬車曳きの男が橋上で「すかみたいな死に方」で亡くなる場面には、喜一の父が戦死したのを再現するような要素があるといえる。喜一の悲観的な宿命が彼の父の死によって決定されているために、男が亡くなった直後に、巨大な鯉が〈死の川〉において、お化けといった形で泳いでいるということは偶然としては考え難い。

付言すると、馬車曳きの男が亡くなって間もなく、「舟の家」と「お化け鯉」が登場するのも偶然とはいえないだろう。作者が、物語の背景及び喜一の父に関する情報を、途中から徐々に明らかにしていくため、読者が繰り返し精読しない限り、この順序を見逃す可能性が高い。そして最後に「お化け鯉」が舟の家の後を追って行くことも、「お化け鯉」は〈死の川〉に漂う舟の家族の生活を見守っていることを意味しているだろう。

作者にとって〈川〉が〈死〉の領域であるならば、「お化け」が魚の形で現れてくるのは当然であろう。おかしな発想かもしれないが、もしもこの魚が「お化け鯉」ではなくて、「お化け鱒」だったとしたら、親子関係において大切な、男の子の成長を意味する〈鯉のぼり〉を連想させる「お化け鯉」のニュアンスが全く失われてしまうだろう。

「お化け鯉」が〈宿命〉を意味する隠喩であるという二瓶の発言に賛同したとしても、家族の〈宿命〉を具体的にもたらした〈父の死〉という設定を見逃しては、作品のメタファーを完全に理解したことにはならない。「お化け鯉」に関する先触れとなるものは馬車曳きの馬ではなく、馬車曳きの男自身であることはあらゆる点から明らかであり、さらに両方が喜一の父の代理として登場しているともいえよう。とりわけ喜一にとって、「お化け鯉」が重要な隠喩的役割を担っているに相違ないとすれば、他の解釈は考えにくい。

信雄が初めて「お化け鯉」を一緒に見る場面まで彼は喜一に対して警戒心を持っていたが、「お化け鯉」を見るという共通した体験が二人の友情の土台となる。このために、「お化け鯉」の出現は作品におけるプロット展開のために必要不可欠な道具として用いられているといえる。しかし、それと同時に、橋もまた、欠かせない役割を果たしている登場事物である。

信雄と喜一が、「お化け鯉」を見るのが必ず〈橋〉の上からであるのは偶然ではないと考えられる。「お化け鯉」が〈過去〉に起こった戦争で亡くなった喜一の父の隠喩的イメージであるとすれば、橋から〈死の川〉を眺める際、〈橋〉は登場人物に過去や未来のものを透視する洞察力を与えていることになる。〈過去の父の肖像〉を見せる役割を果たしているために、作中のこれらの場面において橋は物理的な表面の裏にある記号的な意味性まで〈透視〉する〈超越的な視点〉として登場していると考えられる。従って、作中における「橋」が〈生〉と〈死〉の交流点として描かれていると同時に、〈現在〉から〈過去〉、〈未来〉を洞察する場所としても暗示されていることがいえるだろう（このような隠喩的機能性を《超越的な視点から透視するのは橋から眺めることである》と表現できる）。

信雄と板倉一家は、喜一と銀子に対して「普通の」子として向き合おうとするが、関係が深まるにつれて〈宿命〉の不思議な引力によって必然的に元の状態にされてしまう。「舟の家」の狭い世界に閉じ込められた喜一が、人生において自由を感じていないことは明確である。彼の母の商売ゆえに、信雄に出会うまで友達を得ることがほとんどなかったというのが原因の一つであるが、彼は社会的にも見捨てられた浮浪者の存在といえる。「双子」に苛められたことがきっかけとなり、彼は自分より弱いものに対する残酷な行動によって自分を強く見せようとする。雛を潰し殺すことにより、喜一は自分の人生において何者かを自分の思い通りにしようとしているのである。子供が動物、玩具に対する虐待を行なうのは、大人の世界で感じる無力を振り払うためではないだろうか。

浄正橋の天神さんの祭りで、信雄の父に渡されたお金をなくしたのも、喜一の存在の無力さを具現化する一例である。喜一のポケットに穴が「空」いていたことは、自分の人生をコントロールできないことを意味しており、ポケットの「穴」は松本一家の〈宿命〉につながる小さなシンボルであろう。その穴から信雄の父から貰ったお金が落ちたため、結局喜一は買いたかったロケットを盗んでしまう。価値のあるものすべてを逃してしまう〈宿命〉に支配されている喜一は、他人に貰ってなくしてしまった〈自由〉を、あるいは本当は生まれて以来一度も手にすることのなかった自由を奪い取ろうとしている。

結局、同年齢の信雄に叱られて舟の家に帰るが、その際に、反省した喜一は信雄に秘密を教えるといい、蟹に油をかけて燃やす場面が登場する。該当場面は以下の通りである。


「……僕、帰るわ」

信雄がそう言うと、

「帰らんとき、おもしろいことを教えたるさかい」

（中略）

大きな茶わんにランプ用の油を注ぐと、喜一はその中に蟹を浸した。

「こいつら、腹一杯油を呑みよるで」

「どないするのん？」

「苦しがって、油の泡を吹きよるんや」

喜一は声を忍ばせてそう言うと、舟べりに蟹を並べ、火をつけた。幾つかの青い火の塊が舟べりに散った。

　動かずに燃え尽きていく蟹もあれば、火柱をあげて這い廻る蟹もいた。悪臭を孕んだ青い小さな焔が、何やら奇怪な音をたてて蟹の体から放たれていた。燃え尽きるとき、細かい火花が蟹の中から弾け飛んだ。それは地面に落ちた線香花火の雫に似ていた。

「きれいやろ」

「……うん」

信雄の膝が震えた。恐ろしさが体の中からせりあがっていた。（六六―七）

これも、恐らく喜一は再び動物である蟹の〈宿命〉を自分が決めることによって、信雄に自分の強さを印象づけ、彼との友情を確固たるものとして、永遠に自分の土地に留めたいからではないだろうか。しかし、逆に信雄はそのために喜一を嫌うことになるのである。

ところで、燃やされている蟹の状態は喜一自身の状態であることを語り手が仄めかしていることが分かる。喜一も残酷な〈宿命〉のもとで燃えている蟹のように、自分の無力さと痛みゆえに苦しんでいるのである。信雄を友人として受け入れたため、自分の内面にあるこの〈秘密〉を知ってもらおうとするが、信雄の世界観は喜一のそれと全く異なるため、喜一の友情を拒絶し、渡しを逆戻りし「舟の家」を去ってしまうのである。

信雄が喜一との関係を「舟の家」がすでに出発した後で修復しようとする際に、信雄が本当の喜一を求めているのではないことは、喜一も知っているだろう。陸に住んでいる人々が〈自由〉に動き、〈自由〉に人と関わりを持つことに対して、舟上の生活にはそのような〈自由〉がないために、舟に住んでいる人々には、事実上、不安定な人生を送る〈宿命〉があるといえる。つまり、渡し板の両端には、〈自由〉と〈宿命〉が設定されている。このような理屈をさらに辿れば、喜一は信雄の友情によって自分の無力さを乗り越え〈自由〉の側に渡りたがるが、彼自身において〈自由〉が欠けているからこそ〈宿命〉から抜け出すことができない。欲しがるものはすでにないからこそ貰えないといった窮地に陥らせる規則、つまり〈自由〉と〈宿命〉のパラドックスが描かれているのである。

以前にも触れたが、信雄が「舟の家」を覗くことと、二人の少年が「お化け鯉」を見つけることにより、橋は〈人生〉や〈死〉に関する〈クレアヴォヤンス〉（奥義に対する洞察力）を得る場所として描写されている。しかし、こういった神秘的透視力を与える機能を表す〈橋〉は、「泥の河」における最も重要な役割を持つというわけではない。最も肝心な点は「橋」が以前にも触れた通り異質の世界を結ぶトポスであることだ。

作中においては橋を渡るたびに信雄（及び板倉一家）と喜一（及び松本一家）の間において、家族同士の心理的距離間が縮小するといえる。信雄と喜一が初めて言葉を交わすシーンは馬車曳きの男が亡くなった場所である船津橋の袂である（一三—六）。「橋」は物語の最初から登場人物の間に現れる関係の徴候を示し、〈橋〉のあらゆる登場場面には注目すべき作者の隠喩的意向が暗示されている。信雄の両親が自分の家である「やなぎ食堂」に訪ねてきた松本家の子供たちを橋の袂で、あるいは橋を渡って見送ることを通しても、家族と家族という赤の他人同士が〈橋〉の異質な存在を結ぶ機能により、良好な関係へと変わっていく傾向が見られる。「舟の家」は「やなぎ食堂」から見える位置にあるにもかかわらず、板倉一家はわざわざ家を出ては端建蔵橋の袂まで行って見送っている（四四）。ここでは、喜一と銀子に対しての思いやりが〈橋〉というイメージを通して表現されている。同様に貞子が銀子を見送る際に橋を渡って「湊橋の近くまで」（五三）連れて行くシーンも、この人間関係を深める機能という〈橋〉の意味を示すものである。

〈橋〉は同質のものを結ぶこともあるからこそ、異質のものも〈橋〉の接続性により結ばれ、そこに危険性が存在するのである。〈橋〉は一方通行ではない。片方のみが影響されるはずはなく、異質なものとつながれることによって期待感と恐怖感の両方を覚えるのが当然の結果だろう。〈橋〉は現代社会においては人間同士のコミュニケーションや和平を表すシンボルとして、しばしば政治的文脈で使用されるが、戦争においては橋を壊すのが自衛戦略の一つである場合も少なくない。相手が同質性を持っているゆえに〈橋〉は良好な関係へと導く可能性を秘めているといえるが、逆に橋が異質なものを結ぶとすれば、同じ対象が恐怖を抱くことへとつなぐ。

表1に見られるごとく、〈橋〉に関連する場面では大人たちより子供の登場人物の方が多い。子供が〈橋〉と関わる場面は三〇回登場する一方で、大人が登場する回数は僅か一一回である。その上、大人の場合では馬車曳きの男がその半分程を占める。〈橋〉が強固な人間関係を表すシンボルであることを認めるならば、信雄と喜一はお互いの友情に対する期待感で一致している傾向が表現されていることが分かる。しかし、結論として、「舟の家」に

表１　〈橋〉と関わる人物等

〈橋〉と関わる人物、動物等	件数
信雄	14
地名説明	11
信雄と喜一	8
馬車曳きの男	7
喜一	6
舟の家	4
やなぎ食堂	2
釣り人	2
やました丸の老人	1
双子の兄弟	1
鳩の雛	1
板倉一家と松本姉弟	1

おいては一時的な「渡し」しかなかったため、子供たちも現実世界における破綻の辛さを味わって、大人たちのような悲観的態度に陥るといえる。

　最後の場面であるが、母の勧めで信雄は「舟の家」をいくつもの橋を走り渡って追いかけるが、彼と喜一との間の距離が友情の破綻につながったことにより、追いかけても、追いかけても、身体的にも、心理的にも追いつけないのである。信雄にとっては別れの挨拶がいえなかった程度の辛さを経験するのに過ぎないが、喜一にとっては信雄の声を疑って無視することにより、売春婦の母のように人生を諦めた態度と一体化する。信雄が去って行く舟の家を追いかける際に、一家の〈宿命〉を見守る「お化け鯉」が再び登場するのは不思議ではないだろう。

四　〈舟〉と〈浮世〉との関連性

冒頭直後の文は安治川の汚れに対する発言の形で始まる。二つ目の文においては次のように描写されている。

藁や板きれや腐った果実を浮かべてゆるやかに流れる黄土色の川（後略）（九）

川そのものの汚れのみならず、川の流れにごみが浮かんでいる数箇所のシーンが繰り返し反復されることにより、このテーマが強調されている。喜一を苛めた「双子」の習慣は、舟に乗って川から流れて来るごみを拾って遊ぶことであり（二二）、「舟の家」が登場すると兄弟は喜一もまたその「漂流物」の一つであるというような扱いをするのが松本一家の社会的地位の低さを表現している。喜一の母が売春婦であるために、家族がのけ者として大阪市の川の近辺を放浪することを強いられていることは次の箇所によって理解できる。

喜一たち親子が川べりを何年も流浪してきたことを信雄は知る由もなかった。（五二）

この箇所が松本家の不安定な生活を示す隠喩であると同時に、最終場面における「舟の家」の悲しむべき退去の予兆としても機能している。

作中においては、喜一が抱く信雄の「家」に対する羨望の念の吐露を通して、二人の家族の状況が対照的に描き分けられていることが次の引用によって分かる。

「僕、のぶちゃんとこみたいな、普通の家に住みたいわ」（五二）

〈橋〉に込められた隠喩的意味の一つが〈接続〉つまり〈信頼できる人間関係〉であるとすれば、〈舟〉の意味は〈断続〉と〈もろい関係〉であるだろう。喜一の存在は〈舟〉を基準とする不安定な生活であるため、信雄との友情を発達させるにつれて橋を渡って行くことから生まれる〈つながり〉は空想的な、一時的な「渡し」のようなものになる。母が窮余の策として、売春婦となり、それゆえ、船上生活を余儀なくされ、子供たちは学校に行けず、住所不定の、大阪市民として認められない状況が続いたことがその理由として挙げることができるだろう。この極めて屈辱的な経験が重なるにつれて、松本家の人々は橋の向こうにある強固な人間社会から完全に切り離された人々となる。松本家の他人との交流の乏しさは「舟の家」の形をとったシンボルによって表現されている。

信雄の思考を描写した箇所からも「舟の家」に対する彼の不安を読み取れる。初めて「舟の家」を訪ねた後に自分の家に帰ってもなお「信雄の体はずっと揺れつづけていた」（二九）。物語の末尾における信雄と喜一の別離の場面においても「舟の家」は揺れ続けるのである。

舟の家は艫の部分を右に左に頼りなげに揺すりながら、土佐堀川の真ん中を咳き込むようにして上がって行った。（七二）

「舟」が〈住居〉であることを認識する人々にとっては〈揺れ〉という現象は恐らく「舟の家」の弁別的特徴として、彼らの人生観を強烈に明示する。先述の通り、〈揺れ〉が反復を通して強調されることによって、作者が「舟」の特殊性に対して如何なる隠喩的意味を与えようとしているのかが明確化するのである。作中における隠喩的傾向の多義性に関してさらに付言すると、〈揺れ〉続ける「舟の家」が「廓舟」であることを十分に考慮した際には、作者はこの二つが関連するトポスを通して〈浮世〉という概念を有効に機能させているといえる。

作者はこの小説において「浮世」という言葉を一度も用いていないが、登場人物の内面と対応させられている舞台の共通点を分析すると、「浮世」という言葉が作品の様々なモチーフに合致していることが分かる。『広辞苑』は

「浮世」という言葉を次の通り定義している。

うきーよ【憂き世・浮世】（仏教的な生活感情から出た「憂き世」と漢語「浮世（ふせい）」との混淆した語）①無常の世。生きることの苦しい世。（中略）②この世の中。世間。人生。（中略）③享楽の世界。（後略）[17]

「泥の河」における隠喩とトポスとを併せて分析してみると、驚くほどに、作品全体におけるモチーフがこの定義と合致していることが分かる。本作品においては、〈舟〉と〈売春〉という二つの要素が重なって描写されているために、作品における〈舟〉の隠喩性を徹底的に解釈するには、〈浮世〉という概念なしでは十分に説明できないと考えられる。従って、『広辞苑』の定義の丸囲み数字で分類されていた内容に従って、「泥の河」に登場する〈舟〉の特徴と〈浮世〉を一つひとつ入念に関連させながら、解釈を行なっていきたい。

①無常の世。生きることの苦しい世。

仏教の〈無常〉と舟の関係は、舟の流動性に端を発するのである。菊池良一は次の通り述べている。

無常には現象的事実の存在を肯定した現実の情念による悲歎がある。この情念はものの現実や存在を否定するものではない。むしろ現実肯定に連らなる心情である。無常の理念にはもう一つ別に、流動してやまざるものであるという真理において流動のままでそれが存在するという形而上的思惟を形成する。もののさらに奥底にある無常の本質、すなわち遷流無常なるが故に永遠的なもの、普遍的なもの、絶対的なものの投影なのである。[18]

いうまでもないが、この仏教の基本を形成する「流動性」が、様々な場合において〈舟〉の形で表現されている。

仏教的概念に基づいて、お経が一切終生を苦しみから解放し、その願いを叶えてくれることを、「渡りに舟を得たるがごとく[19]」と表現しており、「ガンジス・インダス両河の本支流が網の目のように流れていて、しかも橋がほとんどないインドの北・中部（後略）[20]」という描写を通して仏教が生まれた土地の風景も言反されている。この事実により、仏教においては〈橋〉の隠喩的使用を避ける傾向が存在することは明瞭だろう。

さらに付言すると「浄土」が「彼岸」にあるため、「煩悩の川を渡り越えて到達する[21]」と喩えられている。〈渡る〉ために必要となるのは「大乗」か、あるいは「小乗」の「渡り舟[22]」である。仏教の教典における〈舟〉を隠喩的に用いる傾向に従って、所謂「仏教文学」においては〈舟〉の隠喩が多く用いられていることも不思議ではない。例として次の作品を取り上げよう。

入唐詩歌　　　　智証大師

のりの舟さして行く身ぞもろもろの神も仏もわれをみそなへ（一九二二[23]）

源氏物語においても、登場人物の「浮舟」の仏教的解釈[24]は多数の学者の研究によって明瞭となり、〈舟〉と〈浮世〉という共通する部分を持った概念にも大いに影響を及ぼしていると考えられるが、本章においては詳論する余地がない。しかし、確実にいえるのは、「泥の河」において「無常」という概念が「舟」のイメージを通して表現されているということである。しかし、作者がこの〈浮世〉的仏教観を意図的に取り入れたのか、それとも意識の底に眠っていたこのトポスを単に使用したのみなのかに関する判断は保留したい。
二瓶の研究で明らかな通り、「泥の河」の改稿以前の作品である「舟の家」[25]と「泥の河」とを比べると、作品の雰囲気とプロットにおいて重要な変化が数多く見られる。例えば、「舟の家」においては、喜一の家族の住居である舟は、信雄の放火によって全焼し、喜一の母と姉の銀子も焼死した上、喜一は孤児院へ送られる結末となっている。確かに、改稿後の結末の方が、現代の読者に対しては、話が完結したという印象を与えるだろうが、改稿前の方が「方丈記」のような〈無常〉を表しているといえる。前述の通り、「行く河の流れは絶えずして、しかも、もとの水にあらず[26]」は人生の流動性を指摘する箇所である。その上、さらに「方丈記」を読み進めると、住居の話において登場する焼失する家が、仏教の儚さを表現していることが分かる。

玉敷の都のうちに、棟を並べ、瓦を争へる、高き、賤しき、人の住ひは、世世を経て、尽きせぬものなれど、これをまことかと尋ぬれば、昔ありし家は稀なり。或は去年焼けて、今年造れり。或は大家亡びて、小家となる。住む人も、これに同じ。所も変わらず、人も多かれど、いにしへ見し人は、二三十人が中に、わづかに一人・二人なり。朝に死に、夕に生るるならひ、ただ、水の泡にぞ似たりける[27]。

この「方丈記」の引用を見ると、「舟の家」という「仮の宿り[28]」が信雄の放火により焼失することが、「河の流れ」の「泡」のような〈無常〉を表現している。作者が意図的にこのような「方丈記」に見出せるニュアンスを取り入れたか否かに関する判断は保留するが、改稿前も、改稿後も、ともに作品世界には〈無常〉が横溢している。
しかし、改稿後の内容が読者の期待を満足させるとはいうものの、満足感とは対照的な無常感も読者に訴えかけてくるのである。放火事件がないために、物憂さが、そして無常感が、作品の結末を支配するだろう。とりわけこの「すかみたいな死に方」は「方丈記」の「泡」と同様に「泥の河」で繰り返される仏教的マントラとして読者に余韻を残す。

売春婦の家族に対する放火事件という結末で喜一の家族が焼死していたら、社会が彼に下す評価がより効果的に表れるが、同時に、舟が何事もなかったかのように去って行くシーンがなくなるため、読者の松本家に対する哀れみの情よりは信雄に対する怒りの方がより存在感を持つことになるだろう。作品の改稿には、孤独なのは、喜一のみならず、信雄もまたそうなのではないかという作者の意向が働いているだろう。さらに、舟の家が最後の場面で揺れ続けて去ってゆくのも、仏教的概念である〈無常〉を表現することによって、物語の終末にも揺れる世界の儚さを保とうとしていると解釈できるのではないだろうか。

② この世の中。世間。人生。

ヒーローや悪人を期待するならば、「泥の河」を読む必要はない。この作品では一般人が人生に対して如何に取り組んでいるのかが描写されているのみである。栗坪良樹はこの点に関して次のように述べている。

> 宮本文学の主人公たちは、いずれも平凡なる普通の人々であり、しかもその基底には、普通の人々を侵し続ける〈生死〉の主題がうずいている。(29)

作者が描写しているのは大阪市の当時の庶民であるからこそ、「浮世」の定義における二つ目の条件が満たされている。読者は読む際に、普通の人が送っている人生の裏側にある〈死〉あるいは〈宿命〉の必然的な動きの中に、宗教に近い魅力を感じ取る。〈自分の人生においても奥深い所がそうなのではないだろうか〉と作者が述べることにより教典の余韻が残る。人生を反映しない宗教に信者を期待できないのと同様に、人生を反映しない文学には読者を期待できない。宮本文学は実人生の様々な面を反映しているからこそ、とりわけ「泥の河」は読者に余韻が残る作品となっている。

③　享楽の世界。

風俗世界の子供たちを描いている樋口一葉の作品にも、前述の仏教的な世界観がある。このような世界観が「泥の河」に漂っているのは、一葉の影響が少なくともその一因であるといえる。宮本が一葉の影響を受けていることは作者の発言から窺える。

小説を読みふけりだして三作目に私は樋口一葉の「たけくらべ」と出逢ったのだが、同じ文庫本に所収されていた「にごりえ」のほうが、中学二年生の私には難解であったにもかかわらず、なぜか強く魅かれるものがあった。[30]

一葉の名作「たけくらべ」（明二九・一）[31]は歓楽街の子供の思いを記録する物語でもある。例えば、作中において、美登利という女の子が自分が将来的には歓楽街に属する人間になるであろうことを徐々に認識し始める経験が描かれる。子供でありながらも、歓楽街と緊密な関係を築いているため、美登利は通常の子供より性意識の芽生えが早く、青春を犠牲にする職業を避けられない自分の〈宿命〉の切なさを必然的に痛感する。

「泥の河」においても同様の境遇にあるヒロインが描写されている。信雄はまだ小学生であるが、喜一の「舟の家」を訪ねたことで、売春の世界に全く無意識的に飛び込み、次第にその世界と関与することになる。喜一の姉の銀子も未だに子供であるにもかかわらず、信雄は彼女に会うと「あの母親とよく似た匂い」（五八）を感知してしまう。銀子にとっては母親が唯一の女性としての模範となるため、彼女には美登利と同様に享楽の世界に属する未来が待ち受けていることが描かれる。これに関して二瓶は次のように述べている。

信雄が舟の家に行くのは、喜一との友情のためばかりではなかった。宮本輝は少年の〈性〉に蠱惑されてゆく幼い様相と、それへの怯えをも十分に書き込んでいたのである。(32)

飽くまでも、「泥の河」は大人ではなく、子供を主役とする物語であるが、とりわけ銀子は売春婦である母との絆を通して大人の〈享楽的世界〉に結びついている。作者は動物の描写を多く利用しており、「鳩の雛」が喜一の手で圧殺されるシーンがあるのだが、一葉の「たけくらべ」の未定稿にも「雛鶏」(33)という共通のイメージを持った名前が用いられている。

しかし、影響があったとしても、宮本の読者には、樋口一葉の作品との類似性に気づいているか否かに関して検討する余地はない。何れにせよ、〈浮世〉的な雰囲気が作中に漂っているために、舟の家に住んでいる子供たちのアイデンティティは、一葉の名作に描かれている子供たちと同様に、「無常」や「享楽」によって規定されているといえる。

作者は〈浮世〉と関連している設定を用いることにより古風な風情を取り入れることにも成功していると考えら

れる。しかし、作中における橋が安定した人間関係の暗号として登場していることを検討すれば、「舟の家」を単なる住居の一種として捉えることは困難である。喜一と銀子の人となりが舟によって規定されているために、〈断続〉、〈無常〉、そして〈享楽〉といった要素は、彼らのアイデンティティの一部として確定される。これゆえ、「泥の河」は、現代の読者にとって、古風であると同時に、時間を超える次元まで物語を運び、樋口一葉の作品などを想起させる、時間を超越するようなノスタルジアを喚起させるものである。

注

（1）宮本輝「泥の河」（『宮本輝全集 第一巻』新潮社、平四・四）。
（2）下中邦彦編『世界大百科事典／日本地図』（平凡社、昭四三・二）九一。
（3）宮本輝の川三部作は『泥の河』（昭五二・七）、『蛍川』（昭五三・二）、そして『道頓堀川』（昭五三・四）を含む。
（4）新修大阪市史編集委員会編『新修 大阪市史 第八巻』（大阪市、平四・三）二七一。
（5）注（4）に同じ、四二六。
（6）注（4）に同じ、四二四。
（7）注（4）に同じ、四二六―七。
（8）黒田茂夫編『街の達人／京阪神便利情報地図』（旺文社、平二四）。
（9）現在では阪神高速三号線が湊橋と上船津橋の真上に設置されている。
（10）二瓶浩明「宮本輝／流れる〈川〉と澱む〈川〉――『泥の河』『蛍川』『道頓堀川』の改稿について」（榊原邦彦編『解釈学』第一輯、平元・六）六七。
（11）宮本輝『メイン・テーマ』（文藝春秋、平二・六）一六四。
（12）二瓶浩明「宮本輝『泥の河』補遺」（『愛知県立芸術大学紀要』第二三号、平六・三）一五。
（13）二瓶浩明「宮本輝と〈川〉／『泥の河』『蛍川』『道頓堀川』」（『解釈』第三一巻一〇号、昭六〇・一〇）四八。

(14) 注(10)に同じ、六七。
(15) 表1は宮本の「橋」という言葉の使い方に焦点をあてている。ただし、「渡し」という言葉は〈橋〉の代わりに使用されているため、「渡し」という表現は含むが、「橋げた」等は含まないことにする。
(16) 注(12)に同じ、一七。
(17) 新村出編『広辞苑 第六版』(岩波書店、平二〇・一)二四〇。
(18) 菊池良一「仏教文学の形成/中世に焦点をあてて」(『佛教文学研究 第一二集』法蔵館、昭四八・七)一〇二。
(19) 山下民城編『暮らしに生きる仏教語辞典』(国書刊行会、平五・五)四四〇。
(20) 注(19)に同じ、四四〇。
(21) 注(19)に同じ、三七一。
(22) ひろさちや『仏教とキリスト教/どう違うか50のQ&A』(新潮社、昭六一・九)二六。
(23) 井手恒雄「仏教文学とそうでないもの」(『佛教文学研究』第一二集、昭四八・七)五七。
(24) 広川勝美「浮舟再生と横川の僧都」(『佛教文学研究』第四集、昭四一・六)三三―六二。
(25) 注(10)に同じ、五四。
(26) 鴨長明「方丈記」(簗瀬一雄『方丈記全注釈』角川書店、昭四六・八)一三。
(27) 注(26)に同じ、二〇―一。
(28) 注(26)に同じ、二八。
(29) 栗坪良樹「宮本輝・生と死の物語/〈川三部作〉の成立について」(『青山学院女子短期大学紀要』第四一輯、昭六二・一二)七一。
(30) 宮本輝『本をつんだ小舟』(文藝春秋、平七・五)二六八。
(31) 樋口一葉「たけくらべ」(『樋口一葉集/明治文学全集 第三〇巻』筑摩書房、昭四七・五)八七―一〇三。
(32) 注(10)に同じ、五五。
(33) 塩田良平『樋口一葉研究 増補改訂版』(中央公論社、昭三一・一〇)六二七。

付記 本章における『泥の河』からの引用は、『宮本輝全集 第一巻』(新潮社、平四・四)に拠った。原文の引用に際しては、ルビは適宜取捨した。

八章　近代文学に見られる隅田川の空間変容

文明の原点は川の河畔にあると頻繁に指摘される。中国の黄河、エジプトのナイル川、ペルシアのティグリス川などの川がなかったならば、その文明も誕生しなかっただろう。江戸の運河や掘割は人工的な川であるとはいえ、江戸文化もそれらの川とともに発達したと考えられる。そして、文化の発祥地は、文芸伝統を生む素地となった例も多い。具体例としては、フランス文学とセーヌ川、イギリス文学とテムズ川との関係であるが、日本文学と隅田川との関係に関しても同様の指摘が可能だろう。

本章は、とりわけ隅田川を背景とする近代文学の作品に登場する〈船〉と〈橋〉のイメージを考察する。この章を執筆する準備段階において隅田川の歴史を紹介する専門書、隅田川をテーマにする文学雑誌の特集、著名な作家の全集の索引、インターネット検索などを利用して、隅田川が登場している小説、短編小説、エッセー、詩作品をリストアップした。隅田川が多数の作品に登場しているために、この章においてすべてを検討することは不可能であった。それゆえ、具体的な風景描写がほとんど登場しない作品を除き、川、船、橋の様子などが具体的に描写されている作品を選択し、徹底的な分析を行なった。

これから先においてその分析の結果を紹介する予定である。隅田川文学には、多数の基本的なテーマが見られるために、同テーマが見られる作品を併せて説明することにした。そのテーマとは、「伊勢物語」の時代から見られるテーマ「探求」、能劇の「隅田川」の時代から見られるテーマ「喪失」及び「死」、そして永井荷風の「すみだ川」をはじめ、関東大震災後に多く見られる近代的テーマ「個人的成長／文明的発展」である。すべての作品はこの四つのテーマのみによって説明できるとはいえないが、近代文学における隅田川の空間変容を全貌するためにカテゴリーに分けることが必要な作業であった。

一　隅田川の歴史及び文学的伝統

甲武信ヶ岳に端を発し関東平原に貫流する水流は、荒川上流を形成した後に、荒川放水路と隅田川に分岐し、やがて江戸湾に流れ込む。隅田川は、現在の足立区、荒川区、台東区、墨田区、中央区、そして江東区を流れ、東京東部の文化、伝統、情景、自然環境を形造る重要な構成要素となっている。

隅田川と関連した文学的伝統は江戸時代より遙か以前に遡る。近世初頭まで、隅田川（「墨田川」、「角田川」とも表記）は下総国と武蔵国の間の国境となる大河[1]として知られてきた。「伊勢物語」の九段における以下の在原業平の歌が隅田川の歌枕としての主要な原点[2]であると考えられる。

名にしおはばいざ言問はむみやこどりわが思ふ人はありやなしやと[3]

この歌の影響によって、隅田川と都鳥との関連性は固定化され、後に隅田川と併存する形で都鳥が登場することが予想されるようになった。例えば、「とはずがたり」には次の歌が見られる。

尋ね来しかひこそなけれ隅田川住みけむ鳥の跡だにもなし[4]

都鳥の他に、隅田川を「月」と組み合わせる歌も見られるが[5]、その数は比較的少ない。前述の「伊勢物語」に詠まれている都鳥の句が登場人物によって引かれているため、「隅田川」（能劇）は、この本歌取の系統に位置することが分かる。隅田川という場に決定的な影響を与えたこの作品は、室町時代の作曲家兼作詞家、観世元雅[6]によって執筆された。能の「隅田川」は隅田川に橋がほとんど架かっていなかった時代を舞台にしている作品であると考えられる。この能劇において、「我が子を失って心狂った母親[7]」は隅田川の「渡し」（渡し舟）まで彼を探しに来るが、その男の子はすでに亡くなっており、岸辺の塚に葬られている。江戸が成立して間もない時期から、この著名な作品の影響によって、隅田川の情景は死と関連した、悲劇的な存在として理解されるに至った。久保田淳はこの点に関して次の通り述べている。

その無限の悲しみが春の朝の岸辺に広がる。しかし大河は人の悲しみを知らぬかのように、昼夜をおかず流れをとどめようとしない[8]。

近代文学においても、能の「隅田川」は多大な影響を与えていると考えられる。
隅田川は徳川家康が征夷大将軍になってから、江戸に向かう物資の輸送手段の一つとして利用されるようになった。江戸の経済が急速に活性化し、隅田川の川沿いにある江東地区において、町並みは「海岸線に近い深川方面へ」[9]と拡大するようになった。

隅田川周辺の経済発展を大いに促したもう一つの要因は、江戸と東北地方を結ぶ奥州道中の開通である。参勤交代制度のための交通量や情報量も、庶民による「物見遊山」による人通りも増えた結果、全国の各地方に通じる街道が必要となり[10]、徳川が五街道を整備し始めた際に、奥州道中はその中の一つであった。「江戸幕府の直接的支配下」にあった奥州道中は寛永四年（一六二七）に開発が開始され、正保三年（一六四六）に完成された[11]。

江戸から北方へと進んだ奥州道中は、部分的に隅田川と平行していた（図1を参照）。その上、隅田川の上流の千住大橋は、奥州道中の一部として、文禄三年（一五九四）に架けられた[12]。しかし、千住大橋が設置された後に次の橋が建設されるまでに六〇年余りを要している。江戸の軍事上の防衛のために、幕府は隅田川に新たな橋の増設を許可しなかったのだ[13]。

二　渡し舟から橋への変化

一般的に「渡し」というのは、川を渡るための船である。隅田川において、「渡し」は非常に古い渡河手段であった。「伊勢物語」において在原業平が「東下り」を行なう際に、「渡し場」で隅田川を渡ったという説がある[14]。「業平橋」は本所の北十間川にあるが、もし彼が実際に渡しを利用したとすれば、それは恐らく隅田川の最も古い「橋場の渡し」（現言問橋付近）であった。

しかし、業平の伝説には歴史的信憑性に関する問題がある。古代の隅田川において、最も確実な情報を伝えているのは、承和二年（八三五）の『類聚三代格』の巻十六[15]である。それによると、「東海・東山両道の渡河点に浮橋

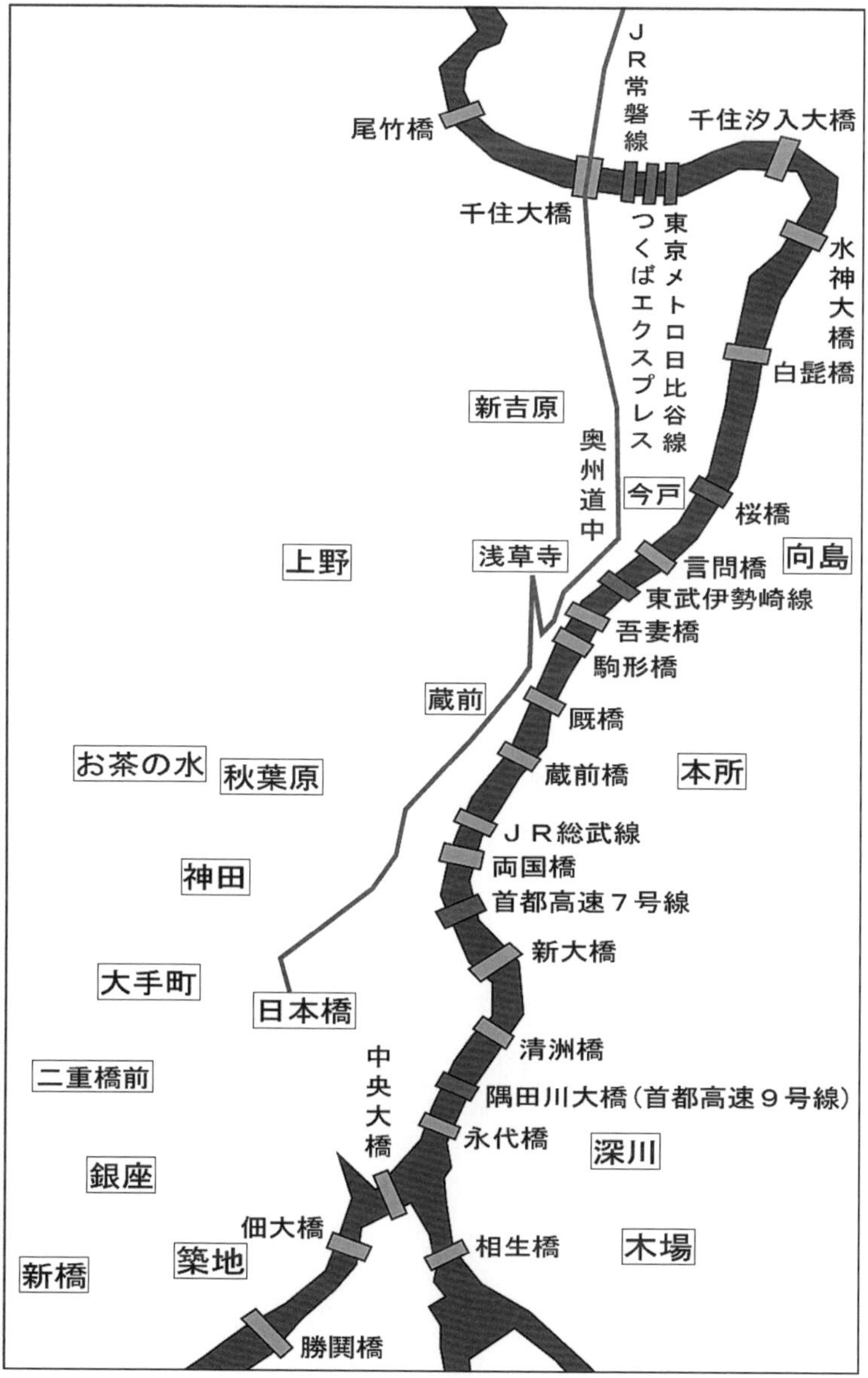

図１　隅田川の橋々（平成二六年現在のもの）及び歴史上の地名と道中

や渡し船、布施屋など」の整備が検討された際に、「崖岸広遠のため橋を造ることができず、渡し船二艘の増加」が命じられたという。このことから、隅田川において、渡しが橋に先行したという仮説は有力であるといえるだろう。

鹿児島徳治は、隅田川の「渡し」の歴史を説明する際に、主たる一五の「渡し」[16]の名を列挙している。上流からそれらを順に挙げると、汐入の渡し、水神の渡し、橋場の渡し、寺島の渡し、竹屋の渡し、山の宿の渡し、竹町の渡し、駒形の渡し、御厩河岸の渡し、富士見の渡し、浜町の渡し、中州の渡し、佃の渡し、月島の渡し、そして勝鬨の渡しとなる。現在においては、どの渡しも存在していない。しかし、近代になってすべての「渡し」が一挙に廃止されたということはなかった。実際には、両国橋が架設されて以来、橋が新設されるたびにその周辺の渡しによって渡河する利用者が減少し、数百年の間に一つずつ姿を消したと考えられる。

下流に初めて架設された橋は両国橋であった。それは寛文元年（一六六一）[17]のことであった。「江戸の花」[18]による大量の犠牲者を恐れた幕府は、明地・火除地の代替地確保のために、武蔵と下総の両地域を結ぶ橋の工事を決定した。その記録となる『江戸住古図説』には、「牛島渡し今の両国橋かからざる以前は渡し也」[19]という記述がある。両岸橋詰の広小路に「屋台店、見世物小屋」が立ち並び、大相撲が近くで見られるために、両国橋は直ちに賑わいを見せた。

幕府の命令によって設置された橋の多くは火災の際の避難経路として架けられたが、すべて木橋であったため、火事によって橋が消失した例も少なくなかった。例えば、『東京市史稿』[20]によると、明和八年以前に起こった火災によって消失した橋は、「八ヶ所」あった。また、明暦大火の際に、橋六〇余り[21]が消失し、元禄一六年の大地震によって、両国橋の三分の一が焼け落ち、六〇〇―七〇〇人の死者が出た[22]ことも記録されている。

初代の永代橋が元禄一一年（一六九八）七月に創設された以前に、「深川大渡[23]」があった。享保四年（一七一九）

において幕議は大破した橋を「廃橋」とする方針を固めたが、「西詰め付近の町人達が強く存続」を希望したために、架け替えられた。その後、永代橋は「眺望・納涼」の名所として知れ渡った。恐らく、「渡し」から「橋」への移行は交通の便宜上の理由によってのみ起きたものではなかった。風格のある橋は周辺の住民の生活を様々な形で潤していたといえる。

『徳川実紀』における安永三年一〇月一七日の条は、「浅草川にあらたに橋をわたし大川橋と名づく[24]」と説明している。その橋は江戸時代末期に架けられた吾妻橋であった。最初は「大川橋」と名づけられたが、大川橋と呼んだ人々よりも、「東橋[25]」、または「吾妻橋」という通称で呼んだ人々の方が多かったために、明治九年に新しい「西洋式木橋」が架橋された際に、通称の「吾妻橋」が正式名となった。吾妻橋が架けられる以前に、「竹町の渡し」はその近辺に設置されていたが、橋が架けられたのは、出火や暴風の際に、住民が避難できるための措置としてであった。

隅田川のこの周辺において、新吉原や様々な風俗店があったために、吾妻橋を渡る行為には、性体験、性的目覚めなど、性と関連するニュアンスが含まれているといえる。例えば、森鷗外の「ヰタ・セクスアリス」（明四二・七）に吾妻橋が登場している。語り手である金井湛の子供時分に、観音を見に行くために、家従は一一歳の彼を吾妻橋の向こう側に連れて行く。買い物をしてから、家従は彼を「楊弓店[26]」に連れて行く。そこには、厚化粧の女性がおり、金井は初めて売春の「相貌」に遭遇した。作中において、主人公は数回橋を渡るが、どの場合においても性生活における新局面との接触が描写されている。新吉原などが吾妻橋の周辺にあるために、ニュアンス程度で留まる場合は当然あるが、近代文学作家が吾妻橋を作中に登場させる際に、性体験という要素は必然的にその情景に含まれるといえる。

吾妻橋の隣に架かる駒形橋には、木橋の時代は一切なかった。昭和二年に鉄のアーチ橋が完成された時点で、付近にある駒形堂のために命名された「駒形の渡し[27]」は廃棄された。後に、永井荷風がこの橋の名前に関して注目していたことが、昭和二年の俳句の「駒形に似合はぬ橋や散柳[28]」から窺える。この句に関して、少なくとも指摘できるのは、荷風は、橋の形態に対して関心を持ち、それと周辺の土地の風情との調和を望んでいたということである。

折口信夫は、この周辺の渡しを「新東京の名所」として賞賛し、以下の通り述べている。

次には隅田川である。まづ言問ひ団子を出して南へ枕橋までの間から浅草・吉原を遠見にした景色、待乳山だの今戸あたりの貧しい家の屋根の上に、浅草寺の塔の青錆びて見えるのがよい。言問ひから対岸、今戸辺へ渡る竹屋の渡しによつて此景色を見るのもよからう[29]。

折口の時代の川からの眺めは、川沿いに聳え立つ高層ビルによって遮られていなかったことが分かる。平成二六年現在において、浅草寺も、多くの人家も、川から見ることはできない。さらに、荷風が執筆した「夏の町」(明四三・八)は、「石垣を築いた埋立地になってしまった」ために「本所辺の貧い女達が蜆を取りに[30]」来なくなった点は、川周辺において一般市民の活動範囲が次第に減少している事実を示唆している。人工的変化ゆえに河畔の風景にも、地元の人々の生活習慣にも変化が生じたため、船で川を旅しても、見られる景色は昔と根本的に異なるものとなる。この点と文学における描写の関係を視野に入れている荷風は、次の通り述べている。

いかに自然主義が其の理論を強ひたにしても、自分だけには現在あるが儘に隅田川をみよと云ふ事は不可能である[31]。

芥川龍之介の「大川の水」[32]（大三・四）は、その当時起きようとしていた渡し舟の廃止の歩みの記録、ないし文芸上の記念碑である。東京の他の様々な局面において近代化が進み、作者が子供時分から経験してきた生活様式が変化しようとしているが、彼にとって、「渡し」の廃止はそれらを代表する現象であった。様々な橋が架けられるにつれて、人々は「渡し」を利用しなくなる。橋は川の表面より高い位置にあるため、川を渡る人々は「水の音」を聞くことがなくなる。川のイメージには《人生の流れ》というメタファーが包含されているために、「川の音」が聞こえないことは、季節の変化、人生の流れに気づかないことを意味する。《人生の川》からの距離は、多忙な近代人の生活の空虚さを示唆していると考えられる。作品全体の文脈と照合すれば、「大川の水」というタイトルは、この基本的な隠喩性を含んでいると考えられる。

とはいえ、芥川は「大川の水」において、橋の存在を軽視してはいない。橋も長らく隅田川の光景にその点で貢献してきた要素であることを認めているといえよう。しかし芥川が描く風景においては、橋はやはり「渡る」ための手段としてではなく、川筋における節目として登場している。語り手は「大川の流れを見る毎に[33]」ヴェネチアのゴンドラを思い出し、「其の中を橋から橋へ、夢のように漕いでゆく」ことを想像している。そして、橋の名前が登場する各描写[34]において、特定の橋は「渡り場」として登場するのではなく、船旅の際にその下をくぐらなければならない、一連の橋として描写されている。

しかし、橋の描写において川は「縦方向に」眺められているにもかかわらず、「渡し舟」は、「水上バス」と異なって、川を上下しない。芥川は「渡し舟」の特殊性、すなわち「渡る」行為には注目していない。むしろ「大川の水」において、渡しの最も重要な役割は、多数の人々を川の水に接近させることである。つまり、芥川が渡しに魅了されているのは、「渡る」という用途ゆえではなく、川との関係によって生じる感覚上の付加価値ゆえである。松本常彦が指摘している通り、「渡し」によって象徴されている世界は、「何の用もないのに」求められている世界

なのである。(35)

結局、芥川の発想では、「渡し」は隅田川という「自然界」の一部分であり、尊重すべき隅田川の伝統の一形態をなしている。隅田川において長らく利用された「渡し」が消滅するなら、江戸の歴史とのつながりも消える。鉄橋が明治（近代）あたりの象徴であるなら、渡しは近代以前の時期を代表する渡河手段である。しかし、「大川の水」の深層に潜んでいるテーマは交通手段の進退に関するものではない。時間の経過とともに、生活様式などに様々な変化が見られるのは当然の成り行きであるが、「渡し」の廃止は遙かに重要な問題である。芥川の見解によると、「今という瞬間」に没頭している二〇世紀前半の都会人は、地元の歴史の流れを完全に無視し、明治維新以前の江戸の伝統を見失っている。しかし、実際に渡しがすべてなくなった時期は随分後になった。佃の渡しは昭和三九年まで存続した。

芥川のエッセーが発表された五〇年後に吉本隆明は、「佃渡しで」という詩を「模写と鏡」に発表した。詩においては、語り手の父が娘を連れて「佃渡し」に乗る。佃渡しに乗っている間に、「河蒸気」、「蟹」、「鳶」など、隅田川に関連する、複数のイメージが登場していることから、ノスタルジーゆえに描かれている風景であることが分かる。詩の後半から数行を引用する。

夢のなかで掘割はいつもあらわれる
橋という橋は何のためにあつたか？
少年が欄干に手をかけ身をのりだして
悲しみがあれば流すためにあつた
（中略）

昔の街はちいさくみえる
掌のひらの感情と頭脳と生命の線のあいだの窪みにはいつて
しまうように
すべての距離がちいさくみえる
すべての思想とおなじように
あの昔遠かつた距離がちぢまつてみえる
わたしがいきてきた道を
娘の手をとり　いま氷雨にぬれながら
いつさんに通りすぎる(36)

この詩が発表されたのは昭和三九年、つまり「佃大橋(37)」が完成された年であった。作者は、川の情景を描いた後に、自分の人生が如何に「佃渡し」の存在と重なっていたかを示唆している。さらに、「距離がちいさく見える」ことは、作者がノスタルジーゆえに隅田川及び「佃渡し」の過去を考えていることを表している。橋の建設によって、川自体はそれほど変更されていなかったが、語り手と「対岸」との関係を規定していた「渡し」がなくなることによって、語り手と川の関係が基本的に変わるといえる。

「橋」もこの作品の中に描かれているが、それは渡しと同様に、川との関係によって表現されている。「掘割」は「夢」の中に見えるものであるがゆえ、「橋」はその夢が叶わない際に、「悲しみ」を表すための場所である。つまり、橋は道において利用される渡河手段ではなく、川に接するアクセス・ポイントである。

「渡し」以外にも、昔から隅田川では数種類の船が活用されていた。例えば、大名が川涼みを楽しむために、江戸前期から利用された屋形船[38]がその一例である。もう一つの例は材料運搬のために使用された筏である。しかし、一般人にとって最も重要となったのは一銭蒸気（ポンポン蒸気）である。一銭蒸気は、同じ水上の交通手段ではあっても、川越しを主目的とした「渡し」と異なっていたために、盛衰期も異なった。しかし、一銭蒸気は、実は「渡し」の代用として用いられたことがその原点なのである。

隅田川の一銭蒸気は永井荷風の「牡丹の客」[39]（明四二・七）において重要な役割を果たしている。この短編小説において語り手の旦那と芸者である小れんは、「四ツ目の牡丹」を見に行くために両国橋の袂から「早船」で出発し、二〇〇メートル下流にある堅川という掘割に入って一ノ橋、二ノ橋、三ノ橋を潜って、四ノ橋付近にある牡丹の展示場へと旅をする。『性の歴史』において、ミシェル・フーコーは「性の快楽はそれ独自の諸問題を提起し、結婚生活はそれ独自の諸問題を提出しているが、これら双方の問題構成はほとんど交差していない[40]」と述べている。「牡丹の客」という作品はフーコーの思想を具現化していると考えられる。この説明は次の通りである。

早船が一ノ橋を潜る際に、その乗客は「女房」が「兒」を背負っている風景を見る。次の二ノ橋を通過した後に「木造の低い橋がいくつとなくかかつている」が、「何れの橋の欄干にも子供が蟻のやうに集つている」とされている。この小さな旅の最中に、小れんは一般人と同様な生活を送りたいがゆえに「もう一度私と家を持つてみない[41]」かと誘うが、語り手は「いけないぜ。又思い出しちや。出来ないものは仕様がないさ」と返答する。実際に、先の旅の風景は、この会話の内容を暗示している。結婚生活を求めている小れんが「陸上」や橋の上にいる子供たちなどを見るたびに結婚生活の好ましさに関するコメントをするが、二人の方向性は掘割（「浮世」）によって決定されているために、旦那は二人の旅において目標変更の可能性を認めない。花柳界において「浮世」の意味は享楽的人生観と結びついているために、二人の恋愛の軌道は、陸上に見られる一般人が送る人生のパターンの方向性と基本的に異なっている。つまり、フーコーが説明している通り、「性の快楽」（「浮世」）という掘割は結婚生活の領域

（「陸上」）と隣り合わせであっても、基本的に異なる思想的領域である。

結局二人は、四ノ橋の通称から名づけられている「四ツ目の牡丹」を見ることができるが、牡丹の季節は終わっていたために花弁はほとんどがすでに散っている。後に二人が別れる展開が会話内容から予測できるが、この成り行きは、享楽主義的生活習慣から離脱する困難さを示す結果となっている。

「牡丹の客」が執筆された以前においても、早船がすでにノスタルジーの対象になっていたことは、荷風の「夢の女」（明三六・五）の一場面から理解できる。[42]元娼婦のお波は昔の客に偶然出会った際に、一緒に月見するように誘われるが、「月見」という、季節と深く関わった伝統行事の場へ行くのに、車が適当ではないために、早船を利用する。次の昭和二七年の『東京案内』からの引用文は戦後当時から戦前の習慣を振り返るものであるが、以上に説明されている傾向は確認できる。

隅田川を舟でのぼりおりするのが東京人の夏のたのしみとされていたが、今はそんなわけにゆかない。戦争前まで永大橋から白鬚まで通っていたポンポン蒸気も今は両国から吾妻橋までになってしまった。その短い間でも乗ってみるねうちはある。いくつかの美しい橋の姿と、西側の風景が見られる。[43]

現在において、主要交通手段は自動車や地下鉄になっているから、船を利用するのは、特別な理由ゆえであると考えられる。

三　鉄橋の登場

近代文学が文学に対して新しい要素を提供したと同様に、隅田川の環境にも近代は様々な重要な変化を及ぼした。渡しなど、川を横切る船には近代以前から次第に減少してゆく傾向が見られたが、線路や自動車用道路のさらなる普及によって橋の形態も、隅田川周辺の風景全体も変わらざるを得なかった。この傾向は関東大震災以前から見られたといえるが、震災後の復興計画はその変化を加速させたと考えられる。近代橋の登場以後における具体的な空間変容は以下において説明したい。

産業革命の結果、鉄は一般的に利用される建築材料となった。技術の進歩によって建設が可能となった鉄橋の原点は、産業革命の中心地であった、イギリス西部のシュロップシャー地方にある。一七七九年にセバーン川に石炭運搬用の「アイアンブリッジ」[44]が架設されたため、欧米の鉄橋は近代を代表する存在ではなく、産業革命と関連する事物である。しかし、鎖国方針ゆえ、鉄橋の技術が一〇〇年以上遅れて日本に移入されたために、維新後の日本において鉄橋は「近代の象徴」として理解された。

隅田川における最初の鉄橋は吾妻橋であった。前代の西洋式木橋が洪水によって流された後、明治二〇年に、プラットトラス三連の新しい鉄橋が架設された[45]。

近代橋として架け替えられた永代橋は荷風のエッセー的短編「深川の唄」[46]（明四二・二）に登場している。作品の語り手は気晴らしに両国行きの汽車に乗る。「何処へも行く当はないのに」、車掌に要求しなかったにもかかわらず乗り換え切符が手渡されると、本当の旅が始まる。途中で見かけた「朽ちた木橋」を横目にしながら、昔永代橋を人力車で渡ったことなどを彼は回想し、「江戸趣味の恍惚[47]」に囚われる。永代橋の向こうにある深川が到着点となる。汽車の乗客の多様さと、大都会の忙しさに疲労した語り手は、元々深川に対して好印象を持っていなかったが、今、新しい目でそれを見ている。三味線を弾いている盲人の歌を聴くと、自分が生きてきた近代と、懐かしい江戸との間の対照性を痛感する。彼が聞いていた盲人の三味線の演奏は決して上手ではないが、それなりの深い味わいがあるために、主人公は今まで読んでいたニーチェの「ツァラトゥストラ」よりも、満喫できる雰囲気があると判断する。しかし、彼は日常の現実に戻るために、旧江戸の領域から離れて、もう一回汽車で永代橋を渡らなければならない。結局、「深川の唄」は語り手にとって重要なものであると気づくが、残念ながら、彼の時代の人々にとっては唱和可能な歌ではないと判断する。

　この物語において、「橋」は洞察力を与える場であると同時に、東京の現在を過去とつなぐ場所でもある。慌ただしい日常生活を送っているがゆえ、近代人は江戸文化が消滅しつつあることに気づかないが、語り手は永代橋を渡ることによって、時代の変化を鮮明に捉える。ゆえに、永代橋は近代日本の象徴でありながら、過去の江戸と現在とがつながる接点としても描写されている。

　荷風の「夢の女」においても、鉄橋となった永代橋が登場している。「深川の遊廓へ身を沈め」て以来、様々な不幸を体験してきたお波は、永代橋を渡っている描写において、「丁度橋の半程まで行き掛けながら、立止まるとも無く、自然と欄干の傍へ引き止められたのである」[48]。この際に、川の美しい景色にこころを打たれ、故郷を離れて初めて「此の大い［原文のママ］鉄橋を渡り初めた時のこと」を思い出し、そして「過ぎた生涯の出来事は、必ず自分をして此の長い橋の上を渡らしめた」という事実に気づく。「大河の水」を眺めているお波にとっては、隅田川の水の流れは「実に怖」く、彼女の「一生の運命を支配する怪しき力が此の水の底の何処にか潜んで居る」と悲観的に捉える。近代の鉄橋である永代橋がこの近代文学作品に登場するとしても、それは個人の悲運を表現するための技巧としてなのである。

他の橋と同様に、両国橋は古来から木橋であったが、明治八年に架橋された両国橋は、隅田川における木材を使用した最後の橋梁工事となった。明治三七年に、三径間プラットトラス型の鉄橋[49]が架設されたことによって、両国橋は隅田川において四番目に架けられた鉄橋[50]となった。

江戸時代から変わることなく、両国橋の周辺は眺望を楽しむ人々で賑わった場所であったが、近代においては作家と詩人とが集う場所ともなった。神話の牧神にならって名づけられた集会「パンの会」は、両国橋付近にあった「第一やまと」[51]という西洋料理店で初めて開催された。「十九世紀末フランスのカフェ文芸運動を意識し、東京をパリに、隅田川をセーヌ川になぞらえた芸術至上的な会で[52]」あり、参加メンバーには、木下杢太郎、北原白秋、上田敏、吉井勇、永井荷風などがいた。東京の有名な作家が勢揃いしていたわけだが、その参加者の数人は後に、「スバル」、「白樺」、「三田文学」、「第二次新思潮」など、文芸雑誌の編集者や投稿者として活躍した。「パンの会」の参加者は付近にあった隅田川に架かった橋々を見て、如何なる作品を残したのだろうか。

木下杢太郎が「両国」（大八・一二）という詩を執筆した際に、その題材は鉄橋となった両国橋であった。作品は次の通りである。

　両国
両国の橋の下へかかりや
大船は檣を倒すよ、
やあれそれ船頭が懸声をするよ。
五月五日のしつとりと
肌に冷たき河の風、

四ツ目から来る早船の緩やかな艪拍子や、
牡丹を染めた袢纏の蝶々が波にもまるる。

灘の美酒、菊正宗、
薄玻璃の杯へなつかしい香を盛つて
西洋料理舗《れすとらんと》の二階から
ぼんやりとした入日空、
夢の国技館の円屋根こえて
遠く飛ぶ鳥の、夕鳥の影を見れば
なぜか心のみだるる。(53)

杢太郎は「パンの会」の会場であった西洋料理店からの眺望を叙述していると考えられるため、表面上は、本詩は両国橋付近の環境や景観のみを取り上げていると考えられる。「大船」には「檣」があるが、高い帆柱のある船が容易に、すでに水平のトラス型鉄橋となっていた両国橋下を潜ることができないことが表現されている。

作中に見られる「遠く飛ぶ鳥」は隅田川のシンボルである、都鳥と呼ばれるユリカモメ(54)を連想させる。この詩において冬鳥であるユリカモメが描かれているとすれば、五月に見られる鳥はこれからユーラシア大陸へと旅立つものであると考えられ、「遠く飛ぶ鳥」という表現の意味は確認できる。気ままに飛び回る鳥たちの姿は短編小説「荒布橋」(明四二・一)にも登場している(55)ために、杢太郎にとって飛翔している鳥は精神的自由を意味するイメージであると考えられる。

「国技館」の屋根をこえた鳥はどこまで飛ぶのか。「西洋料理舗《れすとらんと》」から眺めている詩人は近代鉄橋である両国橋を見て詩を詠んでいるが、「両国」というタイトルは実際に武蔵国と下総国を結ぶ橋として意識してのものではなかっただろう。フランスに関する懐古をしていた李太郎は、隅田川を見てセーヌ川を思い出し、フランスと日本という「両国」を考えていた可能性もあるといえる。何れにせよ、この詩において描かれているのは、李太郎が生きていた時代の両国周辺のみならず、橋のイメージによって抽象的に結ばれている彼の瞑想の中の領域同士である。

また、この作品に見られる「四ツ目から来る早船」及びその次の行にある「牡丹」への言及は、やはり荷風の「牡丹の客」にも登場した四ツ目の牡丹という展示会を指している。ポンポン蒸気など、船に乗って牡丹を見に行くのが隅田川周辺の住民にとって毎年五月の逸楽であることが、この作品からも理解できる。

四　関東大震災、そしてその後の復興計画

野口武彦は「文学史上の「昭和」はカタクリスム（天変地異）から始まったといってよい」[56]と述べているが、大正一二年の関東大震災は隅田川の橋々に深刻な被害を与えた。その当時、東京市内には木橋も多かったが、「鋼橋の場合も床組がほとんど木造であったため炎上し、火に追われ逃げまどう人々の退路を遮断するという悲惨事を引き起こす」[57]に至り、橋の約半数が被害を受けた。

内務大臣下の復興事業は大正一三年[58]に始まったが、李太郎は、とりわけ永代橋の災害復旧工事に着目し、大正一五年六月に「永代橋工事」を執筆した。詩の一部は次の通りである。

永代橋工事

過ぎし日の永代の木橋は
まだ少年であつたわたくしに
ああ、どれほどの感激を与へたらう。
人生は悲しい。（中略）
それを、ああ、あの大地震、
いたましい諦念、
帰らぬ愚痴。
それから前頭の白髪を気にしながら
橋に近い旗亭の窓から
あの轟々たる新橋建設の工事を
うち眺め、考へた。（中略）
水はとこしへに動き、
橋もまた百年の齢を重ねるだらう。
わたくしの今のこの心持は
ただ水の面にうつる雲の影だ。
×[原文のママ]
行く水におくれて淀む花の屑[59]

この詩において、作者は橋を見る視点の二つを対照している。新しい永代橋に対して「百年の齢を重ねるだらう」と推測する詩人は新時代の技術の信頼性及び近代人の未来に対する明るい希望を橋の構造に注目し表現している。しかし、一方、「水の面にうつる雲の影」や「行く水におくれて淀む花の屑」という表現は世の「儚さ」、つまり古典に頻出する主題である「無常」を表現したものであると考えられる。

杢太郎の執筆時期を検討すれば、「両国」は関東大震災以前に執筆されたのに対して、「永代橋工事」はその後だったという差異は非常に示唆的である。新しい橋を架ける際には、当然できるかぎりその橋を「半永久的なもの」として構造する。しかし、詩人の描写においては、子供の時分に深い感銘を受けたために、すでに消えた昔の木橋のことしか思いめぐらせていない。人間が最先端の技術を利用したとしても、自然災害に直面させられた際には、「方丈記」[60]が表現しているが如き、周りの環境すべてを「行く水」の具体例の一つとして捉えるようになる。

川端康成の「浅草紅団」（昭四・一二―五・九）は主に「紅団の団長格の美少女」[61]弓子の物語である。ただし、不良少女の弓子は、作品の途中で、知人である赤木という男に亜砒酸を飲ませて殺害してから自殺する。そのため、お千代など、他の主人公が代わるがわる登場することになる。川端は登場しては消え去る人々の群像を用いて、関東大震災と太平洋戦争の狭間における、浅草周辺の若者たちの複数のストーリーを描いてゆく。

様々なエピソードと平行して、関東大震災後の街の復興の様子が描写される。例えば、「枕橋の渡に鉄橋が出来ようとして、大川の真ん中に起重機がすゑられ[62]」ているという箇所や、「昭和三年二月復興局建造の言問橋は、明るく平かに広々と白い、近代風な甲板のやうだ。都会の芥で淀んだ大川の上に、新しく健かな道を描いてゐるかのやうだ[63]」といった箇所である。工兵隊による「大きい建築の死骸」の爆破[64]や、「吾妻橋架橋工事の起重機[65]」のことや、「東武鉄道の鉄橋架橋」作業[66]など、様々な工事現場が前景化され、この技巧によって隅田川畔は、完成に至らなかった本作品と同様、永遠に未完であり続ける存在であることが読者に印象づけられる。

しかしこの作品には未完で終わる理由がある。作品全体は、完成に至れない永遠循環のエピソードの一部であると考えられる。川端が描写している様々な場面を通して、隅田川周辺に鼓動している生命における盛衰の拍動が感じ取れる。震災時を思い出すヒロイン弓子は、次の通り述べている。

馬の死骸と人間の死骸が一しょに大川を流れたつて、三日も食べずにゐたつて、あたりまへのやうな気がしてゐた時のことですもの[67]。

苦しい、死に囲まれている時であったゆえに、「新しい東京はあの地震が振り出した。もちろん浅草も、あれから新しく生れたのだ」。「浅草紅団」の各主人公たちは、無常という観念に対して無関心でありながら、無常の表現として生きている。弓子、お千代など、作中の登場人物は「淀みの泡」のように描かれているために、川端が描いている震災後の工事に対しても、儚さの気配を感じる。

川端は工事現場を鋭敏に観察したが、その工事の結果に目を向けなかったとはいえない。新しく架けられた橋の外観に関する川端の評価は次の通りである。

隅田川の新しい六大橋のうちで、清洲橋が曲線の美しさとすれば、言問橋は直線の美しさなのだ。清洲は女だ。言問は男だ[68]。

川端にとって、浅草は「男女関係」を吟味する場であるが、描かれているのは若い男女のことのみである。若い世代は関東大震災後の再生を象徴し、作中の登場人物の未熟さも、架設工事の未完さも、結局、「男」または「女」

の成長過程の未熟さの中の「美」を仄めかしているといえよう。それゆえ、東京の復興工事において、男女間の対照性を見出すのは、作品全体のテーマの一つを補強することになると考えられる。

川端が、隅田川を建設現場として描いていた目的は一体何だろう。登場人物が未完成であることを隠喩的に強調するとともに、その建設現場的舞台はモダニズム自体の表象であると考えられる。日本のモダニズム期において、とりわけ機械は注目されていたが、川の風景が巨大な建設機械によって人工的になることはモダニズム傾向の極端な例として考えられる。「近代化」を唱えて復興しようとしている都会であるが、そのプロセスによって重要な何かを失っているということが示唆されていると考えられる。

しかし、近代的現状に注目したとしても、完全にその周辺の文芸的伝統を無視しているのではなかった。作中に登場している次の詩の中にその事実が読み取れる。

名所と鷗も住めば都鳥
橋一つ隔てば鷗都鳥
鳥の名を二つに分ける渡守
チエエ残念な駒形の鷗なり
鷗でといふと名所にならぬとこ(69)

この箇所において、川端は「伊勢物語」の時代から認められてきた、隅田川を代表する「都鳥」に関して解説を行なっている。しかし、その歌枕の伝統を尊重して創作しているというよりも、歌枕や名所による定義の偏狭さを仄めかしているといった方が妥当である。川端の世界観においては、同じ日本の都の、同じ隅田川に住んでいる鳥であっても、「橋一つ隔てば」その鳥の存在は「歌枕」から、ありふれた鳥に格下げされることになる。歌枕は、世にあるあらゆるものから、一部のみを選別する技巧である。僅かながら、川端は歌枕的意識にある不公平さを表現しているように考えられる。

「濹東綺譚」（昭一一・四―六）において、永井荷風は自分の執筆過程を次の通り説明している。

小説をつくる時、わたくしの最も興を催すのは、作中人物の生活及び事件が展開する場所の選択と、その描写とである。わたくしは屢人物の性格よりも背景の描写に重きを置き過るやうな誤に陥つたこともあつた。[70]

作中に、登場人物が橋上に佇んで沈思する描写があれば、読者はそのシーンを深い意義を持ったエピソードとして捉えるだろう。荷風の名作「すみだ川」（明四二・一二）には、このような場面が見られる。登場人物が数回にわたって、今戸橋の上に立って瞑想している描写がある。

例えば、長吉とお糸の通常の待合場所[71]は今戸橋の上である。第二章において、欄干に凭れて隅田川の景色を眺めている際に、長吉は自分の薄命に関して瞑想する。お糸が芸者になれば二人の関係は終わる。今戸橋の欄干に佇んでいる彼は、月明かりで川に映っている自分の影を見下ろし、二人の関係の行方に関して悩み続ける。この描写において、人生の転換期に苦しんでいる長吉は、永続的変化のメタファーである川の水を見ても慰めを得ることができない。

長吉の母、お豊に関しても、今戸橋の上から川の光景を眺める場面がある。彼女は息子を大学に進学させたいが、長吉自身は俳優になる決心を固めている。この中で、お豊が今戸橋を渡る際に、橋は彼女に洞察力を与える場所となる。その点が明らかになる箇所は次の通りである。

お豊は今戸橋まで歩いて来て時節は今正に爛漫たる春の四月である事を始めて知つた。手一ツの女世帯に追はれてゐる身は空が青く晴れて日が窓に射込み、斜向の「宮戸川」と云ふ鰻屋の門口の柳が緑色の芽をふくのにやつと時候の返遷を知るばかり。いつも両側の汚れた瓦屋根に四方の眺望を遮られた地面の低い場末の横町から、今突然、橋の上に出て見た四月の隅田川は、一年に二三度と数へるしか外出する事のない母親お豊の老眼をば信じられぬほどに驚かしたのである。晴れ渡つた空の下に、流れる水の輝き、堤の青草、その上につゞく桜の花、種々の旗が閃く大学の艇庫、その邊から起る人々の叫び声、鐵砲の音。渡船から上下りする花見の人の混雑。あたり一面の光景は疲れた母親の眼には余りに色彩が強烈すぎる程であつた。お豊は渡場の方へ下りかけたけれど、急に恐る丶如く踵を返して、金龍山下の日陰になった瓦町を急いだ。(72)

春の隅田川を目にするお豊は、長吉のことを考えているが、満開の桜が誰も抵抗できない青春の勢いを具象化している。若い息子が持つ恋愛感情の激しさに気づくお豊は、活気が溢れている、この春のシーンに圧倒される。「すみだ川」において、荷風は数回、同一の今戸橋を登場させている。しかし、描写されている箇所に応じ、橋に包含されている隠喩上の意味内容は異なる。橋の欄干から川の夜景を眺める長吉の場合、暗い未来が橋によって示唆されている。しかし、昼間にお豊が同じ橋に立っている際には、桜の満開の描写によって、若者の騒然たる態度が表現されている。両場面において橋はともに登場人物に対して人生に対する洞察力を与え、読者の共感を増幅させるよう機能している。荷風は隅田川の風景の細部を自由自在に調整し、暗闇の絶望から昼間の活気に至るまで、同じ舞台から様々な異なったムードを引き出すことに成功している。

荷風の作品群には、別の「すみだ川」(73)がある。そのタイトルを用いたのは、名作発表の六年前に発表された短編小説「すみだ川」(明三六・一〇)である。この短編において、「ある夏の夕暮れに(74)」数人の芸者は旦那と一緒に吾妻橋から「屋根船」に乗って、隅田川の黄昏を満喫している。その際に、船に乗っている小糸は、「菊子」という芸者の過去を伝え始める。菊子はある「能劇」を観賞していた際に、一人の若旦那に出会う。「芝居のやうな」雰囲気と月光に惑わされて、二人は隅田川に身投げする決心に至るが、遠くから聞こえる通行人の歌に心を動かされ、心中を実行せずに終わる。最後に、その話を聞いていた芸者たちは、隅田川に「死神が屹度あの水の中に隠れて居た」と考える。

結局、両作品を歌枕の視点から考察すれば、先に執筆された作品の方が隅田川の文芸的伝統を反映していることが分かる。菊子が鑑賞した能劇が「隅田川」であった可能性が高いとも指摘できるが、二人が「月光」に惑わされていることも、川と死との関連性が作品全体に横溢していることも、荷風が「隅田川」（能劇）を創作中に参照しつつ最大限にその余韻を作中に響かせようとしていることを物語っている。一方、長吉とお糸のエピソードにおいては、若者の人生における未来と苦悩が主要なテーマである。つまり、明治三六年発表の作品は隅田川を「死」と関連する流域として描写しているのに対して、名作として評価されている作品は「生きる」場所として描いている。この差異ゆえに、先に執筆された「すみだ川」が、隅田川の文芸的伝統を尊重している一方で、明治四二年の「すみだ川」は近代小説に典型的な青春物語を提供しているといえる。従って、新作の「すみだ川」は従来の文学の伝統から離脱し、隅田川を「死」を含めない斬新な視点で描写しようとしていると考えられる。

名作の「すみだ川」が青春の視点から「成長」を描いている作品であるとすれば、「濹東綺譚」は老後の視点から身心の「衰え」を取り上げているといえる。松本道介は作品全体に共通する荷風の手法を以下のように概要している。

荷風の思考は現実と夢の間を、現在と過去の間を絶えず行き来する。（中略）このような現在と過去、現実と夢の間の往来とこれに伴ふ相乗作用のなかで荷風の文明批評が行はれるのだが、それは同時に日本古来の無常感を含むものであつた。(75)

「濹東綺譚」は荷風の「無常観」を表現している好例である。

野口は、「濹東綺譚」を「失われた情景」(76)の探求であると述べているが、主人公は隅田川における様々な変化に気づき、その変化を自分の「喪失」として受け止める。作中における「渡し」（渡し舟）に対する語り手の次の発言は野口の見解を裏づける。

竹屋の渡しも今は枕橋の渡しと共に廃せられて其跡もない。(77)

この箇所によると、東京の下町の訛りは延々と続くだろうが、「我青春の名残」を見つけるために「渡し」は見るべき対象ではないということになる。この記述からも、「渡し」という廃止された交通手段と、老化によって存在意義が失われた語り手のアイデンティティとが重なっていると考えられる。

先述の通り、荷風は、地名の中に潜む意味合いを大いに活用する作家であると考えられる。「夏の夜」（昭三二・一）において、主人公が知人の娼婦を探す際に、初めてその人の消息を人に尋ねるのは、「言問橋」の袂においてである。地名とそこで行なわれている行為の間に共通性がある。単独の例にしか過ぎないのであれば、それは単なる偶然の一致と解釈できるかもしれない。しかし「濹東綺譚」においても同じ符合が見られる上、「言問い」という地名自体が「伊勢物語」の「名にしおはばいざ言問はむみやこどり……」の箇所に由来している事実も視野に入れると、荷風が意識的にこの含意を活用していることが認められるだろう。

老人になった語り手は、通行人が多くいるはずの言問橋を渡る際に、「わたくしの尋問されるのを怪しんで立止まる通行人は一人もない[78]」という状況に置かれる。このような描写の舞台が「言問橋」であるからこそ、その名称の含意と出来事の間の差異から生じてくるアイロニーが前景化され、老人の立場はまさに惨めなものとして理解される。

先述の通り、日本において最も「近代的」と考えられる橋の種類は鉄橋であるだろう。しかし、橋の近代化によって変化したのは、渡る歩行者の数や安定感のみではない。橋の材料が鉄になったため、汽車や車の橋による渡河が可能になった。地下鉄が開通する以前は、路面電車が東京の街中を往来していたが、隅田川に架かる橋で線路が敷かれたのは、早い順番で厩橋（明二六）、永代橋（明三〇）、そして両国橋（明三七）であった[79]。路面電車が橋を渡ることによって、新交通網が発達すると同時に、渡し舟の必要性がさらに減少したといえる。

結局、近代化が進行するにつれて、渡しに代わって橋が登場し、次第に橋の規模が大きくなるが、交通機関が発展すればするほど風景を鑑賞する余裕がなくなる。しかし、結果はそれだけではない。川を鑑賞することなく、本来の用途のみのために橋を利用する、極めて実用主義的な生き方はまさに、「大川の水」において芥川が警鐘を鳴らしていた問題である。

五　戦後の喪失感

永井荷風の「捨て児」（昭三〇・八）は、東京大空襲による被害、そして、その結果として浮浪する人々の苦悩を描いた短編小説である。その描写によれば、「空襲の騒ぎは日に日に激しく」なり、「町の警報は敵機が隊をなして襲ひ来る事を知らせる程もなく、投下される爆弾はまづ吾妻橋際の人家から町を焼き初め、遂に観世音の本堂のみならず二王門や五重の塔をも灰にした」[80]。作中において、空襲の際に、多くの人々のうち、元々捨て子であった十五、六のお富は、里親とともに逃げようとするが、人込みの中、白髭橋の袂で彼らを見失う。離別した親子がお互いの所在地を特定できないまま、物語は続くため、お富の捨て子としての存在は二重の意味合いを帯びる。「濹東綺譚」は老人が体験する喪失感を表現しているが、「捨て児」の詳細から明らかになった通り、戦後においてその喪失感を持つことは世代を超えた現象となる。

島村利正のドキュメンタリー風の短編小説「隅田川」（昭五一）においては、東京大空襲による被害の悲惨さが描かれている。その物語において、日本橋に勤務していた語り手の義兄の家族は月島に住んでいたが、空襲後に皆の安否を確認するために彼は徒歩で出かける。

月島への近道の、佃の渡しが頭にあった。若し駄目なら永代橋か勝鬨橋から隅田川を渡るつもりであった。渡しが生きていた。佃へ渡るひとは二、三人しかいなかった。みんな黙っていた。向岸へ着くと、私は船から駈けあがった。いつも通る佃の街は変りがなかった。月島も行ってみると無事であった。無事であることは何よりもであったが、怪訝な気持ちがした。[81]

その後、彼は勝鬨橋経由で帰ることを決めて、初見橋と相生橋を渡って行く。目に付く被害が次第に多くなってきたために、「急ぎ足」で門前仲町まで着く。

隅田川を渡る永代橋はすぐであった。私は戦災記録をのこす役人や記者などではなかった。しかし（中略）夢遊病者のように、焼けた電車通りを真ッ直ぐに歩いていった。
小さな橋を渡った。その辺から深川、本所の広大な焼土が一望のもとに眺められた。まだ煙があちらこちら立ち昇っている。道路も焼け爛れて、火熱が残っている感じがした。死骸が次第に多くなる。(82)

先の二箇所から分かるのは、佃渡しが大空襲の被害を免れたこと、災害の際における橋の位置が如何に重要であるかということ、戦前の深川や本所の伝統的な空間は空襲によって完全に失われたということである。近代橋梁が初めて日本に紹介された際に、批判する声もあったが、関東大震災によって東京の橋の大半が利用できなくなったのとは対照的に、太平洋戦争の終末において近代的な橋は災害時で重要な役割を果たしたといえる。

「濹東綺譚」は以後の一般論の例外となるが、戦前の隅田川近辺の経済的発展を描写する作品には登場人物の青春時代の成長過程を描いた作品が多い。荷風の「すみだ川」(明四二・一二)、川端の「浅草紅団」など、若い主人公を描き、都会の新奇な側面を描く作品が次々と発表された結果、隅田川は活気に溢れている空間として描かれる傾向を持つようになった。関東大震災は悲惨な災害であったが、飽くまで、その被害は全面的な近代化過程における一時的な後退に過ぎなかったといえる。困難はあるだろうが、登場人物にとっても、隅田川の周辺にとっても、未来は極めて明るかった。しかし、太平洋戦争末期は、明治維新以降に見られた隅田川の活気溢れる情景に対して重大なダメージを与えたといえる。

戦後において、島村の「隅田川」、荷風の「捨て児」、岡本かの子の「河明り」など、隅田川を舞台にして、親族や恋人を探す登場人物を描いた作品は多数発表されている。ある意味、戦前の「濹東綺譚」の模範に従って、隅田川文学は次第に「失われたもの」によって規定されるようになったといえる。探索という作中のモチーフとの関連において、橋は人の消息について尋ねる場、人を探しに行く際に渡る手段、待ち合わせの目印、そして出会いを可能にするトポスである。この多数の要素を一文に要約すると、「戦後文学に登場する隅田川の橋は、人間関係における希望を取り戻すための不動の事物である」となる。しかし、そのような願望が橋に託されていたとしても、橋は必ずしも人々を新たな希望へと導いたとはいえない。

吾妻橋については、「河明り」[83]（昭一四・四）に具体的な描写はないが、言及されてはいる。冒頭において、語り手は隅田川の家を探している。隅田川近辺に事務所として利用できる部屋がなかったために、掘割の方を探し始める。やがて永代橋の近辺にある洋館の地階にある川沿いの部屋を借りることとなる。洋館の所有者である娘との出会いによって、物語の主要なプロットの展開が始まる。

娘が想いを寄せた、「木下」という船の乗組員を追跡して行くうちに、語り手はシンガポールにまで行くことになる。シンガポールのギャヴァナー橋を見た際に、語り手は「吾妻橋」や「柳橋」に「似てる」と述べるが、その直後に、「迷子」になったら、ギャヴァナー橋で待てばよいと地元の人にいわれる。その後、木下は、日本橋川にある石橋の袂の「迷子のしるべの石」に放置された捨て子であった過去が判明する。

厳密にいえば、「河明り」に描かれている主要な「橋」は隅田川の橋ではないが、かの子は戦後における隅田川に架けられた橋の意味合いを巧みに表現していると考えられる。自分の過去や他人とのつながりを求める人々にとって、橋は永久不動の基点である。その橋を一度渡ったことがあるなら、再びそれを渡ることは可能だろう。灰となった街に生きる人々にとって、〈橋〉は人間関係の修復、人生の再出発など、新たなスタートを意味するものとなるのである。

荷風の「吾妻橋」（昭二九・三）における橋も再生の基点となる。戦後に両親を亡くした売春婦の田村道子は毎晩、吾妻橋にて客を待っている。荷風は次の通り川の光景を描写している。

道子は橋の欄干に身をよせると共に、真暗な公園の後に聳えてゐる松屋の建物の屋根や窓を色取る燈火を見上げる眼を、すぐ様橋の下の桟橋から河面の方へ移した。河面は対岸の空に輝く朝日ビールの広告の灯と、東武電車の鉄橋の上を絶えず往復する電車の燈影に照され、貸ボートを漕ぐ若い男女の姿のみならず、流れて行く芥《ごみ》の中に西瓜の皮や古下駄の浮いてゐるのまでがよく見分けられる。(84)

この箇所において、隅田川は変わらず無常を表現する「流れ」として描写されている。しかし、その風景は昔ながらの川ではなく、近代の川である。「ビール」の広告、「東武電車」の往来、川に浮かぶごみなど、不秩序のマイナス要素が伴う形で描かれている。やがて田村は松戸の法華寺に葬られている母、そして空襲で亡くなったと考えられている父のために、墓石を「掘《〔原文のママ〕》つて貰ふ」ことにする。お墓参りから帰ってくる道子は、「二人が挙げられた」と伝えられる。親孝行であったために、警察に捕まえられなかった道子は「親孝行してゐると悪い災難にかゝらないで運がよくなる」という。結局、街娼よりも「女事務員」に見える道子は経済的困難にもかかわらず親孝行のために、冒頭に見られる吾妻橋のイメージを読者に再検討させる。浮いている「芥《ごみ》」によって規定されている風景であっても、吾妻橋は人情を欠く場所ではない。従って、評判通り吾妻橋は待ち合わせする場所として描かれているが、それと同時に〈橋〉は人間の真の姿を暴露する空間として登場しているともいえる。

昭和三二年に発表された「夏の夜」においても、荷風は吾妻橋を人間同士との絆を探索する場所として描いている。木村という主人公は、一度会ったのみの菊枝という娼婦を探すために、吾妻橋に通うようになる。該当する描写は次の通りである。

然し毎晩出かけて見ると、涼風の吹き通ふ其辺の景色、本所の空に朝日ビールの広告のついたり消えたりするのが川水に映る吾妻橋辺の景色が目に浮かんで来て、それを見ずには寝られないやうな気もする所から、三日目の夜も、幾度かためらひながらまたしても浅草へと出掛けてしまつた。(85)

主人公が吾妻橋の夜景になぜ魅了されるようになったのか。ここでは具体的に説明されていないが、吾妻橋近辺における夏の夜の賑やかさを証明する箇所である。前述の通り、木村は菊枝の消息を追求して行くうちに「言問橋」において彼女のことを問うようになる。相変わらず、荷風は「言問い」という地名の中に見られる伝統的な意味を踏襲している。

表面的に見れば、木村が菊枝に再会を希望する理由は、彼女が紛失したお金を返却するためである。しかし、孤独な人生を送っている都会人の木村は、探せば探すほど菊枝の存在が重要であると思えてくる。実際は、菊枝を探している際の彼の熱心さは異常とすら見受けられ、その女性に金銭を返却するために最善の努力をしているというよりも、社会及び自分自身に対する信頼を取り戻そうとしているように思われる。木村はやがて彼女を見つけるのだが、賑やかな吾妻橋近辺において彼女を虚しく探している姿は、近代人のジレンマを巧みに表現しているといえる。

折口信夫も近代都会の非人間性に気づいている。折口は、両国橋付近の雑踏を次の短歌(明三七)を通して表現している。

両国の橋行くむれに　われに似て　うしろさびしき人もまじれり(86)

この短歌において折口が創出した両国橋のイメージは、時代を超えて存在するものである。橋の上は歩行者で混雑している。詩人はその人込みの中に入ると、自分の持つ孤独感が自分自身と橋を渡っている他者との間に共通するものであることに気づく。この作品において、折口は東京という大都会の中で人が感じることになる孤立感を適確に描き出している。人間の最も孤独なあり方は、大勢の他者に囲まれている時にこそ出現するのである。

大都会の川であるため、隅田川の歴史を観察してきた作家や詩人は少なくない上、作中の隅田川の描写が多くなればなるほど、その川に関する複数の描写によって、その川固有のイメージが確立することになる。しかし、同時に、多数の作品は隅田川の歌枕としての機能を踏まえて創作されている。つまり、近代文学の「現在」も、古典文学の「過去」も、ともに近代文学作品の中に見出せる。

松永伍一の詩「夜の河」（昭四七・二）は隅田川に見られる、過去と現在の対立関係を水上バス上の視点から次の通り表現している。

　夜の河
隅田川。
それは流れていない。
それはためらっている光の繃帯。
それは私を運ぶただの通路。
河
夜の河よ。
わたしのバスは
名づけて黝んだ猪。（中略）

過去と現在のせめぎあう波打ち際で
メカニズムと人情の乱交のなかで
橋と橋が
どうして時間を組織できよう。
河
始末におえぬ
ここに在る隅田川。(87)

この詩が注目しているのは、川の実用性と情景の間に見られる差異である。「メカニズム」として考える際に、水上「バス」に乗船している話者にとって、川は「通路」であり、同時に神秘的な「光の縞帯」でもある。橋はこの差異をさらに強調するために登場していると考えられる。水上バスに乗船している際に、バスの進行度は経過した橋の数によって測ることができる。しかし、それは「現在」における実用性の視点から見られがちな川の話である。「過去」と関連する、「人情」に溢れている隅田川の本質は、橋によって「時間を組織」できない、永遠に続く伝統的空間である。作品の主題は、水上バスの物理的な進行と、川の空間に漂う永遠的伝統との間に起こる「乱交」である。松永は隅田川における、この解消しない二面性を表現するために「夜の河」を執筆したと推測される。

近代文学に数多く登場する隅田川の描写を振り返ると、少なくとも四つのテーマが反復されていると考えられる。その四つのテーマは、本章の冒頭で述べたように、「喪失」、「死」、「探求」、そして「個人的成長／文明的発展」である。

隅田川を「喪失」と関連した空間として捉える伝統は、「隅田川」（能劇）に由来すると考えられる。「大川の水」、「深川の唄」、「永代橋工事」、「濹東綺譚」などを著した、多数の小説家や詩人は、「渡し」から「橋」へという不連続的な変化も、古い橋が新しい橋に架け替えられるという短期間のうちに生じた変化も描写してきた。これらの複数の作品は、隅田川の「失われた情景」に関して悲啼する作品である点で共通している。この描写傾向によって、隅田川は「無常」を明晰に理解できる空間として描かれている。しかし、このような隠喩性は隅田川のみに見出されるものではなく、「川」が登場する文学全般に発見できる特徴である。「行く河の流れは絶えずして、しかも、もとの水にあらず」という有名な一節が表現している通り、〈川〉は無常を表現する際に最適なイメージなのである。

しかし、隅田川が「死」によって支配されているという含みは、その川特有の伝統に根ざしていると考えられる。この点において、歌舞伎作者河竹黙阿弥の作品群から多数の作品が指摘できる。「隅田川」（能劇）の影響を受けている「都鳥廓白波」[88]も、永代橋を「身投げ」の場として登場させている「網模様燈籠菊桐」[89]も、そして川の側で腹切をする主人公が登場している「船打込橋間白浪」[90]もこの類の作品である。厳密にいえば、「船打込橋間白浪」は隅田川を舞台にする作品ではなかったが、河竹繁俊[91]によると、原作に見られる「花水橋」は、場合によって「両国橋」や「吾妻橋」と呼んで上演されたこともあった。何れにせよ、黙阿弥の歌舞伎における隅田川は、悲劇的で死の予感が漂う風景として描写されていた。

しかし、近代文学において、「死」が隅田川の一要素として登場することは、近世文学に比例して少ない。荷風の初期作品である「すみだ川」（明三六・一〇）は、隅田川を「死神」の領域に属する存在として描いているが、近代文学において隅田川を運命的な「死」が待ちうけている場として描いた作品はほとんど見られない。

一方、隅田川を「探求」に適した場として描写した作品は近代文学において多数見られる。「濹東綺譚」、「夏の夜」、「河明り」などの作品の中で、主人公は隅田川の橋において、喪失した親戚や知り合いを探し、橋は人間関係の再構築と密接な関係性を持つ場として理解されるからこそ、再会を表現するのに適した舞台である。しかし、このような解釈の傾向は決して近代文学に限定されたものではない。「伊勢物語」において在原業平が初めて隅田川の川岸において「言問はむ」という表現を用いて以来、隅田川は、人の行方などを尋ねる最適の場として理解されてきた。

そして最後に見られる表象傾向は〈個人的成長〉と〈文明的発展〉の相互強調効果である。多くの場合、登場人物の成長過程が隅田川の空間変容に反映されているといえる。荷風の名作「すみだ川」（明四二・一二）に見られる満開の桜の場面から隅田川一帯を巨大な工事現場として描いている川端の「浅草紅団」に至るまで、登場人物の成長や繁栄は川の風景にリンクされている。《個人的成長は文明の発展である》という隠喩は古典には見られないものだが、この隠喩は近代における隅田川文学の特徴の一つであると理解できる。

当然、都会文化という視点から考慮すれば、隅田川における橋梁工事などは次第に進んだ首都の近代化の水準を表しているといえる。東京の文化、風土、風俗などが変わりつつあったために、様々な変化は隅田川の環境においても見られた。従って、本章において紹介されている作品すべての舞台を外観すれば、江戸から近代まで隅田川における近代化のプロセスは部分的に把握できる。江戸時代以前の主な渡河手段として理解される渡し舟から橋への移行も、江戸時代を思い起こさせる木橋が後退し、鉄橋や鉄筋コンクリートの橋へと架け替えられたことも、日本社会全体における近代化の一要素として受け止めることができる。

しかし、変容する隅田川の環境が社会全体の近代化を表していると同時に、作中の物語性を強調する役割をも果たしていると判断できる。最先端の技術を利用した新しい橋が登場する際に、作家たちはその新鮮さに着目することを通して、登場人物の心境を反映している場合が多い。結局、文学伝統が豊富な隅田川のような歌枕の場合、伝統と近代とが同居し交替するために、近代文学特有の隠喩的風景描写が採用されると同時に、古い伝統も何らかの形で作品に影響を与えることは期待できる。

伝統的な文学作品の強力な影響力の下、隅田川周辺で育った荷風は生涯をかけて川の風景を描いたために、彼の作品群においては、近代化を辿る大川の変容が鋭く指摘される結果となった。作家の独創性に関していえば、特定の場所の変化ゆえに個人的なノスタルジーが生じることは当然であるが、個人の視点を超越した場所の集団的記憶も存在する。現在において、隅田川文学の伝統に関しては、新作によって新たな局面が付加されても、その伝統全般に対して新作が残す累積的貢献は、僅かなものである。この点に関して、荷風は次の通り述べている。

今日になつても、自分は一度び竹屋橋場今戸の如き地名の発音を耳にしてさへ、忽然として現在を離れ、自分の生れた時代よりも更に遠い時代へと思ひを馳するのである。

いかに自然主義が其の理論を強ひたにしても、自分だけには現在あるが儘に隅田川を見よと云ふ事は不可能である。[92]

注

（1）久保田淳、馬場あき子編『歌ことば歌枕大辞典』（角川書店、平一一・五）四六五。
（2）注（1）に同じ。
（3）「伊勢物語」（『竹取物語　伊勢物語　大和物語　平中物語／新編日本古典文学全集12』小学館、平六・一二）一二二。

（4）「とはずがたり」（『とはずがたり／新編日本古典文学全集47』小学館、平一一・一二）四五〇。

（5）注（1）に同じ、四六六。

（6）日本古典文学大辞典編集委員会編『日本古典文学大辞典 第三版』（岩波書店、昭五九・四）五五六。

（7）久保田淳『隅田川の文学』（岩波書店、平八・九）一八一。

（8）注（7）に同じ。

（9）松村博『日本百名橋』（鹿島出版会、平一〇・八）五八。

（10）藤田覚、大岡聡『江戸 街道の基点（街道の日本史20）』（吉川弘文館、平一五・二）五―一一。

（11）国史大辞典編集委員会編『国史大辞典 第二巻』（吉川弘文館、昭五五・七）四五五。

（12）松村博『江戸の橋／制度と技術の歴史的変遷』（鹿島出版会、平一九・七）三。

（13）日本橋梁建設協会編『新版 日本の橋／鉄・鋼橋のあゆみ』（朝倉書店、平一六・五）三九。

（14）鹿児島徳治『隅田川の今昔』（有峰書店、昭四七・一〇）二九七。

（15）すみだ郷土文化資料館編『隅田川の伝説と歴史』（東京堂出版、平一二・六）四〇。

（16）注（14）に同じ、二九五―六。

（17）注（12）に同じ、一四。

（18）墨田区立緑図書館編『隅田川の橋／写真で見る歴史』（墨田区立緑図書館、平五・三）二四。

（19）注（18）に同じ。

（20）東京市役所編纂『東京市史稿 橋梁篇第二』（臨川書店、昭四八・九）八四三。

（21）注（9）に同じ、四八。

（22）注（12）に同じ、四〇。

（23）注（18）に同じ、一二。

（24）注（18）に同じ、四三。

（25）注（18）に同じ、四三。

（26）森鷗外『ヰタ・セクスアリス』（岩波書店、昭一一・六）二三四―七。

(27)土木図書館編『絵葉書に見る日本の橋』(柘植書房、平四・四)四四。
(28)永井荷風「俳句」(『荷風全集 第一一巻』岩波書店、昭三九・一一)四五六。
(29)折口信夫「東京案内記」(『折口信夫全集 第三〇巻』中央公論社、昭三二・三)四四―五。
(30)永井荷風「夏の町」(『荷風全集 第五巻』岩波書店、昭三八・一)二八八。
(31)注(30)に同じ、二六〇。
(32)芥川龍之介「大川の水」(『芥川龍之介全集 第一巻』岩波書店、平七・一一)。
(33)注(32)に同じ、二七。
(34)注(32)に同じ、二七、二八、三〇。
(35)松本常彦「『大川の水』論」(『原景と写像／近代日本文学論攷』原景と写像刊行会、昭六一・一)二二一。
(36)吉本隆明「佃渡しで」(『吉本隆明全詩集』新潮社、平一五・七)二二九―三一。
(37)前田邦夫「隅田川の橋(二)／歴史」(吉田巖編『橋のはなしⅡ』技報堂出版、昭六〇・九)一七一。
(38)戸川点「水上バスの盛衰・屋形船の復権」(『「川」が語る東京／人と川の環境史』山川出版社、平一三・一二)九八―九。
(39)永井荷風「牡丹の客」(『荷風全集 第四巻』岩波書店、昭四六・五)。
(40)フーコー、M(田村俶訳)『性の歴史Ⅱ／快楽の活用』(新潮社、昭六一・一〇)一八七。
(41)注(39)に同じ、七七。
(42)永井荷風『夢の女』(『荷風全集 第二巻』岩波書店、昭三九・六)三六六。
(43)岩波書店編集部編『岩波写真文庫68／東京案内』(岩波書店、昭二七・七)五〇。
(44)小稲義男他編『研究社新英和大辞典 第六版』(研究社、平一四・三)。
(45)注(13)に同じ。
(46)永井荷風「深川の唄」(『荷風全集 第四巻』岩波書店、昭三九・八)。
(47)注(46)に同じ、一三四。
(48)注(42)に同じ、三六二―三。
(49)注(18)に同じ、二四。

(50) 注(9)に同じ、五九。
(51) 注(14)に同じ、三一一。
(52) 前田久徳「『パンの会』の青春」(『国文学 解釈と教材の研究』第三四巻四号臨時号、平元・三)六八。
(53) 木下杢太郎「両国」(『木下杢太郎全集 第一巻』岩波書店、昭二五・八)一六〇―一。
(54) 岩波書店編集部編『岩波写真文庫54/水辺の鳥』(岩波書店、昭二七・三)二―五。
(55) 木下杢太郎「荒布橋」(『木下杢太郎全集 第五巻』岩波書店、昭五六・八)四八。
(56) 野口武彦「水と放蕩」(『文学』第三巻三号、平四・七)四〇。
(57) 注(13)に同じ、七六。
(58) 注(13)に同じ、七九。
(59) 木下杢太郎「永代橋工事」(『木下杢太郎全集 第一巻』岩波書店、昭二五・八)四〇二―五。
(60) 鴨長明「方丈記」(簗瀬一雄『方丈記全注釈』角川書店、昭四六・八)一三。
(61) 注(7)に同じ、一六。
(62) 川端康成『浅草紅団』(『川端康成全集 第四巻』新潮社、昭五六・九)五九。
(63) 注(62)に同じ、六〇。
(64) 注(62)に同じ、一〇二。
(65) 注(62)に同じ、一二七。
(66) 注(62)に同じ、八二。
(67) 注(62)に同じ、一〇四。
(68) 注(62)に同じ、一九一。
(69) 注(62)に同じ、一三七。
(70) 永井荷風『濹東綺譚』(『荷風全集 第九巻』岩波書店、昭三九・二)一〇九。
(71) 永井荷風『すみだ川』(『荷風全集 第五巻』岩波書店、昭三八・一)一三。
(72) 注(71)に同じ、四六。
(73) 永井荷風「すみだ川」(『荷風全集 第二巻』岩波書店、昭三九・六)。

（74）注（73）に同じ、四七一。
（75）松本道介「近代と無常／永井荷風と時の流れ」（『新潮』第八三七号、昭四九・一一）二〇六―七。
（76）注（56）に同じ、四三―六。
（77）注（70）に同じ、一四二。
（78）注（70）に同じ、一〇五。
（79）注（13）に同じ、四〇―二。
（80）永井荷風「捨て児」（『荷風全集　第一一巻』岩波書店、昭三九・一一）一〇六。
（81）島村利正「隅田川」（日本文芸協会編『現代短編名作集10』講談社、昭五五・五）三〇七。
（82）注（81）に同じ、三〇九。
（83）岡本かの子『河明り』（『岡本かの子全集　第四巻』冬樹社、昭四九・三）。
（84）永井荷風「吾妻橋」（『荷風全集　第一一巻』岩波書店、昭三九・一一）三八。
（85）永井荷風「夏の夜」（『荷風全集　第一一巻』岩波書店、昭三九・一一）一四九。
（86）折口信夫『短歌拾遺』（『折口信夫全集　第二二巻』中央公論社、昭四二・八）三三九。
（87）松永伍一「夜の河」（『ふるさと文学館　第一四巻』ぎょうせい、平六・四）三一九―二〇。
（88）河竹默阿弥「都鳥廓白波」（『名作歌舞伎全集　第二三巻／河竹默阿弥集四』東京創元社、昭四六・一二）。
（89）河竹默阿弥「網模様燈籠菊桐」（『名作歌舞伎全集　第二三巻／河竹默阿弥集四』東京創元社、昭四六・一二）五九。
（90）河竹默阿弥「船打込橋間白浪」（『默阿弥名作選　第四巻』創元社、昭二八・四）一八七。
（91）河竹繁俊「解説」（『默阿弥名作選　第四巻』創元社、昭二八・四）三八〇。
（92）注（30）に同じ、二九〇。

終章　近代文学における〈橋〉の記号的伝達性に関して

一　近代文学における〈橋〉の特徴

本研究において、近代文学における「橋」の隠喩的な役割を検討してきたが、その成果を振り返る前に、序章で説明した、〈橋〉と関連した諸問題を再確認したい。近代文学において言文一致体とリアリズムとが導入された後に、文学の内実も変化したといえる。この変化は多くの側面において見られたが、根本的な変化の一つは、リアリズム的な描写手法が採用された上に、作中の舞台の景色が次第に情景として捉えられるようになったことである。しかし、風景描写がプロット展開や登場人物の心境を反映するようになった一方で、地域的伝統を重視する歌枕の使用は次第に減少していった。

奥野健男は、近代文学に描写されている空間が地域的特色のない、「無重力」で「普遍」的な空間[1]であると述べているが、「風景描写」が導入されるようになったのは、この現象が一因であると考えられる。歌枕と風景描写との関係については後述するが、とりあえずいえるのは、柄谷行人[2]の指摘の通り、風景描写の変貌は近代文学における重要な変化であった点である。なぜなら、登場人物などの心境を反映する「鏡」として取り入れられている風景描写は、日本文学に新しい空間のあり方をもたらしたからである。

しかし、「風景描写」によって伝達できるのは鮮明でない抽象的な印象のみだろうか。前田愛の「都市空間論[3]」は、テクスト内にのみ存在する〈境界〉を、作中に見出せる差異を表現するために、予め構成された技巧と説明しているが、少なくとも境界の場合、風景描写は高度なコミュニケーション機能を有している可能性があるといえるだろう。前田の説明において、橋は典型的な「境界点[4]」として紹介されている。とはいえ、近代小説における橋の記号的伝達性は未だに詳しくは検証されていない。

古代から、〈境界〉に関する意識は日本の民俗や伝説などに頻繁に見られてきた。例えば、「裁断橋」や橋姫の民間伝承などにおいて、〈生〉と〈死〉、〈内〉と〈外〉など、様々な抽象的な差異が境界性という観念を通して理解されてきた。しかし、奥野によると、戦後文学においては、イデオロギー、政治的思想などが文学の主要なテーマとなった。ドイツの社会批評家ゲオルク・ジンメルは、橋はイデオロギーなど、抽象的な観念を表現するために最適な事物であると論じているが、現在においては、この仮説は一般的に受け入れられていない。近代の橋の画一性にむしろ着目した大橋良介は、近代の橋に、特別な意味合いが込められているはずがない[5]とまで断言している。

しかし、近代小説を、作家のイデオロギー、観念などの表現体として捉えるならば、小説は古典文学とは異なって近代的な思想を含有するものとして認識されなければならない。従って、本来の橋に対する見解を見直す必要がある。場合によっては、古典に一切見出せない解釈が近代文学には適用できる可能性が十分にあるとも考えられる。このような新しい解釈を発見するために、近代文学における「橋」を対象とした研究が必要であると考えられる。

本書は、近代文学における「橋」の描写を徹底的に検証することを通して、主に次の三つの問題に取り組んできた。第一に、近代文学における内容の変化、つまり歌枕から風景描写への移行が、如何に起きたのかという問題である。古典と近代文学に登場する「橋」の描写に注目することにより、近代文学の作家たちがこの変化を意識していたか否かという点、そして、歌枕的伝統が濃厚な舞台である場合、風景描写は如何に取り入れられたのかという点、この二つの問いに対する答えを提出したい。

第二に、近代文学における「橋」は、画一性ゆえに、表現力が微弱化したのか、それとも作家たちはその画一性ないし普遍性を巧みに用いることによって、「橋」の解釈の可能性を増幅させたのかという点を考える。古典において見られた、「橋」と関連した主要な隠喩は、《別れの場の橋》や、〈死〉を認識する《彼岸メタファー》や、異なる地域性を際立たせる《境界としての橋》であった。とりわけ問題となるのは、近代文学において古典と同等な境界性のみが見られるのか、それとも風景描写の導入によって橋に込められている意味合いが本来のものと異なってきたのかという点だ。古典的要素を確認した上で、近代文学に見られる橋の解釈の傾向を総括していきたい。

第三は、近代文学における橋と作家の個性とに関わる問題である。「小説入門」において、川端康成は、近代小説を「自我の覚醒とともに、断片的にではあるが自由に人生を把握しようとする随筆[6]」のような表現体系として説明している。近代文学を自我の主張、または自己の価値観を表現する手段と理解すれば、高等な意図伝達の潜在力を有していると考えられる「橋」は作家個人の見解や創作上の個性を生かすために用いられることが予測できる。「橋」が文学に登場する場合、作家の独創性はその「橋」の描写の中に見出されるだろうか。

以下において、この三点に対する答えを提出してゆく。その答えを導き出すことによって、日本近代文学に見られる「橋」の本質は明らかになると考えられる。

二　「歌枕」から「風景描写」への移行

一章で考察した通り、松尾芭蕉の「おくの細道」に見られる「橋」の描写には、特別な意味が込められているとは考えられない。芭蕉が辿った順路において、四つの「橋」に関する記述が残されているが、どの記述にも語り手の心境などの反映が見出せない。芭蕉は、最初に遭遇した雲巌寺付近の橋を特に意識することなく渡った。二番目の「橋」への言及は、「名取川の橋杭」に関してであり、橋に関する説明は一切なく、川岸にある松の木が未だに存在しているか否かという点のみが注目されている。第二七章において「緒だえの橋」という歌枕が採用されているが、芭蕉は実物を目にすることなく旅を続行することになる。そして最後に「枕草子」にも登場している「あさむづの橋」に対して言及はされるが、この「橋」に関しても、詳しい記述はない。結局、芭蕉にとって、「おくの細道」に登場している橋の見所は、事物としての「現状」ではなく、歌枕に連なる「伝統性」である。

芭蕉の「更科紀行」において「木曽の桟」の「現状」が紹介されているとはいえ、その「現状」は当時の橋の危険に関する評価と合致しているために、紀行文の執筆には伝統的な解釈を強調している。つまり、芭蕉は、歌枕である「桟」に対して新鮮な解釈を行なおうとせずに、むしろ歌枕ゆえに伝えられてきた「更科」の一般的なニュアンスを再表現した。

しかし、芭蕉の文学に精通していた正岡子規が「更科紀行」の順路を辿って紀行文を構想した際に、彼は「桟」に対して通常通りの意味を見出すことでは満足できなかった。子規の「かけはしの記」に見られる「桟」の描写において、「桟」の歌枕としての存在は一時的に肯定されているとはいえ、最終的に子規は「桟」を芸術的困難を乗り越えるための手段として意味づけした。子規が歌枕という意味づけのメカニズムを文学の発展における行き詰まりの原因と解釈しているために、「桟」という著名な歌枕に接しても、その機会を独自の解釈を促す契機として利用したのである。

柄谷によると、古典文学において「風景描写」として捉えられる記述が発見できたとしても、それは実際の風景描写ではない。柄谷は次の通り述べている。

柳田國男がいったように、『奥の細道』には「描写」は一行もない。「描写」とみえるものも「描写」ではない。(7)

理由として、古典文学の作家たちは、リアリズム的な描写手法を欠いていた上、舞台を細部に至るまで情景として描き出す意欲を持たなかった。当然、「近代文学に慣れた者は、その見方を前代あるいは古代に投射してしまう」(8)ことはあろうが、結局、リアリズムに基づいて描かれている風景描写が古典にはないために、昔の紀行文、説話などを純粋に「小説」として読むことには無理がある。

しかし、「リアリズムに基づいて描かれている風景描写」という点から評価すれば、島崎藤村の「破戒」は小説の典型である。本書の三章において指摘した通り、とりわけ橋の描写は、プロット展開や主人公の心境を反映させているものとして理解できる。例えば、船橋の上に立ち、川の周辺の景色を眺めながら自分の悲惨な運命を沈思する丑松の描写において、(9)その場面の風景には、「死」の予兆が多数である。「短い冬の日」の風景描写の詳細を具体的に列挙すれば、「餓ゑた鳥の群」、「溺れて死ね」とまでささやく「暗緑」色の川水、「無限の悲しい思」いが伝わる蓮華寺の「鐘の音」、そして「次第に」暮れてゆく千曲川の周辺がある。周辺の景色の様々な重苦しい要素を眺める丑松の心境に関して「暗くなるばかりで有つた」と表現されているが、藤村は暗いイメージで満杯の風景描写を通して主人公の「悲壮な心地」を読者に訴えているのである。

藤村以後の日本文学において、日本の小説家の多くが「風景描写」をさらに積極的に取り入れるようになったのは事実である。恐らく、リアリズムを採用した小説家たちにとっては、風景は操作することができる、情景を引き出すための手段の一つであっただろう。アメリカの文学研究者であるW・C・ブース(10)によると、作中の事情に関する解説を明確に行なわなくとも、風景描写の細部を調整すれば、解説に相当する隠喩性を作品に盛り込むことができる。恐らく「風景描写」が採用された主要目的の一つは、作品の表層に対して新鮮で詩的な雰囲気を導入すると同時に、目立たない形で内容の本質を仄めかすことであったと考えられる。

風景描写の進展と同時に、古典的手法は重視されなくなったが、本歌取や歌枕は完全に利用されなくなったわけではない。例えば、六章において説明した通り、三島由紀夫の「橋づくし」のタイトルは近松門左衛門の「心中天網島」からの借用であり、物語のエピグラフもその作品からの引用である。タイトル及びエピグラフが古典からの引用であるからこそ、作品全体を解釈する際に、近松の作品に照らし合わせなければならない。この手法は本歌取の一種として当然認められる。

しかし柄谷の見解から学んだ上でいえることは、近代文学において「本歌取」として捉えられる記述が発見できたとしても、それは近代以前のものと変わらない、本来の本歌取ではないかもしれない点だ。通常の定義に沿った本歌取、歌枕などは限定的な意味のみをもたらすものとして活用されている。歌枕や本歌取は長年の伝統によって定められた正当な解釈を促すための手法であるために、三島の作品には心中する二人の愛情や世の苛酷さなどを想起させる内容があることが予測できる。しかし、「橋づくし」はそのような内容を含んでいない。

「心中天網島」において、二人の登場人物が複数の「橋」を渡っている際に、読者はその行為から恋人たちが心中を行なう断固たる決意を悟る。「橋づくし」の近代的な登場人物には、この二人に相当するような自分の意図を成し遂げるための強固な決意は見出せない。結局、この描写を通して、三島は古典的な艶を作品に与えるために定番の含みを付加しているのではなく、その描写によって自作の本質を仄めかそうとしている。作品全体を解釈する上での鍵となっているこの言及は、通常の本歌取の場合と異なるといえる。本歌取によって生成される意味は、通常の小説に見られる言及から捉え得る解釈の範囲より遙かに狭い。「橋づくし」の近松への言及は小説の解釈手法に従って機能しているといえる。小説において本歌取に相当する技巧が登場しているとしても、それによって生成される意味は古典に見られる本歌取の手法に従って決定されているというよりも、小説の通常の手法に従って解釈されているといえる。従って、近代文学において、歌枕、本歌取などに見られる要素を吟味する必要があるに相違ない。

筆者が八章において指摘した通り、隅田川を舞台とする近代文学作品においても、古典への言及は散在している。例えば、「伊勢物語」に由来する「都鳥」や「言問」という、隅田川の文学的伝統を想起させる項目は、川端康成の「浅草紅団」や永井荷風の「濹東綺譚」において言及されている。ただし、その言及は作品全体の解釈に対して影響を及ぼすことなく、該当箇所のみにおいて長年の伝統によって定められた正当な解釈が強調されている上、新作に対して古典的な艶を与えている。つまり、「橋づくし」における近松への言及と異なって、「都鳥」や「言問」への言及は従来通りの歌枕に近い機能を果たしているといえる。

隅田川文学には、「隅田川」（能劇）からの影響も見られる。荷風の「深川の唄」と「濹東綺譚」、芥川龍之介の「大川の水」、岡本かの子の「河明り」など、隅田川の空間を「喪失」することによって規定される作品は、能劇「隅田川」において我が子を探している母親の余韻を響かせていると考えられる。また、隅田川を〈死〉の匂いが漂う場所として捉える作品も同じく、少なくとも観世元雅の能劇や河竹黙阿弥の狂言の影響を受けているだろう。とりわけ荷風の初期作品である「すみだ川」（明三六・一〇）に見られる「死神」と「川」との関連性は、この類のものである。

しかし、後に執筆された同タイトルの「すみだ川」(明四二・一二)において、荷風は風景描写に力を注いでいるために、自然にその作品を小説として読むことができる。特に今戸橋に関する複数の描写において、荷風は今戸橋を登場人物の心境を表現する手段として利用している。長吉にも、彼の母であるお豊にも、橋の上に立って彼の未来を瞑想する場面がある。同じ橋であるにもかかわらず、時間帯や描かれている景色が基本的に異なるために、読者が両場面から受ける印象には根本的な相違が見られる。隅田川文学において、風景描写によって登場人物の心境などが鮮明に描かれている作品には、明治四二年発表の「すみだ川」以外にも、荷風の「牡丹の客」や「吾妻橋」がある。しかし、荷風の作品は例外として考えた方がよいだろう。隅田川を舞台としている近代文学作品全般に関していえば、暗示的なメッセージとして読む風景描写に依存する作品は少ない。

近代文学において歌枕や本歌取の利用頻度が減少したとはいえ、完全に消えることはなかった。しかし、作家が風景描写を存分に生かしたい箇所において、歌枕が控えられていることも事実である。そして歌枕的伝統性が濃厚である場面においては、風景描写の挿入を避ける傾向が見られる。つまり、一つの作品において風景描写と歌枕の両立は可能であろうが、作中の一箇所において両方の手法が同時に採用されている例はほとんど見られない。歌枕における意味は「現状」ではなく「長年の伝統によって定められた正当な解釈」によって理解されているゆえ、特定の効果を引き出すために自由自在に描写を調整したい小説家にとって、歌枕は不要な余韻をもたらす障害となっている。

結局、隅田川の文学的伝統は非常に豊富であるために、隅田川が舞台として選択された場合、その伝統に触れずに執筆することは困難であるといえる。換言すれば、隅田川文学を読む読者は、作者がその伝統を取り入れることを期待している。そこで作者はその希望に応じるために歌枕を盛り込もうとすることが多い。とはいえ、歌枕ではなく、風景描写に力を注ぎたい作家たちは、歌枕的伝統が濃厚な舞台を最初から選択しないことが推測できる。従って、風景描写の増大と歌枕の後退とは偶然に同時代において生じた現象ではないかもしれない。積極的に風景描写を取り入れたい小説家が増えれば増えるほど、歌枕ゆえに採用される舞台の登場は少なくなる。換言すれば、風景描写の進展が必然的に歌枕を後退へと導いたのである。

三　画一的な〈橋〉の隠喩に見られる「思想性」

近代文学における「橋」は、画一性ゆえに、表現力が微弱化したのか、それとも作家たちがその画一性ないし普遍性を巧みに用いることによって、「橋」における解釈の幅を増大させたのか。以下において、近代の橋における多様性と画一性とが文学作品において如何なる影響を与えたのかに関して結論づけたい。

近代以降の橋は種類や用途において多様性を伴っているために、近代文学に見られる「橋」の隠喩も古典よりも多様性を伴うものになると予測できる。風景描写によって、「橋」の構造の特徴が前景化されている場合、その特徴によって「橋」の意味が異なってくることも予測できる。この現象は海外文学において見られる。例えば、英米文学において、屋根付き橋が文学作品に登場すれば、その橋は人間関係の象徴として機能している上、橋の屋根下にある出来事は周囲からは見えないために、その関係は「秘密の関係」として登場することが多い。アメリカ文学のE・A・ポオの短編小説「悪魔に首を賭けるな」[11]（一八四一）やR・J・ウォラーの小説「マディソン郡の橋」[12]（一九九二）はこの好例である。また、巨大なつり橋が作品に登場する場合、橋のスケール及び特殊な設計のために、描かれている橋は個人的な人間関係ではなく、地元の社会全体の状況または社会の中の対立グループ同士の複雑な関係を象徴する場合が多い。イギリス文学のT・ストッパードの劇*Albert's Bridge: A play*[13]（一九六九）やアメリカのM・ヘルプリンの小説「ウィンターズ・テイル」[14]（一九八三）はこのような橋の隠喩性を含んでいる。しかし、英米文学と比較して、日本近代文学における「橋」の意味は、外形や構造によって決定される場合が少ない。

とはいえ、外形や構造の特徴によって左右される橋の解釈は不在ということではない。一例として、三島の「橋づくし」を取り上げる。競争に勝つはずの近代的な女性である満佐子は田舎出身のみなに負けてしまうために、最後の場面に描かれている「橋」には《運命の逆転に遭遇するのは橋を渡ることである》という隠喩が見られる。この隠喩が機能していると判断できる理由の一つは、逆転が行なわれている備前橋の形態に関して「軽い勾配の太鼓橋になつてゐる[15]」という説明がなされていることである。川端康成の「反橋」の語り手が説明している通り、極端な勾配の形を取っている太鼓橋を渡る登場人物は幸運に満ちた人生から不運なものへと暗転する。「橋づくし」の最後の橋に関して「軽い勾配の太鼓橋」と表現されているために、〈運命の急転〉という概念が読者に暗示されているといえる。

しかし、三島以外にも、このような〈橋〉メタファーが登場している作品が見られるだろうか。六章において分析されている通り、三島は川端の短編小説「反橋」の影響を受けている。「反橋」において、語り手は、急な橋を渡った際に、自分の人生が幸運から不運に一転したと述べている。また、「泥の河」において、馬車曳きの男が予兆なしに亡くなるのは、「太鼓橋」の上である。基本的に橋の急な「勾配」状の形態が強調されている作品であれば、登場人物がその橋を渡ると、その際に〈運命の急転〉に遭遇することが極めて多い。

しかし、橋の構造や架橋技術のみに着目すれば、橋の意味合いを部分的に見逃してしまう可能性がある。橋の周辺の地理的条件も橋の隠喩性に影響を与える項目である。それゆえ、近代文学においてこのような特徴の有無をも確認しなければならない。「破戒」の場合において、小諸という町の異なる地域は川によって隔てられているが、橋はその両端をつなぐ重要な事物として登場している。つまり、「破戒」に見られる「橋」の解釈は、作中に描かれている橋の周辺の地理的条件に決定的に依存している。作中の「橋」は小諸における人間関係上の分裂の記号として登場している上、部分的にその分裂を補うための手段としても登場している。「破戒」の舞台は大都会ではないが、前田が指摘している通り、特定の地域の描写の中に描かれている「橋」はその土地の社会的特徴と関わって登場する場合が多い。

しかし、誰も住んでいない河原にある橋は如何なる役割を果たすだろうか。「かけはしの記」においてこのような状況にある橋が描写されている。作中における「桟」の周辺には集落がないために、その場面において社会的状況が描かれているとはいい難い。しかし、人が住んでいない環境が描かれている場合、他の隠喩的な可能性が考えられる。橋の場面が旅の最中に登場しているために、少なくとも橋は旅における〈節目〉の一つとして解釈できる。とはいえ、作者はその橋をもって個人的な意図を伝えるために利用したと考えられる。「木曽の桟」に対して自由自在に意味づけを行なっている子規は、「桟」の周辺に見られる地理的な条件（崖など）に注目しながら彼の個人上の芸術における困難を説明し、桟の描写を通してそのような困難を〈乗り越える〉意欲を表現している。飽くまで橋の周辺にある環境の特徴は橋の隠喩を補助し、その場面に特殊なニュアンスを与えるために、徹底的に検討すべき対象であると考えられる。結局、筆者が調査した近代文学作品において橋の形態や構造がその解釈に決定的な影響を及ぼしている例は少ないが、描写されている舞台の地理的条件の描写も視野に入れれば、近代の橋が画一的な存在であるとはいい難い。

林望によると、「江戸時代の早い頃の小説や絵画」には、橋の上で「踊ったり謡ったりする芸能の姿」が頻繁に見られる。昔の橋のこの特徴に関して、林は次の通り解説している。

舞台は橋である、または橋が舞台である、といったところで、それは比喩でもなんでもなく、当たり前のことに属する、と昔の人は思うであろう。[16]

日本のフランス文学研究者小倉孝誠は橋の舞台性に着目している。『パリとセーヌ川』[17]において、彼は橋に関するジンメルの見解を次の通り批判している。

しかしジンメルには、橋の上で何が起こるのか、そこで人間が何をするのかという問いかけがない。（中略）橋を生活やドラマの舞台として見つめるまなざしが欠落している。[18]

小倉によれば、橋が舞台として登場することによって、「橋」の上で行なわれている様々な行動や出来事は、作中の他の行事や出来事と比較して、より重要なものとして捉えられる。「橋」は一種の舞台であるからこそ、その上で行なわれている行動に注目しなければならない。

従って、各作品における「橋」の描写とともに、登場人物が行なう行為に焦点をあてることによって、「橋」に潜在している思想性や作家の意図が明らかになると考えられる。一章から八章にかけて取り上げてきた作品において、登場人物が橋と関わる際に、如何なる行為を行なうのかという点を以下に総括したい。

本書において紹介された作品が多様であったために、「橋」と関連する登場人物の行為も多数あった。その中には、稀な例も多数含まれている。しかし、「魚釣り」や「我が子を川から救う」行為など、数少ない例を除けば、近代文学において、〈橋〉の登場に関連した主要な行為は主に三種類に分けることができる。すなわち、「橋を渡る行為」、「橋の上に立ち止まる行為」、そして「橋から見る行為」である。どの行為も日常的なものではあるが、筆者の見解では、多くの場合、各行為は「橋」を登場させた作家の意図を暗示している。

最初に取り上げたいのは橋を「渡る」行為である。橋の用途と関わる行為であるがゆえ、〈橋を渡る行為〉は最も基本的な項目である。直感的な説明をすれば、橋を利用して他の人間の側へと渡る行動の目的はその人間との距離を最小限のものにすることであるゆえ、好意を示す行動として捉えがちである。しかし、日常生活において、〈橋を渡る行為〉は必ずしも、「友情」を示す行動ではない。むしろ、現実において川の対岸にいる知人を訪問する際に、「渡ること」には、深い意味が込められていない場合も十分にあり得る。しかし、文学作品において作者が「橋を渡る」行為を描写したとすれば、その行動があらゆる可能な行為から選び取られたからこそ、その行為には何らかの意味が込められていると仮定できる。実人生において川向こうに住んでいる友人を訪ねる際に、川を渡るという行為を実行しなければその友人に会えないが、小説の世界では橋も川も簡単に省略できる。物語の背景を詳細まで計画する作者にとって、橋を有意義なプロップとして利用しない限り、作品に登場させる必要は全くないのである。まさにこのために、古典文学の時代から橋が登場する際に、特別な意味が込められていると推測されてきた。

多数の作品に、《人間関係の発展は橋を渡ることである》という隠喩を仄めかす描写が見られる。先述の通り、「泥の河」において、お互いに橋、または川岸と舟をつなぐ渡し板を渡って相手の領域に入ることによって信雄と喜一との友情は深まる。また、「橋のない川」のタイトルにおいて「橋」がないとされている点からは、一般人と差別の対象になっている人々との間に友情へと発展する可能性がないことが解釈できる。

「橋」の描写において頻繁に見られる「人との別れ」のパターンにおいて、ある登場人物が橋を渡って出かける際に、他の登場人物はその出発を橋まで見送る場面が描かれることが多い。この類の「橋を渡る行為」も「泥の河」に頻出している。子供同士、または家族同士の面会が終わると、信雄側の人たちが喜一側の人たちを「橋まで」見送る。相手が橋を渡って訪問し、そして相手を橋まで送る、そのパターンの繰り返しによって、お互いの友情関係が深まっていることが表現されている。つまり、舟の家の周辺にある橋は《別れの場の橋》であると同時に、視点を換えれば《人間関係の発展は橋を渡ることである》というメタファーの異形として機能していることも判断できる。

「破戒」において、丑松の猪子先生との最後の別れにおいても、作品終末において学生たちが丑松を見送る場面においても、「橋」はその舞台となっている。また、「川」において、結婚式の儀式のために直助が架けた「假橋」の存在を通して彼とかの女との別れは確定される。「泥の河」、「破戒」、そして「川」は近代文学作品であるが、これらの作品に見られる《人間関係の終結は橋を渡ることである》という隠喩[19]は「伊勢物語」など、古典文学に横溢している。

「渡る行為」と関連する、もう一つの古典的な項目は「死ぬ」ことである。「彼岸」は伝統的に仏教の観念であるために、〈橋を渡る行為〉をこの世からあの世への移動として解釈することに関しては宗教からの影響も指摘できる。しかし、この隠喩を機能させるためには、作中において登場人物の誰かが橋と関連する形で死ななければならない。本書で具体的に取り上げた作品の中で、橋を渡る際に亡くなる登場人物は一人のみである。それは、「泥の河」に登場している馬車曳きの男である。このため、「泥の河」には、多数の古典においても確認できる隠喩《死につつある人は橋を渡る人である》が登場しているといえる。

岡本かの子の「川」においても、橋と死との関連性を仄めかす《彼岸メタファー》は確認できる。直助の死がかの女に対する愛ゆえに生じたことを考慮すれば、「川」に関して《犠牲が払われる場は橋である》という隠喩が機能していると考えられる。かの子の作品の宗教・神話的な背景を踏まえて分析すれば、直助の死は「人柱」伝説などを想起させるものであると判断できる。ただし、厳密にいえば、直助が亡くなる場面が具体的には描かれていないため、彼の「生贄」としての存在は確立されている事実というよりも、作品全体の構成によって曖昧に仄めかされているニュアンスであるといえる。

民俗、伝説などにおいて、〈橋を渡る行為〉は〈境界を越える行為〉に当たる。古典的な境界性が本書において紹介されているとすれば、それは恐らく泉鏡花の「化鳥」における境界性だろう。「化鳥」において登場人物が橋を渡るシーンは具体的に描かれている上、数人の研究者が作品に境界性を見出している。三章において指摘している通り、語り手の母は「橋姫」的な存在である上、作中の橋は内と外、秩序と無秩序、聖と俗などを含む、多義性を伴う境界として理解できる。しかし、その境界性は登場人物の具体的な行動によって分かるものというよりも、作中における橋の舞台性に起因していると考えられる。能劇「羽衣」が作品の下敷になっている前提を認めれば、橋の境界的舞台性は能の舞台の一部である「橋懸り」に深い影響を受けていることが判明する。従って、「化鳥」の橋の描写によって喚起されている境界性は有効であろうが、その境界性の有無は根本的に読者の捉え方によって左右されているといえる。

実際に、文学一般においても、「橋」の存在を解釈する上で、捉え方という視点は非常に重要である。「化鳥」に見られる総合的隠喩性を説明するために、文学理論に関して検討する必要があると考えられる。序章に説明した通り、『文学論』において夏目漱石は、文学を認識的要素と情緒的要素との組み合わせ[20]によって成り立つものであると指摘している。実際に、「化鳥」に登場している橋はこのような二面性の好例である。表面上の物語において、橋は不可欠なプロップであるために、橋を単なる事物として捉えることはできる。作中の事物の物理的な存在をこのように見た場合、「橋」は漱石のいうところの「認識的要素」という項目に当てはまるだろう。しかし、橋の登場によって喚起されている複雑な境界性を考慮すれば、橋の「情緒的」裏面が明白になる。その際に、橋は用途やプロップとしての存在を越えて、作中の「情緒的」な意味を表す記号として機能し始める。

漱石が指摘しているこの文学の基本的二面性は、「二重構造」ともいう。オーストラリアの文芸批評家、言語学者のルカイヤ・ハサンは文学における二重構造を、次の通り説明している。

文学では記号化が二つのレベルにおいて行なわれる。一般言語表現の場合と同様に、言語の仕組の諸カテゴリーを通して、状況、出来事、過程、事物などが記号化される。しかし、これらの状況、出来事、過程、事物などは次第に、ある主題や複数の主題の配列を記号化するために用いられてゆくのである。（中略）この特定の状況の一群、出来事の配置などはそれ自体（つまり特定の出来事）として認識されるのみならず、同時に表面下における深層の原理としても認識されるのである。[21]（筆者訳）

ハサンによると、普段のコミュニケーションと同じ意味伝達も、暗号のように成り立つ深層的コミュニケーションも、同じテキストを通して同時に行なわれていることが文学作品の特徴の一つだという。この見解は、漱石が指摘した二面性とも、二つの概念領域によって成り立つ隠喩の基本的なあり方[22]とも酷似している。文学に登場する日常的な状況、出来事、過程、事物などは、暗号のように、「表面下」における「深層の原理」を示しているという見解が妥当であれば、文学作品全体を巨大な一隠喩[23]として理解できる。如何なる文学作品もこのような完全な二重構造を持つとは限らないが、このような技巧性が少なくとも一般的であることが、ハサンの主要な論点である。

柔軟に思想に対応できる性質を伴っているからこそ、橋は作品の情緒的裏面において重要な思想的役割を果たしている場合が多いと予測できる。この解釈は決して近代文学の作家に限られたものではない。例えば、戸井田道三は、能の「橋懸り」と歌舞伎の花道の相違に関して次の通り述べている。

舞台と橋懸りとの二部分にわかれている効果を歌舞伎の舞台と比較してみれば、いっそうよくわかるであろう。（中略）花道はもとどういう意味のものであったにせよ、これはもう彼岸と此岸を結ぶ役割はしていない。(24)

つまり、基本的な用途において橋懸りと花道は類似しているにもかかわらず、「橋懸り」だからこそ、「二部分にわかれている」世界の両部分における交流が可能となり、「橋懸り」でなければその差異を演出することが不可能であっただろう。戸井田は、「舞台だけがあって橋懸りがなかったら、能は遠心と求心との緊張する一つの世界を形成し得なかったにちがいない(25)」とまで指摘している。能と全く同様に、「橋」を舞台に織り込むことによって、近代文学の作家たちも「遠心と求心との緊張する一つの世界」を表現することに成功している。しかし、能の伝統と異なって、近代文学の作家たちが差異を表現しようとする場合、それは極めて近代的な差異であった。「化鳥」の橋の境界性には、〈内〉と〈外〉、〈聖〉と〈俗〉などの伝統的な境界性の他に、知的階級と庶民、科学と神話などの極めて近代的な差異が含まれているといえる。このため、「化鳥」に見られる境界性は従来の境界性よりも柔軟性を見せるものであると考えられる。「化鳥」の橋に見られる境界性にはこのような近代的な側面があるため、「化鳥」の橋を近代的思想性を具現化している例として解釈することができる。

また、差別対象となるグループが一般人から離れた地域に暮らしていることから、《分離している二つの状態の接触点は橋である》という隠喩は「破戒」の基本的な隠喩の一つであるといえる。一見、作中に登場しているほとんどの橋は風景描写の一部に過ぎないように考えられるが、物語の空間を分析することによって、藤村が「橋」の描写を通して、丑松の思想の展開を描いていることが分かる。従って藤村は、「橋」をもって日本国民の分裂状態を表現するのみならず、《断固たる行為は橋を渡ることである》という隠喩を通して、読者に対して、新しい思想領域に至るよう促している。

五章においては、太宰治の「斜陽」に関する、橋を起点とする分析が行なわれ、その結果に基づく総合的な解釈が展開された。橋の描写の特徴を検討した結果、作者は「橋」を利用して彼の思想を作中で具象化していたことが分かった。「斜陽」において、かず子と関連しつつ登場した主な橋は「炎の橋」であった。太宰の思想における遮断、つまり旧道徳を乗り越える必要性は、「炎の橋を渡る」ことを通して表現されている。作者は、《決断の橋》という隠喩を通して、彼の思想的基底であるデカダンスを読者に対して提案しているが、登場人物であるかず子はこの思想を実践しようとする際に、自分の行為を「炎の橋を渡る」という詩的な表現を利用して説明している。

ジンメルが述べている通り、橋には、人間の興味を引く、心理に深く響く要素がある。そのために、芸術作品[26]に登場する際に、橋は形態及び機能性ゆえに注目を集める事物として捉えられる。登場人物及び読者の注目を集める橋の機能性に関して、小倉は次の通り述べている。

実際、橋は単に渡られるためだけにあるのではない。通過する空間であると同時に、人々はそこで立ち止まり、佇み、欄干から風景を眺め、下を流れる川を覗き込む[27]。

本書で取り上げられた多数の作品において、主要な登場人物は橋を渡る途中で留まり、橋の上に立って作品の主題に関して瞑想することが描かれている。七章において検討した「泥の河」は、表面上は少年同士の友情物語である。しかし、〈橋〉、〈お化け鯉〉など、作中に見られる様々なイメージを分析すれば、作品には、戦死した兵隊を想起させる情緒的な深層があることが分かる。宮本輝はこのような両義的な描写を通して、戦後日本の高度成長期の裏面に潜んでいる解消し難い不安を巧みに情景として表現しているといえる。注意しなければならないのは、複数の場面において、〈お化け鯉〉を眺める展望台が「橋」である点だ。「泥の河」の信雄と喜一や「破戒」の丑松の場合と同様に、「吾妻橋」の道子、「すみだ川」（明四二・一二）の長吉など、多数の作品の登場人物は人生に関して深く考える際に、橋の上に立つのだ。

これらの例を見れば、「橋」が主人公に対して深遠な問題に対する洞察力を与えていることが分かる。しかし、主人公のみならず、作者は橋の風景描写によって、読者に対しても同じ洞察力を与えているといえる。木下杢太郎の「永代橋工事」において、登場人物が橋の上に立つ行為は一切描かれていないが、新しい橋に焦点を絞る詩人がその橋の未来に関して検討する際に、読者はその橋を見て、世にあるすべてのものの成り行きを悟るのに必要な洞察力を得る。従って、「橋」自体が洞察力を与える力を持つために、必ずしも登場人物が橋に上ったり、橋を渡ったりする様子を描く必要があるとは限らない。

小倉にいわせれば、「風景画が橋のモチーフを好み、風景描写が橋を特権的な被写体の一つにしてきたのは偶然ではないのだ[28]」。橋はこのような特殊な存在であるために、「橋」の登場につい注目してしまう読者はその場面を作品全体において注目すべき箇所であると考えてしまう。

以上において、登場人物の行動に注目しながら、近代文学に見られる橋と関連する行為及び〈橋〉の隠喩的役割を確認してきたが、その隠喩が古典に見られるか否かを問わず、本書によって明確になった主要な〈橋〉メタファーは表1の通りである。

表1を参照すれば、機能している橋の隠喩の組み合わせが作品ごとに異なっている事実が分かる。同じメタファーが複数の作品に登場しているが、同じ複数の隠喩のパターンが作品に共通していることはない。従って、橋が多数の作品に登場しているとしても、橋によって表現される作品の隠喩上の意味合いは同じではない。橋の伝える意味合いが作品間で異なるため、作品における橋の隠喩性はその作品固有の多義性を伴っているといえる。

しかし、「橋」が登場している多数の作品の間においてその隠喩が作品ごとに異なるとしても、それは決定的な

表1　本書で取り上げられた日本文学作品に見られる主要な〈橋〉メタファー

〈橋〉メタファー ＼ 作品名	「かけはしの記」	「化鳥」	「破戒」	「川」	「斜陽」	「橋づくし」	「泥の河」	「すみだ川」	「永代橋工事」	「両国」	「捨て児」
《人生の困難を乗り越えるのは橋を渡ることである》	○										
→《芸術上の困難を乗り越えるのは危ない渡橋である》	◎										
《人間関係の発展は橋を渡ることである》			○	○			○				
→《結婚は橋である》				◎							
《人間関係の終結は橋を渡ることである》			○	○							○
→《別れの場は橋である》			◎	◎							◎
《分離している二つの状態の接触点は橋である》	○	○	○	○	○	○	○			○	
《断固たる行為は橋を渡ることである》（略称《決断の橋》）			○		○	○					
→《情熱に溢れた決断は炎の橋である》					◎						
→《危険な決断を下すことは危ない橋を渡ることである》					◎						
《超越的な視点から透視するのは橋から眺めることである》			○				○	○			
《超越的な視点から透視するのは橋を眺めることである》									○	○	
《死につつある人は橋を渡る人である》				○			○				
《運命の逆転に遭遇するのは橋を渡ることである》						○					○
《犠牲が払われる場は橋である》				○			○				

○は主要な〈橋〉メタファー、◎は主要なメタファーの特殊な一形態

相違であるだろうか。それとも、前述の〈橋〉メタファーすべてを同じ隠喩的体系を通して理解できるだろうか。例えば、《考えは植物である》[29]という隠喩がある。レイコフとジョンソンによれば、「彼の考えはついに実を結んだ」という発言は《考えは植物である》という基本的な隠喩の拡張された一形態と理解できる。表1にある〈橋〉の隠喩のすべても、この例と同様に、一括できる基本的隠喩の体系に属しているだろうか。〈橋〉の「体系性」という問題を検討するために、〈橋〉と〈川〉の関連性を視野に入れて考察を行なうべきであると筆者は考えている。

　橋の最も基本的な役割は恐らく「つなぐ」機能性によって説明できる。そのために、人間の「橋」に対する認識は「隔て」という地理的条件によって決定されている。川、谷間など、何らかの物理的な隔てがなければ、定義上、「橋」の存在は確定されない。従って、川の上に架かっている橋の場合、その川が存在しなかったら、橋も最

初から存在しなかったと仮に判断できる。このために、「橋」と「川」とが同じ場面において描写されている場合、「川」が橋の体系に属している可能性を視野に入れなければならない。分析した結果、「川」の存在が「橋」との関係がないものであるという判断もあり得るが、関連性の余地を認めない限りにおいて、「川」及び「橋」の真の意味を見逃してしまう恐れがある。従って、例外もあろうが、一般的には〈川〉は橋の隠喩的体系に多大に貢献する要素として考えた方がよいだろう。

〈隔て〉を前提にする〈橋〉の基本的体系性を更に追求すれば、表1に掲載されている多数の隠喩は、より基本的な隠喩である《分離している二つの状態の接触点は橋である》の拡張された形態であることが分かる。この隠喩を〈境界〉の心理的原型としても理解できるが、〈橋〉の隠喩が、一括できる基本的な隠喩に起因しているのであれば、《分離している二つの状態の接触点は橋である》はそれであろう。従って、古典文学に見られる「橋」の多くが「境界」と結び付けて解説されたことは決して偶然のことではない。〈境界〉は、橋と同様に〈分離している二つの状態〉を前提とする概念であるために、古典文学に見られる〈境界性〉は、近代文学に見られる橋の隠喩に類似する性質があるといえる。ただし、〈境界〉という伝統的な発想は風景描写と一切関連がないために、作品の意味解釈を行なう際、根本的に異なる方法に基づいた現象として考えた方がよいだろう。

《分離している二つの状態の接触点は橋である》という基本的な隠喩が如何に別の〈橋〉の隠喩に関連しているかに関して、表1から例を取り上げて説明したい。《死につつある人は橋を渡る人である》という隠喩の場合において、〈橋〉は〈生〉と〈死〉という「二つの状態」の間の接触点として機能しているといえる。また、《人間関係の発展は橋を渡ることである》という隠喩において、〈橋〉は二人の人間の異なる空間及び個人的アイデンティティの間に、二人が関わるための具体的手段として機能している。しかし、表1に掲載されている隠喩のすべては《分離している二つの状態の接触点は橋である》という隠喩によって一括できるとはいい難い。

例えば、「すみだ川」（明四二・一二）に見られる《超越的な視点から透視するのは橋から眺めることである》という隠喩は、橋の〈隔てを乗り越える〉機能性に依存していない。人間が足を濡らさずに川を渡るために、橋は川の水準よりも高い位置に建設されていることが多い。このために、多くの橋は、設計上、周りの景色が見える、見晴らしのよい「展望台」になっている。「すみだ川」に登場している今戸橋はまさにこのような橋として描かれている。長吉及び長吉の母が今戸橋の上に留まり周辺を眺めている二つの描写の中で橋のこの特徴が注目されているために、橋の「渡河手段」としての存在意義が薄くなり、景色が見える「展望台」としての意味合いが場面の中心に置かれることとなる。「見晴らしがよい」という特徴は、当然、橋の〈隔てを乗り越える〉機能性と直接的には関係がないためにこの場面における橋の意味合いは二次的な特徴によって決定されているといえる。

また、八章に紹介した荷風の「捨て児」において、主に《運命の逆転に遭遇するのは橋を渡ることである》や《人間関係の終結は橋を渡ることである》という隠喩が機能していると考えられる。空襲に巻き込まれた主人公のお富が白髭橋の袂で里親を見失う際に、彼女の人生が一転することが描かれているが、お富にとって、一緒に渡るはずの橋が〈別れの場〉になったのは、《分離している二つの状態の接触点は橋である》という隠喩のためではなく、避難する人々の勢いによって橋が混乱を増していく拠点となったためである。つまり、「捨て児」において最も注目されている橋の特徴は、二つの異なる状態を結ぶ機能性ではなく、大量の人々が一気に渡る際に見られる二次的現象である。

結局、表1に見出せる隠喩に関して、橋の〈隔て〉を前提にしている定義に依存している場合に限って、その隠喩は同じ基本的体系《分離している二つの状態の接触点は橋である》に属していると判断できるが、「橋」の場面から捉える意味合いが描写されている橋の構造や周辺の地理的条件などに起因している場合、この基本的体系性の影響が少ないと判断できる。

さらに、主要でない〈橋〉メタファーの存在をも認めなければならない。表1において記されているのは、近代文学に頻出する〈橋〉の主要なメタファーのみである。例えば、《人生の試練を経験するのは橋を通り抜けることである》や《社会が見えない人は橋の下の人である》という隠喩は、海外の文学において確認されている隠喩[30]である。表1においてこの類の隠喩が掲載されていない理由は主に二つある。その第一の理由は、その隠喩が日本の文学において殆ど見られないためである。《人生の試練を経験するのは橋を通り抜けることである》という隠喩はこの類のものである。第二の理由は「近代文学作品」の定義によって生じる問題である。《社会が見えない人は橋の下の人である》という隠喩は山本周五郎の短編小説「橋の下」（昭三三・一）において見られるが、周五郎は大衆文学作家として知られているためか、先行研究が少ないために、本書の主要な対象として採用することが困難であると筆者は判断した。

とはいえ、結局《社会が見えない人は橋の下の人である》という隠喩は近代文学作品において珍しい隠喩であるといえる。飽くまで、本書の題目が「近代文学の橋」であるために、表1に掲載されている主要な〈橋〉メタファーを選んだ際、「近代文学の橋」を代表できる隠喩を採用した。従って、表1を参考にする際には、文学に登場し得る、可能な〈橋〉メタファーすべてを含んでいないために、完全なリストとしてではなく、日本近代文学における「橋」の特徴を反映するために作成された暫定的な羅列として考えた方がよい。

何れにせよ、作中における橋の意味を分析しようとする場合、まずはその橋の地理的条件と描写の詳細から機能している隠喩の体系性を特定しなければならない。このような分析を行なわない限り、橋が伝える意味を確定することは困難であると考えられる。さらに、特定の作品において、橋が数回登場している場合、その登場によって同じ意味が繰り返されているという保証は一切ない。「破戒」の複数の橋の描写に見られる通り、橋は丑松と猪子先生の《別れの場》として登場し、人生に対する洞察力を丑松に与える場に変わり、そして最後に生徒が渡ることによって、日本社会の意識を変えようとする彼らの強い意志を表す象徴として理解できる。橋は思想的な可能性を多く包含する事物であるからこそ、芸術作品に登場している橋の意味を把握しようとする際には、慎重に行なわねばならない。

四　橋の視点から見た作家の個性

水上勉が裁断橋を取り上げて「天正の橋」として書き改めた際に、彼は裁断橋伝説の出来事やその橋を架けた母親の感情のみを表現していたのではなかった。戦国時代に亡くなった若き武者のことの他に、作者が大日本帝国の戦死者のことも意識していたことは次の箇所によって分かる。

　日清、日露の戦に召されて、帰って来なかった若者も、「裁断橋を」渡った。(31)

二〇世紀後半に歴史小説を執筆している水上にとって、「裁断橋」の意味は戦後日本における戦没者の追悼にまで及んだに相違ない。二一世紀の読者にとって、このような歴史的な読み方は、濱田青陵や保田與重郎の橋に関する解説にも及ぶだろう。文学的理解は作家の意図とともに、読者の間における反射的な捉え方にも依存している。個人による解釈が魅力的であればあるほど、社会全体に知れ渡る可能性は高まることになる。

　とはいえ、水上の歴史小説の内容が二〇世紀後半の日本社会の現状と合致しているのは決して偶然であるとはいえない。水上に戦死者を追悼する意図がなかったとすれば、彼は始めから「裁断橋」という歴史的エピソードを取り上げなかっただろう。また、彼が執筆していた当時が戦没者を追悼する時代であったからこそ「裁断橋」という物語をあらゆる歴史的題材の中から選び取ったといえるだろう。つまり、亡くなった兵士を追悼するために、「裁断橋」は最適な舞台、最高の物語であった。場合によっては、作家の脳裏にある特定の観念を具象化するために、橋は最大限に活用できる対象であると考えられる。

世界文学において、近代的小説の様々な特徴を検討したイタリアの比較文学者フランコ・モレッティ(32)によれば、小説における「悲劇的・崇高な人物」［"tragico-sublime" characters］は、作品全体に均等に配置されているのではなく、作中に描かれている「境《さかい》」の周辺に最も多く現れる。彼の仮説によると、作家の執筆過程において、「空間」は「スタイル」を支配しているために、登場人物の行動は彼らの地理的な位置によって決定されている。モレッティによると、小説の多くの箇所において隠喩が比較的少ない場合においても、登場人物が境に近づくと、情緒的比喩表現が多くなるという。「レトリックは地理によって決定される」というのが、彼の結論である。

しかし、その逆の場合、つまり「作中に描かれている地理はレトリックによって決定される」というケースもあり得るだろう。先述の水上の「天正の橋」はまさにこの一例である。思想家でもある歴史小説家は、思想を表現する際に、その思想を最も分かりやすい形で伝えるべく、舞台、登場人物など、作品の様々な設定を選択していく。フィクションの場合でも同様だろう。作品の舞台を検討する際に、登場人物が取るであろう行動を想定した上で、その行動を最大限に際立たせる舞台を様々な選択可能な舞台から厳密に選び取っていく。換言すれば、作者が舞台や風景描写の内容を決定する際に、その選択は予め構想された計画の上の選択である場合が多いだろう。従って、多数の小説において、「橋」、「境」など、作中の〈境界〉を隠喩的に捉えることができるのは、地理的条件ゆえに偶然に現れた現象ではなく、作家が特定の効果を出すために境界を最適な舞台として選んだ結果である。

作品の舞台によって作家の思想的な意図が鮮明になるとすれば、創造上の個性はその舞台の選択のあり方に目を向けることにより、ある程度、把握できる。荷風と芥川が伝統ある、近代都市東京の隅田川に架かる橋を登場させているのは、彼らの懐古趣味と近代的意識との緊張感を伴った関係ゆえであると判断できるだろう。三島由紀夫は近代的精神に対して疑問を持ち、近代人の弱点を無味乾燥なコンクリート製の橋の描写を通して露呈させた。また、近代人には、困難を乗り越えるための根性がないと判断している三島が、その真相を具現化するために登場させたのは、一つの橋ではなく、連続的に渡らなければならない七つの橋であった。さらに、島崎藤村は、差別の対象となっている人々の立場を代弁するために、その差別を断絶として表現した上、その断絶を乗り越えるために橋を提供した。

思想的内容が濃厚であるこれらの作品において、作者の思想は執筆し始める以前から存在していたというよりも、作品の執筆動機として捉えられる。よって、作中の「橋」は偶然に登場した単なるプロップではなく、作者の思想を表現するのに最適な形態の事物と考えられる。少なくとも、本書において紹介された作品の場合、橋の描写を分析することによって、作者の思想上の特性が一段と鮮明になると考えられる。

アメリカのドイツ詩研究者フィリップ・グルンドレーナーには、*The Lyrical Bridge: Essays from Hölderlin to Benn*(33)(一九七九)という著書がある。「橋の象徴性」を解説しようとした際に、彼が初めて直面した問題は、橋というテーマに直接的に取り組んだ先行研究が不在(34)ということであった。彼は橋の宗教的意義を調査したC・J・ブリーカー(35)の論文や、精神分析学の視点から橋の意味を考察したP・フリードマン(36)の論文を参考にしつつ、ドイツ詩の中から九編を精選し、それぞれの分析を行なった。

ドイツの芸術的散文の伝統においても橋が重要なモチーフであるとグルンドレーナーは主張しているが、とりわけ詩作品に関して、彼は次の通り結論づけている。

［この研究に紹介されている］どの詩人にも共通するのは、彼が直面している混乱を芸術的に克服するために、橋を利用している点である。[37]（筆者訳）

つまり、思想上の問題は詩人ごとに基本的に異なるにもかかわらず、詩において思想を具現化する際に、その問題を解決しようとする手法及び橋の描写の採用は共通なのである。

日本近代文学の橋の描写に関しても、同様な結論に至ることになる。作家たちは、様々な思想を有し、様々な主題を取り上げている。しかし、如何なる思想であろうとも、如何なるテーマが見られるとしても、橋は、それらを表現するのに有益な機能性を有している。近代文学において、様々な作家が橋が持つこの利点に着目してきたのは、偶然ではなく、橋の豊かな表現力のためであるといえる。

終わりに

平成一〇年に発表された『日本の美学[38]』の「橋」特集において、主な対象は古典文学であったとはいえ、数点の近代文学作品が例として取り上げられている。その解説の中に、橋の「機能美[39]」に対する指摘があり、「渡る」行為の重要性[40]が強調され、橋の基本的「境界性[41]」も確認されていた。古典文学を説明する上で、これらの項目は必要であると考えられる上、所収の様々な論文は非常に興味深い、意義ある研究であったと断言できる。

しかし、その特集には近代文学に関する批評が少なく、古典に対する研究と比較して表層的であった。最も明白な理由は、恐らく、「橋」が登場している近代文学作品が十分に把握されていなかったことにあるだろう。しかし、それのみが理由ではないと考えられる。もう一つの理由は、古典の分析手法のみを用いて近代文学に登場する橋を解釈しようとする際に、その橋の魅力は完全に見出せないという点である。近代文学を十分に理解するためには、近代文学の手法や特徴を把握した上で分析を行なう必要がある。近代文学の橋を「歌枕」という視点によって分析しようとすれば、近代の橋は「特別な意味が込められているはずがない」という結論に至るだろう。

本書のタイトルは「近代文学の橋」であるが、「〈橋〉作品一覧」を見れば、〈橋〉が登場する、多数の優れた作品が取り上げられないまま、本研究が終了することが分かる。そのため、近代文学の橋の全側面が本研究によって明らかになったとはいい難い。とはいえ、本書は、近代文学の橋を理解する上での有益な視点を提供したと自負している。この視点を概略的に表現するために、幾つかのキーワードを挙げたい。すなわち、「風景描写」、「隠喩」、「近代的境界性」、「二重構造」、そして「潜在的思想性」である。これらの項目の重要性を認めないまま、橋が登場する近代文学作品を解釈しようとすれば、その橋の真の重要性を見逃すことになるだろうと、筆者は考えている。

注

（1）奥野健男、前田愛「対談　文学にあらわれた都市空間」（『国文学　解釈と鑑賞』第四五巻六号、昭五五・六）七。
（2）柄谷行人「風景の発見」（『定本　柄谷行人集　第一巻』岩波書店、平一六・九）。
（3）前田愛『都市空間のなかの文学』（筑摩書房、昭五六・一二）。
（4）注（3）に同じ、二〇。
（5）大橋良介「日本の橋」（『日本の美学』第二八号、平一〇・一二）三三。
（6）川端康成『小説入門』（弘文堂書房、昭四五・四）三一。
（7）注（2）に同じ、一八。

（8）注（2）に同じ、一九。
（9）島崎藤村『破戒』（『藤村全集　第二巻』筑摩書房、昭四一・一二）二五二。
（10）ブース、W・C（米本弘一、服部典之、渡辺克昭訳）『フィクションの修辞学』（書肆風の薔薇、平三・二）二五〇―一。
（11）Poe, Edgar Allan. "Never bet the devil your head: A moral tale." *The Complete Works of Edgar Allan Poe*, Vol. IV. New York: AMS Press, 1965. 213-26.（ポオ、E・A（野崎孝訳）「悪魔に首を賭けるな」（『ポオ全集　第二巻』東京創元社、昭四四・一二）七一―八四。）
（12）Waller, Robert James. *The Bridges of Madison County*. New York: Warner Books, 1992.（ウォラー、R・J（松村潔訳）『マディソン郡の橋』（文藝春秋、平六・一）。）
（13）Stoppard, Tom. *Albert's Bridge: A play*. London: Samuel French, 1969.
（14）Helprin, Mark. *Winter's Tale*. New York: Simon & Schuster, 1983.（ヘルプリン、M（岩原明子訳）『ウィンターズ・テイル　上、下』（早川書房、昭六二・一）。）
（15）三島由紀夫「橋づくし」（『三島由紀夫全集　第一〇巻』新潮社、昭四八・四）三三〇。
（16）林望『林望が能を読む』（青土社、平六・六）一三。
（17）小倉孝誠『パリとセーヌ川』（中央公論新社、平二〇・五）。
（18）注（17）に同じ、二〇三―四。
（19）永井荷風の「捨て児」も橋を〈別れの場〉として描いているが、お富と彼女の里親との別れは前兆のない、突然の別れであるため、従来通りの解釈の枠に収まらない決別であると判断せざるをえない。
（20）夏目漱石『文学論　第一編』（『漱石全集　第一四巻』岩波書店、平七・八）二七。
（21）Hasan, Ruquaiya. "Rime and reason in literature." *Literary Style: A Symposium*. S. Chatman, ed. Oxford University Press, 1971. 309-10.（原文は次の通りである。"In literature there are two levels of symbolization: the categories of the code of language are used to symbolize a set of situations, events, processes, entities, etc. (as they are in the use of language in general); these situations, events, entities, etc., in their turn, are used to symbolize a theme or theme constellation. (...) A certain set of situations, a configuration of events, etc. is seen not only as itself (i.e. a particular happening) but also as a manifestation of some deep

underlying principle.")

（22）レイコフ他によれば、隠喩は性質が異なる二つの概念領域の組み合わせによって成り立つ。より具体的な概念領域は、より抽象的な概念領域のペアになっている場合が多い。文学において、このような二重構造的執筆方略は作品における両面性、多義性を生み出し、漱石の文学の定義における「認識的要素」と「情緒的要素」との関連性に酷似している。

（23）序章において説明した通り、レイコフ他が提唱した概念メタファー理論が本書の主旨に適しているために採用された。多数の近代文学作品を徹底的に調査した結果、文学作品における隠喩は組織性を伴うという指摘は妥当と考えられる。当然、特定の限られた描写において限定された意味を持つメタファーもあるが、作品全体に広範に活用されている隠喩もあることは念頭に置かなければならない。

（24）戸井田道三『能／神と乞食の芸術』（せりか書房、平元・二）二九。

（25）注（24）に同じ、二八。

（26）絵画の研究を行なってきたイギリスの美術学者スウィートマンは、絵画における橋も特別な存在として捉えている（John Sweetman. *The Artist and the Bridge: 1700-1920*. Aldershot, U. K.: Ashgate, 1999.）。

（27）注（17）に同じ、二〇三―四。

（28）注（17）に同じ、二〇三。

（29）レイコフ、G、M・ジョンソン（渡部昇一、楠瀬淳三、下谷和幸訳）『レトリックと人生』（大修館、昭五五・三）七三。原著 Lakoff, G. & M. Johnson. *Metaphors We Live By*. Chicago: University of Chicago Press, 1980.

（30）Strack, D. C. "The Bridge Project: Research on Metaphor, Culture, and Cognition." *The University of Kitakyushu, Faculty of Humanities Journal*, 68. Oct., 2004.

（31）水上勉「天正の橋」（『水上勉全集 第一三巻』中央公論社、昭五二・五）三九五。

（32）Moretti, Franco. *Atlas of the European Novel 1800-1900*. London: Verso, 1998, 43.［According to Moretti, "tragic-comic" characters "are not randomly distributed a bit everywhere in the novel, but are usually found in the proximity of the border. But if comic and tragic elements tend to show up near the border, this means that in Scott or Pushkin, stylistic choices are determined by geographical position. Space acts upon style（中略）Although the novel usually has a very low 'figurality'（中略）near the border figurality rises: space and tropes are entwined; rhetoric is dependent upon space.”]

（33）Grundlehner, Philip. *The Lyrical Bridge: Essays from Hölderlin to Benn.* Cranbury, NJ: Associated University Presses, 1979.

（34）注（33）に同じ、一四。

（35）Bleeker, C. J. “Die religiöse Bedeutung der Brücke.” *Studies in the History of Religions,* 7, 1963.

（36）Friedman, P. “The Bridge : A Study in Symbolism.” *The Yearbook of Psychoanalysis,* 9, 1953.

（37）注（33）に同じ、二五（原文は次の通りである。“Common to each poet is his use of the bridge in the quest to achieve an artistic sovereignty over that disorder which he perceives confronting him.”）。

（38）「橋／つなぐもの、わけるもの（特集）」（『日本の美学』第二八号、平一〇・一二）。

（39）浅沼圭司「結び隔てるもの／橋をめぐる断片」（『日本の美学』第二八号、平一〇・一二）一〇七。

（40）注（39）に同じ、一一一。

（41）注（39）に同じ、一一二。

〈橋〉が登場する主要な近代文学作品一覧

一、明治二二年から平成二六年にかけて、「橋」という漢字が取り上げられている詩作品、詩集、短編小説、エッセー、長編小説を発表または刊行年月順（和暦）に並べた（発表または刊行年、作者、タイトル、発表または刊行月（未発表作品の年月は執筆年月。発表月が不明な場合は省略））。「新橋」など地名は含むが、「橋本」という人名などは含まないことにする（あくまでこの一覧に掲載されている作品及び初出情報は筆者が把握しているものを表す参考例である。必要に応じて大衆文学と考えられる作品も一覧に含まれているが、一方で「橋」という漢字が登場しているにもかかわらずこの一覧に掲載していない近代文学作品も多数あると考えられる。予め、ご了承されたい）。

一、短編小説、エッセー、題目が付いている詩作品は「　」、長編小説、長編エッセー、著書、劇、詩集は『　』、無題詩作品、短歌、俳句などは［　］で作品冒頭を表記した。数年にわたって発表された作品の場合、連載の完成年度を発表年とする。ただし、連載の時期は（　）において明記される。

発表または刊行年	作者	タイトル（発表または刊行月）
【明治】（西暦 1868. 9. 8–1911. 7. 29）		
二二	二葉亭四迷	『浮雲』（二〇年六月、二一年二月、二二年七、八月）

二三	河竹黙阿弥	『戻橋恋の角文字』（一〇月）
二五	幸田露伴	『五重塔』（二四年一一月—二五年三月）
	正岡子規	「かけはしの記」（五—六月）
	正岡子規	[石橋に芽のすりきれる柳かな]（『寒山落木（巻一）』）
	正岡子規	[踏みならす橋橋や風かをる]（『寒山落木（巻一）』）
	正岡子規	[夕立や橋の下なる笑ひ声]（『寒山落木（巻一）』）
	正岡子規	[鉄橋や横すぢかひに天の川]（『寒山落木（巻一）』）
	正岡子規	[初汐や御茶の水橋あたりまで]（『寒山落木（巻一）』）
二六	正岡子規	[反橋や藤紫に鯉赤し]（『寒山落木（巻二）』）
	正岡子規	[鉄橋のさつはりしたる卯月哉]（『寒山落木（巻二）』）
	正岡子規	[夏川や馬繋ぎたる橋柱]（『寒山落木（巻二）』）
二七	高山樗牛	『瀧口入道』（四—五月）
二八	樋口一葉	「にごりえ」（九月）
	正岡子規	[初雪や橋の擬寶珠に鳴く鴉]（『寒山落木（巻四）』）
二九	樋口一葉	「たけくらべ」（二八年一月—二九年一月）
	広津柳浪	「今戸心中」（七月）
	泉鏡花	「照葉狂言」（一一月）
三〇	泉鏡花	「化鳥」（四月）
	泉鏡花	「凱旋祭」（五月）
	島崎藤村	「おえふ」（『若葉集』八月）

〈橋〉が登場する主要な近代文学作品一覧

三一	正岡子規	「川に沿ふていけど橋なし日の永き」（『俳句稿』）
	島崎藤村	「月光五首」（『草夏』 一二月）
三二	徳冨蘆花	『不如帰』（三一年一一月—三二年五月）
	泉鏡花	「彌次行」（一二月）
三三	泉鏡花	「高野聖」（二月）
	永井荷風	「はる雨に灯ともす船や橋の下」（五月）
	永井荷風	「をさめ髪」（六月）
	正岡子規	「橋の巻抄」（一一月）
三四	永井荷風	「山谷菅垣」（二月）
	永井荷風	「小夜千鳥」（三月）
	永井荷風	『新梅ごよみ』（四—五月）
	与謝野晶子	「四條橋おしろいあつき舞姫（後略）」（『みだれ髪』 八月）
三五	幸田露伴	「水の東京」（二月）
	森鷗外	『小倉日記』（三二年六月—三五年三月）
	永井荷風	『野心』（四月）
	泉鏡花	「きぬぎぬ川」（五月）
	永井荷風	「晝すぎ」（五月）
	泉鏡花	「逗子だより」（九月）
	永井荷風	『地獄の花』（九月）
	幸田露伴	「夜の隅田川」（九月）

	永井荷風	「新任知事」（一〇月）
三六	永井荷風	『夢の女』（五月）
	永井荷風	「すみだ川」（一〇月）
三七	泉鏡花	『隅田の橋姫』（未完の戯曲、一〇月）
	折口信夫	「両国の橋ゆくむれに、われに似て（後略）」（執筆時期推定）
三八	夏目漱石	「倫敦塔」（一月）
	夏目漱石	「幻影の盾」（四月）
	夏目漱石	「薤露行」（一一月）
三九	島崎藤村	『破戒』（三月）
	与謝野晶子	「きぬぎぬや雪の傘する舞ごろも（後略）」（『舞姫』三月）
	与謝野晶子	「きぬぎぬや春の村びとまださめね（後略）」（『舞姫』三月）
	与謝野晶子	「君とわれ葵に似たる水草の花のうへ（後略）」（『舞姫』三月）
	与謝野晶子	「桟橋や暮れては母のふところに入る（後略）」（『舞姫』三月）
	与謝野晶子	「摘みすてし野薔薇ながれぬ夕川の橋（後略）」（『舞姫』三月）
	与謝野晶子	「塔見えて橋の半はかすむ嵯峨少人具（後略）」（『舞姫』三月）
	与謝野晶子	「橋の下尺をあまさぬひたひたの出水（後略）」（『舞姫』三月）
	与謝野晶子	「春の雨橋をわたらむ朝ならば君は（後略）」（『舞姫』三月）
	与謝野晶子	「丸木橋おりてゆけなと野かへりの馬（後略）」（『舞姫』三月）
	与謝野晶子	「紫と黄いろと白と土橋を小蝶（後略）」（『舞姫』三月）
	国木田独歩	「あの時分」（六月）

〈橋〉が登場する主要な近代文学作品一覧

四〇	夏目漱石	『草枕』（九月）
	国木田独歩	「窮死」（六月）
	田山花袋	『蒲団』（九月）
	夏目漱石	『虞美人草』（六―一〇月）
四一	泉鏡花	『草迷宮』（一月）
	永井荷風	「春寒き大川筋の橋普請」（二月）
	永井荷風	「林間」（『あめりか物語』八月）
	夏目漱石	『三四郎』（九―一二月）
四二	木下杢太郎	「荒布橋」（一月）
	永井荷風	「深川の唄」（二月）
	永井荷風	「除夜」（三月）
	北原白秋	「吊橋のにほひ」（『邪宗門』三月）
	森田草平	『煤煙』（一―五月）
	永井荷風	「歓楽」（六月）
	永井荷風	「牡丹の客」（七月）
	森鷗外	『ヰタ・セクスアリス』（七月）
	永井荷風	「新帰朝者日記」（一〇月）
	石川啄木	「鳥影」（一一―一二月）
	永井荷風	「すみだ川」（一二月）
四三	永井荷風	「見果てぬ夢」（一月）

	森鷗外	「独身」（一月）
	永井荷風	『冷笑』（四二年一二月―四三年二月）
	島崎藤村	『家（上）』（一―五月）
	森鷗外	「桟橋」（五月）
	永井荷風	「夏の町」（八月）
	吉井勇	「恋びととは都のなかを（後略）」（『酒ほがひ』九月）
	吉井勇	「鉄橋のにほひも酒をおもはしむ（後略）」（『酒ほがひ』九月）
	吉井勇	「両国の橋たもとの三階の窓より（後略）」（『酒ほがひ』九月）
	石川啄木	「ふるさとに入りて先づ心傷む（後略）」（『一握の砂』一二月）
	石川啄木	「をさなき時／橋の欄干に（後略）」（『一握の砂』一二月）
	石川啄木	「京橋の瀧山町の／新聞社（後略）」（『一握の砂』一二月）
四四	岩野泡鳴	「断橋」（一―三月）
	島崎藤村	『家（下）』（一、四月）
	永井荷風	「短夜」（八月）
	森鷗外	『青年』（八月）
	与謝野晶子	「住吉祭」（八月）
	永井荷風	「楽器」（一一月）
	芥川龍之介	「日光小品」（執筆時期推定）
四五	与謝野晶子	「日記のうち」（一月）
	与謝野晶子	「六日間」（二月）

	永井荷風	「掛取り」（二月）
	永井荷風	「色男」（三月）
	永井荷風	「浅瀬」（四月）
	永井荷風	「名花」（六月）
	永井荷風	「松葉巴」（七月）
【大正】（西暦 1912. 7. 30–1926. 12. 24）		
元	小山内薫	『大川端』（明四四年八月―大元年八月）
二	永井荷風	『散柳窓夕栄』（一月）
	与謝野晶子	「帰つてから」（二月）
	室生犀星	「小景異情」（『失恋』五月）
	夏目漱石	『行人』（元年一二月―二年一一月）
三	芥川龍之介	「大川の水」（四月）
	高村光太郎	「冬の詩」（『道程』七月）
	高村光太郎	「両国橋の橋の上／白のかすりに古袴（後略）」（『道程』七月）
	夏目漱石	『心』（四―八月）
	泉鏡花	「日本橋」（九月）（小説）
四	森鷗外	『雁』（明四四年九月―大四年五月）
	永井荷風	『日和下駄』（三年八月―四年六月）
	芥川龍之介	「松江印象記」（八月）
	夏目漱石	『道草』（六―九月）

	幸田露伴	「楼船断橋」（一一月）
五	永井荷風	「花瓶」（一―二月）
	泉鏡花	「錦染滝白糸」（二月）
	芥川龍之介	「出帆」（一〇月）
六	島崎藤村	『夜明け前 第一部（上巻）』（四年四月―六年一月）
	泉鏡花	「日本橋」（五月）（戯曲）
	志賀直哉	「城の崎にて」（五月）
	永井荷風	「花火つきて引汐すごき橋間かな」（八月）
	永井荷風	『腕くらべ』（五年八月―六年一〇月）
七	芥川龍之介	「地獄変」（五月）
	佐藤春夫	『田園憂鬱』（九月）
	有島武郎	『生れ出づる悩み』（六―九月）
	折口信夫	「藪そとの石橋に出て、道ひろし。夕さゞめ（後略）」
八	菊池寛	「恩讐の彼方へ」（一月）
	有島武郎	『或る女（前編、後編）』（三、六月）
	木下杢太郎	「両国」（一二月）
九	泉鏡花	「伯爵の釵」（一月）
	永井荷風	『おかめ笹』（七年一月―九年四月）
	泉鏡花	『売色鴨南蛮』（五月）
一〇	泉鏡花	『七宝の柱』（七月）

〈橋〉が登場する主要な近代文学作品一覧

一一	幸田露伴	「水の上」（八月）
	室生犀星	「都会の川」（『星より来れる者』二月）
	永井荷風	「雪解」（三―四月）
	萩原朔太郎	「断橋！」（『新しき欲情』四月）
一二	泉鏡花	「鷭狩」（一月）
	泉鏡花	『みさごの鮨』（一月）
	萩原朔太郎	「陸橋」（『青猫』一月）
	永井荷風	『二人妻』（一一年六月―一二年一月）
	有島武郎	『断橋』（戯曲、三月）
	神戸雄一	「空と木橋と秋」（『空と木橋と秋』三月）
	室生犀星	「夜の霧」（『青き魚を釣る人』四月）
一三	宮本百合子	「心の河」（六月）
	泉鏡花	「栃の実」（八月）
	横光利一	「負けた良人」（一一月）
一四	泉鏡花	「怨霊借用」（三月）
	久保田万太郎	『寂しければ』（一三年九月―一四年六月）
	萩原朔太郎	「大渡橋」（『純情小曲集』八月）
	英美子	「白橋の上に」（『白橋の上に』九月）
一五	川端康成	「伊豆の踊子」（一―二月）
	泉鏡花	「城崎を憶ふ」（四月）

	木下杢太郎	「永代橋工事」（六月）
	永井荷風	『かし間の女』（七月）
	水上瀧太郎	『大阪の宿』（九月）
【昭和】（西暦 1926. 12. 25–1989. 1. 7）		
二	宮本百合子	「一太と母」（一月）
	芥川龍之介	『河童』（三月）
	芥川龍之介	「本所両国」（五月）
	池谷信三郎	「橋」（六月）
	永井荷風	「駒形に似合はぬ橋や散柳」（九月）
	宮本百合子	「一本の花」（一二月）
三	宮本百合子	「ヴァリエテ」（一月）
	永井荷風	「カツフエー一夕話」（二月）
	久保田万太郎	『春沼』（一—三月）
	山本周五郎	「白魚橋の仇討」（四月）
	宮本百合子	「赤い貨車」（一一月）
四	永井荷風	「かたおもひ」（二月）
	室生犀星	「暗い橋の上で」（二月）
	川端康成	「死体紹介人」（四月）
	長谷川時雨	『旧開日本橋』（四年四月—七年五月）
	徳田秋声	「あらくれ」（一—七月）

	川端康成	「温泉宿」（一〇月）
五	谷崎潤一郎	『卍』（三年三月―五年四月）
	林芙美子	『放浪記』（三―五月）
	川端康成	『浅草紅団』（四年一二月―五年九月）
	梶井基次郎	「闇の絵巻」（一〇月）
	宮本百合子	「子供・子供・子供のモスクワ」（一〇月）
	正岡子規	「読書弁」（一一月）
	与謝野晶子	「人おして回旋橋のひらく時くろ雲うごく天の橋立」
六	宮本百合子	「新しきシベリアを横切る」（一月）
	永井荷風	「あぢさゐ」（三月）
	都築益世	「木橋に立ちて」（『明るい街』四月）
	宮本百合子	「インターナショナルとともに」（五月）
	宮本百合子	「こういう月評が欲しい」（七月）
	永井荷風	「さみだれのまた一降りや橋なかば」（七月）
	永井荷風	「さみだれや人の通らぬ夜の橋」（七月）
	永井荷風	「夜の車」（八月）
	永井荷風	『つゆのあとさき』（一〇月）
七	永井荷風	「水涸れて桟橋ながき渡し哉」（一月）
	川端康成	「抒情歌」（二月）
	杉沼秀七	「橋」（『プロレタリア詩集』八月）

八	泉鏡花	「若菜のうち」（二月）
	伊藤信吉	「陸橋」（四月）
	芹沢光治良	「橋の手前」（四月）
	岡本かの子	「橋」（五月）
	川端康成	「禽獣」（七月）
	小山いと子	『海門橋』（八—九月）
九	宮本百合子	「小祝の一家」（一月）
	豊島與志雄	「道化役」（七月）
	永井荷風	『ひかげの花』（八月）
	宮沢賢治	『銀河鉄道の夜』（一〇月）
一一	永井荷風	『濹東綺譚』（四—六月）
	宮本百合子	「歌集『集団行進』に寄せて」（七月）
	徳田秋声	「仮装人物」（一〇年七月—一一年一一月）
一二	志賀直哉	『暗夜行路（前篇、後篇）』（大一〇年一月—昭一二年四月）
	岸田國士	『落葉日記』（一一年六月—一二年五月）
	岡本かの子	「川」（五月）
	宮本百合子	「海流」（八月）
	宮本百合子	「鏡の中の月」（一〇月）
一三	永井荷風	「女中のはなし」（四月）
	岡本かの子	「老妓抄」（一一月）

〈橋〉が登場する主要な近代文学作品一覧

一四	岡本かの子	『河明り』（四月）
	泉鏡花	『縷紅新草』（七月）
	北園克衛	「橋」（『火の菫』一二月）
一五	泉鏡花	「小春の狐」（一月）
	舟橋聖一	「川音」（一月）
	山本周五郎	「立春なみだ橋」（一月）
	岡本かの子	「隅田十橋を渡りつくしてわが仰ぐ（後略）」（『歌日記』六月）
	田中英光	『オリムポスの果実』（九月）
	宮本百合子	「朝の風」（一一月）
一六	室生犀星	「橋」（七月）
	永井荷風	「為永春水」（八月）
	徳田秋声	「縮図」（六―九月）
	三好達治	「ある橋の上にて」（『一点鏡』一〇月）
	岡本潤	「悪魔橋」（一二月）
	岡本潤	「橋上開花」（一二月）
	岡本潤	「橋梁僧団」（一二月）
	岡本潤	「擬真珠」（一二月）
	岡本潤	「古城橋」（一二月）
	岡本潤	「猿橋」（一二月）
	岡本潤	「ためいきばし」（一二月）

	岡本潤	「吊橋」（一二月）
	岡本潤	「橋上」（一二月）
	岡本潤	「ローマ人の歓声」（一二月）
	岡本潤	「Reconstruction」（一二月）
	林芙美子	『川歌』（一二月）
一七	永井荷風	「川風や水打つ町の橋だもと」（七月）
	永井荷風	「橋の灯や月なき夜のすゞみ台」（七月）
一八	太宰治	「故郷」（一月）
	永井荷風	「秋立や今朝は橋場の煙より」（八月）
二〇	宮本百合子	「あられ笹」
二一	太宰治	『パンドラの匣』（二〇年一〇月—二一年一月）
	志賀直哉	「灰色の月」（一月）
	永井荷風	『踊子』（一月）
	宮本百合子	「歌声よ、おこれ」（一月）
	川端康成	「再会」（二月）
	織田作之助	「女の橋」（四月）
	永井荷風	『浮枕』（一—六月）
	永井荷風	『問はずがたり』（七月）
	山本周五郎	『柳橋物語』（七月）
	宮本百合子	「ある回想から」（七月）

〈橋〉が登場する主要な近代文学作品一覧

二二	河井酔茗	「釣橋」（八月）
	豊島與志雄	「白蛾」（一〇月）
	太宰治	「ヴィヨンの妻」（三月）
	太宰治	『斜陽』（七―一〇月）
	川端康成	『雪国』（一〇年一月―二二年一〇月）
二三	川端康成	「反橋」（一二月）
	竹山道雄	『ビルマの竪琴』（二二年三月―二三年三月）
	石田彼郷	［立春の米こぼれをり葛西橋］（『雨覆』三月）
二四	植田雄高	『死霊』（二一年一月―二三年九月）
	谷崎潤一郎	『細雪』（一八年三月―二三年一〇月）
	永井荷風	「にぎり飯」（一月）
	永井荷風	『来訪者』（二月）
	小池亮夫	「平田橋」（『平田橋』八月）
二五	岡本かの子	『生々流轉』（四―一一月）
	永井荷風	「買出し」（一月）
	山本周五郎	「寒橋」（二月）
	三島由紀夫	『愛の渇き』（六月）
二六	永井荷風	「老人」（七月）
	宮本百合子	「刻々」（三月）
	武田泰淳	「橋を築く」（六月）

二八	永井荷風	「日曜日」(六月)
	川端康成	『みづうみ』(一―一二月)
	川端康成	『川のある下町の話』(一―一二月)
	石川淳	『虹』(五―一二月)
二九	永井荷風	「吾妻橋」(三月)
	川端康成	『山の音』(二四年九月―二九年四月)
	牧羊子	「河」(『コルシカの薔薇』七月)
	小海永二	「橋」(『峠』九月)
三〇	永井荷風	「たそがれ時」(三月)
	岡本潤	「秋雨の日に」(『橋』五月)
	岡本潤	「圧搾空気潜函工法」(『橋』五月)
	岡本潤	「生きている人柱」(『橋』五月)
	岡本潤	「運河の橋」(『橋』五月)
	岡本潤	「永代橋珍事」(『橋』五月)
	岡本潤	「楓橋」(『橋』五月)
	岡本潤	「消えた橋」(『橋』五月)
	岡本潤	「記念日のように」(『橋』五月)
	岡本潤	「鋼鉄の虹」(『橋』五月)
	岡本潤	「鋼線吊橋」(『橋』五月)
	岡本潤	「五條橋」(『橋』五月)

	岡本潤	「白い虹」（『橋』五月）
	岡本潤	「ためいきばし」（『橋』五月）
	岡本潤	「鉄橋を渡る」（『橋』五月）
	岡本潤	「二重橋」（『橋』五月）
	岡本潤	「跳開橋」（『橋』五月）
	岡本潤	「不帰橋」（『橋』五月）
	岡本潤	「ふきさらしの橋」（『橋』五月）
	岡本潤	「陸橋Ⅰ」（『橋』五月）
	岡本潤	「陸橋Ⅱ」（『橋』五月）
	岡本潤	「渡月橋」（『橋』五月）
	永井荷風	「うらおもて」（五月）
	永井荷風	「捨て児」（八月）
	谷川俊太郎	「俺は番兵」（『愛について』一〇月）
三一	石坂洋次郎	『白い橋』（三月）
	三島由紀夫	「橋づくし」（一二月）
	折口信夫	「橋ある水」（『近代悲傷集』一月）
	中里恒子	「夜の橋」
三二	永井荷風	「夏の夜」（一月）
	長谷川龍生	「実在のかけ橋」（『パウロの鶴』六月）
	金時鐘	「運河」（『日本風土記』一一月）

三三	永井荷風	「晩酌」（一月）
	山本周五朗	「橋の下」（一月）
	高良留美子	「生徒と鳥2」（『生徒と鳥』二月）
	獅子文六	「大番」（三一年二月―三三年四月）
	井上靖	「信濃川と私」（四月）
	大佛次郎	『橋』（七月）
	鈴木喜緑	「鉄橋」（『死の一章をふくむ愛のほめ歌』七月）
	吉村昭	『鉄橋』（七月）
三四	有吉佐和子	『紀ノ川』（六月）
	市来勉	「山裾がわづかにみゆる雨あがり（後略）」（初刊『楚歌』六月）
	市来勉	「温泉境雪の車窓に展け来ぬ吊橋（後略）」（初刊『楚歌』六月）
	市来勉	「街空ひくく赤き日輪沈むとき（後略）」（初刊『楚歌』六月）
	市来勉	「雪山の峡にダムの水碧し小さき（後略）」（初刊『楚歌』六月）
	谷崎潤一郎	「夢の浮橋」（一〇月）
	丹羽文雄	「架橋」（一一月）
三五	森一男	『コロポックルの橋』（九月）
	三浦哲郎	『忍ぶ川』（一〇月）
三六	芝木好子	「隅田川」（九月）
	住井すゑ	『橋のない川（第一部）』（九月）
	住井すゑ	『橋のない川（第二部）』（一二月）

〈橋〉が登場する主要な近代文学作品一覧

三七	三好達治	「百たびののち」（『定本三好達治全詩集』三月）
	後藤紀一	「少年の橋」（一一月）
三八	藤沢周平	「赤い夕日」（一月）
	住井すゑ	『橋のない川（第三部）』（三月）
	野口雨情	「十二橋」（『枯草』三月）
	鮎川信夫	『橋上の人』（三月）
	有吉佐和子	『有田川』（一一月）
	井上靖	「ローヌ川」（一二月）
三九	住井すゑ	『橋のない川（第四部）』（四月）
	黒田三郎	「バスのなか」（『もっと高く』七月）
	福中都生子	「心斎橋」（『南大阪』七月）
	吉本隆明	「佃渡しで」（『模写と鏡』一二月）
四〇	今西祐行	『肥後の石工』（一二月）
四一	有吉佐和子	『日高川』（一月）
	郷原宏	「執行猶予」（『執行猶予』五月）
四二	杉山平一	「退屈」（『声を限りに』一二月）
四三	本庄陸男	『橋梁』（一〇年二月―四三年二月）
	石田彼郷	「萩寺は萩刈りやと橋を越ゆ」（『酒中花』四月）
	村上昭夫	「精霊船」（『動物哀歌』一一月）
四四	齋藤怘	「葬列」（『葬列』一二月）

	宗左近	「河童の橋」(『大河童』一二月)
四五	高橋和己	『黄昏の橋』(未完、四三年一〇月—四五年二月)
	堀田善衛	『橋上幻像』(三月)
	丸山豊	「陸橋」(『水上歩』四月)
	倉橋由美子	「河口に死す」(五月)
	倉橋由美子	『夢の浮橋』(七—一〇月)
	住井すゑ	『橋のない川(第五部)』(一一月)
四六	三浦綾子	『続 氷点』(四五年五月—四六年五月)
	水上勉	『天正の橋』(七月)
	船山馨	『見知らぬ橋』(七月)
	三浦哲郎	「妻の橋」(八月)
	川端康成	「隅田川」(一一月)
四七	松永伍一	「夜の河」(二月)
	三浦哲郎	『まぼろしの橋』(四月)
	島田正	「架ける橋/永遠の愛に」(六月)
	丸山薫	「S船長/旅のアルバムから」(『月渡る』九月)
	水上勉	『その橋まで(上、下)』(四五年一〇月—四七年一〇月)
	芝木好子	『築地川』(一〇月)
四八	芝木好子	『女の橋』(一月)
	住井すゑ	『橋のない川(第六部)』(一一月)

〈橋〉が登場する主要な近代文学作品一覧

	藤沢周平	『闇の梯子』（一二月）
四九	谷川俊太郎	「汽車と川」（三月）
五〇	有吉佐和子	『鬼怒川』（一一月）
五一	島村利正	「隅田川」（三月）
五二	宮本輝	『泥の河』（七月）
五三	宮本輝	『道頓堀川』（四月）
	水上勉	「断橋」（一〇月）
五四	中村昌義	「陸橋からの眺め」（三月）
	村上春樹	『風の歌を聴け』（六月）
五五	井上靖	「大黄川」（一月）
	藤沢周平	「小さな橋」（四月）
	藤沢周平	「まぼろしの橋」（四月）
	藤沢周平	「約束」（四月）
五六	藤沢周平	「夜の橋」（二月）
	井上靖	『河岸に立ちて／歴史の川沙漠の川』（三月）
五七	井上靖	「川と私」（一月）
	石沢英太郎	『橋は死の匂い』（六月）
五八	村松友視	「泪橋」（『時代屋の女房・泪橋』一月）
	松本清張	『彩り河』（五六年五月―五八年三月）
	水上勉	『長い橋』（五七年五月―五八年五月）

	吉本隆明	「橋という字」（七月）
	芝木好子	『隅田川暮色』（五七年一〇月―五八年一一月）
五九	野島千恵子	「氷の橋」（四月）
	永山則夫	『木橋』（七月）
	平岩弓枝	『橋の上の霜』（一〇月）
五九	宮本輝	『流転の海』（五七年一月―五九年四月）
六〇	大竹三郎	『橋をかける』（二月）
	宮本輝	『ドナウの旅人』（五八年一一月―六〇年五月）
	三浦綾子	『雪のアルバム』（六〇年五月―六一年一二月）
六二	鷺沢萠	「川べりの道」（六月）
	村上春樹	『ノルウェイの森（上、下）』（九月）
	澤田ふじ子	『虹の橋』（九月）
六三	吉本ばなな	『ムーンライト・シャドウ』（一月）
	宮本輝	『愉楽の園』（六一年五月―六三年三月）
【平成】（西暦 1989. 1. 8-）		
元	水上勉	『山の暮れに』（二―一二月）
	大庭みなこ	「虹の橋づめ」（五月）
二	澤田ふじ子	『もどり橋』（四月）
	新川和江	『はね橋』（五月）
四	嶋岡晨	『虹の断橋』（三月）

〈橋〉が登場する主要な近代文学作品一覧

	石牟礼道子	『十六夜橋』（六月）
	辺見庸	『赤い橋の下のぬるい水』（七月）
	住井すゑ	『橋のない川（第七部）』（九月）
五	澤田ふじ子	『見えない橋』（九月）
	遠藤周作	『深い河』（六月）
六	東直己	『沈黙の橋』（四月）
七	星川淳	『精霊の橋』（三月）
八	澤田ふじ子	『幾世の橋』（一一月）
九	澤田ふじ子	『天空の橋』（六月）
一〇	伊藤遊	『鬼の橋』（一〇月）
一一	澤田ふじ子	『蛍の橋（上、下）』（一一月）
	鷺沢萠	『過ぐる川、烟る橋』（四月）
一三	澤田ふじ子	「将監さまの橋」（一月）
	澤田ふじ子	『大蛇の橋』（四月）
	吉村昭	『見えない橋』（四月）
一四	村上春樹	『海辺のカフカ』（九月）
	澤田ふじ子	『雁の橋』（一二月）
	戸梶圭太	『あの橋の向こうで』（一二月）
一五	澤田ふじ子	『銭とり橋』（四月）
一九	小林信彦	『日本橋バビロン』（九月）

二〇	沢聖子	「三角の橋」（一〇月）
二一	橋本治	『橋』（一〇―一一月）
二二	松山足羽	『鉄橋―わが心の遍歴』（九月）
	山本一力	『ほかげ橋夕景』（一〇月）
二三	小俣はる江	『虹吹橋／小俣はる江歌集』（七月）
	都築奈央	『虹の橋でキミに会えたら』（八月）
二四	頼圭二郎	『葛橋異聞／詩集』（五月）
二五	近藤蓉子	『虹の橋／随筆詩歌』（四月）
	赤川次郎	『天使にかける橋』（一〇月）
二六	大槻美都	『天橋立に住み古りて／歌集』（二月）

参考文献

愛川弘文「物語作家としての宮本輝／『泥の河』を中心として」（『昭和文学研究』第一五号、昭六二・一一）。

赤木孝之「太宰と自殺・心中」（『国文学 解釈と鑑賞』第六一巻六号、平八・六）。

赤羽学「芭蕉――その俳諧と旅」（『国文学 解釈と鑑賞』第五五巻三号、平二・三）。

芥川龍之介「大川の水」（『芥川龍之介全集 第一巻』岩波書店、平七・一一）。

芥川龍之介「澄江堂雑記」（『芥川龍之介全集 第六巻』岩波書店、昭五三・一）。

浅沼圭司「結び隔てるもの／橋をめぐる断片」（『日本の美学』第二八号、平一〇・一二）。

東栄蔵「『破戒』と部落解放」（『国文学 解釈と教材の研究』第三四巻四号臨時号、平元・三）。

新井勝紘、松本三喜夫『街道の日本史18 多摩と甲州道中』（吉川弘文館、平一五・五）。

荒木正純『芥川龍之介と腸詰め《ソーセージ》』（悠書館、平二〇・一）。

荒木正純『羅生門と廃仏毀釈／芥川龍之介の江戸趣味と実利主義の時代』（悠書館、平二二・一二）。

新城直樹、金井勇人「諸分野におけるMetonymy（換喩）とMetaphor（隠喩）の概念／Conceptions of Metaphor and Metonymy in multiple fields」（『埼玉大学国際交流センター紀要』第三巻、平二一・三）。

アリストテレス（岡道男訳）「詩学」（『アリストテレス 詩学・ホラーティウス 詩論』岩波書店、平九・一）。

アリストテレス（戸塚七郎訳）「弁論術」（『アリストテレス 弁論術』岩波書店、平四・三）。

伊狩弘「『破戒』の構造／藤村の現実認識をめぐって」（『日本文学』第三五巻六号、昭六一・六）。

井手恒雄「仏教文学とそうでないもの」（『佛教文学研究』第一二集、昭四八・七）。

石沢英太郎『橋は死の匂い』（双葉ノベルス、昭五七・六）。

石野琇一「尾張町を支えた女たち、その拾参／筋に生きれば良いことも」（『老舗の街／尾張町シリーズ24』金沢市尾張町商店街振興組合、平一一・二)。

石原千秋「作品の世界/『化鳥』」(『国文学 解釈と鑑賞』第五四巻一一号、平元・一一)。

泉鏡花「化鳥」(『鏡花全集 第三巻』岩波書店、昭一六・一二)。

泉鏡花「隅田の橋姫」(未完の脚本)(『鏡花全集 第二五巻』岩波書店、昭一七・八)。

泉鏡花「創作苦心談」(『鏡花全集 第二八巻』岩波書店、昭一七・一一)。

泉鏡花『高野聖』(『鏡花全集 第五巻』岩波書店、昭一五・三)。

泉鏡花「照葉狂言」(『鏡花全集 第二巻』岩波書店、昭一七・九)。

「伊勢物語」(『竹取物語 伊勢物語 大和物語 平中物語/新編日本古典文学全集12』小学館、平六・一二)。

井本農一『芭蕉 旅ごころ』(読売選書、昭五一・二)。

岩波書店編集部編『岩波写真文庫54/水辺の鳥』(岩波書店、昭二七・三)。

岩波書店編集部編『岩波写真文庫68/東京案内』(岩波書店、昭二七・七)。

植木朋子「泉鏡花『化鳥』詩論/間に舞う囮」(『鶴見学園女子大学国文学科報』第三〇巻、平一四・三)。

上田敏「象徴詩釈義」(『定本上田敏全集 第七巻』教育出版センター、昭五六・一二)。

上田正行「『三四郎』〈夏目漱石〉/遊戯する愛」(『国文学 解釈と鑑賞』第五四巻六号、平元・六)。

上野洋三「芭蕉自筆本「奥の細道」考」(『国文学 解釈と鑑賞』第六三巻五号、平一〇・五)一四―九。

ウェレック、R、A・ウォーレン(太田三郎訳)『文学の理論』(筑摩書房、昭四二・五)。

ウォラー、R・J(松村潔訳)『マディソン郡の橋』(文藝春秋、平六・一)。

宇治市歴史資料館編『宇治をめぐる人々』(宇治市歴史資料館発行、平七・三)。

宇津徳治『世界の被害地震の表 暫定版』(東京大学地震研究所、平元・二)。

大岡信監、日本文学地名大辞典刊行会編『日本文学地名大辞典―詩歌編 上巻』(遊子館、平一一・八)。

大阪成蹊女子短期大学国文学科研究室編『淀川の文化と文学』(和泉書院、平一三・一二)。

大曽根章介他編『日本古典文学大事典』(明治書院、平一〇・六)。

太田静子『斜陽日記』(石狩書房、昭二三・一〇)。

大野隆之「〈鏡花調〉の成立・I/「化鳥」の〈表現〉」(『語文論叢』第一八号、平二・一一)。

大橋良介「日本の橋」(『日本の美学』第二八号、平一〇・一二)。

尾形明子『川・文学・風景』(大東出版、平一四・一一)。

岡本一平「本冊中の小説に就て」(『岡本かの子全集 別巻二』冬樹社、昭五三・三)。

岡本かの子「川」(『岡本かの子全集 第二巻』冬樹社、昭四九・六)。

岡本かの子『河明り』(『岡本かの子全集 第四巻』冬樹社、昭四九・三)。

岡本太郎『一平 かの子/心に生きる凄い父母』(チクマ秀版社、平七・一二)。

奥田喜八郎「『更科紀行』における「とてもまげれたる月影」の一考察」(『解釈』第二五巻九号、昭五四・九)。

奥野健男『文学における原風景/原っぱ・洞窟の幻想 増補版』(集英社、平元・二)。

奥野健男、前田愛「対談 文学にあらわれた都市空間」(『国文学 解釈と鑑賞』第四五巻六号、昭五五・六)。

奥野健男「三島由紀夫「橋づくし」」(『小説のなかの銀座』砂子屋書房、昭五八・六)。

奥村芳太郎編『新版日本の道3/木曽路』(毎日新聞社、昭四八・一一)。

小倉孝誠『パリとセーヌ川』(中央公論新社、平二〇・五)。

折口信夫「短歌拾遺」(『折口信夫全集 第二二巻』中央公論社、昭四二・八)。

折口信夫「東京案内記」(『折口信夫全集 第三〇巻』中央公論社、昭三一・三)。

折口信夫「枕草紙解説」(『折口信夫全集 第一〇巻』中央公論社、昭四一・八)。

折口信夫「水の女」(『折口信夫全集 第二巻』中央公論社、昭四〇・一二)。

加賀谷真澄「『橋のない川』における内地在住朝鮮半島出身者/戦後的再構築としての被差別部落民との共闘関係」(『文学研究論集』第二七号、平二一・二)。

鹿児島徳治『隅田川の今昔』(有峰書店、昭四七・一〇)。

笠原伸夫「泉鏡花の世界」(『解釈と鑑賞別冊 現代文学講座 明治の文学Ⅱ』第五号、昭五〇・三)。

勝又浩「書評『岡本かの子 無常の海へ』」(『日本近代文学』第五二集、平六・一〇)。

金井景子「子規の紀行文」(『国文学 解釈と鑑賞』第五五巻二号、平二・二)。

金井景子「旅と成熟/子規の紀行文」(『媒』第三号、昭六一・一一)。

カフカ、F(江野専次郎訳)「橋」(『カフカ全集 第三巻』新潮社、昭二八・七)。

鴨長明「方丈記」（簗瀬一雄『方丈記全注釈』角川書店、昭四六・八）。

柄谷行人「風景の発見」（『定本 柄谷行人集 第一巻』岩波書店、平一六・九）。

河田和子『戦時下の文学と〈日本的なもの〉／横光利一と保田與重郎』（花書院、平二一・三）。

河竹繁俊「解説」（『黙阿弥名作選 第四巻』創元社、昭二八・四）。

河竹登志夫「解説／小猿七之助」（『名作歌舞伎全集 第二三巻／河竹黙阿弥集四』東京創元社、昭四六・一二）。

河竹登志夫「解説／忍ぶの惣太」（『名作歌舞伎全集 第二三巻／河竹黙阿弥集四』東京創元社、昭四六・一二）。

河竹黙阿弥「船打込橋間白浪」（『黙阿弥名作選 第四巻』創元社、昭二八・四）。

河竹黙阿弥「都鳥廓白波」（『名作歌舞伎全集 第二三巻／河竹黙阿弥集四』東京創元社、昭四六・一二）。

河竹黙阿弥「網模様燈籠菊桐」（『名作歌舞伎全集 第二三巻／河竹黙阿弥集四』東京創元社、昭四六・一二）。

川田忠樹「虹の橋――天国への通い路」（吉田巖編『橋のはなしⅡ』技報堂出版、昭六〇・九）。

川田忠樹『橋と日本文化』（大巧社、平一一・六）。

川田忠樹「橋の語源考（二）橋とその仲間の言葉」（吉田巖編『橋のはなしⅡ』技報堂出版、昭六〇・九）。

川端俊英「『破戒』の社会性／評価の統一をめざして」（『日本文学』第二八号、昭五四・八）。

川端康成『浅草紅団』（『川端康成全集 第四巻』新潮社、昭五六・九）。

川端康成『小説入門』（弘文堂書房、昭四五・四）。

河盛好蔵監修『ラルース 世界文学事典』（角川書店、昭五八・六）。

菅野覚明『十八世紀の文学／岩波講座日本文学史 第九巻』（岩波書店、平八・一二）。

キーン、D「序」（松尾芭蕉『おくのほそ道』講談社、平八・一〇）。

キーン、D（角地幸男訳）『正岡子規』（新潮社、平二四・八）。

菊池良一「仏教文学の形成／中世に焦点をあてて」（『佛教文学研究』第一二集、昭四八・七）。

北原泰作「『破戒』と部落解放の問題」（『部落』第四八号、昭二八・一一）。

吉川幸次郎『論語（上巻）』（朝日選書、平八・一〇）。

木戸久二子「『伊勢物語』東下り章段／古注釈の解釈と歌枕「八橋」」（『東海女子短期大学紀要』第二三号、平九・三）。

木下杢太郎「荒布橋」（『木下杢太郎全集 第五巻』岩波書店、昭五六・八）。

木下杢太郎「永代橋工事」（『木下杢太郎全集　第一巻』岩波書店、昭二五・八）。

木下杢太郎「隅田川の諸橋」（『木下杢太郎全集　第一一巻』岩波書店、昭二六・一）。

木下杢太郎「両国」（『木下杢太郎全集　第一巻』岩波書店、昭二五・八）。

楠見孝編『メタファー研究の最前線』（ひつじ書房、平一九・九）。

久保田淳『隅田川の文学』（岩波書店、平八・九・二〇）。

久保田淳、馬場あき子編『歌ことば歌枕大辞典』（角川書店、平一一・五）。

熊坂敦子「三四郎／西洋絵画との関連で」（『国文学　解釈と教材の研究』第二八巻一四号、昭五八・一一）。

栗坪良樹「宮本輝・生と死の物語／〈川三部作〉の成立について」（『青山学院女子短期大学紀要』第四一輯、昭六二・一一）。

グレーブス、R（高杉一郎訳）『ギリシア神話　下巻』（紀伊國屋書店、昭四八・一二）。

呉茂一『ギリシア神話　下巻』（新潮社、昭三一・八）。

黒田茂夫編『街の達人／京阪神便利情報地図』（旺文社、平二四）。

現代思想研究会編『現代共産主義事典』（国書刊行会、昭五二・七）。

小稲義男他編『研究社新英和大辞典　第六版』（研究社、平一四・三）。

郡継夫『太宰治／戦中と戦後』（笠間書院、平一七・一〇）。

国史大辞典編集委員会編『国史大辞典　第二巻』（吉川弘文館、昭五五・七）。

小島憲之他校注訳『萬葉集①／新編日本古典文学全集6』（小学館、平六・九）。

小島憲之他校注訳『萬葉集③／新編日本古典文学全集8』（小学館、平七・一二）。

小林輝治編『泉鏡花　石川近代文学全集1』（石川近代文学館、昭六二・七）。

小林弘子「『化鳥』小考／運命の凋落みた亡き母への尽きせぬ鎮魂歌」（『鏡花研究』第六号、昭五九・一〇）。

小林弘子『泉鏡花／逝きし人の面影に』（梧桐書院、平二五・一一）。

齋藤勇他編『英米文学辞典　第三版』（研究社、昭六〇・二）。

齋藤建夫編『ふるさとの文化遺産／郷土資料事典⑳　長野県』（人文社、平九・七）。

斉藤利男「古代・中世の交通と国家」（朝尾直弘、網野善彦、山口啓二、吉田孝編『日本の社会史　第二巻／境界領域と交通』岩波書店、昭六二・一一）。

坂田津子「川と橋／夢に澱む塵」（『昭和文学60場面集《トポス》②都市編』中教出版、平三・九）。

坂本浩『夏目漱石／作品の深層世界』（明治書院、昭五四・四）。

佐藤秀明「外面の思想／三島由紀夫「橋づくし」論」（『立教大学日本文学』第五一号、昭五七・七）。

佐藤秀明「三島由紀夫と葉隠（武士道）」（『国文学 解釈と教材の研究』第三五巻四号、平二・四）。

塩田良平『樋口一葉研究 増補改訂版』（中央公論社、昭三一・一〇）。

島崎藤村『破戒』（『藤村全集 第二巻』筑摩書房、昭四一・一二）。

島崎藤村『破戒』（緑蔭叢書第壱編、明三九・三）。

島田昭男「太宰治と左翼運動」（『国文学 解釈と鑑賞』第六一巻六号、平八・六）。

島村瀧太郎『新美辞学』（東京専門学校出版部、明三五・六）。

島村利正「隅田川」（日本文芸協会編『現代短編名作集10』講談社、昭五五・五）。

清水孝純、助川徳是、高橋昌子『近代日本文学史』（双文社、昭六一・二）。

シモンズ、A（山形和美訳）『〔完訳〕象徴主義の文学運動』（平凡社、平一八・三）。

新修大阪市史編集委員会編『新修 大阪市史 第八巻』（大阪市、平四・三）。

新村出編『広辞苑 第六版』（岩波書店、平二〇・一）。

ジンメル、G（酒田健一他訳）「橋と扉」（初出 "Brücke und Tür." *Der Tag*, 15. 明四二・九）（『ジンメル著作集12』白水社、平六・一〇）。

『新約聖書（一九五四年改訳）』（日本聖書協会、平元）。

菅野盾樹『メタファーの記号論』（勁草書房、昭六〇・四）。

鈴木理生編著『江戸・東京の川と水辺の事典』（柏書房、平一五・五）。

ストラック、ダニエル「隠喩とは何か」『比較社会文化研究』第二四号、平二〇・九（http://www.dcstrack.com/pdf/inyu.pdf）。

ストラック、ダニエル「『日本の橋』と世界の橋／保田與重郎と柳田國男における〈橋〉の異相」（『北九州大学文学部紀要』第六一号、平一三・三）。

ストラック、ダニエル「宮本輝の『道頓堀川』研究／橋から洞察する人生」（『北九州大学文学部紀要』第五四号、平九・

七)。

スペルベル、D、D・ウィルソン（内田聖二、中逵俊明、宋南先、田中圭子共訳）『関連性理論／伝達と認知 第二版』（研究社、平一一・三)。

住井すゑ『橋のない川 第一部』（新潮文庫、平一二・九)。

住井すゑ『橋のない川に橋を／住井すゑ対話集』（労働旬報社、平九・四)。

すみだ郷土文化資料館編『隅田川の伝説と歴史』（東京堂出版、平一二・六)。

墨田区立緑図書館編『隅田川の橋／写真で見る歴史』（墨田区立緑図書館、平五・三)。

諏訪春雄『図説日本の古典16／近松門左衛門』（集英社、昭五四・一)。

世界文学事典編集委員会編『集英社世界文学事典』（集英社、平一四・二)。

瀬戸内晴美『かの子撩乱』（講談社、昭四一・四)。

芹沢光治良「橋の手前」（『日本現代文学全集 第六二巻』講談社、昭四一・一一)。

相馬正一『太宰治の生涯と文学』（洋々社、平二・一一)。

高階秀爾、平川祐弘、三好行雄「漱石における東と西（座談会)」（『国文学 解釈と教材の研究』第二八巻一四号、昭五八・一一)。

高橋広満「〈模倣〉のゆくえ／三島由紀夫「橋づくし」の場合」（『日本文学』第四七号、平一〇・一)。

竹内一雄「月への道／「更科紀行」断章」（『翠道』創刊号、昭五一・九)。

武島又次郎『修辞学』（博文館、明三一・九)。

竹田日出夫「三島由紀夫「橋づくし」論」（『武蔵野女子大学紀要』第一四号、昭五四・三)。

武部健一「歌枕としての橋」（吉田巌編『橋のはなしⅡ』技報堂出版、昭六〇・九)。

武部健一「橋のイメージ」（吉田巌編『橋のはなしⅡ』技報堂出版、昭六〇・九)。

太宰治「学生群」（『太宰治全集 第一二巻』筑摩書房、平三・六)。

太宰治「苦悩の年鑑」（『太宰治全集 第八巻』筑摩書房、平二・八)。

太宰治『斜陽』（『新潮』第四四巻七号—一〇号、昭二二・七・一—同一〇・一)。

太宰治『斜陽』（『太宰治全集 第九巻』筑摩書房、平二・一〇)。

太宰治「傴僂」（『太宰治全集 第一二巻』筑摩書房、平三・六）。

太宰治「東京八景」（『太宰治全集 第三巻』筑摩書房、平元・一〇）。

太宰治『パンドラの匣』（『太宰治全集 第七巻』筑摩書房、平一一・六）。

田中邦夫『二葉亭四迷『浮雲』の成立』（双文社、平一〇・二）。

田中博『玉川沿革誌』（渡邊印刷所、昭九・一〇）。

多摩川誌編集委員会編集『多摩川誌』（山海堂、昭六一・三）。

玉川ライオンズクラブ編集『われらの玉川』（渡辺印刷株式会社、昭四七・八）。

多門靖容「日本語の比喩史」（『日本語学』第二四巻五月号、平一七・五）。

多門靖容「日本語の比喩史」（楠見孝編『メタファー研究の最前線』ひつじ書房、平一九・九）。

近松門左衛門『心中天の網島』（鳥越文蔵編『近松門左衛門集 二／日本古典文学全集44』小学館、昭五〇・八）。

近松門左衛門「国性爺合戦」（鳥越文蔵他校訳『近松門左衛門集 三／新編日本古典文学全集76』小学館、平一二・一〇）。

千葉俊二「都心の光と闇の地図」（『国文学 解釈と教材の研究』第三六巻一五号臨時号、平三・一二）。

千種・キムラ・スティーブン「『三四郎』論の前提」（『国文学 解釈と鑑賞』第四九巻一〇号、昭五九・八）。

綱野善彦、大西廣、佐竹昭広編『天の橋 地の橋』（福音館書店、平三・一）。

坪井秀人「切断と連続／『斜陽』と天皇」（『太宰治研究16』和泉書院、平二〇・六）。

デイヴィドソン、D（野本和幸、植木哲也、金子洋之、高橋要訳）『真理と解釈』（勁草書房、平三・五）。

戸井田道三『能／神と乞食の芸術』（せりか書房、平元・二）。

トウェイン、M（西田実訳）『ハックルベリー・フィンの冒険 上』（岩波文庫、平五・一〇）。

東京市役所編纂『東京市史稿 橋梁篇第二』（臨川書店、昭四八・九）。

東郷克美「泉鏡花・差別と禁忌の空間」（『日本文学』第三三巻一号、昭五九・一）。

東郷克美「太宰治とチェーホフ／「斜陽」の成立を中心に」（『国文学 解釈と鑑賞』第三七巻一二号、昭三五・三）。

戸川点「水上バスの盛衰・屋形船の復権」（東京の川研究会編『「川」が語る東京／人と川の環境史』山川出版社、平一三・一二）。

土木図書館編『絵葉書に見る日本の橋』（柘植書房、平四・四）。

ドストエフスキー、フョードル（米川正夫訳）『悪霊 上』（河出書房、昭四五・三）。

「とはずがたり」（『とはずがたり／新編日本古典文学全集47』小学館、平一一・一二）。

富沢洋子「『更科紀行』の一考察／姨捨山の月を中心に」（『和光大学人文学部紀要』第一五号、昭五五）。

鳥居那朗「昭和文学の中の太宰治」（東郷克美編『太宰治事典』学燈社、平七・五）。

鳥居那朗「太宰とその時代」（『解釈と鑑賞別冊 現代文学講座 昭和の文学Ⅱ』昭五〇・六）。

永井荷風「吾妻橋」（『荷風全集 第一一巻』岩波書店、昭三九・一一）。

永井荷風「カッフエー一夕話」（『荷風全集 第八巻』岩波書店、昭三八・一二）。

永井荷風「捨て児」（『荷風全集 第一一巻』岩波書店、昭三九・一一）。

永井荷風『すみだ川』（『荷風全集 第二巻』岩波書店、昭三九・六）。

永井荷風「夏の町」（『荷風全集 第五巻』岩波書店、昭三八・一）。

永井荷風「夏の夜」（『荷風全集 第一一巻』岩波書店、昭三九・一一）。

永井荷風「俳句」（『荷風全集 第一一巻』岩波書店、昭三九・一一）。

永井荷風「昼すぎ」（『荷風全集 第五巻』岩波書店、昭三八・一）。

永井荷風「深川の唄」（『荷風全集 第四巻』岩波書店、昭三九・八）。

永井荷風『濹東綺譚』（『荷風全集 第九巻』岩波書店、昭三九・二）。

永井荷風「牡丹の客」（『荷風全集 第四巻』岩波書店、昭三九・八）。

永井荷風『夢の女』（『荷風全集 第二巻』岩波書店、昭三九・六）。

永坂田津子「川と橋／夢に澱む塵」（『昭和文学60場面《トポス》集②都市編』中教出版、平三・九）。

中野裕子「『橋づくし』論／〈様式〉の意味」（熊坂敦子編『迷羊のゆくえ／礎石と近代』翰林書房、平八・六）。

中村明「日本語の比喩」（『日本語学』第二四巻六号、平一七・五）。

中村三春「「斜陽」のデカダンスと〝革命〟／属領化するレトリック」（『国文学 解釈と教材の研究』第四四巻七号、平一一・六）。

中山和子「「三四郎」片付けられた結末」（『別冊国文学』第一四号、昭五七・五）。

夏目漱石『三四郎』（『漱石全集 第五巻』岩波書店、平六・四）。

夏目漱石「書簡 1098」（渋川玄耳宛）（『漱石全集 第二三巻』岩波書店、平八・九）。

夏目漱石「東洋美術図譜」（『漱石全集 第一六巻』岩波書店、平七・四）。

夏目漱石「文学雑話」（『漱石全集 第二五巻』岩波書店、平八・五）。

夏目漱石『文学論 第一編』（『漱石全集 第一四巻』岩波書店、平七・八）。

夏目漱石「文展と芸術」（『漱石全集 第一六巻』岩波書店、平七・四）。

夏目漱石『明暗』（『漱石全集 第一一巻』岩波書店、平六・一一）。

夏目漱石「予告」（『漱石全集 第一六巻』岩波書店、平七・四）。

夏目漱石『吾輩は猫である』（『漱石全集 第一巻』岩波書店、平五・一二）。

鍋島弘治朗『日本語のメタファー』（くろしお出版、平二三・五）。

鳴神克己『日本紀行文学史』（佃書房、昭一八・八）。

二瓶浩明「宮本輝と〈川〉／『泥の河』『蛍川』『道頓堀川』」（『解釈』第三一巻一〇号、昭六〇・一〇）。

二瓶浩明「宮本輝『泥の河』補遺」（『愛知県立芸術大学紀要』第二三号、平六・三）。

二瓶浩明「宮本輝／流れる〈川〉と澱む〈川〉——『泥の河』『蛍川』『道頓堀川』の改稿について」（榊原邦彦編『解釈学』第一輯、平元・六）。

日本橋梁建設協会編『新版 日本の橋／鉄・鋼橋のあゆみ』（朝倉書店、平一六・五）。

日本古典文学大事典編集委員会編『日本古典文学大辞典 第三版』（岩波書店、昭五九・四）。

日本史広辞典委員会編『日本史広辞典』（山川出版社、平九・一〇）。

日本大辞典刊行会編『日本国語大辞典 第一九巻』（小学館、昭五一・一）。

日本地図株式会社編『最新日本分縣地図』（日本地図、昭二四・一〇）。

日本フランス語フランス文学会編『フランス文学辞典』（白水社、昭四九・九）。

野寄勉「三島由紀夫「橋づくし」を読む／贅なる他愛なさ」（『芸術至上主義文芸 第二四号』平一〇・一一）。

野口武彦「橋づくし／短編小説の鑑賞」（『国文学 解釈と教材の研究』第一四巻八号、昭四四・六）。

萩原朔太郎「水と放蕩」（『文学』第三巻第三号、平四・七・一〇）。

萩原朔太郎『詩の原理』（『萩原朔太郎全集 第六巻』筑摩書房、昭五〇・一一）。

萩原朔太郎「象徴について／百田君に答ふ」（『萩原朔太郎全集　第六巻』筑摩書房、昭五〇・一一）。

萩原朔太郎「象徴の本質」（『萩原朔太郎全集　第八巻』筑摩書房、昭五一・七）。

「橋／つなぐもの、わけるもの（特集）」（『日本の美学』第二八号、平一〇・一二）。

橋本確文堂企画出版室編『北陸再発見シリーズ4／北陸の河川』（北陸電力株式会社・橋本確文堂、平八・三）。

長谷川吉弘「太宰とボードレール／その邂逅と受容」（『解釈』第一七巻八号、昭四六・八）。

畑有三「『浮雲』〈二葉亭四迷〉」（『国文学　解釈と鑑賞』第五四巻六号、平元・六）。

濱崎望「三島由紀夫の方法／『橋づくし』『女方』『月』」（『国語国文学薩摩路』第四号、平九・三）。

濱田青陵『橋と塔』（岩波書店、大一五・八）。

林望『林望が能を読む』（青土社、平六・六）。

林芙美子『放浪記』（『林芙美子全集　第二巻』新潮社、昭二六・一二）。

ビーダマン、H（藤代幸一他訳）『図説　世界シンボル事典』（八坂書房、平一二・一一）。

飛ヶ谷美穂子「『三四郎』とメレディスのヒロインたち／美禰子結婚をめぐって」（『日本近代文学』第五四集、平八・五）。

樋口一葉「たけくらべ」（『樋口一葉集／明治文学全集　第三〇巻』筑摩書房、昭四七・五）。

日夏耿之介『日夏耿之介全集　第三巻』（河出書房新社、昭五〇・一）。

平井修成『研究・泉鏡花』（白帝社、昭六一・五）。

平岡敏夫『漱石序説』（塙書房、昭五一・一〇）。

平野謙「今月の小説ベスト3」（『毎日新聞』昭三一・一一）。

平林章二『橋と遊びの文化史』（白水社、平六・七）。

広川勝美「浮舟再生と横川の僧都」（『佛教文学研究　第四集』昭四一・六）。

ひろさちや『仏教とキリスト教／どう違うか50のQ&A』（新潮社、昭六一・九）。

広島大学附属福山中・高等学校編著『万葉植物物語』（中国新聞情報文化センター出版部、平一四・一）。

フーコー、M（田村俶訳）『性の歴史Ⅱ／快楽の活用』（新潮社、昭六一・一〇）。

ブース、W・C（米本弘一、服部典之、渡辺克昭訳）『フィクションの修辞学』（白馬書房、平三・二）。

復本一郎『俳句から見た俳諧／子規にとって芭蕉とは何か』（御茶ノ水書房、平一九・九）。

藤尾健剛「「東西」と「平々地」／『三四郎』の位置」（『香川大学国文研究』第一三号、昭六三・九）。

藤木正国「一銭蒸気の活躍」（『川』が語る東京／人と川の環境史』山川出版社、平一三・一二）。

藤沢周平「赤い夕日」（『橋ものがたり』新潮文庫、昭五八・四）。

藤澤秀幸「『高野聖』／孤家の女をめぐって」（『国文学 解釈と鑑賞』第五四巻一一号、平元・一一）。

藤田覚、大岡聡『江戸 街道の基点（街道の日本史20）』（吉川弘文館、平一五・一二）。

藤縄謙三『ギリシア神話の世界観』（新潮社、昭四六・五）。

藤原マリ子「「おくのほそ道」の仮名遣い 二」（『解釈』第四三巻第一一号、平九・一〇）。

二葉亭四迷『浮雲』（『二葉亭四迷全集 第一巻』筑摩書房、昭五九・一一）。

フライ、N（高柳俊一訳）『神話とメタファー／エッセイ 1974–1988』（法政大学出版局、平一六・一）。

ブラック、M（尼ヶ崎彬訳）「隠喩」（佐々木健一編『創造のレトリック』勁草書房、昭六一・一二）。

古川俊之『寿命の数理』（朝倉書店、平八・七）。

ヘミングウェイ、E（竹内道之助訳）『武器よさらば』（『ヘミングウェイ全集3』三笠書房、昭四〇・五）。

ヘルプリン、M（岩原明子訳）『ウィンターズ・テイル 上、下』（早川書房、昭六二・一）。

ポオ、E・A（野崎孝訳）「悪魔に首を賭けるな」（『ポオ全集 第二巻』東京創元社、昭四四・一一）。

眞有澄香『泉鏡花 人と文学』（勉誠出版、平一九・八）。

前田愛『都市空間のなかの文学』（筑摩書房、昭五六・一二）。

前田愛「連載／幻景の町⑧：『橋づくし』」（『本の窓 第一七号』昭五七・一）。

前田邦夫「隅田川の橋 二／歴史」（吉田巌編『橋のはなしⅡ』技報堂出版、昭六〇・九）。

前田久徳「『パンの会』の青春」（『国文学 解釈と教材の研究』第三四巻四号臨時号、平元・三）。

正岡子規「かけはしの記」（『子規全集 第一〇巻』改造社、昭四・一〇）。

正岡子規「かけはしの記」（『子規全集 第一三巻』講談社、昭五一・九）。

正岡子規「俳句稿 明治三十年」（『子規全集 第三巻』講談社、昭五二・一一）。

松井貴子『写生の変容――フォンタネージから子規、そして直哉へ』（明治書院、平一四・二）。

松浦総三『占領下の言論弾圧』（現代ジャーナリズム出版会、昭四四・四）。

松尾聰校注『枕草子』（小学館、平九・二）。

松尾芭蕉「おくのほそ道」（『松尾芭蕉集 第二巻』小学館、平九・九）。

松尾芭蕉「更科紀行」（『松尾芭蕉集 第二巻』小学館、平九・九）。

松田徳一郎監修『リーダーズ・プラス』（研究社、平六）。

松永伍一「夜の河」（『ふるさと文学館 第一四巻』ぎょうせい、平六・四）。

松平盟子「貪欲な愛に生きた女流作家／岡本かの子とコレット 下」（『歌壇』第一四三号、平一一・三）。

松村明『大辞林』（三省堂、昭六三・一一）。

松村博『江戸の橋／制度と技術の歴史的変遷』（鹿島出版会、平一九・七）。

松村博「長柄橋」（吉田巖編『橋のはなしⅡ』技報堂出版、昭六〇・九）。

松村博『日本百名橋』（鹿島出版会、平一〇・八）。

松本常彦「『大川の水』論」（『原景と写像／近代日本文学論攷』原景と写像刊行会、昭六一・一）。

松本常彦「テキストの毒・太宰治「津軽」の政治学」（『敍説』第一七号、平一〇・八）。

松本道介「近代と無常／永井荷風と時の流れ」（『新潮』第八三七号、昭四九・一一）。

マラルメ、S（井原鉄雄、渋沢孝輔訳）「〔詩の定義〕」（『マラルメ全集Ⅲ 言語・書物・最新流行』筑摩書房、平一〇・三）。

マラルメ、S（松室三郎訳）「第一逍遥遊／詩句に関して」（『マラルメ 詩と散文』筑摩書房、昭六二・七）。

マラルメ、S（松室三郎訳）「半獣神」（『マラルメ 詩と散文』筑摩書房、昭六二・七）。

丸谷才一・野口富士男「対談解説」（『花柳小説名作選』集英社文庫、昭五五・三）。

三浦宏『豊平川の橋物語』（石狩川振興財団、平一五・三）。

三浦基弘「日本三奇橋」（吉田巖編『橋のはなしⅡ』技報堂出版、昭六〇・九）。

三島由紀夫「亀は兎に追ひつくか？／いはゆる後進国の諸問題」（『三島由紀夫全集 第二七巻』新潮社、昭五〇・七）。

三島由紀夫「川端康成 ベスト・スリー「山の音」「反橋連作」「禽獣」」（『三島由紀夫全集 第二六巻』新潮社、昭五〇・六）。

三島由紀夫『禁色』（『三島由紀夫全集 第五巻』新潮社、昭四九・四）。

三島由紀夫『決定版・三島由紀夫全集 第一九巻』（新潮社、平一四・六）。

三島由紀夫「行動学入門」(『三島由紀夫全集　第三四巻』新潮社、昭五一・一二)。

三島由紀夫『潮騒』(『三島由紀夫全集　第九巻』新潮社、昭四八・六)。

三島由紀夫「情死について／やゝ矯激な議論」(『三島由紀夫全集　第二五巻』新潮社、昭五〇・五)。

三島由紀夫「「盾の会」のこと」(『三島由紀夫全集　第三四巻』新潮社、昭五一・一二)。

三島由紀夫「陶酔について」(『三島由紀夫全集　第二七巻』新潮社、昭五〇・七)。

三島由紀夫「葉隠入門」(『三島由紀夫全集　第三三巻』新潮社、昭五二・二)。

三島由紀夫「「橋づくし」について(新派プログラム)」(『三島由紀夫全集　第三〇巻』新潮社、昭五〇・一〇)。

三島由紀夫「「橋づくし」について(西川会プログラム)」(『三島由紀夫全集　第二九巻』新潮社、昭五〇・九)。

三島由紀夫「「橋づくし」について」(『三島由紀夫全集　第三〇巻』新潮社、昭五〇・一〇)。

三島由紀夫「橋づくし」(『三島由紀夫全集　第一〇巻』新潮社、昭四八・四)。

三島由紀夫「橋づくし」(『文藝春秋』昭三一・一二)。

三島由紀夫「橋づくし」(『創作代表選集一九』文芸家協会編纂、昭三二・四)。

三島由紀夫「「花ざかりの森・憂国」解説」(『三島由紀夫全集　第三三巻』新潮社、昭五一・一)。

三島由紀夫「憂国」(『三島由紀夫全集　第一三巻』新潮社、昭四八・一〇)。

「三島由紀夫の死(特集)」(『週刊朝日』昭四五・一二)。

三田英彬「泉鏡花の位相／観念小説その他をめぐって」(慶應義塾大学国文学研究会編『近代文学 研究と資料』至文堂、昭三七・九)。

三田英彬「鏡花の世界」(三好行雄、竹盛天雄編『近代文学2／明治の展開』有斐閣、昭五二・九)。

三田英彬『反近代の文学／泉鏡花・川端康成』(おうふう、平一一・五)。

水上勉「天正の橋」(『水上勉全集　第一三巻』中央公論社、昭五二・五)。

南明日香『永井荷風のニューヨーク・パリ・東京／造景の言葉』(翰林書房、平一九・六)。

箕輪利恵「『更科紀行』の発句について」(『成蹊国文』第九号、昭五〇・一)。

宮内淳子『岡本かの子／無常の海へ』(武蔵野書房、平六・一〇)。

宮川康雄「『更科紀行』の旅程」(『信州大学人文学部人文科学論集』第一六号、昭五七・三)。

三宅晶子「泉鏡花の文体と能／『草迷宮』の場合」(『文学』第五巻四号、平一六・七―八)。

宮田武志『王子ガウェインと緑の騎士』(大手門女子学園アングロサクソン研究所、昭五四・一)。

宮本輝『泥の河』(『文芸展望』昭五二・七)。

宮本輝『泥の河』(『蛍川』筑摩書房、昭五三・二)。

宮本輝『泥の河』(『宮本輝全集 第一巻』新潮社、平四・四)。

宮本輝『本をつんだ小舟』(文藝春秋、平七・五)。

宮本輝『メイン・テーマ』(文藝春秋、平二・六)。

三好行雄「『破戒』論のための一つの試み／島崎藤村論ノートⅨ」(慶應義塾大学国文学研究会編『近代文学 研究と資料』至文堂、昭三七・九)。

三好行雄『三好行雄著作集 第四巻／近現代の作家たち』(筑摩書房、平五・五)。

三好行雄「迷羊の群れ／『三四郎』夏目漱石」(『三好行雄著作集 第五巻』筑摩書房、平五・二)。

三輪修三『多摩川／境界の風景』(有隣堂、昭六三・八)。

村松定孝編『泉鏡花事典』(有精堂、昭五七・三)。

村松定孝「泉鏡花集解説」(『日本近代文学大系第七巻 泉鏡花集』角川書店、昭四五・一一)。

村松定孝「作品解題／照葉狂言」(『鏡花全集 別巻』岩波書店、昭五一・三)。

森鷗外『青年』(『森鷗外全集 第六巻』筑摩書房、昭四七・四)。

森鷗外『ヰタ・セクスアリス』(岩波書店、昭一一・六)。

保田與重郎『改版 日本の橋』(『保田與重郎全集 第四巻』講談社、昭六一・二)。

簗瀬一雄『方丈記全注釈』(角川書店、昭四六・八)。

山口昌男、高階秀爾、田中優子「橋と象徴／記憶としての文化・市場」(『日本の美学』第二八号、平一〇・一二)。

山口昌男『文化と両義性』(岩波書店、昭五〇・五)。

山田有策「三島由紀夫における近代と反近代」(『国文学 解釈と教材の研究』第三五巻四号、平二・四)。

山田有策「未成年の夢／『化鳥』論」(『文学』第五一号、昭五八・六)。

山下民城編『暮らしに生きる仏教語辞典』(国書刊行会、平五・五)。

山中玲子「能・狂言用語事典」（『別冊国文学 能・狂言必携』第四八号、平七・五）。

山本節『神話の森／イザナキ・イザナミから羽衣の天女まで』（大修館書店、平元・四）。

山本容郎「築地いいとこ橋づくし」（『潮』二六〇号、昭五六・一）。

柳田國男「西行橋」（『定本柳田國男集 第九巻』筑摩書房、昭四四・二）。

柳田國男「細語の橋」（『定本柳田國男集 第九巻』筑摩書房、昭四四・二）。

柳田國男「築島と長柄の橋」（『定本柳田國男集 第九巻』筑摩書房、昭四四・二）。

柳田國男「橋の名と伝説」（『定本柳田國男集 第五巻』筑摩書房、昭四三・一〇）。

柳田國男「橋姫」（『定本柳田國男集 第五巻』筑摩書房、昭四三・一〇）。

柳田國男「橋姫（はしひめ）」（『定本柳田國男集 第二六巻』筑摩書房、昭四五・七）。

柳田國男「味噌買橋」（『定本柳田國男集 第六巻』筑摩書房、昭四三・一一）。

柳田國男「淀橋の橋姫祭」（『定本柳田國男集 第二七巻』筑摩書房、昭四五・八）。

由良君美「鏡花における超自然／『化鳥』詳考」（『国文学 解釈と教材の研究』第一九巻三号、昭四九・三）。

吉田巌編『橋のはなしⅡ』（技報堂出版、昭六〇・九）。

吉本隆明「佃渡しで」（『吉本隆明全詩集』新潮社、平一五・七）二二九—二三一。

リクール、P（久米博訳）『生きた隠喩』（岩波書店、平一〇・七）。

リチャーズ、I・A（石橋幸太郎訳）『新修辞学原論』（南雲堂、昭三六・六）。

ルーイス、C・S（玉泉八州男訳）『愛とアレゴリー／ヨーロッパ中世文学の伝統』（筑摩書房、昭四七・一一）。

レイコフ、G、M・ジョンソン（渡部昇一、楠瀬淳三、下谷和幸訳）『レトリックと人生』（大修館、昭五五・三）。

レイコフ、G、M・ターナー（大堀俊夫訳）『詩と認知』（紀伊國屋書店、平六・一〇）。

渡部芳紀「太宰治におけるダンディズム」（『国文学 解釈と鑑賞』第四二巻四号、昭五二・一二）。

渡辺憲司「近世紀行文の再評価」（『国文学 解釈と鑑賞』第五五巻二号、平二・三）。

Aristotle. *Poetics*. (Tr. W. Hamilton Fyfe) In "Aristotle: The Poetics, "Longinus" on the Sublime, Demetrius on Style." Cambridge, MA: Harvard University Press, 1932.

Benveniste, E. *Problèmes de linguistique générale*. Paris: Gallimard, 1966.

Bierce, A. (1890) "An Occurrence at Owl Creek Bridge." *The Complete Short Stories of Ambrose Bierce*. E. J. Hopkins, ed. New York: Doubleday, 1970.

Black, M. *Models and Metaphors: Studies in Language and Philosophy*. Ithaca, NY: Cornell UP, 1962.

Bleeker, C. J. "Die religiöse Bedeutung der Brücke." *Studies in the History of Religions*, 7, 1963.

Bonaparte, M. *The Life and Works of Edgar Allan Poe: A Psycho-Analytic Interpretation*. London: Imago, 1949.

Chase, A. H. & H. Phillips, Jr. *A New Introduction to Greek*, 3rd Ed. Cambridge, MA: Harvard University Press, 1961.

Davidson, D. *Inquiries into Truth and Interpretation*, Oxford: Oxford University Press, 1984.

Donne, J. "Meditation XVII." *Devotions on Emergent Occasions*. 1624.

Euripides. "Phoenician Maidens." In *Euripides*, Vol. 3. Arthur S. Way, ed. Cambridge, MA: Heinemann, 1962.

Friedman, P. "The Bridge: A Study in Symbolism." *The Yearbook of Psychoanalysis*, 9, 1953.

Gibbs, R. W., Jr. *Embodiment and Cognitive Science*. Cambridge: Cambridge University Press, 2006.

Grundlehner, P. *The Lyrical Bridge: Essays from Hölderlin to Benn*. Cranbury, NJ: Associated University Presses, 1979.

Hasan, R. "Rime and reason in literature." *Literary Style: A Symposium*. S. Chatman, ed. London: Oxford University Press, 1971.

Helprin, M. *Winter's Tale*. New York: Simon & Schuster, 1983.

Hemingway, E. *A Farewell to Arms*. New York: Scribner's, 1929.

Hemingway, E. *For Whom the Bell Tolls*. New York: Simon & Schuster, 1940.

Lakoff, G. & M. Johnson. *Metaphors We Live By*. Chicago: University of Chicago Press, 1980.

Lakoff, G. & M. Turner. *More than Cool Reason: A Field Guide to Poetic Metaphor*. Chicago: University of Chicago Press, 1989.

Liddell, H. G. & R. Scott. *A Greek-English Lexicon, 9th ed*. Oxford: Oxford University Press, 1968.

Moretti, F. *Atlas of the European Novel 1800-1900*. London: Verso, 1998.

Poe, E. A. "Never bet the devil your head: A moral tale." *The Complete Works of Edgar Allan Poe*, Vol. IV. New York: AMS Press, 1965. 213-26.

Richards, I. A. *The Philosophy of Rhetoric*. NY: Oxford University Press, 1936.

Ricoeur, P. *La métaphore vive*. Paris: Éditions du Seuil, 1975.

Simpson, J. A. & E. S. C. Weiner, eds. *The Oxford English Dictionary*, 2nd ed. Oxford: Clarendon Press, 1989.

Stoppard, T. *Albert's Bridge: A play*. London: Samuel French, 1969.

Stowe, H. B. *Uncle Tom's Cabin; or, Life Among the Lowly*. 1852.

Strack, D. C. "Deliver us from *Nada*: Hemingway's Hidden Agenda in *For Whom the Bell Tolls*." *The University of Kitakyushu Faculty of Humanities Journal*, 59, Jan., 2000. 97-127.

Strack, D. C. "The Bridge Project: Research on Metaphor, Culture, and Cognition." *The University of Kitakyushu, Faculty of Humanities Journal*, 68. Oct., 2004.

Strack, D. C. "When the PATH OF LIFE crosses the RIVER OF TIME: Multivalent Bridge Metaphors in Literary Contexts." *The University of Kitakyushu, Faculty of Humanities Journal*, 72. Oct., 2006.

Sweetman, J. *The Artist and the Bridge: 1700-1920*. Aldershot, U. K.: Ashgate, 1999.

Waller, R. J. *The Bridges of Madison County*. New York: Warner Books, 1992.

あとがき

本書は「第五回九州大学出版会・学術図書刊行助成」の支援によって出版された。この素晴らしい刊行助成を行なっている九州大学出版会にこころから感謝したい。

本書の執筆に際して助言と激励を賜った先生、同僚、大学院の先輩と後輩、友人の皆様に深甚なる謝意を表したい。九州大学大学院比較社会文化学府博士課程において本書の基盤となった博士論文をご指導くださった松本常彦先生は論文全体を何度も徹底的に読んで、毎回多くの訂正案や思慮深いコメントを提供してくださった。また、博士論文審査の際、審査員として精査してくださった荒木正純先生、阿尾安泰先生、波潟剛先生、西野常夫先生からも多数の貴重な指摘をいただいた。

各章の元となった論文の初出は以下の通りである。いずれも加筆改稿している。

一章　「「かけはしの記」に見られる子規の理由なき反抗」（『北九州市立大学外国語学部紀要』第一二三号、平成二〇年一〇月）。

二章　「『高野聖』における両義的境界空間／民俗を基点とする解釈に向けて」（『社会システム研究』第七号、平成二一年三月）。

三章　「『破戒』における二重構造に関して／風景描写に潜在している隠喩を中心に」（『Comparatio』第一二号、平成二〇年一一月)。

四章　「「川」における「神秘感」の一考察／川と橋の象徴性を中心に」(『北九州市立大学外国語学部紀要』第一二六号、平成二一年九月)。

五章　「優柔不断を越えて、虹の彼方へ／『斜陽』における超越志向に関して」(『北九州市立大学外国語学部紀要』第一二五号、平成二一年二月)。

六章　「三島の「橋づくし」／反近代の近代的表現として」(『近代文学論集』第二九号、平成一五年一一月)。

七章　「宮本輝の『泥の河』における象徴／〈舟〉と〈橋〉の対立」(『北九州大学文学部紀要』第五六号、平成一〇年七月)。

八章　「大川に橋／近代文学に見られる隅田川の空間変容」(『北九州市立大学外国語学部紀要』第一二七号、平成二二年一月)。

博士論文執筆中の平成二三年度前期において福岡工業大学総合研究機構環境科学研究所の徳永光展先生の研究室が筆者を客員研究員として受け入れて親切に歓待してくださったことに関しても感謝を表したい。

日本語を母語としない筆者にとって校閲者は欠かせない存在であるが、草稿執筆の際、私の文体をチェックしてくださった方々が多かったために皆様の名前を掲載することは不可能である。しかし本書に対する貢献度が高かったためにとりわけ紹介すべきだと判断したのは、前田譲治先生、太和田勝久先生、鮫島千明先生、南里孝子氏である。また、多数の鋭い指摘を提供してくださった、九州大学出版会の奥野有希氏の忍耐づよい支援も欠かせなかった。

そして、最後に、博士論文執筆期間を含めて七年間の歳月を通して温かく励まし、様々な犠牲を払ってくれた妻マーガレットにも感謝したい。

平成二六年五月二六日

ダニエル・ストラック

索　引

作品・書名

あ行

か行

さ行

た行

な行

は行

ま行

や行

ら・わ行

主要メタファー

人物・橋名・事項

あ行

か行

索　引

さ行

た行

な行

は行

ま行

や行

ら行

わ行

著者紹介

ダニエル・ストラック（Daniel C. Strack）

1967年生まれ。米国出身。博士（比較社会文化）。九州大学大学院比較社会文化学府日本社会文化専攻。現在，北九州市立大学外国語学部英米学科准教授（日英翻訳担当）。

著 書：*Literature in the Crucible of Translation: A Cognitive Account.*［認知言語学の観点からみた文学の翻訳論］（2007年，大学教育出版，単著）

近代文学《きんだいぶんがく》の橋《はし》

—— 風景描写における隠喩的解釈の可能性 ——

2014年 8 月20日　初版発行

著　者　ダニエル・ストラック

発行者　五十川　直　行

発行所　一般財団法人　九州大学出版会

〒812-0053　福岡市東区箱崎 7-1-146
九州大学構内

電話　092-641-0515（直通）

URL　http://kup.or.jp/

印刷・製本／大同印刷㈱

ISBN 978-4-7985-0134-5

九州大学出版会・学術図書刊行助成

九州大学出版会は，1975年に九州・中国・沖縄の国公私立大学が加盟する共同学術出版会として創立されて以来，大学所属の研究者等の研究成果発表を支援し，優良かつ高度な学術図書等を出版することにより，学術の振興及び文化の発展に寄与すべく，活動を続けて参りました。

この間，出版文化を取り巻く内外の環境は大きく様変わりし，インターネットの普及や電子書籍の登場等，新たな出版，研究成果発表のかたちが模索される一方，学術出版に対する公的助成が縮小するなど，専門的な学術図書の出版が困難な状況が生じております。

この時節にあたり，本会は，加盟各大学からの拠出金を原資とし，2009年に「九州大学出版会・学術図書刊行助成」制度を創設いたしました。この制度は，加盟各大学における未刊行の研究成果のうち，学術的価値が高く独創的なものに対し，その刊行を助成することにより，研究成果を広く社会に還元し，学術の発展に資することを目的としております。

第1回　道化師ツァラトゥストラの黙示録
細川亮一（九州大学）

中世盛期西フランスにおける都市と王権
大宅明美（九州産業大学）

第2回　弥生時代の青銅器生産体制
田尻義了（九州大学）

沖縄の社会構造と意識 — 沖縄総合社会調査による分析 —
安藤由美・鈴木規之 編著（ともに琉球大学）

第3回　漱石とカントの反転光学 — 行人・道草・明暗双双 —
望月俊孝（福岡女子大学）

第4回　フィヒテの社会哲学
清水　満（北九州市立大学学位論文）

第5回　近代文学の橋 — 風景描写における隠喩的解釈の可能性 —
ダニエル・ストラック（北九州市立大学）

知覚・言語・存在 — メルロ・ポンティ哲学との対話 —
円谷裕二（九州大学）

＊詳細については本会 Web サイト（http://www.kup.or.jp/）をご覧ください。
（執筆者の所属は助成決定時のもの）